SOMBRES VENDANGES

DU MÊME AUTEUR

Meurtre en Périgord, Le Masque, 2012

www.lemasque.com

Martin WALKER

SOMBRES VENDANGES

Une enquête de Bruno Courrèges

Traduit de l'anglais par Gabrielle Merchez

ÉDITIONS DU MASQUE
17, rue Jacob 75006 Paris

Titre original
THE DARK VINEYARD
publié par Quercus

Ouvrage publié sous la direction
de Sibylle Zavriew

Couverture
Maquette : We-We
Photographie : © Eric Frey Photography / Getty

ISBN : 978-27024-3932-6

Au Baron

Le vin, c'est de la poésie dans une bouteille.
Robert Louis Stevenson (1850-1894)

1

Le mugissement lointain de la sirène, sur le toit de la mairie, rompit la quiétude de la nuit d'été. Il restait une heure avant l'aube et pourtant Bruno Courrèges était déjà réveillé, ruminant ses regrets sur celle qui, il y a peu, partageait encore son lit. Il resta un moment sans bouger, figé par cet appel inquiétant, lourd de tant d'histoire. Cette même sirène avait averti les habitants de la petite ville de St-Denis en temps de guerre et d'invasion, de libération et de paix, et marqué chaque jour l'heure de midi. Son crescendo plaintif appelait aussi les pompiers volontaires à leur devoir. La présence de Bruno, l'unique policier municipal de St-Denis, était indispensable dans ces cas d'urgence. Aussi fut-ce presque avec soulagement que, chassant ses pensées noires, il rejeta ses draps froissés pour répondre à l'appel.

Il était en train de s'habiller tout en buvant du lait à même la brique, en guise de petit-déjeuner, quand son portable sonna. C'était Albert, l'un des deux professionnels en charge de l'équipe des pompiers, pour l'informer qu'il était déjà en route avec le camion et l'équipe de nuit.

— Il y a un gros incendie là-haut, sur la vieille route de St-Chamassy, annonça nerveusement la voix. Au sommet de la colline, juste avant le croisement de St-Cyprien. Une grange et un grand champ. Ça pourrait se propager très loin à cette saison, si le vent se lève.

— J'arrive.

Bruno ferma les yeux pour se repérer mentalement sur la carte de la vaste commune de St-Denis. Il avait en tête les routes patrouillées, les maisons isolées et les hameaux visités, les fermes familières avec leurs troupeaux d'oies, canards, cochons et chèvres qui faisaient de cette campagne le cœur gastronomique de la France. Les terres qu'il arpentait à la chasse, ou en quête de champignons après la pluie, lui étaient si familières qu'il connaissait ce pays aussi bien qu'une femme connaît son visage.

La voix qui criait dans son portable, qu'il tenait coincé entre l'épaule et l'oreille pour pouvoir tant bien que mal boutonner sa chemise, ramena Bruno à l'urgence de la situation.

— Pas de blessés signalés, reprit Albert. Mais tu ferais bien de prévenir le centre médical dès que le maire sera informé. J'appelle Les Eyzies et St-Cyprien en renfort. Tu pourrais t'arrêter à la caserne pour être sûr qu'ils suivent avec les camions-citernes d'appoint ? S'il le faut, tu en prends un aussi. On va avoir besoin d'un maximum d'eau. Et grouille-toi, maintenant. On se retrouve sur place.

— Tu as pensé à faire évacuer ? Il y a quatre ou cinq fermes dans le coin.

— Pour l'instant, je ne sais pas, vois ça avec le maire. Ce serait bien qu'il téléphone aux voisins pour les avertir. Et fais passer une annonce sur Radio Périgord.

Bruno pria pour que sa vieille fourgonnette démarre du premier coup. Il se dépêcha de nourrir son chien, laissa ses poules se débrouiller seules et courut jusqu'à son véhicule. Comme s'il avait eu conscience de l'urgence, celui-ci démarra aussi sec. Bruno s'engagea alors sur le chemin qui descendait vers la ville, une main sur le volant, activant de l'autre l'appel automatique pour prévenir d'abord le maire puis le médecin, tous deux déjà réveillés par la sirène. Les lumières étaient encore allumées, mais la ville commençait à s'animer lorsqu'il arriva comme un bolide devant la gendarmerie pour demander au vieux Jules, qui était de garde, d'informer Radio Périgord à Périgueux et d'envoyer des gars sur le lieu de l'incendie pour barricader la route. Comme Bruno rejoignait sa fourgonnette au pas de course, il vit le capitaine Duroc sortir de la caserne et s'engouffrer dans la gendarmerie tout en enfilant sa veste d'uniforme. Jules lui expliquera, se dit-il. Devant la caserne des pompiers, Ahmed et Fabien se démenaient pour atteler les citernes quand les autres volontaires arrivèrent, en nombre suffisant pour conduire les camions et gérer les opérations. Bruno roula aussi vite que sa fourgonnette le lui permettait, gyrophare allumé, laissant derrière lui la sirène de la ville qui hurlait toujours.

En débouchant sur la route qui longeait la voie ferrée en direction de Sarlat, il aperçut le grand rougeoiement sur les hauteurs. Bruno frissonna d'inquiétude. Il craignait le feu. Il le considérait avec une méfiance respectueuse qui s'apparentait à de la peur depuis le jour où il avait extrait des soldats français blessés d'un blindé en flammes durant la guerre des Balkans. Son bras gauche en portait toujours les cicatrices. Dans le tiroir de sa table de chevet, se trouvait la croix de guerre que le gouvernement lui avait accordée après de longues tracasseries, au prétexte que la mission de maintien de la paix en Bosnie pouvait difficilement être qualifiée de guerre.

Bruno se demandait s'il avait de quoi se protéger du feu dans le fatras qui jonchait l'arrière de sa fourgonnette. Il avait des gants et une casquette dans sa veste de chasse, ses bottes en caoutchouc et, dans son sac de sport, des lunettes de natation et une bouteille d'eau. Il trouverait sans doute une vieille chemise de tennis qui, une fois mouillée, lui protégerait le visage. La fourgonnette peinait dans la montée et il appuya à fond sur l'accélérateur. Il avait beau connaître le coin, il n'arrivait pas à se souvenir d'une grange là-haut, sur le plateau où la terre était trop pauvre pour être cultivée. C'étaient surtout des bois et de maigres pâturages, quelques vieilles *bories* de pierre en ruine, et l'antenne de télécommunication.

Quand Bruno émergea du dernier virage, juste avant le sommet, le ciel nocturne lui sembla rougeoyer au-dessus des arbres. Il frissonna en pensant à la sécheresse estivale, à la rivière si basse que les touristes en canoës devaient chercher les passages les plus propices. D'instinct, il ralentit en sentant pour la première fois l'odeur du brasier, puis il vit que le rougeoiement était, au moins en partie, dû aux feux clignotants du camion d'Albert. Bruno se gara sur le bas-côté de la route. Il enfila ses bottes et ses gants de chasse, mit sa casquette, prit ses lunettes de natation qu'il fourra dans une poche, versa de l'eau sur sa chemise de tennis et courut vers le camion où deux pompiers, silhouettes noires contre les flammes, s'arc-boutaient sur la lance d'incendie en action.

— C'est pas une grange, juste un grand hangar en bois. Impossible à sauver, cria Albert par-dessus le crépitement des flammes et le grondement du camion. Se tournant vers l'arrière du véhicule, il en tira une lourde veste de protection jaune et la tendit à Bruno, puis jeta un coup d'œil sur ses bottes et hocha la tête.

— On a évité le pire. On est arrivés à temps pour empêcher le feu de s'étendre aux bois. Mais le hangar est parti, et la récolte aussi.

D'autres lueurs clignotantes s'intensifièrent sur la route puis Ahmed apparut dans le second gros camion-citerne, suivi par les éclats bleutés des véhicules de la gendarmerie. Albert appelait les chefs des pompiers du voisinage pour leur dire que leur aide était superflue.

— Pas de signe d'occupant ? demanda Bruno quand Albert eut raccroché.

Ce dernier secoua la tête en s'éloignant d'un pas vif pour diriger la manœuvre du second camion.

— Vous avez été prévenus comment ? lui lança Bruno.

— Un appel anonyme depuis la cabine du Coux, lui cria Albert.

Bruno prit mentalement note de l'information tout en se repérant de son mieux sur les lieux. Il se souvenait que la route était bordée des deux côtés par des bois touffus, mais là où il se tenait, il y avait une trouée entre les arbres et un chemin de terre d'apparence récente s'incurvant vers la vaste étendue de champ et de pâturage qui brûlait obstinément à petit feu. La faible brise qu'il sentait sur ses joues soufflait dans sa direction et vers les bois, où les pompiers arrosaient les broussailles pour que le feu n'ait pas de quoi se nourrir. Le plus gros foyer d'incendie était les restes du hangar en flammes au milieu de la récolte calcinée.

Bruno buta contre quelque chose. Baissant les yeux, il aperçut un petit insigne métallique, semblable à ceux qu'utilisent les agriculteurs pour différencier les semences d'un sillon à l'autre. Il le ramassa et, à la lumière des phares du camion, lut l'inscription : « Agricolae Sech G71 ». Cela ne signifiait rien pour lui, mais il l'empocha. Des cris s'élevèrent derrière lui et il se retourna pour voir arriver d'autres pompiers tout de jaune vêtus ; ils se démenaient avec une nouvelle lance à incendie qui, sous la pression, se cabrait entre leurs mains. Un jet d'eau d'une puissance accrue jaillit sur la lisière du bois.

— Tu ne sens pas une odeur bizarre ? demanda Albert, se dressant soudain à côté de Bruno. Viens, suis-moi.

Il l'entraîna à travers les cendres encore fumantes et contourna le hangar pour se mettre dos au vent, là où il y avait moins de bruit. L'intérieur du hangar révélait un amas de décombres. Sur une table métallique, encore assez chaude pour grésiller sous l'eau qui dégoulinait des ruines de la charpente, se trouvaient des machines calcinées. Deux poutres encore fumantes reposaient sur le dessus d'un vieux meuble à classeurs à peine reconnaissable, dressant leurs extrémités vers le ciel. Bruno sentit une odeur infecte de plastique et de caoutchouc brûlés, et d'autre chose encore.

— De l'essence ?

— C'est ce que je pense. On va envoyer les débris au labo de Bordeaux, mais je parie que c'est un acte délibéré. Si tu vas à l'autre bout du champ, tu la sentiras encore. Quelqu'un a fait un joli boulot, les cultures, le hangar, la totale. C'est une affaire qui va te concerner beaucoup plus que moi.

— Si c'est un incendie volontaire, c'est du ressort de la police nationale, remarqua Bruno. Ce qui veut dire mettre les scellés sur la cabine téléphonique du Coux pour relever les empreintes digitales.

— S'il s'agit de destruction délibérée de cultures, c'est une affaire locale. Un conflit entre agriculteurs, ou alors un gars qui a fait des galipettes avec la femme d'un autre. Et là, la police nationale ne saura pas par où commencer.

Bruno hocha la tête tout en scrutant les décombres à l'intérieur du hangar.

— Albert, ça, c'est bizarre. Tu as déjà vu un meuble à classeurs et du matériel de bureau dans un hangar agricole en plein milieu d'un champ ?

— Non. Ça pourrait être un ordinateur, mais il n'y a pas d'électricité ici. Peut-être une vieille machine à écrire ?

Se détournant, Bruno se dirigea vers la zone exempte de cultures calcinées quand le bruit sourd d'une explosion retentit. Une lumière jaillit et, à l'instant où il se retournait, un souffle de chaleur le fit vaciller et il vit Albert s'effondrer à genoux parmi les décombres du hangar qui s'embrasait de plus belle.

Bruno se précipita, un bras devant le visage pour se protéger de la fournaise, et saisit Albert par le col. Plongeant dans les flammes qui dansaient autour de lui comme pour le dévorer, il ravala un cri d'effroi et tira Albert du brasier. Les jambes du chef des pompiers traînaient sur les bois incandescents du hangar et son pantalon était en feu. Sitôt dehors, Bruno s'allongea de tout son long sur les jambes d'Albert pour étouffer les flammes sous le tissu ignifuge de sa veste. Puis les autres pompiers arrivèrent avec leurs extincteurs pour les asperger tous deux de mousse.

Ahmed fit rouler Bruno sur le côté et pointa sa torche électrique sur son visage en lui criant « T'es OK ? » pendant que les autres s'occupaient d'Albert. Bruno hocha la tête, s'ébroua puis se releva un peu chancelant avant de secouer la mousse qui le recouvrait.

— Quelques petites brûlures, mais rien de sérieux grâce à la veste d'Albert, dit-il. Putain, c'était quoi cette explosion ?

— Un aérosol, sans doute un bidon de peinture ou de kérosène. Ces salauds laissent sur place le bidon d'essence vide en remettant le bouchon. Avec la chaleur, ça peut péter comme une bombe, expliqua Ahmed avec fatalisme. Albert n'aurait jamais dû s'approcher de si près. On aurait bien continué à arroser, mais il fallait aussi de l'eau à la périphérie du feu, pour préserver les bois.

— C'est ma faute, dit Bruno. Je voulais lui parler du matériel entreposé dans le hangar. Comment va-t-il ?

Avec un peu d'aide, Albert s'était remis debout il secouait la tête pour s'éclaircir les idées et des flocons de mousse voletaient autour de son casque et de sa veste.

— Ça sera pas la dernière connerie de ma vie. Je me suis pris un sale choc sur l'oreille, dit-il en portant la main sur le côté de son crâne.

Il la ramena, rouge de sang. Un des pompiers lui tendit une bouteille d'eau, il but un grand coup, cracha, puis posa son regard sur Bruno et, avec un signe de tête : « Merci », ajouta-t-il à voix basse en lui tendant la bouteille. La main d'Albert tremblait. La sienne aussi, remarqua Bruno.

— Comment vont tes jambes ? lui demanda-t-il.

Sa voix était rauque et sa gorge douloureuse. Il sentit la colère monter en lui à l'idée que quelqu'un avait délibérément mis le feu avec de l'essence. Il inspira profondément pour se maîtriser.

— Pas trop mal. Caleçon ignifuge, comme les coureurs automobiles, expliqua Albert d'une voix haut perchée. (Il parlait vite, bafouillant presque sous l'effet de l'adrénaline qui circulait en lui.) Ça va, je suis juste un peu sonné par ce coup sur la tête. Je passerai au centre médical plus tard. Pour vérification. Tu ferais bien d'en faire autant.

— C'est obligatoire, précisa Ahmed. Vous connaissez le règlement. On a dû vous asperger de produit, vous devez passer une visite médicale.

Des cris fusèrent dans leur dos et un autre pompier accourut vers eux.

— Hé chef, il y a une alimentation d'eau. Les gendarmes viennent de tomber sur une conduite.

Albert regarda Bruno en levant les yeux au ciel.

— C'est sûrement la première fois que le capitaine Duroc fait une découverte, et encore, il a fallu qu'il tombe dessus.

Ils repartirent vers la route où un véritable jet d'eau s'élevait au-dessus de la conduite sectionnée. Fabien se démenait avec une lourde clé à molette dans la lumière de l'unique phare en état de marche de leur camionnette. Derrière lui, on entendait le capitaine Duroc invectiver ses hommes. Fabien donna encore un violent tour de clé et l'eau s'arrêta.

— Voilà, on peut s'en servir maintenant, dit-il. La pression n'est pas terrible, mais ça ira pour éteindre les braises.

— Elle va où, cette conduite ? Et pourquoi je ne l'ai pas sur mes cartes ? demanda Albert courroucé, en tamponnant son oreille ensanglantée avec un mouchoir.

— On dirait qu'elle va du château d'eau à l'antenne des Télécoms. Ça, c'est pour que le ministère de la Défense ait un poste de surveillance, précisa Fabien. Et cette conduite-là sert à alimenter le hangar et le pré. Ça m'a tout l'air d'un bidouillage, ce système d'irrigation.

— Irriguer ici ? Sur le plateau ? s'exclama Albert. Il y en a qui ont plus d'argent que de bon sens.

— Bizarre que le seul pré qui ait son propre système d'irrigation soit celui qui se fasse incendier, remarqua Bruno. Qui a entendu parler d'*Agricolae* ?

(Il fouilla dans sa poche pour en tirer le petit insigne métallique qu'il avait ramassé par terre.)

— Connais pas. Un genre de semence expérimentale, j'imagine, mais j'ai jamais vu ce genre de trucs par ici.

Ils repartirent vers le camion, où la silhouette vieillissante du maire, Gérard Mangin, attendait patiemment sur le bord de la route. Derrière lui, une file de voitures garées, des locaux venus assister au spectacle. Le maire s'avança, salua d'un sourire et serra la main d'Albert et de Bruno. Un flash éclata. Sûrement Philippe Delaron, qui immortalisait la scène pour le journal local.

— Pas grand-chose à signaler, dit Albert. Le danger est passé et il n'y a aucun blessé. Même pas moi, grâce à Bruno. On a un hangar brûlé, une récolte détruite et une conduite d'eau sectionnée. J'ai des soupçons sur l'origine de l'incendie, mais il va falloir attendre les résultats d'analyse du labo.

— Vous pensez à un départ de feu volontaire ?

— Ça m'en a tout l'air, monsieur le maire. Quant à l'explosion que vous avez vue, le détonateur était un bidon d'essence, je crois bien. Mais il va falloir attendre pour en être sûr. En tout cas, la déflagration aurait pu être mortelle. J'aurais pu y rester, si Bruno ne m'avait pas sorti de là.

— Je n'avais pas mesuré la gravité de la situation, dit le maire.

— Bon, je ferais bien de m'occuper de ramener mes gars à la caserne. Après, il faut qu'on passe chez le médecin, Bruno et moi. Mais d'abord, rends-moi cette veste, Bruno, s'il te plaît. Ces trucs-là valent une petite fortune.

— En tout cas, on en a pour son argent, remarqua Bruno, en retirant la veste. (Il secoua les restes de mousse puis, se tournant vers le maire :) Il y a anguille sous roche, monsieur. Ce pré avait sa propre alimentation en eau et le hangar abritait apparemment du matériel de bureau. Pas vraiment ce qu'on s'attend à trouver en haut d'un champ au milieu de nulle part. Je vais devoir en informer le propriétaire, et probablement faire un rapport pour l'assurance, entre autres choses.

— En avez-vous parlé aux gendarmes ?

— Pas encore. Le capitaine Duroc avait l'air un peu inquiet des dégâts à sa camionnette. Ils ont dû emboutir un tuyau.

— Oui, j'ai vu ça. (Dans la lueur croissante de l'aube, Bruno vit s'ébaucher un sourire sur les lèvres du maire.) Eh bien, il s'agit manifestement d'une affaire criminelle.

— Alors ça veut dire la police nationale, pas les gendarmes. Ils vont sans doute envoyer leurs techniciens.

Bruno se dirigea vers le groupe de curieux massés près des voitures pour leur dire que tout danger était passé, que le spectacle était terminé et qu'ils devaient dégager la voie pour permettre aux pompiers de manœuvrer à leur aise. Il y avait là le gros Stéphane, le laitier fromager qui était aussi un de ses amis de la fédération de chasse, accompagné de sa fille, la jolie Dominique. Leur ferme, située juste en contrebas, aurait sûrement été l'une des premières touchées si le feu s'était propagé. C'était normalement l'heure de la traite. Bruno esquiva leurs questions et persuada la plupart des curieux de rentrer chez eux. Puis il rejoignit le capitaine Duroc pour lui demander d'interdire l'accès à la cabine téléphonique du Coux. Il était juste un peu plus de six heures du matin. Le café Fauquet serait ouvert, et Bruno avait besoin de son petit-déjeuner.

Il s'avança vers les deux voitures qui lui étaient familières, une vieille Citroën DS et une 2CV plus vénérable encore, avec sa ligne conçue dans les années 1930. Son ami le Baron, un industriel à la retraite dont la minceur démentait l'âge, était adossé à son véhicule. Il était en compagnie de la propriétaire d'un gîte des environs, que la plupart des habitants de St-Denis surnommaient l'Anglaise farfelue. Bruno les avait présentés l'un à l'autre à l'occasion d'une partie de tennis, au terme de laquelle Pamela et une amie de passage les avaient battus à plate couture.

— C'est le coup de téléphone du Baron qui m'a réveillée. Je n'avais pas entendu la sirène, expliqua Pamela.

Cette femme séduisante, dont les traits vigoureux méritaient mieux que le banal qualificatif de jolie, était coiffée d'un foulard Hermès et portait une veste élimée, en toile enduite, désormais du dernier chic en France. Qu'elle se tînt immobile ou qu'elle se promenât à pied ou encore à cheval, Bruno était sûr de toujours la reconnaître de loin grâce à son seul maintien, dos droit et nuque fière, avec l'allure décidée d'une femme parfaitement confiante en elle-même.

— Qu'as-tu fait de ton cheval ? demanda Bruno en se penchant pour l'embrasser sur les deux joues.

Elle se déroba, en riant.

— Désolée, Bruno. J'adore cette manie française d'embrasser, mais tu sens franchement mauvais et tu as une sale tête. Sûrement la laine brûlée et cette mousse infecte sur ton pantalon. Et tu n'as plus de sourcils, je crois bien. Difficile à dire avec ces traînées noires sur ta figure.

— Tout va bien, dit-il en tâtant pour vérifier ses sourcils.

Sous ses doigts, ils piquaient comme des poils de barbe.

— J'ai préféré laisser ma jument, précisa-t-elle. Je me suis dit que le feu risquait de l'effrayer. Je suis juste venue voir si nous risquions d'être évacués.

— C'est quoi, ce bâtiment qui a brûlé ? demanda le Baron. Moi qui croyais connaître ces collines par cœur, je n'avais aucune idée qu'il y avait un hangar ici.

— Moi non plus, répondit Bruno. Il y a une trouée dans les arbres, puis un chemin qui plonge vers le champ, ce qui le rend quasi invisible. J'ai besoin de manger. On se retrouve chez Fauquet ?

— Bonne idée, confirma le Baron. Il est bien trop tard pour retourner se coucher. Pamela, faites-nous le plaisir d'être notre invitée, mais à condition de promettre que vous préférez notre compagnie à celle de vos mots croisés anglais.

— Mais certainement, mon cher Baron. Je vous trouve beaucoup plus amusant qu'une grille de mots croisés. Mais d'abord, il faut que Bruno aille se laver et se changer, il me semble, dit-elle en l'inspectant des pieds à la tête. Tu ferais mieux de jeter ce pantalon. La ville t'offrira un nouvel uniforme, j'espère.

Ils se retournèrent en entendant les deux tons du camion de pompiers. Ahmed faisait des signes pour attirer l'attention de Bruno :

— Allez, Bruno, file tout de suite à la clinique avec Albert. C'est le règlement.

2

Même à l'ère des ordinateurs, ce n'était pas une mince affaire de retrouver le propriétaire du champ et du hangar incendiés. Claire, la secrétaire de mairie, examinait le plan cadastral de St-Denis, une commune particulièrement étendue. Il fallait d'abord repérer les limites de chaque parcelle, identifiée par un numéro de lot, avant de croiser l'information avec le registre foncier où étaient inscrits les propriétaires.

— Je ne vois aucun bâtiment sur le plan dans ce secteur-là, s'énerva Claire. Tu es sûr d'avoir la bonne route, Bruno ?

— Oui, aucun doute.

Douché et rasé de frais dans son uniforme de rechange, certifié en parfaite santé par le corps médical, Bruno se sentait de nouveau lui-même, exception faite des sourcils. Il rejoignit Claire devant l'immense plan, en prenant soin de se tenir à distance des formes rebondies de la secrétaire. Malgré son irritation, elle ne pouvait pas s'empêcher de flirter avec lui et jouait de la prunelle par pure habitude. Unique célibataire parmi les employés de mairie, Bruno était rompu aux manières de Claire.

Il suivit du doigt la route prise le matin même. L'antenne de télécommunication était là, le château d'eau de l'autre côté, la conduite d'eau devait longer la route. Jusqu'ici, marmonna-t-il en posant le doigt précisément sur l'endroit. Il était sûr d'avoir la bonne parcelle, mais Claire avait raison. Aucun bâtiment ne figurait sur le plan. Ce n'était pas juste une anomalie, c'était une infraction, puisque la commune n'avait accordé aucun permis de construire. Et comme le terrain était également alimenté en eau, la redevance annuelle échappait aux recettes de la commune. Il avait le numéro de parcelle, c'était déjà ça. Il laissa Claire ranger le plan et partit consulter le registre foncier dans un réduit qualifié de bureau.

Le propriétaire était une société anonyme du nom d'*Agricolae* dont le siège se trouvait à Paris, et la parcelle avait été acquise trois ans plus tôt par le ministère de la Défense. *Agricolae* – le nom qui figurait sur l'insigne métallique que Bruno avait ramassé par terre et fourré dans la poche de la veste d'Albert. Il fallait qu'il le récupère. Le registre ne faisait mention d'aucune redevance pour l'eau, d'aucune taxe foncière ni de permis de construire non plus. Cela n'annonçait rien de bon pour *Agricolae S.A.* Il s'apprêtait à décrocher le téléphone pour appeler Albert quand Claire passa la tête pour lui annoncer qu'il avait de la visite.

— L'homme le plus important de St-Denis après le maire, et ils te confinent dans ce trou miteux qu'ils osent appeler un bureau, déclara le commissaire Jean-Jacques Jalipeau, le détective en chef de la police nationale du département. (Il fit un pas dans la pièce et sembla la remplir tout entière.) Ben dis donc, t'as une sale gueule, t'es tout rouge et tes sourcils sont cramés, poursuivit JJ. C'est pas toi l'incendiaire, t'es sûr ? T'es passé près, en tout cas.

— Beaucoup trop près, répliqua Bruno avec un sourire. Si je suis le premier à attraper le gars qui a foutu le feu, ça va être sa fête.

Bruno aimait bien JJ, même si son ami l'accusait régulièrement, et avec raison, d'avoir une conception de la justice qui s'inspirait davantage des intérêts de St-Denis que du Code criminel. Ils avaient travaillé ensemble pour résoudre quelques affaires, et partagé quelques bons repas. JJ suivit Bruno dans l'escalier de pierre de la mairie, puis sous les arcades, avant d'entrer chez Fauquet, où il commanda deux Ricard.

— Comment va Isabelle ? demanda JJ. Elle doit s'apprêter à prendre son nouveau poste à Paris d'un jour à l'autre.

Isabelle avait travaillé comme détective sous ses ordres, au commissariat régional de Périgueux, avant que son physique et sa maîtrise du karaté n'attirent l'attention du ministre de l'Intérieur et ne lui valent un portrait flatteur dans *Paris-Match*. JJ avait suivi d'un œil bienveillant l'affaire de cœur qui avait fleuri au cours de l'été, en se piquant d'avoir joué un rôle d'entremetteur.

— Elle est déjà partie, annonça Bruno d'une voix qu'il voulait neutre. Ils lui ont dit que le ministre avait une mission à l'étranger pour bientôt et souhaitait sa présence dans la délégation.

— Ben quoi, tu savais qu'elle allait partir. Et t'en as bien profité pendant trois mois.

Bruno hocha la tête. La certitude qu'Isabelle allait partir, privilégiant sa carrière à Paris sur ce qui existait entre eux, avait toujours jeté une ombre sur leur relation et fini par susciter des tensions. Il sentait presque s'édifier de nouveau les défenses si longtemps érigées autour de son cœur, et qu'Isabelle avait commencé d'abattre. Durant leur dernière semaine ensemble, il était resté réveillé toutes les nuits, à l'écoute de la respiration d'Isabelle, en sachant qu'elle aussi faisait semblant de dormir, et il avait eu la sensation d'un mur qui s'élevait pierre après pierre. Curieusement, ils n'en faisaient l'amour que plus intensément, mais n'avaient pas versé une larme en se disant adieu à la gare de St-Denis.

— Elle me manque, avoua JJ dans un souffle. Sa remplaçante ne lui arrive pas à la cheville. Surtout question physique.

— Tu ne vas pas la mettre sur l'affaire ?

— Pas encore. Les pompiers n'ont toujours pas envoyé la notification officielle d'incendie criminel. Mais juste après le déjeuner, j'ai reçu un de ces discrets coups de fil de Paris m'annonçant que l'affaire devait être réglée vite fait. Ce n'est pas leur souci habituel avec les sabotages écolos, il y a je ne sais quel intérêt supérieur derrière ça. Que peux-tu me dire ?

Bruno rapporta les événements de la nuit, le caractère insolite du système d'irrigation, le fait que le ministère de la Défense était le précédent détenteur de la parcelle et, pour finir, il exposa les fraudes de la société *Agricolae* sur la taxe foncière et le permis de construire.

— J'ai quand même un doute sur un sabotage par des écolos, ajouta-t-il. D'habitude, ils cherchent la médiatisation et débarquent avec journalistes et caméras, non ?

Avec un haussement d'épaules, JJ fit tournoyer les glaçons dans son verre, rajouta de l'eau, regarda son Ricard prendre une couleur laiteuse puis but une bonne rasade.

— J'ai une requête officielle du préfet. Il a écrit à ton maire pour lui demander que, dans cette affaire, ta connaissance du terrain soit mise à notre disposition, nous autres pauvres flics de la ville. Considère-toi réquisitionné. J'ai une équipe à Périgueux qui s'occupe de rassembler les noms de tous les militants écolos, et la police scientifique de Bergerac doit déjà être sur place. Que peux-tu m'apprendre sur les écolos du coin ?

— Rien de spécial. On en a un au conseil municipal, un vieux hippy qui a fondé une communauté dans les collines. Un type adorable, un cœur d'or, il recueille les paumés, les traîne-misère. Et il y a aussi un groupe qui organise des manifs pour demander la fermeture de la scierie locale, à cause des fumées polluantes. Mais pas de militants purs et durs. Les Verts ne font même pas dix pour cent aux élections. Et maintenant, passons voir Albert à la caserne des pompiers. Il n'aura pas encore reçu le rapport du labo, mais il devrait pouvoir nous dire s'il pense à une origine criminelle ou pas.

– Criminelle ? s'exclama Fauquet, le patron du café.

L'homme s'enorgueillissait d'être le premier au courant de toutes les rumeurs. Il se pencha au-dessus du comptoir et fit glisser deux cafés vers eux.

– Offerts par la maison, ajouta-t-il. Vous avez dit que c'était peut-être un incendie criminel ?

– Non, j'ai pas dit ça, aboya JJ en repoussant son café avec une telle violence qu'il en éclaboussa la chemise blanche du patron.

JJ, un grand costaud dont l'allure débraillée masquait une intelligence très vive, pouvait se montrer vraiment impressionnant.

– Et si j'apprends que vous avez ébruité la chose, je rapplique ici avec une armée de fouineurs des services sanitaires et un mandat d'arrestation. Cette affaire est du ressort de la police. Vous m'avez compris, monsieur ?

3

Bruno trouvait que le Centre de recherches agricoles était un nom bien ronflant pour la modeste bâtisse de plain-pied, érigée à côté d'un ancien corps de ferme, sur la route des Eyzies. Le maire tirait une grande fierté de l'avoir rattaché à St-Denis. Le centre n'hébergeait que quatre scientifiques, autant de techniciens, et employait une demi-douzaine de locaux pour gérer la ferme et les serres. La plus belle pièce de l'ancienne ferme servait maintenant de bureau au directeur, Gustave Petitbon, qui était aussi le chef de l'équipe scientifique. Grand, très mince et très voûté, il se tenait perché sur le bord de son bureau et défiait les deux policiers du regard.

— Je ne peux pas vous dire de quelle culture il s'agissait, pas sans autorisation. Secret commercial, dit-il.

Bruno connaissait un peu Petitbon pour l'avoir croisé à l'occasion d'un match de rugby local ou d'une réception à la mairie, où il restait généralement dans son coin, un verre de vin à la main. Il vivait retiré dans le bourg avec sa femme, sans enfants pour prendre part aux leçons de tennis et de rugby données par Bruno.

— Monsieur Petitbon, le ministre de l'Intérieur m'a donné l'ordre de mener cette enquête, déclara JJ d'une voix ferme qui se fit plus forte à mesure qu'il poursuivait. Je doute que cela ait pu se faire sans que quelqu'un de très haut placé au ministère de l'Agriculture, qui vous emploie, ne donne instruction pour que l'inspecteur en chef du département soit personnellement chargé de cette enquête. J'ai mis en attente un meurtre, deux viols et un cambriolage de banque pour venir ici. Alors, au lieu de me faire perdre mon temps, je vous suggère d'appeler votre ministère à Paris pour obtenir l'autorisation qu'il vous faut, sinon c'est moi qui vais appeler mon ministère pour leur annoncer votre arrestation pour obstruction d'enquête.

Petitbon eut l'air surpris par la puissance vocale émanant du grand coffre de JJ, et passa derrière son bureau pour téléphoner. Puis, après avoir ostensiblement fait pivoter son fauteuil pour leur tourner le dos, il se mit à marmonner dans le combiné. Il écouta attentivement la voix qui lui aboyait manifestement des ordres à l'autre bout de la ligne. Son interlocuteur lui raccrocha au nez avant qu'il ait eu le temps de finir un respectueux « Oui, monsieur le directeur ». Petitbon sursauta, puis se retourna et reposa le téléphone.

— Ce que je vais vous dire ne doit pas aller plus loin, commença-t-il d'un air important en se redressant sur son siège. La culture qui a été brûlée représentait un projet d'importance nationale, soutenu par le ministère de l'Agriculture sur proposition du ministère de la Défense. Les inquiétudes suscitées par les conséquences du changement climatique ont conduit le ministre de la Défense à initier un projet de recherche sur les cultures résistantes à la sécheresse et capables de se développer en terrain pauvre. Une grosse société pharmaceutique et un groupe d'agrochimie étant partenaires de ce projet, il a fallu créer une nouvelle société, *Agricolae SA*, pour gérer et financer cette recherche. Nous avons travaillé sur divers types de cultures – le soja et autres légumineuses, maïs, pommes de terre, et quelques variétés de vigne. Ce sont là les cultures qui ont été détruites. Il est crucial de découvrir qui est le responsable et, plus encore, qui a pu être informé du projet. C'était un projet ultraconfidentiel.

Bruno se rappela le petit insigne qu'il avait récupéré à la caserne.

— Un petit drapeau métallique marqué *Agricolae Sech* devrait vous appartenir, alors ? Je l'ai trouvé sur place.

— *Agricolae Sech* – abréviation de sécheresse – c'est la variété résistante que nous cherchons à développer. Nous avons quelques cultures ici sur la ferme, mais nous voulions aussi procéder à des essais en plein champ, sur terrain pauvre. C'est pour cela que nous avons choisi le plateau. Et tout est parti en fumée, je crois bien, y compris un tas de dossiers et de notes de recherches. Trois ans de travail.

— Avez-vous une raison particulière de penser qu'il pourrait s'agir d'un acte délibéré ? demanda Bruno sur un ton résolument léger. Vous avez des ennemis, d'anciens employés revanchards, des maris jaloux ?

Petitbon sourit, et son visage maigre, presque sévère, en devint tout à fait agréable.

— La dernière option me plairait assez. Mais non, je ne me vois pas d'ennemis, sauf peut-être un de ces dingues de saboteurs écolos. C'était un incendie criminel ?

— On attend les résultats du labo.

— Eh bien, je vais peut-être pouvoir vous dire ça. Le hangar était équipé d'une caméra vidéo reliée à l'un de nos ordinateurs ici, au centre de recherches. Ainsi, nous pouvions enregistrer et vérifier toutes sortes de données : taux de croissance, couleur, maturité, etc. Mais la caméra a dû aussi enregistrer toute présence suspecte dans le champ ou autour du hangar. Même avec peu de lumière, ou de nuit, on peut toujours zoomer un peu.

— La caméra aurait résisté au feu ? Elle était alimentée comment ?

— Nous avions installé un panneau solaire là-haut, ça suffisait amplement. La caméra est sans doute détruite, mais la vidéo aura été enregistrée sur l'ordinateur. J'allais visionner les images quand vous êtes arrivés.

— Désolé pour vos trois années de travail, monsieur.

— Merci. Nous devrions passer au labo, c'est là que se trouve le matériel.

— Encore une chose, ajouta Bruno. Ces variétés sur lesquelles vous travailliez, c'étaient des semences génétiquement modifiées, ces trucs qui déclenchent des polémiques et des manifestations ?

— Évidemment. C'est bien pour cela que c'était confidentiel. Et nous avons vraiment progressé là-haut, avec les variétés de soja.

— Combien de personnes, ici au centre, étaient au courant du projet ? demanda JJ.

— Pratiquement tout le monde, je dirais. Les scientifiques et les techniciens au complet, et tous ceux qui entretenaient les cultures. Ils savent tous que c'était confidentiel. Nous n'avions même pas le droit d'en parler à nos épouses.

— Donc entre dix et quinze personnes, au total, dit JJ.

— Quatorze. Et je n'ai aucune raison de mettre en doute la loyauté d'une seule d'entre elles.

— Je vais avoir besoin des fiches du personnel et d'une pièce à disposition ici, pour mon équipe. Ce sera plus discret qu'en plein bourg.

— Très bien, répondit Petitbon. Cette pièce sera mieux pour vous, j'imagine. Je peux toujours m'accommoder du labo. Et maintenant, allons voir ce que la vidéo va pouvoir nous apprendre.

Mais la caméra vidéo n'avait pas grand-chose à révéler. Installée sous l'avant-toit du hangar, elle n'avait rien enregistré avant que l'horloge digitale n'indique 03.02, quand un vague mouvement est détecté en bordure du champ, côté ouest. À 03.06, il y a un mouvement à la lisière nord, puis la caméra a comme un frisson.

— Ce pourrait être l'intrus qui tente d'ouvrir la porte, remarqua Petitbon. Elle était fermée à clé, mais à voir comment ça secoue, avec quelle violence, je présume qu'elle a été forcée.

À 03.09 apparaît une faible lueur, la première, toute proche, puis soudain des flammes jaillissent. La caméra vidéo s'arrête de transmettre à 03.18.

— Bon, nous avons déjà l'heure, dit JJ. Vous pouvez m'en faire une copie pour mes gars de l'identité judiciaire ? Ils arriveront peut-être à grossir l'image, à tirer quelque chose de ces petits mouvements. Mais si vous voulez m'en croire, celui qui a versé l'essence savait exactement où la caméra se trouvait et ce qu'elle enregistrait. Donc, dans un premier temps, on va chercher à savoir si le coupable n'est pas parmi vous.

— Encore une chose, ajouta Bruno. Est-ce que vous avez d'autres caméras vidéo ?

Petitbon opina :

— Oui, nous avons d'autres cultures à surveiller.

— Eh bien, je vous conseille d'en mettre quelques-unes ici, autour des bureaux et des serres. L'incendiaire voudra peut-être revenir pour finir le boulot ici, au centre de recherches.

4

Après trois jours passés à interroger le personnel du centre de recherches sans aucun résultat, Bruno avait finalement réussi à se détendre dans le fauteuil du coiffeur, pour son rendez-vous mensuel, quand il reçut un appel de Nathalie, la caissière d'Hubert de Montignac, le caviste. Sa cave, qui figurait dans le *Guide Hachette des Vins* comme l'une des meilleures de France, faisait aussi partie des trois seuls endroits – en dehors du château lui-même – qui se flattaient de proposer tous les millésimes de Château Pétrus depuis 1944. Pour Bruno, qui estimait que la loi avait essentiellement pour but de garantir les grandes traditions de France et de St-Denis, cette cave était quasiment un sanctuaire. D'un bond, il quitta son fauteuil, sans se soucier des ciseaux qui étincelaient dans la main de Baptiste, se débarrassa de la serviette qui le recouvrait et, attrapant sa casquette, la posa sur ses boucles à demi raccourcies. Il ne ralentit le rythme que pour poser le gyrophare sur le toit de sa fourgonnette.

Nathalie n'avait pas donné beaucoup de précisions sur la nature de l'urgence, juste qu'il y avait un problème et qu'il devait se dépêcher. En moins de trois minutes, Bruno s'était frayé un passage dans l'habituel embouteillage du petit rond-point, près du pont, et arrivait dans la cour de la vaste grange d'Hubert. Malgré le lierre et les fleurs plantés dans d'anciens tonneaux et retombant en cascade, l'entrée de la cave n'avait rien d'exceptionnel pour un établissement de si grande réputation. Hubert était le premier à le reconnaître, mais il expliquait aussi qu'il préférait mettre son argent dans la marchandise plutôt que dans la devanture. Il soignait également sa propre apparence, cultivant un style de gentleman-farmer : vestes de sport en tweed et chemises anglaises à carreaux, cravates en tricot et mocassins faits main qu'il achetait à Londres à l'occasion de ses voyages d'affaires.

Comme d'habitude, les Mercedes et BMW garées dans la cour côtoyaient les Citroën, Renault et Peugeot venues de la France entière. Bruno remarqua une Range Rover verte immatriculée en Grande-Bretagne. Pour lui, qui était fervent chasseur et se retrouvait trop souvent avec une dépouille de chevreuil à traîner sur de longues distances en terrain accidenté, c'était le seul véhicule capable d'éveiller une pointe de jalousie. Et pourtant, il le savait, la jeep de surplus militaire pour laquelle il faisait des économies lui convenait beaucoup mieux.

Bruno prit aussitôt la mesure de la situation. Tout près de l'entrée, autour d'une Porsche blanche décapotable, dans laquelle une très jolie jeune passagère était assise, se déroulait une vive altercation. Hubert en personne bloquait la portière du conducteur, les mains agrippées sur le volant pour empêcher un client furieux, en pantalon jaune canari et polo rose, de monter et démarrer. Nathalie, l'air résolu, était perchée sur le capot de la Porsche à côté d'une toute jeune femme que Bruno ne connaissait pas, sans doute une nouvelle employée. Avec le soleil qui étincelait dans ses lourdes boucles blondes et ses grands yeux bruns, la nouvelle avait de quoi séduire, et le regard de Bruno s'attarda sur elle quelques instants. Elle le dévisagea à son tour, avec une audace sans équivoque qui le surprit chez une femme d'un si jeune âge.

Max, un beau jeune homme aux cheveux dorés par le soleil et à la peau éclatante de santé, se tenait près d'elle. Il adressa un sourire à Bruno, qui lui avait appris à jouer au rugby quand il était gamin. Max, désormais étudiant à Bordeaux, avait pris un boulot d'été chez Hubert. Comme en fond de scène, un public de quelques clients réjouis s'était rassemblé sur le seuil de la porte.

Gyrophare toujours allumé, Bruno avait arrêté sa fourgonnette pratiquement nez à nez avec la Porsche, lui barrant ainsi la route. Il sortit son calepin et nota le numéro de plaque. C'était un 75. Il s'avança alors vers le groupe qui fit silence. L'heure n'était pas aux poignées de mains ni aux embrassades habituelles. L'occasion requérait la grandeur impersonnelle de la loi.

— Messieurs-dames, commença-t-il en portant la main à son képi d'un geste militaire, tout en considérant la situation. Chef de police Courrèges à votre service.

Bruno observa les inconnus dans leur voiture de luxe. L'homme en rose et jaune devait avoir une bonne cinquantaine d'années. Il avait de magnifiques cheveux blancs, longs et bouclés, était un peu bedonnant et portait une alliance en or. Sa passagère faisait à peine plus de vingt ans. Elle portait de grosses lunettes de soleil, et des chaussures qui valaient sans doute autant que deux semaines de son propre salaire, estima Bruno. Il remarqua qu'elle avait des diamants à chaque doigt mais pas d'alliance. Un petit caniche blanc, superbement toiletté, collier de brillants autour du cou, était couché à ses pieds.

— Il a fait tomber un Château Pétrus 82 et refuse de payer, déclara Hubert comme s'il annonçait un décès dans la famille.

— Il a cassé une bouteille ? s'exclama Bruno, atterré. Un Pétrus 82 ?

Il y avait bien mort d'homme.

— Il y en a pour deux mille deux cents euros de répandu par terre, reprit Nathalie.

— C'était un accident, se défendit l'homme en rose. La bouteille était sale, elle m'a glissé des mains. Ce n'était pas ma faute.

— Et vous êtes qui, monsieur ? demanda Bruno.

— Un simple touriste, venu passer quelques jours de vacances.

— Vos papiers, s'il vous plaît.

— Mais enfin, je suis juste de passage. Je m'en vais dès que ces gens voudront bien dégager ma voiture.

— Vos papiers, monsieur. Et vous aussi, madame.

— Mademoiselle, corrigea la jeune femme chic en cherchant sa carte d'identité dans son sac. Bruno reconnut le célèbre sigle Chanel.

— Veuillez m'excuser, mademoiselle – ah – d'Alambert. Vous habitez toujours à Paris, boulevard Maurice-Barrès ?

Elle acquiesça d'un signe de tête. Bruno recopia les informations dans son calepin. La jeune femme âgée de vingt-quatre ans, était née à Lille. Un joli saut, de cette capitale industrielle du Nord au quartier cossu du boulevard Barrès, avec vue sur le bois de Boulogne. Profession déclarée : mannequin.

— Monsieur, répéta Bruno. Vos papiers.

L'homme fit la moue en signe de protestation, haussa les épaules, sortit son portefeuille, un modèle de luxe en crocodile, puis tendit sa carte d'identité et son permis de conduire.

— Monsieur Hector d'Aubergny Dupuy, avenue Foch, Paris. Dans le seizième, c'est bien ça ?

L'homme hocha la tête. L'adresse était prestigieuse, et juste à une plaisante petite marche du bois de Boulogne et du boulevard Barrès.

— Et si je téléphonais chez vous, monsieur, y aurait-il quelqu'un sur place pour me confirmer votre identité ? (Bruno s'interrompit pour lancer un coup d'œil sur la passagère de la Porsche.) Une Mme Dupuy, peut-être ?

Dupuy s'empourpra, et son visage commença à prendre la couleur de sa chemise.

— J'en doute, pas à cette heure-ci.

— Votre adresse professionnelle, je vous prie.

L'homme rouvrit son portefeuille pour en tirer une carte de visite sur laquelle il figurait comme chef d'un bureau de consulting à son nom, avec une adresse avenue Monceau. Bruno sortit son portable.

— Et à ce numéro, y aurait-il quelqu'un pour se porter garant et certifier que cette voiture est bien la vôtre ?

— Oui, ma secrétaire. Mais j'ai les papiers de la voiture, et l'assurance et…

L'interrompant d'un geste, Bruno s'éloigna et composa le numéro de Philippe Delaron, photographe de mariage et également correspondant local pour le journal *Sud-Ouest*. Il suggéra au reporter de circonstance de venir avec son appareil photo. Bruno retourna vers le groupe à présent silencieux.

— Je ne suis pas certain qu'un délit ait été commis, mais il y a clairement matière à un procès au civil dans lequel je serais sûrement appelé à témoigner. Je vous demande donc de m'accorder le temps nécessaire pour que je comprenne ce qui s'est passé, expliqua-t-il d'un ton délibérément sentencieux. Et c'est pourquoi j'ai demandé à un journaliste local, qui collabore quelquefois avec la police en photographiant des scènes de contestation, de venir nous rejoindre ici.

— Tu veux dire Philippe, le correspondant de *Sud-Ouest* ? demanda Nathalie.

Cette fois, nota Bruno avec satisfaction, le rose aux joues de Dupuy vira au blanc. Le policier regarda les employés de la cave agglutinés autour de la Porsche.

— Maintenant que le calme est revenu, mesdames, vous voudrez bien descendre de cette voiture et regagner la boutique pour vous occuper de vos clients.

Nathalie sauta à terre, et la jolie nouvelle se laissa glisser au sol avec beaucoup moins de grâce. Bruno vit Hubert se précipiter pour l'aider, mais Max lui souffla la politesse. Nathalie, de longue date la maîtresse du caviste, avait elle aussi remarqué l'élan protecteur d'Hubert ; ses mâchoires se crispèrent.

— Je ne crois pas t'avoir présenté notre nouvelle stagiaire, Mlle Jacqueline Duplessis, du Québec. Un esprit vif – elle a été la première à s'asseoir sur le capot après l'incident, quand le client a voulu partir, dit Hubert. Elle a étudié l'œnologie en Californie et va travailler avec nous cette année, pour apprendre nos techniques. Elle est d'une famille de vignerons canadiens, ils font un vin doux très intéressant.

Bruno serra la main de la jeune femme, qui retint la sienne un instant de trop en le saluant avec ce curieux accent québécois, puis lui effleura la paume avant de retirer sa main. Bruno se croisa les mains dans le dos et murmura un mot d'esprit avant de se tourner vers l'entrée, tout en s'interrogeant sur la meilleure marche à suivre. Tout d'abord, traiter l'affaire loin des regards indiscrets.

— Il n'y a plus rien à voir, messieurs-dames, annonça-t-il au petit attroupement de clients massés sur le seuil de la porte. Veuillez rentrer et retourner à vos achats, dit-il en s'avançant vers eux, sourire aux lèvres en les guidant à l'intérieur.

— Monsieur Dupuy, vous admettez avoir pris la bouteille de Château Pétrus qui vous a échappé des mains ?

— Disons qu'elle a glissé. Il y avait du gras dessus.

— Bien, rentrons examiner les débris de cette bouteille. Si vous me permettez, monsieur de Montignac ?

La cave était l'un des lieux de prédilection de Bruno. Face à l'entrée se trouvaient les vins d'Hubert de Montignac, auxquels l'homme devait son succès. Il avait commencé par créer ses propres bergerac en rouge, blanc et rosé en assemblant les vins de plusieurs viticulteurs des environs. Puis il avait acheté un petit vignoble, non loin du château de Monbazillac, pour produire son propre vin liquoreux. Plus tard, il s'était associé à un homme d'affaires anglais qui venait d'acquérir un domaine viticole à l'abandon près de Bergerac, et leur vin avait remporté plusieurs prix dans les grandes foires de Dijon et Paris. Sur la droite, c'étaient rangées sur rangées des meilleurs vins de Bordeaux, millésimes après millésimes de Latour et de Lafite, de Cheval Blanc et d'Angelus, sans parler de la série complète des Pétrus, tout ce sur quoi était fondée la réputation du lieu. Sur la gauche, il y avait l'une des plus vastes sélections de whisky de malt disponibles hors des frontières de l'Écosse, et l'une des plus belles gammes d'Armagnac millésimé de France.

Au centre, six grandes cuves en plastique formaient le cœur de la cave. Munis de pompes, ces cylindres gigantesques délivraient du vin en vrac. Tous les clients étaient conviés à acheter leur bergerac – blanc, rouge ou rosé –, leur vin de table et leur vin doux, pour un euro ou moins le litre, à la condition d'apporter leur récipient en plastique et de le remplir eux-mêmes. C'est ici que Bruno achetait son ordinaire. L'endroit sentait le vin – vin vieux et vin jeune, vin tout juste renversé et vin tout juste ouvert et, parmi eux, certains crus hors de prix. Bruno, qui savait où se trouvaient les Pétrus, conduisit sa petite troupe jusqu'au saint des saints de ce temple de Bacchus, et s'arrêta pour regarder d'un air lugubre les débris de la bouteille sur le carrelage. Un Pétrus 82. Par respect, il ôta son képi, puis s'agenouilla pour les examiner de plus près. Le prix indiqué, soigneusement inscrit en blanc au pinceau fin, était 2200 euros.

Bruno examina attentivement le plus gros des éclats de verre. Il y avait effectivement une trace de gras, à vrai dire une longue traînée laissée par un pouce. Il se tourna vers le visage luisant de Dupuy.

— Monsieur, j'ai remarqué un tube de crème solaire dans votre voiture, dans le casier de la portière ; une sage précaution quand on conduit une décapotable, même si c'est un peu gras. Quand avez-vous mis de la crème pour la dernière fois ?

Dupuy haussa les épaules, la porte s'ouvrit, et Delaron entra, appareil photo autour du cou.

— Monsieur Delaron, vous voudrez bien commencer par une photo de la Porsche garée dehors, en veillant bien à prendre le numéro de plaque et la passagère, bien entendu, commença Bruno. Votre journal en tirera peut-être un article, « Fin tragique d'un Pétrus 82… »

— Je vais régler la bouteille. C'était peut-être de ma faute, interrompit Dupuy en tendant une carte de crédit noire à Nathalie. Et oublions toute cette histoire.

— Vous avez de la chance, ce n'était pas le '61, remarqua Nathalie. Celui-là est à quatre mille cent euros. Mais dis-moi, Bruno, qu'as-tu fait à tes cheveux ?

— Voilà un geste qui vous honore, monsieur, nous n'en attendions pas moins d'un homme de votre classe, dit Bruno sans répondre à Nathalie mais en remettant en toute hâte son képi sur ses cheveux à moitié coupés. Dommage qu'il n'y ait pas assez de gens comme vous.

Et je suis sûr que, dans un esprit de réconciliation, M. de Montignac se fera un plaisir de vous offrir un verre…

Hubert était déjà derrière le comptoir et sortait une bouteille du rafraîchisseur :

– J'avais l'intention de goûter un nouvel arrivage du Krug 95, alors si M. Dupuy veut bien se joindre à moi, sans oublier mademoiselle, naturellement.

Il tapa sur le cul de la bouteille pour l'empêcher de trop mousser, puis fit sauter le bouchon joyeusement, mais avec précaution. Jacqueline se précipita avec les verres pendant que Nathalie, la mine austère, attendait que Dupuy signe son reçu de carte de crédit. Max émergea du fond de l'immense entrepôt, pelle et serpillière à la main, et commença à nettoyer. Bruno sortit pour inviter Mlle d'Alembert, qui s'ennuyait ferme, à les rejoindre pour une coupe de champagne. Elle sortit comme une flèche, avec l'éclat fugace d'une cuisse, en abandonnant le caniche.

5

Sa séance chez le coiffeur enfin achevée, Bruno gravit le vieil escalier de la mairie pour rejoindre son bureau tout en se demandant, comme il le faisait si souvent, combien de pas il avait fallu, tout au long des siècles, pour en creuser aussi profondément les marches. Le courrier et la paperasserie habituels l'attendaient, avec la liste des tâches qui s'étaient accumulées pendant qu'il travaillait au Centre de recherches avec JJ. Cela variait des certificats de bonne conduite pour les demandeurs d'emploi et les postulants à l'université aux contrats des musiciens qui allaient jouer au bal populaire pour la fête de la Saint-Louis. En sa qualité de secrétaire du comité sportif municipal, il devait régler la première phase des travaux de peinture du stade de rugby, à temps pour le début de saison. Il trouva un avis de décès, faxé par la préfecture de Paris, l'informant qu'un habitant de St-Denis était décédé dans la juridiction parisienne, et qu'il lui appartenait de prévenir la famille. Le nom du défunt ne lui était pas familier, mais l'adresse était celle de la communauté hippy qui se maintenait là depuis les années soixante, sans doute parce qu'on y fabriquait le meilleur fromage de chèvre du marché. Il lui faudrait trouver le temps de faire cette visite avant la fin de la journée, et il en profiterait pour poser quelques questions sur les OGM et les militants écolos.

Son képi atterrit sur la dernière étagère, à côté de la casquette de baseball siglée FBI qu'un ami lui avait rapportée de vacances à New York. Bruno se faufila dans l'étroit passage entre le mur et les classeurs à dossiers pour passer derrière son bureau métallique cabossé. Il s'assit sur le siège pivotant au grincement familier, puis observa par la fenêtre le rond-point grouillant d'activité et, par-delà, la foule de la grand-rue commerçante.

La plupart des gens étaient des touristes, il les voyait lécher les vitrines des agences immobilières pour voir les maisons à vendre. C'était ça, le nouveau St-Denis : quatre boulangeries, quatre coiffeurs pour dames, quatre agences immobilières, trois banques, trois magasins de foie gras et autres spécialités régionales, il ne restait qu'une seule épicerie et un seul boucher. Le poissonnier avait cédé la place depuis belle lurette à un assureur. L'autre épicerie avait été remplacée l'hiver précédent par un commerce de réparation d'ordinateurs et de vente de téléphones mobiles et de lignes ADSL pour l'Internet ; quant à l'autre boucher, il avait pris sa retraite au printemps et avait loué ses locaux à un agent immobilier. Cela ne ressemblait plus au St-Denis que Bruno avait connu à son arrivée, dix ans plus tôt, un temps où les petites villes de la France rurale gardaient encore les commerces et l'aspect des bourgs de son enfance. Maintenant, les gens allaient faire leurs courses dans les supermarchés aux entrées de la ville, ou faisaient quarante minutes de route pour se rendre dans les grands centres commerciaux et hypermarchés de la banlieue de Périgueux. Avec un soupir, il se retourna vers son bureau.

Il remplit les certificats de bonne conduite, signant chaque formulaire et y apposant son tampon officiel, puis s'occupa des contrats des musiciens. Il remplit ensuite deux avis de décès à envoyer à la préfecture, téléphona au père Sentout pour confirmer l'église pour les funérailles, puis quelque chose lui revint à l'esprit. Quelques mois plus tôt, il avait déjà signé un lot de ces certificats. Il chercha dans son dossier de copies, et trouva ce qu'il cherchait : une demande pour un job d'été comme assistant de laboratoire au Centre de recherches agricoles au nom de Dominique Suchet, la fille de Stéphane. Avec JJ, il avait interrogé le personnel permanent et vérifié les références des techniciens et des ouvriers agricoles. Il n'avait pas pensé aux intérimaires ni aux stagiaires. Putain, ça voulait dire du travail en plus, mais il n'avait pas le choix.

Bruno réfléchit. Dominique était sur les lieux de l'incendie avec son père, rien de plus naturel puisque leur ferme se trouvait juste en contrebas. Il n'empêche, c'était une coïncidence intéressante. Il relut le dossier de la jeune femme, qui contenait une recommandation du directeur du collège municipal, dont elle avait été élève avant le lycée. Il décrocha le téléphone pour appeler Rollo, le directeur, toujours à son poste malgré les vacances scolaires.

Rollo lui apprit qu'il s'agissait d'une fille pleine d'avenir, bonne élève en maths et en sciences. Elle s'était distinguée au lycée et était maintenant étudiante en informatique à l'université de Grenoble. Tout fier de son élève, une bûcheuse qui était aussi capitaine de l'équipe de natation de l'école, Rollo se mit à parler des élections organisées dans le cadre scolaire. En l'entendant expliquer comment Dominique et son copain avaient placardé des affiches dans toute l'école, organisé des réunions sur le réchauffement climatique et la fonte des glaciers et finalement battu les socialistes, donnés favoris, pour l'emporter au nom des Verts, Bruno sauta sur son stylo pour prendre des notes. Le copain, précisa Rollo en réponse à la question de Bruno, était Max, le jeune de la communauté hippy qui travaillait à la cave, pour Hubert.

Bruno raccrocha. Une jeune militante des Verts, employée au Centre de recherches, qui était sans nul doute au courant du projet d'OGM, et dont le père avait une ferme proche des cultures expérimentales, il tenait là la meilleure piste dans une affaire qui piétinait jusqu'ici. Mais Stéphane était un ami. Bruno allait devoir mener sa petite enquête avant d'en parler à JJ, ne serait-ce que pour établir si la fille avait un bon alibi au moment de l'incendie. Il se leva et tendait la main vers son képi quand Claire passa la tête dans la pièce pour lui dire que le maire voulait le voir.

— Belle coupe de cheveux, Bruno, ajouta-t-elle en s'attardant sur le seuil.

— C'est la même que tous les mois, répondit-il en attrapant son calepin.

— Non, c'est plus court, répliqua-t-elle en restant dans l'embrasure pour obliger Bruno à la frôler au passage. Ça te rajeunit.

— Pourtant j'ai déjà vieilli depuis que je les ai fait couper, dit-il en la laissant décrypter sa remarque.

Comme chaque fois qu'il entrait dans le bureau du maire, Bruno se sentit ragaillardi. Les tons chaleureux des lambris anciens et les tapis décolorés offraient un contraste saisissant avec la froideur fonctionnelle de son bureau exigu, ou avec l'espace modernisé d'accueil du public. Le maire gardait les anciennes habitudes, préférant son vieux stylo à plume à la souris de l'ordinateur, et les traditionnels classeurs à entoilage vert et rouge aux bases de données informatiques.

— Bonjour, Bruno. Je viens de recevoir un appel des services commerciaux de l'ambassade américaine à Paris, à la suite d'un courrier qu'ils nous ont envoyé, mais Claire ne remet pas la main dessus. Il s'agit de recevoir un éminent homme d'affaires qui souhaiterait nous parler d'une possibilité d'investissement dans la région.

— Quel genre d'investissement ?

— Ils n'ont pas précisé, mais tout est bon à prendre. Nous avons besoin d'emplois. La réunion se tiendra dans mon bureau, demain matin neuf heures. J'aimerais que tu sois là, avec Xavier.

Xavier était l'adjoint au maire, un des partenaires de tennis de Bruno, vraisemblablement le prochain maire le jour où Gérard Mangin se déciderait à quitter ses fonctions.

— Sait-on comment s'appelle ce monsieur ? demanda Bruno

— Seulement si Claire retrouve ce courrier.

— Pour une réunion à neuf heures, je dormirai à l'hôtel, à deux pas d'ici. Je vais passer quelques coups de fil pour trouver le nom du gars et en apprendre un peu plus sur lui.

— Ce pourrait être un de ces riches Américains qui subventionne les campagnes présidentielles et veut s'offrir un château. On les connaît, ceux-là, grogna le maire.

Bruno le savait être un vieux politicien rusé, il avait fait ses classes aux côtés de Jacques Chirac, l'année où lui-même avait vu le jour.

— Au fait, toujours rien sur cet incendie ?

— Juste le rapport du labo qui confirme la présence d'essence. C'était bien d'origine criminelle. Mais on n'en sait pas plus sur qui ni pourquoi. Tout le personnel semble hors de soupçon et, du coup, JJ fouille du côté d'éventuels concurrents. Moi, je suis censé enquêter discrètement parmi les gens d'ici, en commençant par les écolos, suivis des agriculteurs qui avaient des raisons de s'inquiéter de la contamination de leurs cultures. Mais avant toute chose, je veux en savoir davantage sur cet appel anonyme qui a donné l'alerte. Ça venait de la cabine téléphonique du Coux. Les chances sont minces, mais il y a peut-être quelqu'un qui a vu ou entendu quelque chose.

6

De retour dans son bureau, Bruno réussit à trouver l'homme d'affaires américain à l'hôtel du Centenaire, aux Eyzies, le plus prestigieux établissement de la région avec un restaurant classé deux étoiles au Michelin. Thérèse, la réceptionniste, avait une fille qui suivait les cours de tennis de Bruno, lequel prit hâtivement note de tout ce qu'elle lui racontait. Un jeune homme du nom de Fernando Bondino, arrivé dans une grosse Mercedes, avait pris la suite présidentielle à près de mille euros la nuit. Il avait aussitôt exigé une connexion Internet, choisi le menu dégustation accompagné d'une bouteille de Château Pétrus, et fini avec un verre du meilleur Armagnac. La réservation avait été prise par Dupuy Consulting, dont les bureaux se trouvaient avenue Monceau, à Paris. Bruno vérifia les noms qu'il avait griffonnés dans son carnet chez Hubert. L'adresse et le numéro de téléphone correspondaient. Un M. Dupuy devait rejoindre Bondino le soir même.

Bruno alluma son ordinateur et lança une recherche sur Google.fr. Une avalanche de pages référencées apparut, à commencer par Bondino Wines Inc., en anglais et en espagnol. Il en comprit assez pour saisir que cette société dirigeait des vignobles en Californie, au Chili, en Australie et en Afrique du Sud, et qu'il s'agissait d'une grosse entreprise très prospère. En revenant sur la page Google, il trouva des articles rédigés en français dans *Le Figaro, Marianne* et *Les Échos*. Il imprima le papier du *Figaro*, une interview, et cocha le passage où le directeur de la société, Francis X. Bondino, répondait à la question de savoir s'il envisageait d'étendre un jour son empire viticole mondialisé à la France.

« La France et l'Italie sont le berceau de vins prestigieux, et notre ambition ne sera atteinte que lorsque nous serons revenus aux sources de notre savoir-faire dans ces deux grands pays », disait l'article. Son fils Fernando avait ajouté : « Et franchement, dans ces pays, l'industrie du vin souffre d'un nombre excessif de petits vignobles qui produisent trop de vins sans intérêt en trop grande quantité. Ils n'ont pas encore suivi les Américains et les Australiens qui ont su rationaliser leur production grâce à des techniques nouvelles et un marketing adapté. Le potentiel de modernisation est considérable. »

Dans *Marianne*, Bruno apprit qu'un conflit familial avait opposé la génération précédente et scindé l'entreprise en deux pour se solder, à l'issue de procès interminables, par des rancunes tenaces, un frère et son épouse ayant été déshérités. L'article des *Échos* faisait état des nouveaux vignobles que la société avait achetés l'an passé en Afrique du Sud, avec mention de chiffres qui le stupéfièrent. Le groupe Bondino avait refusé une offre d'acquisition d'un montant de 600 millions d'euros, employait près de 3 000 personnes dans le monde – la population de St-Denis, grosso modo – et, sur l'année écoulée, avait réalisé un bénéfice de trente-huit millions d'euros. Époustouflé par la quantité d'informations qu'Internet apportait instantanément à son bureau, Bruno imprima l'article des *Échos* et prépara pour le maire un petit dossier sur ses recherches, tout en se demandant ce qu'une si grosse entreprise pouvait bien espérer de sa petite ville. Il décrocha alors le téléphone pour appeler l'expert ès négoce en vins de St-Denis, Hubert de Montignac.

— Bruno, mon cher ami, je t'ai mis de côté une bonne bouteille, pour te remercier de ton tact et de ton bon sens, déclara Hubert en entendant la voix de Bruno. Je te dois une fière chandelle, vraiment.

— J'ai fait mon devoir, rien d'autre. Dis-moi, que sais-tu d'une entreprise viticole américaine du nom de Bondino ?

— C'est un très gros groupe, un de ces géants américains, juste en dessous de Gallo et Mondavi. Implanté dans le monde entier, Australie et Afrique du Sud, et la rumeur disait qu'ils s'intéressaient à l'un des grands châteaux bordelais. Ils font leur chiffre avec des vins produits en volume, qu'ils appellent « vins de cépage ».

— Et c'est quoi, ces vins-là ?

— Des vins issus d'un cépage particulier, comme chardonnay ou cabernet sauvignon, chaque marque provenant d'une variété de raisin. C'est de la production de masse, on obtient le même produit d'une année sur l'autre, peu importent le terrain et les conditions météo. Mais dis-moi, pourquoi te renseignes-tu sur eux ?

— Eh bien, parce que Bondino va rencontrer le maire. On n'en sait pas plus, alors j'ai décidé de t'appeler. Qu'est-ce qui pourrait les intéresser chez nous ?

— Plusieurs raisons, sans doute. Ils ne sont pas très bien implantés en Europe, et ça pourrait leur être utile de prospecter dans la région. Comme tu le sais, la culture de la vigne était très étendue ici avant le phylloxéra, et elle a été remplacée par le tabac. Aujourd'hui, avec le commerce du tabac qui se meurt, les terres ne valent pas très cher. Dans cette vallée, nous n'avons pas d'appellation contrôlée pour faire grimper les prix. Mais c'est curieux que tu me parles de ça, parce que juste après ton départ, le type qui a cassé la bouteille, Dupuy, me posait des questions sur le vin et le prix des terrains par ici. Je lui ai fait goûter la production du Domaine, un peu cher pour ce que c'est, mais pas mal du tout.

— Tu parles du Domaine de la Vézère ? Mais c'est un petit vin de table, la production de Julien pour son hôtel restaurant. Pas mal, mais loin d'être économiquement viable.

— Détrompe-toi, Bruno. Julien a acheté le terrain qui jouxte le sien, sur la commune d'à côté, tu n'en auras sans doute pas eu connaissance. Il doit avoir huit ou neuf hectares maintenant, assez pour faire quarante mille bouteilles par an, quand les vignes seront à maturité. Le terrain est sur un versant plein sud, sol calcaire bien drainé, il n'y a aucune raison que ça ne donne pas un bon vin. Et avec son hôtel restaurant, il a une clientèle toute trouvée.

Bruno n'avait jamais vraiment fréquenté le monde des affaires, mais d'un seul coup, il comprenait comment les choses marchaient. Un petit viticulteur qui produisait un bordeaux ordinaire aurait de la chance d'obtenir un euro la bouteille auprès d'un négociant, alors que, dans son restaurant, Julien pouvait vendre toute sa production pour huit ou neuf euros la bouteille.

— Quand j'ai compris ce qu'il avait derrière la tête, j'ai fait l'acquisition de quelques hectares, juste au-delà du Domaine, et je compte bien les revendre un bon prix à Julien le jour où il voudra s'agrandir, poursuivit Hubert.

— Tu parles de la vieille ferme de Philibert, pas loin de la route de Limeuil ? Je croyais que tu l'avais achetée pour loger ton personnel.

— Exact, mais c'était surtout un investissement foncier, et je vais planter mes propres vignes là-bas en novembre. N'oublie pas que je peux en tirer pratiquement le même avantage que Julien dans son hôtel, en vendant ça à la cave trois euros la bouteille comme vin de pays.

— Et Dupuy alors ? Que voulait-il savoir ?

— Disons qu'il s'est calmé un peu avec le champagne, et j'en ai offert une bouteille à sa petite amie. Pas du Krug, mais bon, il avait quand même lâché beaucoup d'argent. Manifestement, il s'y connaît très bien en vin et il a de gros moyens, alors je me suis dit que je pouvais peut-être en faire un client régulier. Pourquoi cette question ?

— Le bureau parisien de Dupuy a réservé un hôtel pour Bondino, et Dupuy est descendu là ce soir, lui aussi.

— Au Centenaire, pas la peine de me dire. Rien que le meilleur pour Bondino.

— Tout juste. Mais Dupuy a pris une chambre simple, où est passée la demoiselle ?

— Il a dû la mettre dans le train pour Paris à Périgueux, c'est ce qu'il m'a dit. Elle n'avait pas beaucoup de conversation, mais ne manquait pas d'attraits. Ce petit intermède romantique m'a l'air terminé.

— Il est temps de passer aux choses sérieuses, dit Bruno. On se tient au courant, le maire va avoir besoin de tes connaissances en la matière. Ils pensent sans doute avoir affaire à une bande de ploucs, et en ce qui me concerne, ils ne sont pas loin d'avoir raison.

— D'accord pour aider qui je peux. Mais je préfère rester en dehors de cette affaire, du moins officiellement. Nous avons besoin de savoir ce qu'ils ont vraiment derrière la tête.

— Une dernière chose. Tu connais le prix du terrain autour du Domaine ? Une terre bonne pour la vigne, je veux dire.

— Eh bien, tu sais ce que j'ai payé pour la ferme de Phillibert, cent vingt mille euros, pour à peine plus de trois hectares, avec la vieille bâtisse.

— Je sais ce que ça t'a coûté officiellement, pour le fisc, répondit Bruno. Je ne connais pas le montant du dessous-de-table que tu as réglé quand le notaire est sorti de son bureau.

— Le pourcentage habituel. Il n'y a que les gourmands qui réclament plus du tiers du prix réel, dit Hubert en rigolant.

— Alors ça t'a coûté autour de cent quatre-vingt mille, et le bâtiment à lui seul vaut probablement ça. On parle de quoi là, quatre ou cinq mille l'hectare pour le terrain ?

— Quelque chose comme ça. Cinq ou six, peut-être, selon l'usage du terrain. Mais pour de simples terres agricoles, sans doute pas plus de deux ou trois. Et avec permis de construire, vingt mille au bas mot.

— Et ça chercherait combien pour des terres viticoles reconnues, avec appellation contrôlée ?

— Ça dépend. Si on était en Champagne, on parlerait six ou sept cent mille l'hectare. Mais dans le Bordelais, un vignoble d'honnête réputation irait chercher dans les cinquante mille ou plus. Et dans le Bergeracois, peut-être dix mille. Je crois que Julien a payé dans les trois mille l'hectare pour ses nouvelles terres.

— Sa propriété en vaut combien ?

— Pour l'ensemble, le château, les chais et le grand restaurant, trois millions d'euros au bas mot, sans doute plus. C'est une affaire qui marche bien.

— Merde, je dois être le type le plus pauvre de St-Denis, remarqua Bruno.

— Aujourd'hui, en tout cas, tu es plus riche d'un saint-estèphe, un Clos d'Estournelle 89. C'est ma façon de te remercier pour ce que tu as fait aujourd'hui.

— Ce n'est pas nécessaire. Tu m'as déjà largement payé de retour avec toutes ces informations.

— Mon cher Bruno, j'ai tout intérêt à savoir ce que trame ce Bondino. Quant à cette bouteille, décidons du soir où je viendrai dîner chez toi. Tu me feras une de tes fameuses omelettes aux truffes et nous pourrons la boire ensemble. On devrait peut-être inviter quelques amis pour faire une vraie fête.

7

Le Coux était un village tranquille avec une boulangerie, un tabac, un café et un petit hôtel où Bruno venait parfois déjeuner avec ses amis le dimanche. Comme il ne faisait pas partie de la commune de St-Denis, il ne le connaissait pas aussi bien que cela et, pensant qu'il outrepassait quelque peu les limites de sa juridiction, il laissa son képi dans sa fourgonnette.

La cabine téléphonique se trouvait pile devant la toute petite mairie, et un reste de ruban jaune apposé par la police flottait encore sur la poignée de la porte. Bruno jeta un coup d'œil à l'intérieur, nota le numéro de téléphone et constata que c'était une cabine moderne qui ne prenait plus que des cartes de crédit. France Télécom aurait peut-être enregistré le type de carte utilisée, mais la brigade de JJ avait sûrement déjà vérifié cela. Non loin de la cabine se trouvaient des arceaux pour vélos et un petit parking, suffisant pour y garer deux voitures et une moto. Bruno balaya le sol du regard et remarqua une tache d'huile qui semblait récente. Il prit un mouchoir en papier dans sa voiture et le posa délicatement sur le bord de la tache. La mince feuille de papier s'en imbiba, l'huile était donc assez récente pour présenter un intérêt. Bruno se dirigea tranquillement vers le petit hôtel pour prendre un café avec Sylvestre, le patron, qui était aussi le chef de cuisine et le barman. Il lui demanda s'il avait remarqué quelque chose la nuit de l'incendie.

— À trois heures du matin ? Je dormais à poings fermés, répondit Sylvestre.

Du côté de la caisse, où la femme de Sylvestre était penchée sur les comptes, s'éleva une remarque :

— Tu ronflais plutôt comme un sonneur, oui, persifla-t-elle. Enfin, j'ai rien entendu. Va voir le boulanger. Il est généralement debout à quatre heures pour mettre le four en route.

Mais le boulanger avait dormi profondément jusqu'à quatre heures, quand son réveil avait sonné. Bruno, dépité, se résignait à devoir poursuivre son enquête tout au long de la grand-rue quand le boulanger, indiquant la maison d'en face d'un geste du pouce, lui suggéra d'aller voir son oncle, facteur à la retraite, qui se plaignait sans cesse de se réveiller tôt sans presque jamais pouvoir se rendormir.

— Sauf que tu le trouveras sans doute au bistro, ajouta le boulanger alors que Bruno tournait les talons. Il s'appelle Félix, Félix Jarreau. Offre-lui un verre et il te racontera tout ce qu'il pense que tu veux entendre.

Dans tous les cafés de France, on retrouvait, à l'évidence, le même groupe de petits vieux qui tapaient le carton sur une table au fond de la salle, un ballon de blanc à côté d'eux, indifférents à la télé qui gueulait au-dessus de leur tête. Bruno reconnut Félix Jarreau du temps où il avait été facteur ; quant à Félix, il connaissait Bruno de vue, comme la plupart des habitants de la vallée. Il présenta Bruno, qui serra les mains à la ronde et attendit d'être invité à s'asseoir avant de décliner l'offre d'un verre en expliquant ce qui l'amenait là. Poussé par son insatiable curiosité, le patron arriva avec une bouteille pour remettre une tournée et s'attarda en entendant Félix dire qu'il avait en effet entendu quelque chose.

— Juste après trois heures et demie – je sais parce que j'ai regardé la pendule en me réveillant – j'ai entendu une moto qui descendait la rue et s'arrêtait devant la mairie. En regardant dehors, j'ai vu la moto garée là et quelqu'un entrer dans la cabine. Mais il portait un casque, un de ces gros machins intégral. Il est ressorti et il a filé.

— Avez-vous vu son visage ? Pourriez-vous le reconnaître ? demanda Bruno.

— Pas avec un casque comme ça, répondit Félix en secouant la tête.

— Il ne l'a pas enlevé pour téléphoner ?

Félix haussa les épaules.

— Impossible de voir ça de ma fenêtre. Je suis pas resté longtemps à regarder, je suis parti à la cuisine me faire un café.

— Et la moto ? Vous pouvez m'en dire quelque chose ?

— Un engin moderne, le genre pour faire du motocross. Garde-boue minuscules, moteur survitaminé, très bruyant. Tous les jeunes conduisent des trucs comme ça aujourd'hui.

— Vous l'avez vu reprendre la route ?

— Non, et je l'ai pas entendu non plus. Il aurait pu partir en roue libre.

Avec la chaleur de cette journée de fin d'été qui commençait à tomber, Bruno remonta dans sa fourgonnette, une vraie fournaise. Il baissa toutes les vitres puis réfléchit aux tâches délicates qui l'attendaient. D'abord, il devait interroger Stéphane, un de ses amis intimes, et ensuite annoncer la nouvelle d'un décès à l'un des membres de la communauté d'Alphonse. Avec un soupir, il démarra pour s'engager sur la même route sinueuse qu'il avait empruntée le matin de l'incendie. Devant le petit monument à la mémoire de deux jeunes résistants fusillés par les Allemands, dont l'un était l'oncle de Stéphane, il tourna pour traverser un petit pont. La route suivait une combe profonde et boueuse qui voyait rarement le soleil et que Stéphane louait au club de moto-cross local pour leurs trials. De l'autre côté de la combe, emplie d'un incessant bourdonnement de moteurs en surrégime, Bruno déboucha sur les prés de Stéphane avec son vieux corps de ferme, aujourd'hui presque écrasé par les nouveaux bâtiments : la laiterie, la fromagerie et les étables.

Il avait passé beaucoup de belles soirées ici, savouré de longs déjeuners dominicaux, rapporté le gibier de ses chasses avec Stéphane, et aidé la famille à tuer et cuisiner le cochon chaque année, en février. Il avait montré à Dominique comment nettoyer les boyaux dans les eaux vives du petit ruisseau qui courait vers le mémorial. L'amitié de Stéphane garderait une place centrale dans la vie de Bruno longtemps après que les ministres de l'Intérieur et de l'Agriculture auraient perdu leur portefeuille. Il allait mener cet entretien avec le plus grand soin.

— Salut, Bruno, dit l'imposant bonhomme en l'accueillant à l'entrée de l'étable, le balai à la main, tandis que Dominique aspergeait le sol au jet.

Elle ferma le robinet et, d'un pas alourdi par ses grosses bottes de caoutchouc, s'approcha pour l'embrasser.

— On vient de finir, reprit Stéphane. Un petit apéro, ça te dit ? Je mérite bien un Ricard après ce boulot-là.

— Non merci, pas cette fois-ci. Je suis en service, pour l'enquête sur l'incendie. Origine criminelle, selon toute vraisemblance. Il faut que j'interroge tous les gens du coin pour savoir s'ils ont vu ou entendu quoi que ce soit à trois heures, ce matin-là.

— C'est un peu tôt, même pour moi, remarqua Stéphane. Je me suis levé vers quatre heures et demie, comme d'habitude, et après j'ai reçu le coup de fil de la mairie. Là, j'ai regardé dehors et j'ai vu les lueurs. J'ai tiré Dominique du lit, on a laissé les vaches à l'étable et on a sauté dans le fourgon pour aller voir sur place. C'est là qu'on t'a croisé. Mais j'ai rien entendu. Et toi, Dominique ? Tu dormais à poings fermés quand je t'ai réveillée.

Elle secoua sa jolie tête, l'image même de la jeunesse innocente avec son regard gris limpide et son teint clair :

— Rien entendu, même pas le téléphone.

— Mais tu connaissais l'endroit, quand tu faisais ton stage au Centre de recherches ?

— Bien sûr, j'y montais une ou deux fois par semaine pour rapporter des échantillons et redescendre du matériel d'essai. La nuit, on ne laissait jamais rien de valeur sur place. Et chaque fois que j'y allais, je devais signer le registre, mais il a dû partir en fumée.

— Alors tu savais ce qu'ils cultivaient là-haut.

— Tu veux parler des OGM ? Ça me faisait flipper au début, mais plus maintenant que je comprends mieux de quoi il s'agit. La seule chose qui m'inquiète encore, c'est la contamination, les semences disséminées par le vent sur nos champs et qui passent ensuite dans nos cultures, et peut-être aussi dans le lait. L'un des projets sur lesquels je travaillais consistait à voir si des traces d'OGM étaient détectables dans le lait. Je me souviens avoir pensé que ça pouvait tout ficher en l'air pour Papa, le jour où les clients se diraient qu'il leur fait avaler ces saletés dans son lait et ses fromages.

— C'est bien possible. Tu en as parlé à ton père ?

— On en a beaucoup discuté, répondit Stéphane. Mais il y a ce versant boisé et la forêt qui font écran entre leur champ et mes terres, et Dominique m'a dit qu'ils expérimentaient sur des cultures plutôt banales. De toute façon, c'est pas ce que les vaches ont l'habitude de manger. Elle m'a dit de pas m'inquiéter.

— C'est vrai que je ne suis pas un expert, mais je ne me sens pas très rassuré, remarqua Bruno. Enfin, ce qu'ils cultivaient là-haut n'était apparemment un secret pour personne.

— Tous ceux qui travaillaient là étaient au courant, évidemment, confirma Dominique. Et bien sûr, j'en ai parlé à Papa, mais, comme j'ai dit, il n'avait pas intérêt à ébruiter la chose. Et puis, ce n'est pas comme s'il y avait des risques pour les cultures autour d'ici, le sol est trop pauvre.

— Si j'ai bien compris, ces OGM ne t'inquiètent plus autant qu'avant ? Je me souviens que tu étais une vraie écolo à l'école, quand tu as remporté ces élections avec Max.

— Je suis toujours une vraie écolo, répliqua-t-elle un peu sèchement. Et Max aussi. C'est juste qu'il y a de plus grandes causes d'inquiétude – le réchauffement climatique, la fonte des glaciers, les millions de réfugiés provoqués par l'élévation du niveau des mers. C'est là qu'on aura besoin des cultures OGM pour nourrir les gens. Est-ce que tu sais qu'aux Philippines, le Centre de recherches sur le riz a mis au point un gène qui permettra aux plants de riz de résister douze jours après avoir été inondés d'eau saline ? Ça pourrait sauver des millions de vies en Asie. (Se tournant vers son père, elle ajouta :) Tu te rappelles comme j'étais à fond contre l'énergie nucléaire ? Eh bien, aujourd'hui, il me tarde qu'on construise de nouveaux réacteurs, parce que ça vaut mieux que l'oxyde de carbone. Les Verts ont grandi, Bruno. Il fallait bien.

Bruno ne put s'empêcher de sourire. Elle était belle, jeune et combative.

— Tu devrais faire de la politique, Dominique. Je voterais pour toi. On a besoin de gens passionnés par ici.

Son grand sourire lui donna soudain l'air encore plus jeune.

— Tu me trouves passionnée ? Tu devrais entendre Max.

— Vous êtes toujours copains, même avec toi en fac à Grenoble et lui à Bordeaux ?

— On se parle tous les jours – par mail, messagerie instantanée ou sur Skype. C'est gratuit sur Internet, et on fait partie des mêmes forums de discussion sur l'écologie. Son truc à lui, c'est le bio, rien d'étonnant pour quelqu'un qui a grandi dans une communauté. Alphonse, son père, est le premier Vert en chair et en os que j'ai rencontré.

— Est-ce que tu as parlé à Max de ces cultures OGM ? demanda Bruno d'un ton délibérément anodin.

— Non, pas vraiment, répondit-elle hésitante, en choisissant ses mots. Enfin, pas de manière explicite. On se disputait à propos des OGM, et je lui expliquais que j'avais changé d'avis depuis que j'avais travaillé dessus. Il savait bien où j'ai fait mon stage cet été, il a pu tirer les conclusions tout seul, j'imagine.

— Et lui, il en pense quoi ? Il est toujours contre ?

Dominique fut ébranlée par la question, et Bruno sentit que Stéphane posait sur lui un regard interrogateur.

— Tu n'as qu'à lui demander, Bruno, répondit-elle. J'ai comme l'impression que tu soupçonnes quelque chose. Tu ne vas pas commencer à jouer au flic, dis-moi ?

— Mais non, Dominique, t'inquiète.

L'affection qu'il éprouvait pour elle permit d'atténuer l'agacement teinté de culpabilité qui naissait en lui chaque fois que l'amitié s'immisçait dans les affaires de police. Il connaissait cette fille depuis qu'elle était haute comme trois pommes. Il lui sourit pour gagner un peu de temps, en se demandant comment lui faire comprendre que cela pouvait être très sérieux.

— Je suis policier municipal depuis aussi longtemps que tu me connais, c'est-à-dire pratiquement depuis ta naissance, reprit-il. Mais je travaille pour St-Denis, et pour personne d'autre. Par contre, il y en a d'autres ici qui sont autrement plus coriaces, et on leur met la pression pour qu'ils procèdent à une arrestation. Le détective en chef du département, pour commencer, et je ne serais pas surpris de voir débarquer de Paris des types de la sécurité. Et tu seras dans leur ligne de mire. Tu as travaillé au centre, tu étais au courant des cultures OGM, ça faisait courir un risque pour la ferme de ton papa, tu es une écolo convaincue. Tu es manifestement suspecte. Et pour un incendie volontaire, c'est la peine de prison.

— On va avoir besoin d'un avocat ? demanda Stéphane.

Il avait enfin compris.

— Pas encore. Je vous préviendrai. Mais en attendant, si vous avez la moindre preuve que vous n'êtes pas anti-OGM, ce serait le moment de rassembler vos papiers.

— Ça, je m'en occupe, dit Dominique pensivement, refroidie par ce petit discours. Nous en avons beaucoup débattu dans notre groupe de discussion sur le Net, et j'ai écrit un article sur le sujet pour *Grenoble Vert*, le bulletin des Verts de la fac. Mais, et Max, alors ? Qu'est-ce que je lui dis ?

— À toi de voir. Et comme il n'a pas travaillé au centre, il n'a pas de raison d'être soupçonné. Ta situation est très différente, en revanche. Au fait, quel est le nom de ce groupe de discussion ?

– *Aquitaine Verte*, comme le parti. C'est en quelque sorte une émanation de leur site Internet, j'en fais partie depuis le collège. Bon, merci de m'avoir prévenue. Mais je n'ai rien fait de mal, je n'ai rien à craindre.

– Espérons-le. Qu'importe ce que tu as écrit pour ce bulletin, envoie-moi une copie de ton article. On ne sait jamais, ça peut toujours servir, dit Bruno en refermant son calepin. Ah, tiens, tu seras sans doute contente de savoir que le patron du centre t'apprécie beaucoup. Petitbon m'a dit tout à l'heure qu'il comptait te proposer un poste, quand tu auras passé ton diplôme.

– Alors, c'est qu'il est sûr que je n'ai rien à voir dans cette histoire.

– Très juste – tu as déjà un témoin pour ta défense, remarqua Bruno avec un sourire.

L'esprit un peu plus léger, Bruno se mit en route pour sa seconde visite, curieux de savoir qui pouvait bien être cette défunte officiellement domiciliée dans la communauté, et s'il l'avait connue autrefois. Il fila vers St-Denis par la petite route qui traversait le passage à niveau, contourna le nouveau cimetière et sortit de la ville par le chemin vicinal qui montait à flanc de colline jusqu'au château d'eau. Au-delà s'étendaient les bois et les vallons où le foin venait d'être coupé, et où les troupeaux de limousines à la robe cuivrée paissaient tranquillement au soleil de ce début septembre. Il continua de grimper en douceur jusqu'au sommet du plateau, là où les terrains étaient bon marché et la culture difficile. Arides et très ventées en hiver, ces hautes terres avaient en cette fin d'été une sorte de grandeur austère, offrant alentour un panorama spectaculaire sur les vallées en contrebas.

Un peu plus loin, sur la crête, les ruines du château de Brillamont montaient la garde au-dessus de la confluence des deux rivières, avant-poste de la succession de forteresses médiévales qui témoignaient des fluctuations de frontières entre Anglais et Français. La guerre avait duré plus de cent ans, jusqu'à ce que Jeanne d'Arc relève le moral de la France et que Bertrand Du Guesclin conçoive une pièce d'artillerie assez légère pour être mobile et néanmoins assez lourde pour pilonner les châteaux anglais et les soumettre enfin. En dépit de ce qu'il avait appris à l'école sur cette héroïne nationale, Bruno savait, par expérience militaire, que c'était la poudre qui avait joué un rôle décisif. C'était presque toujours le cas.

8

Devant le panneau de bois vermoulu et illisible, Bruno tourna pour s'engager sur un chemin de terre. Il suivit le sentier bordé d'arbres qui plongeait vers une vaste combe abritée, en entendant l'herbe entre les ornières frôler le dessous de sa fourgonnette. Arrivé devant le portail de bois qui barrait le chemin, il klaxonna, puis éteignit le moteur et poursuivit à pied en longeant un grand jardin potager fort bien tenu. Ce chemin le menait vers une curieuse collection de bâtisses adossées au versant nord de la combe et tournées vers le soleil. Une femme, qu'il reconnut, était en train de désherber pendant que deux enfants, qui fréquentaient ses cours de tennis, cueillaient des tomates. Il s'arrêta un instant devant la solide clôture grillagée qui entourait le jardin pour leur dire bonjour et accepta l'offrande de deux jolies tomates cerises rondes à souhait.

— Salut Bruno, qu'est-ce qui t'amène jusqu'ici ? demanda Céline, figure maternelle qui faisait partie de la communauté depuis ses débuts. Tu es venu donner un coup de main ?

— Trop de boulot chez moi au jardin en ce moment, Céline. Alphonse est là ?

— Dans la fromagerie.

Bruno hocha la tête puis se dirigea vers le hameau que les soixante-huitards avaient construit peu à peu depuis qu'ils s'étaient installés là, quelque quarante ans plus tôt. Même sans avoir connu le défilé ininterrompu de leurs gamins resplendissants de santé que les écoles et les clubs de sport de St-Denis avaient vus passer, ni assisté à l'élection d'Alphonse comme premier conseiller municipal Vert, il n'en aurait pas été moins impressionné. Au cœur du hameau, trônait un corps de ferme en pierre traditionnelle avec son pignon couvert de lierre. Il était coiffé du toit de tuiles plates semblable à un chapeau de sorcière, typique de cette région du Périgord. Près de la ferme se dressait la silhouette malingre d'un moulin à vent, qui fournissait apparemment assez d'énergie pour les besoins de la douzaine de personnes vivant ici à l'année. Non loin du chemin où se tenait Bruno, il y avait un grand chalet en rondins de bois avec une terrasse couverte où une femme d'âge mûr, aux longs cheveux raides, était assise en tailleur, les yeux clos, le dos bien droit. Les interstices entre les rondins étaient remplis d'argile, et le toit, fait de deux couches de planches séparées par une bonne épaisseur de mousse de polystyrène, était couvert de panneaux solaires destinés au chauffage de l'eau.

Venait ensuite un vaste bâtiment, de dimensions trompeuses, dont Bruno savait, pour l'avoir vu en plusieurs occasions, qu'il avait été construit en briques d'argile et de paille façonnées à la main puis enduites de terre. Il était blotti contre le versant de la colline, ce qui donnait l'impression que ses portes et fenêtres sortaient du talus herbeux. Une chèvre broutait sur le toit et deux enfants jouaient apparemment aux échecs, assis sur des bancs devant la maison. Sur la droite se trouvait la grange, simple bâtisse coiffée d'un toit à deux pans, construite avec des planches de récupération renforcées par une armature de vieux tuyaux de fer soudés entre eux. Le bâtiment préféré de Bruno était le dôme, perché sur le pré telle une demi-balle de golf multicolore, entièrement composé de triangles, les uns en verre, les autres en bois peint de diverses couleurs, d'autres encore en plastique et même en éclats de miroir.

Sur un côté du dôme s'appuyait une structure de bois sur laquelle une vigne, palissée là depuis des années, formait l'ombrage d'une terrasse dallée de pierre. Elle abritait une longue table de ferme, une collection hétéroclite de bancs et de chaises, ainsi qu'un très grand hamac à fanfreluches. Quelques chèvres prenaient le frais autour du hamac, comme des courtisanes veillant sur le trône délaissé par leur monarque. Debout devant l'entrée du dôme, comme s'il attendait l'arrivée de Bruno, se tenait un petit bonhomme tout nu qui enlaçait le cou d'un chevreau à peine plus grand que lui. Le chevreau bêla et le petit agita la main. Bruno lui rendit le bonjour.

Alphonse sortit de la grange en s'essuyant les mains sur un grand tablier. Son visage avait vieilli ces derniers temps, mais il gardait un air alerte avec ses longs cheveux gris noués en catogan. Il portait un jean et des tongs en caoutchouc, un haut de pyjama indien à galons, et couronnait cet incroyable accoutrement d'un bandana de soie chamarrée brillant de fils d'or.

— Bienvenue, Bruno, dit Alphonse. Un thé peut-être ? Une bière maison ? À moins que tu ne sois venu goûter le fromage frais ?

— Non merci, Alphonse. Je suis en service, j'espère que ce ne sera pas trop triste. Te souviens-tu d'une dénommée Mireille Augereau ? Elle se déclare domiciliée ici.

— Mireille, oui, elle est venue ici il y a une dizaine d'années pour un été mais elle est restée presque un an avant de partir ailleurs. Elle est arrivée ici comme étudiante avec un des fondateurs de la commune, il était son professeur. Mais je n'ai pas eu de ses nouvelles depuis des lustres.

— Et Maximilien Augereau ? C'est le Max que je connais ?

— Tout juste, c'est son fils, mais il se fait appeler Vannes, comme moi. Sans doute parce que c'est moi qui l'ai élevé et qu'il n'a pas eu beaucoup de nouvelles de sa mère depuis qu'elle est partie. Mireille était un joli brin de fille quand elle est arrivée ici. Que lui est-il arrivé ?

— Eh bien, nous venons d'apprendre qu'elle est morte hier dans un accident de voiture dans la banlieue parisienne. Cette adresse figurait sur son permis de conduire et sa carte d'identité, et Max était nommé comme proche parent. Il y aurait de l'argent à la clé. Elle travaillait dans une crèche municipale et avait souscrit une assurance-vie, dont Max est le bénéficiaire.

— C'est vrai qu'il n'a jamais su grand-chose d'elle, mais ça va sûrement lui faire un choc de perdre sa mère, j'imagine. Il a dû recevoir une ou deux cartes d'anniversaire, quand elle arrêtait de boire et de se droguer.

— Elle a simplement laissé son gamin ici, avec toi ?

Alphonse hocha la tête.

— Elle a rencontré un type au marché. C'était juste quand on commençait à vendre nos fromages, elle savait bien y faire. Une jolie frimousse, ça aide toujours, et elle se débrouillait en anglais avec les touristes. Elle a dit qu'elle partait en week-end avec lui à la plage et elle est jamais revenue. Rideau. Quant à Max, disons qu'il faisait déjà partie de la famille, même s'il avait eu quelque part d'autre où aller.

— Est-ce qu'on sait qui est le père ? Que dit l'extrait de naissance ? Et la carte d'identité de Max ?

— C'est moi qui ai la paternité, puisque c'est moi qui l'ai élevé. Mireille n'a jamais parlé du père. Elle menait une vie de patachon, Bruno, elle couchait avec plein de mecs. Pas sûr qu'elle ait su qui était le père.

— Et Max, il est où ? Toujours chez Hubert, à la cave ?

— À cette heure-ci, il doit être chez le vieux Cresseil, il l'aide dans sa vigne. C'est ce qui lui plaît le plus, à Max, avec le rugby, les jeux d'ordinateurs et courir les filles. Il veut vraiment faire carrière dans le vin, il va aider Cresseil à rentrer la vendange avant de repartir à la fac. C'est un bon garçon, Bruno.

Bruno hocha la tête. Il aimait bien Max, qui canalisait toute sa violence dans le rugby et n'avait pas d'ennemis. Rapide et agile, résolu dans les plaquages, il jouait pilier pour l'équipe B chaque fois qu'il rentrait chez lui.

— Je ferais bien d'aller voir Max là-bas pour lui annoncer la mauvaise nouvelle, dit Bruno. Même s'il ne l'a pas bien connue, ça reste dur d'apprendre la mort de sa mère. À moins que tu ne préfères t'en charger ?

— Laisse-moi venir avec toi. Il faut que j'aille en ville chercher un truc, de toute façon. Goûte un morceau de fromage pendant que je vais me laver. Tu sais où c'est, il y a du pain sur le comptoir.

Alphonse baissa la tête pour entrer dans le dôme, et Bruno s'enfonça dans l'obscurité de la grange qui sentait la chèvre, l'urine et l'odeur piquante et tiède du lait en fermentation. La plupart des fromages étaient stockés dans la pièce du fond, plus fraîche, mais ici, dans l'atelier, Alphonse avait laissé plusieurs rangées de nouveaux crottins qui allaient être vendus frais, ou plus ou moins secs. Une grosse boule de pain bis, spécialité de la communauté, attendait sur une planche à découper en bois. Bruno sortit son Laguiole, se coupa une tranche de pain et une moitié de crottin puis s'appuya au comptoir pour les déguster. Du coin de l'œil, il remarqua une boîte en carton munie d'un petit robinet qu'il orienta vers la fenêtre : *South Africa Pinotage*. À côté, se trouvait un verre vide et Bruno s'en versa un fond pour goûter. Pratiquement aucun nez, mais pas mal en bouche. Il regarda le prix sur l'étiquette. Quatre euros les cinq litres. Pas étonnant que les Français ne puissent pas rivaliser avec ça.

— Tu as trouvé le vin d'Afrique du Sud, dit Alphonse. Pas mal, hein ? C'est Max qui l'a acheté, il a aussi acheté de l'australien et du chilien, il essaie des vins de toutes les provenances. Il appelle ça de la recherche. Mais tiens, goûte-moi ça.

— Le fromage est vraiment bon, remarqua Bruno en tendant son verre vide vers la bouteille de rouge anonyme qu'Alphonse était en train de servir.

Il huma le vin d'un air connaisseur, prit une bonne gorgée et goûta en claquant des lèvres avant d'approuver prudemment d'un hochement de tête.

— C'est le nôtre, et grâce à Max, c'est dix fois mieux que la piquette qu'on faisait ici. La technique n'est pas si différente, mais c'est meilleur quand c'est lui qui le fait, une sorte de don.

— Bien meilleur que la vinasse d'avant, je peux te le dire maintenant, je la buvais seulement pour être poli. Mais ça, ça se boit bien.

— Cent pour cent bio, en plus. C'est moi qui l'ai branché là-dessus. Maintenant, il dit que c'est l'avenir de la viticulture, comme si c'était son idée à lui, ajouta Alphonse avec tendresse. Si tu as fini, partons annoncer la mauvaise nouvelle.

Bruno ralentit et arrêta la fourgonnette au sortir des arbres, là où la route débouchait sur le sommet de la crête. Il aimait cette vue par-dessus tout, confia-t-il à Alphonse quand celui-ci se tourna vers lui, sourcils levés dans une interrogation silencieuse. Le paysage familier de la vallée de la Vézère en contrebas, des villages haut perchés sur la crête la plus lointaine, offrait un panorama époustouflant. Juste en dessous, se dressait le petit château qui était au cœur du Domaine de la Vézère, propriété de Julien. Bruno regarda d'un œil attentif les rangées de jeunes pieds de vigne que Julien avait plantés, tourna son regard vers la ferme de Philibert achetée par Hubert, puis vers la propriété voisine de Cresseil, toute de bric et de broc. Elle comprenait un corps de ferme, à peine plus qu'une maisonnette de berger, où vivait le vieil homme, deux granges, un jardin potager et une vingtaine de rangées de vigne. Cela faisait des années que Cresseil ne marchait plus assez bien pour s'occuper de toutes ses terres, et il laissait le versant qui descendait vers la rivière monter en herbe pour la vendre comme fourrage. Une douzaine de balles de foin gigantesques, emballées dans leur plastique noir, étaient posées sur le pré à l'endroit même où la moissonneuse-batteuse les avait laissées.

Bruno tenta d'estimer la surface que possédait Cresseil. Le terrain, long et étroit, représentait un peu plus de la moitié de la propriété de Philibert, peut-être même les deux tiers. Tournant son regard vers St-Denis, à quelques kilomètres en amont, il suivit la rivière des yeux jusqu'au méandre qui marquait le début de sa longue course vers la Dordogne, mais il n'arrivait pas à se faire une idée de l'étendue de ce versant sud dont Hubert de Montignac pensait qu'il pourrait donner un bon vignoble. En certains endroits, la pente était tellement escarpée qu'il ne restait plus que les falaises de calcaire crayeux utilisées comme abris au Moyen Âge, et sans doute aussi dans les temps préhistoriques. Cependant, le Domaine lui-même n'occupant guère qu'une petite partie du versant, si l'évaluation d'Hubert, à trois millions d'euros, était juste, la valeur de l'ensemble pouvait être colossale.

— Tu ne connais pas encore ta vallée ? l'interpella Alphonse depuis la voiture.

Bruno revint sur ses pas.

— Comment Max a-t-il fait la connaissance de Cresseil ? demanda-t-il, appuyé contre la fourgonnette tandis qu'Alphonse se roulait une cigarette.

— Par le collège. Avec le programme mis en place par Rollo, chaque grand devait adopter un des vieux de la maison de retraite. (Alphonse s'interrompit pour passer la langue sur le papier et allumer sa cigarette.) Max rendait visite à la vieille Mme Cresseil peu avant sa mort, ça doit faire trois ans de ça, et le vieux bougre s'est pris d'amitié pour lui. Il avait enfin trouvé un nouveau public pour ses sempiternelles histoires de guerre, j'imagine. Et puis Max s'est mis à l'aider au jardin, à bricoler un peu dans la maison, et Cresseil a commencé à lui apprendre la vinification. Le vieux a donné à Max une bécane déglinguée qui n'avait pas marché depuis des lustres. Même qu'il a réussi à la retaper. Max aime bien le bonhomme, il dit que c'est comme un papi pour lui.

Alors Max avait une moto, même si elle était loin d'être neuve, pensa Bruno, pas comme celle que le facteur du Coux avait vue. Peut-être avait-il aussi l'usage d'un engin plus moderne. Bruno classa l'information dans un coin de sa tête.

— Le vieux Cresseil n'a pas eu d'enfants, si je ne me trompe.

— Si, un seul, dans l'armée de l'air, mort dans un accident d'avion en Afrique, longtemps avant que tu arrives ici, Bruno. (Alphonse pinça sa cigarette à demi consumée dans ses doigts maigres, puis la rangea soigneusement dans sa blague à tabac.) Viens, allons voir Max.

— Alphonse, je dois te demander quelque chose, officiellement.

Bruno expliqua le contexte de l'incendie et demanda à Alphonse si, en tant qu'élu local des Verts, il connaissait dans le secteur un militant écolo assez stupide pour faire une chose pareille.

— Tu ne dis pas ça pour plaisanter, hein ? s'exclama Alphonse, sur un ton plus résigné qu'interrogateur. Je me demandais si on allait en arriver là. N'importe quel écolo serait capable de bousiller une culture s'il pensait avoir affaire à des OGM, mais il n'y mettrait jamais le feu. Il y a des gens de Bordeaux qui m'ont téléphoné pour me demander de vérifier, en tant que conseiller municipal, si l'autorisation spéciale avait bien été accordée. J'ai mis le nez dans les textes de loi, parce que je vais soulever la question au prochain conseil.

— Il n'y a pas eu d'autorisation, Alphonse. Le maire et moi n'en savons pas plus que toi.

— Eh bien, le conseil aurait dû en délivrer une. S'il s'agissait d'OGM et que notre conseil municipal n'était pas au courant, ça va faire un scandale, je te le promets. Je ne parle pas uniquement pour moi, Bruno, c'est le parti tout entier qui va monter au créneau, incendie criminel ou pas.

— Je ne dis pas que je suis fan de ces trucs-là, répondit Bruno. Mais un incendiaire est un criminel. Et je poursuis mon enquête, OGM ou pas. Et je compte sur ton aide, Alphonse. Nous pouvons être d'accord sur ce point-là, comme le conseil tout entier et le maire seront d'accord avec toi sur les OGM et les autorisations.

Alphonse opina brièvement.

– Encore une chose, Alphonse, un petit conseil. Les pistes sont tellement rares dans cette affaire que les détectives s'impatientent. Et ce ne sera plus ton vieux pote Bruno qui viendra t'interroger mais des flics, des vrais, avec des moyens de pression. S'il le faut, ils t'accuseront d'autre chose pour t'obliger à coopérer, c'est leur méthode. Il n'y a pas mieux qu'une descente dans une vieille communauté hippie pour saisir de la drogue, alors si vous avez quoi que ce soit d'illicite, vous avez intérêt à vous en débarrasser vite fait.

– Ce n'est pas une communauté hippie, protesta Alphonse.

– Toi, tu le sais, et moi aussi peut-être, mais ce n'est pas le cas des gendarmes, et le capitaine Duroc est en mal de promotion. Réfléchis bien, et maintenant, allons trouver Max.

9

Max était un beau jeune homme. Torse nu, bronzé, ses longs cheveux blondis par le soleil, il était en train de désherber le potager à grands coups de binette énergiques quand Bruno se gara devant la grange. Max n'était pas tout seul. À ses côtés, en short et T-shirt, il y avait la jeune Québécoise que Bruno avait rencontrée à la cave. Quand elle se releva pour voir les nouveaux arrivants, elle était presque aussi grande que Max. Son T-shirt décolleté révélait la naissance de ses seins hâlés, et son short était vraiment minuscule. Pas étonnant que Max soit toujours fourré avec elle, pensa Bruno.

Cresseil, assis sur une chaise en bois d'âge vénérable, le menton posé sur sa canne, regardait les jeunes travailler. Un Porcelaine, ancienne race française de chiens courants, dormait, couché à ses pieds. Le vieil homme se tourna à leur approche, se cala sur sa chaise en hochant la tête et leur tendit une main noueuse.

— Alphonse, Bruno..., dit-il. Bienvenue à vous. Un petit apéro ? Hé, Maxou, c'est l'heure d'arrêter. Ton papa est là.

— Merci, je prendrais bien un verre de ton vin de l'an dernier, répondit Alphonse.

Bruno n'eut pas le temps de dire que ce n'était sans doute pas le meilleur moment pour siroter un verre ensemble, du moins pas avant que Max ait appris la nouvelle.

— Vas-y, Bruno, goûte-le, reprit Alphonse.

Max posa sa binette et les rejoignit en murmurant bonjour, puis embrassa Alphonse sur les deux joues et fit de même avec Bruno, qu'il connaissait depuis l'enfance.

— Tu te souviens de Jacqueline, à la cave ? dit Max quand la jeune femme s'avança pour serrer la main de Bruno et embrasser Alphonse.

Voilà qui est intéressant, songea Bruno. Cette fille connaît déjà la famille de Max. Cette fois encore, elle garda la main de Bruno un peu trop longtemps dans la sienne, le jaugeant sans gêne dans une attitude presque impudente, avec sa façon de respirer pour faire gonfler sa poitrine contre le coton de son T-shirt. C'est instinctif, réalisa Bruno ; elle n'a peut-être même pas conscience des signaux qu'elle envoie.

— Apporte du vin à nos invités, mon garçon, dit Cresseil.

Max enfila une chemise sur ses épaules musclées et rentra dans la maison, suivi de Jacqueline.

— Tu le fais travailler dur, remarqua Bruno.

— Ça lui fait du bien. L'oisiveté est mère de tous les vices, répliqua le vieillard en tirant une vieille pipe de la poche de son gilet. Il fit craquer une allumette puis, entre deux bouffées, demanda en plissant les yeux : Qu'est-ce qui vous amène ? Mauvaises nouvelles ?

— Pas bonnes, répondit Bruno.

Les trois hommes attendirent en silence que Max revienne avec une petite table sous un bras et deux chaises pliantes se balançant sans peine dans l'autre. Il installa le tout et la fille arriva avec un plateau, versa à boire, puis les deux jeunes gens s'assirent en tailleur à côté du vieil homme. Le chien bougea, se retourna et posa la tête sur les pieds de son maître.

— Bruno a une mauvaise nouvelle à annoncer, déclara Alphonse quand ils eurent tous pris place.

Bruno inspira pour se donner une contenance. Il n'avait encore jamais eu à faire part d'un décès comme celui-ci, annoncer la mort d'une mère depuis longtemps disparue à un enfant abandonné. Et jamais encore la chose n'était venue se mêler à une enquête de police.

— J'ai reçu une notification de Paris. J'ai le regret de t'annoncer que Mireille, ta mère, est morte dans un accident de voiture. Je suis désolé, dit Bruno. (Il s'interrompit avant de poursuivre.) Il va y avoir de la paperasse, car elle t'a désigné comme ayant droit, mais je peux m'occuper de la plupart des démarches et t'aider pour le reste.

Max le considéra d'un air ahuri, fit la moue puis tourna son regard au loin, vers la rivière. Jacqueline posa la main sur son bras, sans rien dire.

— Je la connaissais à peine, difficile de ressentir grand-chose. J'ai toujours cru que nous nous rencontrerions plus tard, en adultes, quand on aurait chacun notre vie et qu'on pourrait parler calmement.

— Nous pourrions la faire enterrer ici, si tu veux, dit Alphonse.

— Les enterrements n'ont jamais eu de sens pour moi, déclara Max. Je ne suis pas croyant, je trouve plus logique d'être incinéré. (Se tournant vers Bruno :) Est-ce que je dois passer à ton bureau signer quelque chose ?

— Pas encore. Pas avant d'avoir reçu les papiers de Paris. Tu n'as pas besoin de décider maintenant, mais si tu le souhaites, l'incinération pourra se faire ici.

Le jeune homme hocha la tête sans enthousiasme, puis il prit une longue gorgée de vin et leva son verre.

— Qu'en penses-tu, Bruno ? C'est la cuvée de l'an dernier, la première que j'ai faite avec Cresseil.

— J'ai pas fait grand-chose, grogna le vieux. Suis resté le cul sur ma chaise à te regarder faire tout le boulot.

Bruno fit tournoyer le vin dans son verre, le huma, puis le goûta :

— Pas mal du tout, Max. Mais celui que tu as fait pour la communauté était bien aussi. Alphonse m'en a offert un verre.

— La cuvée de cette année sera meilleure. Jacqueline va m'aider, répondit Max.

Il se leva en souplesse, d'un seul mouvement, en aidant la fille à se remettre debout en même temps. D'un regard à Alphonse, il lui fit comprendre qu'il voulait partir.

— Juste une minute, Max, intervint Bruno, mal à l'aise sur sa chaise.

Le moment était très mal choisi, mais il devait demander à Max où il se trouvait la nuit de l'incendie.

— Sûrement dans mon lit en train de dormir, répondit Max, toujours debout, prêt à partir.

Il sourit nerveusement, puis lança un regard de biais à la fille.

— Là-bas, chez toi ? insista Bruno.

— Non, t'es resté ici cette nuit-là, l'interrompit le vieil homme, qui se tourna vers Bruno. Je dors pas trop bien ces temps-ci. Max est resté ici, je l'aurais entendu partir, sinon. Cette bécane aurait réveillé une bonne partie de la vallée.

Bruno regarda Cresseil. C'était un alibi difficile à remettre en cause, et pourtant Bruno se surprit à douter de sa véracité. Le vieillard était intervenu trop vite, la réponse de Max était trop banale. Bruno n'avait pas l'habitude qu'on lui mente. JJ lui avait dit un jour qu'un policier devait toujours présumer que personne ne disait jamais toute la vérité, mais Bruno n'était pas ce genre de policier-là. Il connaissait pratiquement tous les habitants de St-Denis, et supposait que la plupart des gens lui disaient la vérité la plupart du temps. Si Max mentait, Bruno n'était pas certain de pouvoir le remarquer, même s'il avait passé des heures avec lui sur le terrain de rugby et le connaissait depuis l'enfance. Bruno se gratta le crâne et dévisagea le jeune homme. Quelque chose sonnait faux. Il était temps de pousser Max dans ses retranchements.

— Tu n'avais pas besoin de prendre la moto. Tu aurais pu sortir tranquillement à pied et rejoindre le champ à travers les collines. Ce n'est pas si loin, dit-il. Tu tiens la forme, tu aurais même pu faire ça en courant…

– J'aurais pu, mais je l'ai pas fait, rétorqua Max avec des yeux qui lançaient des éclairs, avant de se reprendre : Excuse-moi, Bruno. Tu ne me soupçonnes pas vraiment, hein ? Tu joues juste au flic.

– Dis donc Max, tu as vu mes sourcils ? Ils sont brûlés, là, tu as remarqué ? Et je tousse encore le matin à cause des fumées que j'ai respirées. J'en fais une affaire très personnelle, moi, de cet incendie, parce que j'aurais pu y rester. Alors, oui, je joue au flic.

– Excuse-moi, Bruno, répéta Max en regardant le policier plus attentivement, d'un air penaud.

– Celui qui a mis le feu a laissé une espèce de bombe à l'intérieur de la grange, et elle a explosé juste au moment où le pompier s'approchait. Tu savais ça ?

– C'est pas..., commença Max avec fougue avant de se ressaisir, et Bruno se demanda ce qu'il s'apprêtait à dire. C'est pas ce qui était dans le journal. J'ai pas entendu parler de bombe.

– Allume un feu avec de l'essence, revisse le bouchon sur le bidon vide et tu viens de fabriquer une bombe qui pète un bon moment plus tard, quand le feu a dégagé assez de chaleur. Les pyromanes connaissent le truc, et il y en a qui font ça en toute connaissance de cause, pour blesser les pompiers. C'est pour ça qu'ils sont punis d'une si lourde peine de prison.

Max demeura interdit un moment, comme ébranlé par l'idée de la prison. Puis il se reprit et secoua la tête énergiquement : « Je ne sais rien du tout », dit-il, et la fille lui lança un regard que Bruno trouva emprunt d'inquiétude. Il n'y avait pas l'ombre d'une preuve, mais Bruno se sentit soudain effaré à la pensée qu'il avait peut-être le coupable devant lui. Il sortit son portable, comme pour vérifier s'il avait un message, en réalité pour activer la numérotation rapide du numéro de son bureau, afin d'enregistrer la suite de leur conversation.

— Tu n'as pas entendu de rumeurs sur cette affaire parmi les écolos ? poursuivit Bruno, le portable à la main d'un air désinvolte. Les gens doivent en parler. Et ton ancienne petite amie, Dominique ? Tu en as sûrement discuté avec elle.

— Bien sûr qu'on en discute, je te l'ai dit, l'interrompit Alphonse. Certains parmi nous commençaient à avoir de gros soupçons sur cet endroit.

— C'est à Max que j'ai posé la question, intervint Bruno, les yeux rivés sur le jeune homme.

— On discute tout le temps, par mail, MSN ou textos. Dominique a toujours été ma meilleure copine, mais on n'est jamais sortis ensemble. On se connaît trop bien, j'imagine, on a fait toute notre scolarité ensemble.

Il se tourna vers Jacqueline avec un sourire encourageant, lui prit la main. Ils faisaient un beau couple. La fille lança un coup d'œil à Bruno avant de retourner à Max.

— Et alors, vous en avez dit quoi, tous les deux, de cet incendie ? Je cherche à savoir s'il peut y avoir des cinglés d'écolos capables de faire un truc pareil. Il ne s'agit pas juste de moi et des pompiers. La ferme de Dominique aurait pu partir en fumée.

— Vraiment, tu crois ? demanda Max, sincèrement inquiet. C'était si dangereux que ça ?

— Un peu plus de vent, un peu plus de temps avant l'arrivée des pompiers, et c'était une vraie catastrophe, répondit Bruno. Alors, tu as une idée ?

Max haussa les épaules.

— Et pourquoi mettre le feu au hangar et pas juste aux cultures ? insista Bruno.

— Comment le saurais-je ? Peut-être que celui qui a mis le feu voulait détruire les dossiers… (Max s'interrompit.) Je sais pas moi, les trucs qu'ils avaient là-dedans. Dans le journal, ils parlaient de matériel de bureau.

— Est-ce que Dominique t'a parlé du bureau ?

Bruno s'entendit poser cette question avec rudesse et prit une inspiration pour se calmer.

Sud-Ouest avait effectivement parlé d'une machine à écrire détruite, mais sans mentionner de dossiers.

— Elle m'a dit qu'elle mettait les dossiers à jour chaque fois qu'elle montait là-haut. Cet incendie l'a mise très en colère. Depuis qu'elle a travaillé là, Dominique s'est mise à penser que les OGM avaient un sens. C'est surtout de ça qu'on a discuté.

— Et tu es d'accord avec elle ?

Max haussa de nouveau les épaules.

— Je ne sais pas. C'est un truc technique, très complexe. C'est vrai, la plupart des pieds de vigne français sont des greffons, issus de sujets californiens. Et pour obtenir ça, il faut greffer la bouture sur la racine d'un autre pied de vigne. C'est pas de la modification génétique, ça ? D'une certaine manière, en tout cas.

— Alors, tu en penses quoi, de cet incendie ?

Bruno ne voulait pas lâcher.

— C'était vraiment une grosse bêtise, et dangereuse en plus. Et si j'apprends quelque chose, je te le dirai, répondit Max. (Il passa son bras autour des épaules de

Jacqueline et se tourna pour partir.) S'il n'y a rien d'autre, Bruno, on se voit à l'entraînement.

Max posa la main sur l'épaule de Cresseil en guise d'au-revoir et se dirigea avec Jacqueline vers la grange, d'où il sortit la vieille moto. On aurait dit une pièce de collection datant de la Seconde Guerre mondiale. Alphonse s'excusa d'un petit sourire et leur emboîta le pas, se préparant à enfourcher la moto derrière Max. Bruno décida de fermer les yeux sur l'absence de casques. Il éteignit son portable tout en regardant Max serrer la fille dans ses bras, puis elle extirpa une bicyclette déglinguée de la haie et s'en alla en pédalant.

— Tu m'as l'air de t'être attaché à Max, dit Bruno quand le vrombissement de la moto et les nuages de fumée bleue se furent dissipés sur le chemin.

Il se demandait s'il allait être possible de casser l'alibi que Cresseil lui avait donné. Sans cela, Max serait le suspect numéro un.

— S'il était pas là, ils m'auraient déjà fait partir à la maison de retraite. (Cresseil fourragea dans ses poches à la recherche d'allumettes, et ralluma sa pipe.) Il m'aide pour mes petites courses et avec le jardin, et il m'a réparé le toit. Je pourrais pas y arriver sans lui, à dire vrai. Et il veut rien accepter, pas un sou, rien de rien. Même cette vieille moto qu'il a réparée, il dit qu'il l'a juste empruntée et qu'il me la rendra quand ma jambe ira mieux.

— Comment va ta jambe, ces temps-ci ?

— Je me débrouille, tout juste. Mais je pense pas pouvoir passer un autre hiver ici. C'est pas demain la veille qu'ils me mettront dans cette maison.

— Ce serait peut-être pour le mieux.

— Va te faire foutre, Bruno. Je suis peut-être vieux, mais je suis pas idiot. J'irai dans cette maison quand j'aurai pas le choix, parce que tu sais bien, et moi aussi, que je ne partirai d'ici que les pieds devant. C'est l'anti-chambre de la mort là-bas, ça fait pas un pli. Ils veulent même pas me laisser prendre mon chien, le meilleur chien de chasse de la vallée. Remarque, lui aussi est à bout de course, comme moi.

Il se pencha et, du bout de sa canne, toucha doucement le flanc du chien endormi. Ce dernier ouvrit un œil, et le vieil homme et le vieil animal se regardèrent un long moment, dans un intense échange sans paroles. Le chien se tortilla sur l'herbe pour se blottir contre les jambes du vieux Cresseil puis referma ses paupières. Bruno sourit de les voir ainsi.

— Max s'est trouvé une petite amie, on dirait, remarqua Bruno. Une jolie fille.

— Ils travaillent ensemble à la cave, chez Hubert, elle étudie le vin, tout comme Max. Il est fou amoureux, on peut pas lui en vouloir. Il l'a amenée plusieurs fois ici pour aider avec la vigne. (Ses yeux brillèrent, il fit un clin d'œil à Bruno.) Ça me rajeunit drôlement, rien que de voir un beau brin de femme comme ça. Je vais pas en voir beaucoup d'autres, des jeunes beautés. J'en ai plus pour très longtemps, je le sens.

— Et cette ferme, demanda Bruno. Tu as de la famille qui va en hériter ?

— Il y a toujours de la famille quelque part, des cousins ou autre, mais personne dont je suis vraiment proche, personne à qui je veux la donner. Cette maison m'a vu naître, Bruno, j'y ai vécu toute ma vie, plus de quatre-vingts ans sur ce bout de terre, et je sais exactement ce que j'ai envie qu'il en advienne, après moi. J'y réfléchis depuis un moment, et je sais ce que je veux. C'est juste que je sais pas comment m'y prendre. J'allais te demander conseil.

— Vas-y. Si je ne connais pas la réponse, nous irons trouver le maire, ou quelqu'un d'autre qui sait.

— Bon, je pensais à Max. Si je pouvais lui léguer la ferme le moment venu.

Bruno siffla doucement. Ce serait un bel héritage pour un jeune homme. Avec pas mal de complications juridiques à la clé, sans doute. Déshériter un membre de sa famille est pratiquement impossible au regard de la loi française. Cela voulait dire aussi, songea Bruno, qu'il ne pouvait ni réfuter l'alibi du vieil homme le soir de l'incendie, ni se fier à sa parole.

— Tu connais le droit successoral, dit Bruno. La famille prime, peu importe le lien de parenté.

— Je sais, j'y ai pensé. Mais si j'adoptais le gamin ? Il serait de la famille alors, non ?

— Je suppose que oui. Je ne sais même pas si on peut adopter quelqu'un de majeur. De toute façon, il faudrait que Max soit d'accord, et c'est un garçon indépendant, et ambitieux aussi, il part étudier en fac. Il n'a peut-être pas envie de prendre racine à la campagne.

— On en a parlé, pas de l'adoption, mais de la campagne. Il aime cette terre, il aime la maison. D'après lui, tout le coteau qui descend vers la rivière ferait un bon vignoble. Il veut faire des essais, planter de nouveaux pieds, différentes variétés, quand il rentrera à Noël. Juste pour voir comment les plants prennent en terre. Je ne pense pas être encore ici à Noël, mais je n'ai pas eu le cœur de lui dire. Et quand ça arrivera, il faudra que je vende la ferme pour pouvoir payer la maison de retraite. Je préfèrerais la transmettre au gamin.

— Eh bien, garde-la encore un peu, le temps que je me renseigne pour toi sur les lois d'adoption. Pour le moment, le garçon n'a pas besoin d'un choc supplémentaire. Il n'était pas proche de sa mère, je sais bien, mais il lui faudra quand même s'habituer à l'idée.

Cresseil hocha la tête.

— Sa nouvelle copine saura l'aider. Un joli brin de fille, cette Jacqueline, mais c'est une futée. Et elle en sait des choses, pour son âge.

— Un peu trop maligne pour Max, tu crois ? (Sûrement trop pour moi, en tout cas, se dit Bruno. Et trop allumeuse.) Tu veux que je t'aide à rentrer ?

— Non ça va, je peux me débrouiller comme un grand. Mais je veux bien que tu rentres la table et les chaises sous le porche. Et les verres aussi. Prends le vin, si tu veux. Il est pas mal, hein ?

— Pas mal du tout, mais il n'est pas très différent de celui que tu as toujours fait. N'empêche, il vaut cent fois mieux que la piquette qu'on nous servait dans l'armée.

— Tu devrais entendre le gamin rouspéter sur la façon dont on fait le vin ici, dit le vieil homme en souriant. Il a lu tous les bouquins, il parle que de fermentation à froid, de cuve en acier inox et de je ne sais quel machin malolactique. Moi, je lui dis que cette vieille barrique a toujours fait l'affaire, pour mon père et son père avant lui, et qu'elle fait l'affaire pour moi aussi.

— Tout ce nouveau matériel coûterait une petite fortune.

— C'est pas tant ça. Je suis pas viticulteur, moi, je fais juste un peu de vin pour moi et la famille, avec un peu de rab pour les amis. C'est comme ça qu'on faisait dans le temps, on se mettait tous ensemble et on s'entraidait pour les vendanges, on foulait les raisins ensemble, tous les jeunes, disons, et après on se réunissait encore pour la mise en bouteille. C'était le bon temps, mon petit Bruno. C'est comme ça que je me suis mis avec mon Annette, en foulant les raisins avec elle. C'est pour ça que la plupart des bébés naissaient en mai, neuf mois après les vendanges. Tu savais ça ?

En souriant, Bruno secoua la tête. Il n'avait pas connu cette époque-là, mais il pouvait se l'imaginer sans mal.

— C'étaient les vendanges de la Libération, septembre 44. Nous étions presque tous dans le maquis, nous autres, mais on avait chassé les Allemands et de Gaulle était rentré dans Paris. C'était une période exceptionnelle, aussi exceptionnelle que les vendanges de cette année-là.

Le vieil homme s'arrêta de parler, le regard perdu au-delà de la vallée, dans un lointain passé, un sourire flottait doucement sur ses rides.

— Annette, je l'avais connue à l'école, bien sûr, elle vivait un peu plus haut, dans la vallée, reprit-il. Mais quand on foulait les raisins cet automne-là et que je l'ai vue, avec ses cheveux blonds en cascade sur les épaules, et ses jolies jambes blanches dégoulinantes de jus, j'aurais pu tout lécher, je te dis que ça. Ah Bruno, c'était une vraie beauté, tellement fine, et rien qu'à voir son plaisir quand elle écrasait les raisins, je savais qu'elle avait du ressort. Moi aussi, j'étais jeune et costaud, et fier d'avoir été dans la Résistance, toutes les filles nous admiraient parce qu'on s'était battus contre les Allemands. Bon, t'imagine. On s'est mariés en novembre, et le bébé est arrivé en mai. J'étais dans l'armée alors, en Allemagne.

— Et pour le vin, ça donnait quoi cette passion et toutes ces jambes nues dans les cuves ?

— Pour le vin, je sais pas, mais je me sentais drôlement mieux chaque fois que je buvais un coup et que je repensais aux jambes de mon Annette. Et ça marche encore.

10

Bruno s'amusait à l'idée de revoir le consultant parisien. Mais il garda son sérieux quand, serrant la main de l'Américain Bondino, il vit Dupuy rougir en l'entendant déclarer à la cantonade :

– Mais bien sûr que je connais M. Dupuy, et sa réputation de connaisseur de bons vins.

Ils étaient réunis dans la salle du conseil, une sorte de verrière tout en longueur construite sur le grand balcon de la mairie, avec vue sur le vieux pont de pierre et le large méandre de la rivière. Bruno nota que Fernando, l'héritier du groupe Bondino, était un homme grassouillet, à peu près de la même taille que lui mais élégamment mis, et qu'il avait des cheveux clairsemés coupés ras. Proche de la trentaine, estima-t-il, peut-être un peu moins. Vêtu d'un costume de lin noir et d'une chemise de soie blanche à col ouvert, il portait au poignet une montre visiblement de grande valeur. Bruno n'avait jamais aimé les bijoux sur les hommes, et Bondino avait une chaîne en or blanc autour de l'autre poignet et une grosse bague à la main droite. Il sortit un ordinateur portable ultra mince de sa mallette, l'alluma et passa lentement l'index sur un petit capteur situé sous le clavier.

Il vit que Bruno l'observait, leva un doigt sans sourire et dit : « Sécurité. » Ce devait être l'un de ces lecteurs d'empreinte digitale, permettant de verrouiller l'ordinateur jusqu'à l'identification de l'empreinte enregistrée. D'un air désinvolte, il s'inclina sur sa chaise, une jambe mollement croisée sur l'autre, comme pour donner à admirer ses mocassins noirs d'un cuir aussi fin que celui de chaussons. Bruno sentit naître en lui une aversion instinctive envers cet homme.

— En préambule, permettez-moi, messieurs, de m'assurer auprès de vous que notre réunion sera confidentielle et que rien de ce qui va vous être communiqué ne sortira d'ici, commença Dupuy. (Il portait de grosses lunettes à montures noires et un complet bleu austère avec une cravate rose vif.) Monsieur le maire ?

— Nous avons l'habitude de la discrétion en affaires, monsieur, répondit le maire. Auriez-vous l'amabilité de demander à votre collègue de faire attention à cette table avec son matériel ? On dit qu'elle a près de sept cents ans, ce qui est sans doute une exagération, mais elle compte certainement plus d'années que nous tous réunis.

Bondino sortit un magazine illustré de sa mallette et le glissa sous l'ordinateur. C'était *Marie-Claire Maison*, remarqua Bruno, ce qui suggérait une certaine maîtrise du français. À moins qu'il ne se contentât de regarder les photos, évidemment.

— Bondino Wines est une société californienne, fondée par le grand-père de l'actuel PDG, Francis X. Bondino..., reprit Dupuy.

— En 1906, l'interrompit le maire qui s'adressait à l'auditoire mais se tourna face à Bondino. J'aimerais dire, messieurs, que Bondino Wines n'a nul besoin d'être présenté, même ici dans la France rurale. Nous savons tout de votre implantation en Amérique et en Afrique du Sud, de vos trois mille employés, vous pouvez donc vous dispenser de votre introduction et en venir directement au fait.

Dupuy semblait vouloir reprendre la parole quand Bondino leva la main. Dupuy s'assit.

— Cela se résume à une seule question. (Bondino parlait un français à peu près correct mais avec un fort accent, sans quitter le maire des yeux.) Avez-vous assez de poids politique pour faire de cette vallée une région d'appellation contrôlée dans les douze prochains mois ? Notre ambassade a un joli réseau à Paris, Dupuy est un professionnel en la matière et, à les en croire, vous avez les connexions politiques pour l'obtenir.

— Et si j'y parviens ?

— Alors je suis prêt à investir une somme à huit chiffres dans votre commune. Disons, plus de dix millions de dollars US. Non, correction, plus de dix millions de vos euros. Ça représente beaucoup de jobs et beaucoup d'impôts locaux pour St-Denis.

— Et que feriez-vous avec cette grosse somme d'argent ?

— Acheter du terrain, construire un établissement vinicole modèle avec un centre d'accueil touristique, diriger un hôtel, cultiver un vignoble, fabriquer un bon vin et l'exporter dans le monde entier.

— Combien de terrain vous faut-il et quelle production viticole visez-vous ?

— Selon notre business plan, il nous faut atteindre un minimum d'un million de bouteilles par an au bout de sept ans. Ce qui veut dire environ deux cents de vos hectares.

— Et combien d'emplois à la clé ?

— Probablement une cinquantaine à temps complet une fois que le centre touristique tournera à plein, plus quelques emplois saisonniers.

Bruno était intrigué de voir comment Bondino et le maire se jaugeaient l'un l'autre. Et même si les deux hommes ne se quittaient pas des yeux, ils ne se mesuraient pas du regard, ne cherchaient pas la domination, c'étaient simplement deux hommes d'expérience qui prenaient calmement la mesure l'un de l'autre sans émotion apparente. Il réalisa tout à coup que l'Américain avait certainement connu des dizaines de réunions avec des hommes politiques, et que « son » maire en avait tenu tout autant avec des hommes d'affaires. Bruno tempéra son aversion d'une petite dose de respect.

— Je vois. C'est un projet très ambitieux, remarqua le maire. Et tout s'articule sur l'obtention du label d'appellation contrôlée pour cette vallée ?

— Parfaitement. Et comme je sais l'impact que cela aura sur la valeur des terrains pour beaucoup de vos électeurs, je souhaiterais être exonéré de taxe foncière pendant les sept premières années.

— Et quoi d'autre ?

— Que vous m'aidiez à acquérir ce terrain avec la plus grande discrétion. Sitôt le projet connu, le prix du foncier va exploser. Dans ce cas-là, notre accord tombe à l'eau.

— Savez-vous quelles terres vous intéressent ?

— Dupuy, faites passer la carte et les photos aériennes à monsieur le maire. Et lance-les à l'écran pour que tout le monde puisse les voir.

Comme Bruno et le maire s'y attendaient, il s'agissait du Domaine et du coteau exposé au sud et surplombant la rivière.

— Juste pour vous faire comprendre que nous sommes très sérieux, sachez que j'ai posé une option d'achat sur ce complexe hôtelier et viticole, le Domaine de la Vézère. Vous connaissez l'endroit, j'en suis sûr. J'ai aussi une option sur le centre de canoë-kayak, le camping et le resto-grill sur l'autre rive. Nous avons également procédé à des essais aussi discrets que minutieux sur la nature des sols et l'écoulement naturel. Tout a été organisé par notre bon ami Dupuy ici présent, et les diplomates nous assurent que les ministères concernés ne nous feraient aucune difficulté.

— Quand vous sollicitez une exemption temporaire de taxe foncière pour l'entreprise, est-ce à dire que nous serions privés des impôts que la commune perçoit actuellement sur le Domaine et les autres propriétés que vous envisagez d'acquérir ? Cela représenterait un grand trou dans notre budget, remarqua Bruno.

— Je comprends très bien, et je sais que ce projet ne peut réellement aboutir que si nous pouvons convenir ensemble d'un terrain d'entente, répondit Bondino avec un sourire que Bruno ne trouva guère convaincant. Je suis prêt à négocier sur ce point pour minimiser l'impact négatif sur vos recettes. Si vous m'aidez avec le cash-flow, je ferai de mon mieux pour vous.

— Je suis un homme politique, monsieur, j'ai besoin d'être réélu, dit le maire, incliné sur son siège dans une posture décontractée que démentait sa fermeté de ton. Si mes opposants pouvaient affirmer que je me suis entendu avec une entreprise américaine pour acquérir des terres à bas prix afin que les Américains tirent profit de la valorisation du foncier, je perdrais les prochaines élections. Et je l'aurais mérité car ce serait un scandale. Par conséquent, même si j'acceptais d'agir ainsi, vous ne garderiez pas longtemps votre associé à la mairie.

— Il me semble important de ne pas perdre de vue que M. Bondino ne cherche pas à spéculer sur le prix des terres, mais à bâtir une industrie viticole prospère dans la région, intervint Dupuy d'un air suave. Peut-être devrions-nous mettre de côté la question de la propriété des terres, le temps de vous expliquer les autres avantages...

Bondino l'interrompit d'un geste :

— Que pensez-vous d'un bail avec option d'achat ? Ça pourrait marcher ?

— Vous pourriez louer les terres pour une durée minimum de cinq ans, disons, avec option d'achat à l'échéance, répondit le maire.

— C'est bien ça, Dupuy ? demanda Bondino sans même regarder le consultant.

Il se balançait sur sa chaise, incliné sur le dossier.

— Oui, monsieur. Le contrat de bail peut être rédigé de façon à imposer un prix de vente maximum à l'échéance. Mais chaque propriétaire a aussi l'option de devenir actionnaire dans votre société, ce qui leur garantit un intéressement dans la valorisation de l'entreprise. Il y a là des avantages fiscaux, pour eux et pour vous.

— Alors, que dites-vous de ça, monsieur le maire ? fit le jeune homme avec une note d'insolence. C'est acceptable ?

— Ça offre des possibilités intéressantes, je crois.

Bondino ouvrit son attaché-case, en sortit un document sous chemise plastifiée, et le fit glisser sur la table en direction du maire.

— Juste pour vous montrer que je parle sérieusement. C'est ma lettre de crédit pour dix millions d'euros, certifiée par la succursale parisienne de la Citibank, elle attend la concrétisation.

Tandis que le maire étudiait le document, Bondino reprit la parole :

— Encore une chose. Cet incendie dont parlait le journal local, cela ne nous dit rien qui vaille. Nous n'allons pas investir là où des militants de l'environnement se piquent de faire de la politique en démolissant le McDonald du coin ou en détruisant les cultures. Si nous sommes venus ici, c'est parce qu'on nous a dit que c'était une jolie petite ville sans problèmes. Espérons que les coupables ne tarderont pas à être arrêtés. Pas question de prendre le moindre risque avec dix millions d'euros. J'espère que c'est clair.

11

C'était un avertissement poli, mais Bruno avait compris que c'était quand même un ordre. Le chef de la police municipale de St-Denis était sommé de se rendre dans les plus brefs délais à la gendarmerie, où l'attendait un haut fonctionnaire du ministère de l'Intérieur. En traversant la place où les vieux jouaient aux boules, Bruno vit une grosse Renault noire d'allure officielle garée devant le bâtiment, le chauffeur toujours au volant. À l'intérieur, on le conduisit jusqu'à l'austère bureau du capitaine Duroc, avec vue sur le vieux cimetière. Un homme d'âge mûr, en civil mais au maintien indiscutablement militaire, était assis à la place de Duroc. Bruno, invité à prendre place sur une simple chaise en bois, préféra rester debout. Duroc était perché sur le rebord de la fenêtre.

— Brigadier Lannes, permettez-moi de vous présenter le policier municipal Courrèges, annonça Duroc avec froideur. Le brigadier vient de Paris, envoyé par le ministère de l'Intérieur.

En le saluant, Bruno se sentit scruté par une paire d'yeux sombres et se souvint de la mise en garde de JJ.

— Vous êtes l'homme avec la croix de guerre et la connaissance du terrain, déclara le brigadier en se levant pour lui serrer la main. J'ai entendu parler de vous. Bon, dites-moi où nous en sommes. Il s'est écoulé près d'une semaine depuis l'incendie et le détective en chef du département me dit que l'enquête piétine.

— Nous avons peu de nouvelles pistes, mis à part le résultat de l'analyse de l'essence, du Total ordinaire, dit Duroc. Les prélèvements faits dans la cabine téléphonique du Coux n'ont rien donné. Le coupable avait mis des gants, ou s'est servi d'un stylo pour composer le numéro.

— C'est une cabine à carte, ajouta Bruno, décidé pour le moment à passer sous silence le témoignage du facteur. Je sais que le commissaire Jalipeau de la police nationale se charge de vérifier auprès de France Télécom où la carte a été achetée.

Le brigadier lança un regard à Duroc, comme pour lui reprocher de ne pas lui en avoir parlé dans son rapport. Puis il se pencha vers sa serviette, en sortit un tirage papier d'un site Internet et déclara :

— Nous avons du nouveau. *Aquitaine Verte* est un bulletin écolo, publié à Bordeaux par des militants des Verts. Le commissaire Jalipeau se trouve actuellement là-bas pour les interroger, car le dernier numéro du bulletin, envoyé par courriel la nuit dernière à tous les membres du parti, est presque entièrement consacré à votre Centre de recherches et aux essais OGM. Ils possèdent une foule de détails très précis, et ont apparemment copie des résultats des essais ; selon toute vraisemblance, ils proviennent de la grange qui a été incendiée. Ils citent aussi à plusieurs reprises un certain Alphonse Vannes, conseiller municipal à St-Denis pour les Verts. Selon lui, aucune autorisation n'a été accordée pour les cultures en question, ni par la mairie ni par le conseil général.

— C'est exact, dit Bruno. Le maire n'est pas content.

— Soit, mais ce n'est pas mon problème. Je suis intervenu dans cette affaire parce qu'il s'agissait d'un projet de recherche de petite envergure soutenu par le gouvernement. Maintenant, cela risque de devenir un scandale national qui sera encore plus embarrassant si nous ne trouvons pas l'incendiaire.

— Veuillez m'excuser, intervint Bruno. Je veux juste être sûr d'avoir bien compris. Vous êtes brigadier de gendarmerie, assigné pour aider JJ – le commissaire Jalipeau, je veux dire – de la police nationale ?

— En tant que brigadier de gendarmerie, je dépends du ministère de la Défense, mais je suis rattaché aux Renseignements généraux. Le ministère de l'Intérieur m'a autorisé à prendre charge de cette enquête. JJ travaillera sous mes ordres, et je ne doute pas, messieurs, que vous m'accorderez votre entière collaboration.

— Oui, chef. À vos ordres, dit Duroc.

— Je ferai mon maximum pour vous aider, mais vous comprendrez que je dois d'abord consulter le maire. C'est de lui que je reçois mes ordres, dit très formellement Bruno, qui n'aimait pas du tout la tournure que prenaient les choses.

Aux ordres du ministère de l'Intérieur, les Renseignements généraux, tout particulièrement chargés de la lutte anti-terroriste, avaient une sinistre réputation.

— JJ m'avait prévenu que vous réagiriez comme cela, dit le brigadier avec un petit sourire qui étonna Bruno. Il m'a également conseillé de vous appeler par votre prénom et de vous faire comprendre que votre aide m'est indispensable. Et si vous me disiez ce que vous jugerez bon sur d'éventuels suspects, et ce qui les disculpe à vos yeux ?

Bruno considéra la question. La demande était raisonnable, et formulée avec courtoisie par un homme qui avait sans doute toute l'autorité nécessaire et pouvait assurément l'obtenir. Ce brigadier avait tout l'air d'être un type bien, ou du moins faisait-il l'effort de se comporter comme tel. Sachant deux ou trois choses des militaires de son grade, et du genre de pressions que Paris pouvait exercer pour obtenir rapidement un résultat, Bruno suspendit tout jugement. Protéger sa ville et ses habitants dans toute la mesure du possible, voilà quel était son boulot.

— Il y avait un suspect possible, Dominique Suchet, une étudiante en fac qui a travaillé au Centre cet été, elle est très écolo. Mais premièrement, son père lui a fourni un excellent alibi au moment de l'incendie. Et deuxièmement, elle prend maintenant la défense des cultures OGM et de l'énergie nucléaire. Une écolo qui a la tête sur les épaules, et si l'incendie s'était propagé, la ferme familiale aurait été la prochaine sur la liste. Donc, à mon avis, ça ne peut pas être elle. La piste la plus prometteuse passe par ce groupe de Bordeaux, *Aquitaine Verte*. S'ils détiennent les documents qui se trouvaient dans la grange incendiée, le rapport est évident.

— Je vous parie un verre qu'ils diront à JJ qu'ils ont reçu les documents au courrier, sous forme de lettre anonyme, dit le brigadier. Parlez-moi un peu de cet Alphonse Vannes.

Bruno s'efforça d'expliquer qui était Alphonse, la réussite de la communauté qu'il avait créée dans les collines, tout en sachant que c'était peine perdue, avec Duroc qui gloussait son mépris sur le rebord de la fenêtre. Même quand Bruno suggéra d'en référer au maire pour que celui-ci confirme la respectabilité d'Alphonse, le brigadier leva les sourcils d'un air moqueur.

– C'est un gars responsable, il sera sans doute prêt à nous aider si nous le traitons correctement, conclut Bruno.

L'argument ne convainquait pas grand monde, pas même lui.

– Vous avez peut-être raison, mais nous ne disposons pas d'assez de temps pour prendre qui que ce soit avec des pincettes. S'il sait quelque chose, je dois le savoir maintenant, dit le brigadier. Comment les gens ont-ils eu connaissance de ces cultures OGM ?

– Par Dominique Suchet, peut-être, ou par l'un des autres employés du Centre, répondit Bruno en se demandant comment expliquer ce qu'il savait des gens de sa commune à quelqu'un qui venait d'ailleurs et ne voulait rien d'autre qu'arrêter le coupable puis passer à autre chose.

– Dominique m'a raconté qu'elle faisait partie d'un forum de discussion écolo sur Internet et que sa propre expérience au Centre l'avait amenée à défendre les OGM, expliqua-t-il. Ce ne serait pas difficile pour un membre de ce forum d'en tirer les conclusions.

Bruno se gratta la tête, il cherchait à se rappeler quelque chose, et sortit son calepin écorné pour retrouver ce qu'il avait griffonné après avoir vu Dominique.

— Voilà qui est intéressant. Elle m'a dit que ce forum s'appelait *Aquitaine Verte*, il y a sûrement un lien avec le bulletin publié à Bordeaux. (Il se sentit brusquement plus gai. L'enquête semblait se détourner de St-Denis.) Je ferais bien d'appeler JJ pour l'en informer.

— C'est déjà fait, annonça le brigadier. Nous avons un étage tout entier d'un bureau parisien avec une équipe d'informaticiens chevronnés en train d'éplucher l'historique complet d'*Aquitaine Verte* sur le Net. Courriels, numéros de téléphone, liste des appels, relevés de cartes bancaires, recherches Internet. Vous n'avez pas idée des moyens dont dispose un État moderne quand il s'agit de mettre le paquet. Nous allons avoir accès à toutes les conversations échangées sur ce forum, et si notre incendiaire a été informé des OGM par une indiscrétion de Dominique Suchet, nous saurons le trouver.

— Capitaine Duroc, je vais avoir besoin de votre bureau, poursuivit le brigadier. Et de vos hommes aussi, pour m'amener Alphonse Vannes et Dominique Suchet. Je commencerai par eux.

— Ils sont en état d'arrestation ?

— Non, bien sûr que non. Je veux juste les entendre. Mais il me faudra leurs ordinateurs.

— Et s'ils refusent de nous suivre ?

— Nous trouverons le moyen de les convaincre. (Il se tourna vers Bruno :) La plupart de ces anciens soixante-huitards ont généralement un peu de drogue chez eux. Ça fera gentiment l'affaire pour une détention temporaire. Qu'en dites-vous ?

— Alphonse a sûrement passé l'âge pour ce genre de choses, répondit Bruno. Et les jeunes de la communauté aiment trop leur rugby. Une descente produirait l'effet inverse au but recherché. Il serait plus utile de s'assurer de la coopération d'Alphonse.

Le brigadier observa Bruno un long moment sans mot dire.

— Tant que vous n'oubliez pas de quel côté de la loi vous êtes, dit-il avant de s'adresser à Duroc. Étudiez-moi de très près ces jeunes joueurs de rugby. Ils ont probablement été élevés comme des petits écolos purs et durs. Et quand nous en aurons terminé avec eux, nous passerons St-Denis au peigne fin jusqu'à ce que nous obtenions un résultat. Et n'oubliez pas de relever toutes les cartes téléphoniques en circulation.

Bruno eut froid dans le dos en voyant le brigadier se pencher vers son attaché-case pour en sortir un vieil ordinateur portable ; il le brancha et s'installa devant l'écran. Duroc et Bruno pouvaient disposer. Duroc se rendit à l'accueil pour organiser le véhicule qui irait chercher Alphonse et Dominique. Bruno, pensif, repartit vers la mairie en songeant à ce bureau parisien rempli d'informaticiens en train d'éplucher les mails et les appels téléphoniques, et de mettre sans doute un certain nombre de numéros sur écoute. Le portable de Dominique en ferait certainement partie. D'instinct, il voulait téléphoner à Stéphane pour le prévenir. Mais il suffisait que Dominique laisse entendre qu'elle était avertie, ou qu'elle avait pris contact avec un avocat, pour alourdir les soupçons qui pesaient déjà sur elle.

12

Sur le court trajet qui le menait de la gendarmerie à la caserne des pompiers, Bruno se sentait dépité mais la petite foule qui se pressait devant la maternelle le ragaillardit en le saluant joyeusement. Il était près de midi et, comme d'habitude à cette heure-là, les jeunes mères, fières de leurs nouveaux bébés en poussette, se rassemblaient sur le trottoir avec leurs paniers chargés de courses, et bavardaient en attendant la fin de la classe et la débandade des enfants dans des piaillements de joie. Si le taux de natalité était le seul signe de bonne santé d'une ville, St-Denis se portait à merveille, pensa Bruno en portant la main à son képi pour saluer la petite troupe des mamans, avant de descendre du trottoir pour les contourner.

Comme prévu, Ahmed était à la caserne, et ils montèrent ensemble retrouver Albert dans son bureau pour tenter l'expérience suggérée par Bruno. C'était Ahmed qui avait reçu le coup de fil l'avertissant de l'incendie, et même si l'appel n'avait pas été enregistré,

Bruno pensait qu'il fallait tenter le coup et solliciter la mémoire auditive d'Ahmed.

— Je ne sais pas si ça va vraiment pouvoir aider, Bruno, dit Ahmed quand ils furent tous agglutinés autour du bureau d'Albert. Je t'ai déjà dit, j'avais l'impression qu'on avait mis un chiffon sur le combiné, la voix était étouffée, indistincte.

— Mais tu te souviens de ce que le gars a dit ?

Albert poussa un carnet de notes vers Bruno :

— Voilà ce qu'Ahmed a écrit quand il a pris l'appel. C'était juste une liste de mots : Incendie. Grange. Champ. Derrière bois. Route St Cham. Avant tournant St Cyp.

— Il a pas dit grand chose d'autre, confirma Ahmed. Et quand je lui ai demandé son nom et son adresse, il a juste dit cabine du Coux, puis il a raccroché.

— Bon, essaie de te souvenir de sa voix et puis écoute ça, demanda Bruno en décrochant le vieux combiné à cadran pour appeler la messagerie de son bureau. La qualité n'est pas fameuse, tu vas m'entendre dire quelques mots et après, c'est un autre qui parle et je veux savoir si sa voix ressemble à celle du gars du Coux.

Ahmed prit le combiné et écouta en fermant les yeux pour se concentrer.

— Tu peux recommencer ? demanda-t-il à la fin de la brève conversation à la ferme de Cresseil. On entend à peine.

Bruno raccrocha et recomposa le numéro de sa messagerie. Cette fois, Ahmed garda les yeux grands ouverts et il remuait les lèvres comme s'il se récitait les mots. Albert se tenait immobile derrière son bureau, les yeux rivés sur Ahmed, et l'on n'entendait rien d'autre que les légers grésillements qui s'échappaient du combiné qu'Ahmed tenait à l'oreille. Bruno s'aperçut qu'il retenait son souffle, en réaction à la tension qui montait dans la pièce.

— Encore une fois, dit Ahmed en tendant le téléphone à Bruno. La voix me dit quelque chose. Peut-être que c'est quelqu'un que j'ai rencontré une fois ou deux. Vas-y, recommence.

— Autant de fois que tu veux, fit Bruno en recomposant le numéro.

— Tu penses que c'est lui, hein ? intervint Albert. Tu penses que c'est l'incendiaire qui a appelé.

— Peut-être, répondit Bruno en tendant le combiné à Ahmed pour la troisième fois.

Une fois de plus, les voix s'échappèrent du téléphone dans le silence tendu du bureau. Par la fenêtre, les voix des enfants libérés montèrent jusqu'à eux, suivies par le premier hurlement de la sirène de midi.

— Je ne jurerais pas, dit Ahmed, mais je crois que c'est lui. À sa façon de dire « incendie ». Mais quand il dit qu'il te connaît et qu'il te retrouve au rugby, peut-être que c'est là que j'ai entendu sa voix, au club.

— Ne t'inquiète pas, Ahmed. Je ne vais pas te demander de témoigner au tribunal, dit Bruno. Je cherche juste à réduire un peu le champ des possibles.

— Cette affaire va peut-être décider le maire à prévoir une nouvelle installation téléphonique dans le prochain budget, remarqua Albert. Avec enregistrement automatique des appels.

— Ma nouvelle fourgonnette d'abord, repartit Bruno.

En montant les marches familières de la mairie, Bruno avait le désagréable sentiment que les affaires de sa ville lui échappaient. Ce n'était pas seulement l'arrivée du brigadier, mais aussi la visite de Bondino et le bouleversement d'échelle qu'une telle entreprise aurait sur St-Denis. Mais dans l'immédiat, son problème était le brigadier. Il ressentait comme une humiliation personnelle de savoir que Dominique et Alphonse, deux personnes sous son autorité, qui lui avaient témoigné leur amitié, allaient maintenant être interrogées sans ménagement par les gros calibres de Paris. Et les soupçons de plus en plus solides qu'il nourrissait envers Max ne rendaient que plus injuste ce qui arrivait à ces deux-là.

Bruno s'arrêta en haut des marches, il savait que les choses pouvaient encore s'aggraver. Cela ne s'arrêterait pas à Alphonse et Dominique. Ni sans doute non plus à Max, après que le brigadier se serait intéressé à lui, ce qui ne faisait aucun doute. Dès lors que les politiciens parisiens commençaient à s'inquiéter, les habitants de St-Denis ne représentaient plus que de simples pions. Sa colère raviva la vieille amertume qu'il avait espéré pouvoir enterrer quand il avait quitté l'armée. Tout cela faisait partie du même système pourri. Les habitants de St-Denis allaient être traités de la même façon que lui et ses compagnons d'armes l'avaient été, on se servirait d'eux avant de les abandonner. Ils avaient été envoyés en Bosnie comme casques bleus, à peine armés du strict nécessaire, pour maintenir la paix là où il n'y avait aucune paix à maintenir, sans ordre de combattre, sans honneur dans le devoir. Rien d'autre que l'humiliation, les tirs de mortiers, et le tireur embusqué qui lui avait mis une balle dans la hanche.

Il s'attarda là, en haut des marches, le regard perdu sur le vieux mur de pierre. La porte des bureaux de la mairie, et celle de son devoir, restaient closes. À présent, le seul moyen de protéger St-Denis était de résoudre l'affaire rapidement, et de la résoudre lui-même. Il savait que Max était son suspect numéro un. Il fallait donc soit casser l'alibi de Cresseil, soit l'obliger à avouer ou l'y amener par la ruse, ou bien encore tendre un piège à Max. Bruno poussa un grand soupir. Ce n'était pas pour lui plaire, mais il savait maintenant ce qu'il devait faire. Il ouvrit la lourde porte de la mairie, répondit à peine Claire qui le saluait gaiement à l'accueil, frappa à la porte entrouverte du bureau du maire puis passa la tête pour lui parler de sa collaboration avec le brigadier.

— Mieux vaut coopérer, répondit le maire. J'ai déjà accepté que tu fasses équipe avec JJ et il s'agit de la même affaire. Et après ce que Bondino a dit en fin de réunion sur cette enquête, plus vite elle sera résolue, mieux ce sera. Je suis content que tu sois passé, je voulais te voir à propos de cette histoire d'adoption. Je ne veux pas mettre des bâtons dans les roues de Cresseil, mais cela risque de poser problème. Les terres de Cresseil font partie du versant que Bondino souhaite acquérir avec notre aide. Tu pourrais peut-être te renseigner discrètement, voir ce que le vieux a l'intention de faire. À le voir, je me dis qu'on l'aura mis en maison de retraite avant la fin de l'année. Et tu pourrais aussi voir avec les collaborateurs de Bondino ce qu'ils peuvent faire pour le jeune Max, promesse d'emploi ou bourse, par exemple. S'il veut travailler dans la viticulture, ça pourrait être une bonne opportunité pour lui.

En repartant vers son bureau, Bruno réfléchissait au stratagème du maire, à ses allusions à la technique de la carotte et du bâton. Pour Max, la perspective d'une bourse offerte par Bondino était séduisante, à moins qu'il ne soit arrêté, mais elle contenait aussi la menace sous-jacente de voir le maire bloquer la demande d'adoption. De toute évidence, ce dernier avait décidé d'autoriser le projet Bondino. Et si ce projet aboutissait, l'avenir économique de St-Denis était assuré pour plusieurs générations. Pourquoi alors lui inspirait-il tant de réticences ? Était-ce sa méfiance du changement ou son attachement au St-Denis d'aujourd'hui ? Ou plutôt, au St-Denis d'autrefois, se reprit-il en allumant son ordinateur. Là, le premier message sur sa liste était celui d'Isabelle : « Je viens en Dordogne. Tu es libre ce week-end ? »

Bruno se cala sur sa chaise, surpris de se sentir brutalement submergé par un flot d'émotions. Je suis un adulte, se raisonna-t-il, pas un jeune innocent aux prises avec sa première histoire d'amour. Je vais avoir quarante ans, nous avons parlé de la situation comme des gens responsables, raisonnables, en sachant que les ambitions professionnelles d'Isabelle et mon amour pour cette région étaient incompatibles. Et maintenant elle vient me voir et mon cœur bat la chamade. Je me sens transporté, j'ai envie de me lever en hurlant de joie.

Il relut le mail, analysant les dix petits mots pour y découvrir un sens caché. Il ne trouva pas la moindre trace d'affection, et moins encore de passion, rien que les faits bruts. Elle venait et avait envie de le voir. Pour tout le week-end ? Peut-être. Devait-il répondre sur le même ton, en restant neutre, ou ajouter quelque chose de personnel ? Et avait-il vraiment envie de recommencer le cycle de joies et de déceptions qu'il avait déjà connu avec elle ? Ses doigts restaient en suspens au-dessus du clavier. Il allait devoir répondre d'une manière ou d'une autre. Comment formuler au mieux son message ? Il ferma les yeux pour réfléchir, puis les rouvrit très vite et tapa : « Excellente nouvelle. Pour toi, bien sûr, je suis libre » et appuya sur Envoi.

13

Quand Bruno arriva devant la petite maison de Cresseil, la première chose qu'il vit fut la Porsche blanche qu'il connaissait bien. Dupuy et Bondino se tenaient sous l'auvent, face à Cresseil assis sur sa chaise, Max debout à son côté, la main sur l'épaule du vieil homme en un geste rassurant et protecteur. Le vénérable vieux chien grognait et s'efforçait de se redresser, l'échine hérissée mais le train arrière misérablement écroulé sur les pieds de son maître. Tous les visages s'étaient tournés pour voir Bruno arriver. Il venait d'interrompre une scène qui n'avait rien d'amical. Laissant son képi dans la voiture pour ne pas avoir l'air trop officiel, il s'avança en silence jusqu'à l'auvent sans prêter attention ni à Dupuy ni à Bondino, serra la main du vieillard et de Max, puis s'agenouilla pour permettre au chien de le renifler avant que l'animal ne consente à être caressé par un vieil ami. Alors seulement, Bruno leva les yeux vers Dupuy et Bondino pour les saluer sèchement.

— Ces messieurs allaient partir, annonça Max avec colère.

Cresseil, visiblement très fatigué, confirma quand même d'un signe de tête.

— Bien, monsieur, je compte sur vous pour réfléchir à notre proposition, dit Dupuy. Je me permettrai sans doute de revenir vous voir quand vous aurez eu le temps de réfléchir...

— Pas besoin de réfléchir, rétorqua Cresseil. C'est non aujourd'hui et ce sera non demain. Et pas la peine de revenir, vous serez pas les bienvenus.

Bondino voulut intervenir, mais Dupuy le retint aussitôt en posant la main sur son bras pour l'entraîner vers la voiture.

— Vous, dit Bondino en s'adressant à Bruno, expliquez-leur. Faites-leur comprendre. Dites-leur ce qu'il en est.

Bruno, qui regrettait de ne pas avoir mis son képi, resta impassible devant eux. Quand Max s'avança pour dire quelque chose, Bruno l'en empêcha d'un geste. Le jeune homme tremblait d'émotion. En arrivant près de la Porsche, Bondino repoussa brutalement Dupuy pour prendre place au volant. Dupuy se retourna vers Bruno, haussa les épaules et s'en alla s'asseoir comme passager dans sa propre voiture, dont le moteur vrombissait déjà agressivement. Il était à peine assis et n'avait pas encore claqué sa portière que Bondino démarra dans un crissement de pneus en faisant voler le gravier, et la belle voiture cahota à l'assaut du petit chemin défoncé.

— C'est quoi ce bordel ? s'emporta Max, le visage tout contre celui de Bruno. Ils ont dit que le maire était avec eux et ils veulent nos terres. Et pourquoi tu devrais nous faire entendre raison ?

— Ce serait peut-être une bonne idée de s'asseoir, fit Bruno doucement. Je peux prendre une chaise ? Tu vas m'expliquer ce qu'il se passe.

— Ils sont venus nous dire qu'ils allaient racheter nos terres. C'était pas une proposition. Ils nous l'annonçaient, précisa Max.

— Max, une chaise pour notre ami, dit Cresseil en s'adossant à son siège et en cherchant sa pipe. Et j'aimerais bien un petit verre. Toi aussi, Bruno ?

Max souffla bruyamment, mais entra dans la maison et revint avec une chaise qu'il racla sur la terrasse en pierre avant de repartir chercher deux verres de vin.

— Le gamin a raison, confirma Cresseil en tirant une bouffée. Ils ont dit aussi que c'était inutile que je me batte parce que le maire se débrouillerait pour que je vende, que tout était arrangé. C'est vrai ?

— Non, répondit Bruno. Tu connais la loi. C'est ta propriété, tu peux en faire ce que tu veux. Qu'est-ce que ces deux-là vous ont dit ?

— Ils ont fait une offre, pas pour acheter, mais pour poser une option, répondit Max. Le jeune a sorti une grosse liasse de billets, dix mille qu'il a dit, juste pour une option d'achat à la fin de l'année au prix du marché. On a refusé, alors ils ont montré les dents et ils ont dit qu'on avait pas le choix, que le maire s'en occuperait.

Bruno lança un coup d'œil à Cresseil. Le vieil homme opina, puis, se tournant vers le gamin qu'il voulait adopter :

— Ils ont montré les dents quand tu leur as ri au nez. C'est pas une chose à faire, Max. Faut jamais ôter sa dignité à quelqu'un. (Puis, s'adressant à Bruno :) Et si tu nous disais ce qu'il en est ?

Bruno expliqua, interrompu seulement par un Max plein de dédain, qui exigeait de savoir où ils allaient dénicher les cinquante emplois promis.

— Et ils voudront contrôler les raisins, les plants, la vinification, la commercialisation, tout de A à Z, ajouta Max. Pourquoi est-ce qu'ils veulent venir ici ? Qu'est-ce qui les intéresse ?

— L'eau, répondit Bruno, qui avait beaucoup appris en surfant sur les sites Web des écolos. J'ai lu ça dans le bulletin de Hulot, le Nicolas Hulot de la télé. Il présentait un grand reportage sur les déficits hydriques dans le monde. C'est de ça dont il s'agit.

— C'est quoi, les déficits hydriques ? demanda Cresseil en tirant une paire de lunettes de son gilet pour scruter Bruno.

— Bruno a raison. Ici nous avons de l'eau, mais partout ailleurs elle commence à manquer, expliqua Max avec fougue. En Australie, à cause de la sécheresse, les vendanges ont été réduites de moitié. Un grand groupe comme Bondino doit penser au changement climatique. Les Sud-Africains ont peur de manquer d'eau, les glaciers du Chili fondent à toute vitesse. La Californie aussi a des problèmes d'eau, et j'ai lu des articles sur la sécheresse de l'an dernier en Espagne. Mais ici, nous avons de bonnes pluies, et la rivière. Ça doit être ça.

— Bon, ça pourrait expliquer leur intérêt, conclut Bruno. Mais ça ne nous dit pas si nous voulons tous faire affaire avec Bondino. Ils ont les moyens de payer le prix fort, si vous voulez vendre.

— C'est mon vin que je veux faire ici, du vin bio, de qualité. Pas leur production de masse standardisée.

— Va falloir réfléchir à ça, dit Cresseil en rangeant ses lunettes. J'en parlerai avec le gamin.

— Encore une chose qui pourrait demander réflexion, ajouta Bruno en se calant sur sa chaise, prêt à amorcer le petit piège qu'il avait préparé. Max, si tu tiens à faire carrière dans le vin, ce serait peut-être une idée de commencer chez Bondino, ils pourraient assurer ta formation et t'envoyer dans leurs exploitations en Californie et en Australie.

Max se taisait, mais il n'avait pas quitté Bruno des yeux. C'était ce que Bruno escomptait. Il avait vu Max jouer au rugby des dizaines de fois, il l'avait vu mettre son intelligence au service du jeu, même dans les actions les plus impétueuses. Bruno était certain que Max allait réfléchir à la question, en étudiant toutes les options possibles.

— Pense à Jacqueline, reprit Bruno. Elle a étudié l'œnologie dans le monde entier. Tu aurais certainement de quoi faire pression sur Bondino pour qu'il appuie ta demande. Et quand tu connaîtras vraiment le métier, ce sera le moment de revenir pour faire ton propre vin, aussi bio que tu veux. Encore un ou deux ans de fac et, une fois ton diplôme en poche, tu seras vraiment un atout pour le groupe Bondino. Réfléchis à ça.

— Cette Jacqueline ! Il ne pense qu'à elle, gloussa Cresseil, avec un clin d'œil à Bruno. Le gamin se croit amoureux. On peut pas lui en vouloir.

— Le problème, c'est que les choses peuvent tourner autrement, poursuivit Bruno en refermant le piège. Ça m'a étonné de trouver Bondino ici, parce qu'aux dernières nouvelles, il menaçait de se retirer. C'est cette affaire d'incendie qui l'inquiète. Il l'a dit carrément au maire, si les militants font encore des histoires, le projet tombe à l'eau. Il ira voir ailleurs avec ses dix millions et trouvera d'autres étudiants prometteurs pour leur offrir une carrière dans le vin. Ça pourrait être Jacqueline qui signe avec Bondino, va savoir ?

Max restait songeur, mais Bruno n'en avait pas terminé.

— Une dernière chose, Max, dit-il en sortant un petit magnétophone de sa poche et en enclenchant l'enregistrement. Lis-moi juste cela à voix haute, s'il te plaît.

Il lui tendit le papier sur lequel il avait retranscrit les mots qu'Ahmed avait notés la nuit de l'incendie. Toi aussi, Cresseil. Tous les hommes de St-Denis et des environs vont en passer par là, pour voir si nous pouvons identifier celui qui a passé l'appel.

Max avait blêmi en prenant le papier, il lut la petite liste de mots d'une voix hésitante, puis Cresseil fit de même.

— Ça n'a pas de sens, protesta le vieil homme quand il eut terminé. Je t'ai déjà dit que Max était ici avec moi, et tu sais comment sont mes jambes. Je suis incapable d'aller jusqu'au Coux.

— Qui a parlé du Coux ? s'enquit Bruno d'une voix douce, en éteignant l'enregistreur.

14

Chez Ivan, le plat du jour était rognons au vin rouge et petits pois. Pour Bruno, c'était une petite consolation après qu'Ahmed eut refusé de confirmer que la voix de Max sur le nouvel enregistrement était celle de l'appel anonyme. Bruno finissait de saucer son assiette, il s'apprêtait à terminer la petite carafe de bergerac rouge avec son ami le Baron quand son portable sonna. C'était Dominique, très excitée.

— Bruno, je viens de recevoir un texto d'*Aquitaine Verte*, une info envoyée à tous leurs membres. Ils ont prévu une manif' ici devant le Centre de recherches agricoles à cinq heures cet après-midi. Ils ont affrété deux cars à Bordeaux, départ prévu à deux heures et demie du centre-ville, et deux autres, au départ de Périgueux et Sarlat.

Cela représentait largement plus de cent personnes, estima Bruno, sans compter ceux qui venaient par leurs propres moyens, plus les éventuels participants de St-Denis. Disons deux cents personnes, avec le Centre de recherches situé en bordure de route sans un seul endroit pour garer les cars ou permettre à une foule de se rassembler. Ils allaient bloquer la principale route d'accès aux Eyzies juste à l'heure d'affluence, causant un chaos qui était sans doute le but recherché.

— Merci, Dominique. Tu peux avertir Petitbon au Centre ? Il faut qu'il sache, et dis-lui que je passe le voir sans tarder. Et toi, tu vas venir ? Ça pourrait être utile pour calmer les choses si nécessaire.

Dominique accepta, et Bruno referma son portable pour le rouvrir aussitôt. Il s'excusa auprès du Baron d'un haussement d'épaules, renvoya d'un geste le plateau de fromages apporté par Ivan, puis appela le maire pour l'informer de la situation. Le Baron rappela le plateau de fromages et se servit pour deux, non sans un clin d'œil à Bruno. Ce dernier concentra son attention sur l'appel en cours. Le maire pouvait-il appeler le préfet pour lui demander un renfort de gendarmes ? Et aussi Alphonse pour savoir s'il était au courant.

— D'autres suggestions, Bruno ? s'enquit le maire.

— Juste une idée à soumettre à votre réflexion. Quand on manifeste, c'est pour obtenir un résultat. Donnez-leur un os à ronger en annonçant que la commune porte plainte pour défaut de paiement. Pas besoin de préciser si les poursuites concernent le Centre de recherches ou la société propriétaire du terrain. Cela permettrait aux manifestants de croire qu'ils ont obtenu quelque chose, et vous y gagneriez le soutien d'Alphonse. À mon avis, c'est l'élément clé de cette histoire.

— Ça me plaît. Je m'occupe d'engager la procédure et je vous retrouve au Centre un peu avant cinq heures.

Bruno appela ensuite la gendarmerie, où, à son grand bonheur, Jules lui annonça que le capitaine Duroc était de congé aujourd'hui et qu'il était parti au cinéma à Sarlat. Cela simplifiait beaucoup les choses. Bruno expliqua la situation à Jules, et requit une patrouille sur la grande route Périgueux – Bordeaux pour contrôler tous les autocars et obliger les véhicules concernés à se garer sur la place, devant la caserne. Cela soulagerait d'autant la circulation. Les autres gendarmes devaient être postés devant le Centre de recherches. Il avait à peine raccroché que son portable sonna une fois de plus. C'était le brigadier.

— J'ai du nouveau, annonça-t-il.

— Vous voulez parler de la manifestation au Centre de recherches ? demanda Bruno.

— Qui vous a mis au courant ? Mes informaticiens viennent juste de relever ça sur le site.

— Dominique Suchet, une de vos suspects. Elle m'a averti par téléphone. C'est une jeune femme responsable, je vous l'ai dit.

— Et vous voulez gérer ça comment ?

— Le maire a demandé des renforts de gendarmerie au préfet. On va gérer en douceur. Les gens ont le droit de manifester dans le calme.

— Vous avez intérêt à ce qu'il en soit ainsi, mais j'en doute. D'après nos écoutes, une partie des militants qui ont saccagé le McDonald va être là. Laissez-moi m'en occuper. C'est un ordre. Encore une chose, nous avons identifié la carte téléphonique. Elle fait partie d'un lot de cartes à cinq euros vendues au tabac de St-Denis, et jusqu'ici elle n'a pas servi à passer d'autres appels.

Il raccrocha, laissant Bruno soucieux devant son portable.

— Ça sent le grabuge. Je peux faire quelque chose ? demanda le Baron en savourant son fromage. (Bruno découvrit un café fumant devant lui et le but à petites gorgées d'un air reconnaissant.) Et si j'appelais quelques gars du club de rugby ? Pour leur faire chanter « Sauvez notre Centre de recherches ». Juste au cas où ça se passerait mal avec les autres.

Bruno considéra son ami sérieusement :

— Comme je le disais, les gens ont le droit de manifester dans le calme, surtout dans leur propre ville. Et toi, tu es un gros actionnaire dans l'entreprise de construction. Tu pourrais peut-être faire rouler quelques-uns de tes gros camions devant le Centre, pour empêcher les manifestants de bloquer la route.

Le Baron lui fit un autre clin d'œil.

Bruno regardait la longue colonne de manifestants qui s'avançait au terme de la longue marche depuis la place où leurs autocars s'étaient garés. Il n'était pas totalement confiant, mais il était calme. Ses objectifs étaient clairs. Il avait rallié ses forces et prévu des renforts. Il avait préparé le terrain, pris ses dispositions, et il avait un plan. Toutes les exigences tactiques apprises à l'armée avaient été remplies.

Il se tenait devant le Centre de recherches, flanqué de cinq gendarmes, le maire à ses côtés. Derrière le portail clos, se trouvait une douzaine d'autres gendarmes, venus de Périgueux, avec Petitbon et une partie de ses employés, tandis que quatre autres réglaient la circulation. De l'autre côté de la route, le

Baron et son petit groupe de rugbymen souriaient en agitant des pancartes bricolées en toute hâte, où on lisait « Sauvez notre Centre de recherches » et « Touchez pas à la science ». De gros camions chargés de sable et de matériaux de construction se traînaient sur la route, obligeant les manifestants à marcher en file indienne sur l'herbe des bas-côtés. Bruno baissa les yeux. Le mégaphone était prêt, au pied de l'escabeau placé devant le portail, et le maire avait son dossier sous le bras. Les forces de l'ordre de St-Denis ne pouvaient pas être mieux préparées, il avait fait de son mieux.

— Tu étais au courant de la manif', dit Alphonse en arrivant en tête des marcheurs, Céline à ses côtés.

Sur son épaule, il portait une pancarte qui disait : « STOP AUX OGM ». Le ton de sa voix, davantage résigné qu'accusateur, laissait percer un certain soulagement.

— Tu es conseiller municipal. Tu n'as pas envie que ça dégénère, pas plus que moi, déclara Bruno. Il faut que ça se passe dans le calme. Le maire a pensé que tu pourrais dire quelques mots, expliquer aux manifestants pourquoi ils sont venus. Il prendra la parole après toi.

Alphonse repartit s'entretenir avec deux des manifestants d'âge mûr qui menaient le groupe de marcheurs. Leur tenue soignée et leurs chaussures de ville ne leur donnaient pas l'allure de fauteurs de trouble, pensa Bruno. Il observa les autres manifestants, notant parmi eux la présence de Jacqueline et Max, ce dernier saluant joyeusement ses copains de rugby de l'autre côté de la route. Il n'avait pas encore vu Dominique.

Bruno estima qu'ils étaient environ cent cinquante, dont au moins un tiers de femmes, une vingtaine de gamins du collège local qu'il connaissait et tous les Verts du coin. Les seuls qui l'inquiétaient jouaient des muscles pour remonter à l'avant de la longue colonne en marche, des jeunes, pancartes à bout de bras, certains vêtus de sweats à capuche et chaussés de grosses bottes, avec des sacs étrangement lourds à l'épaule. Bruno se tourna vers Jules, le plus haut gradé des gendarmes présents, pour les lui signaler discrètement. Jules opina et fit passer l'information à ses hommes.

D'un pas tranquille, Bruno s'avança vers Alphonse, en grande discussion avec les deux hommes. L'un des jeunes gros bras se joignit à eux, son gros sac à l'épaule. Mine de rien, Bruno se retourna pour heurter le sac du bras. Il sentit quelque chose de mou, qui s'enfonçait comme dans du liquide. Heureusement, ce n'étaient pas des briques.

— Prêt, monsieur le conseiller ? demanda-t-il à Alphonse, qui confirma d'un signe de tête et confia sa pancarte à l'un de ses deux compagnons avant de se tourner vers le portail.

— Tu pourrais peut-être me présenter tes amis. Des membres d'*Aquitaine Verte*, j'imagine, ajouta Bruno plaisamment.

— Bon, si tu veux..., commença Alphonse.

Bruno serrait déjà la main du premier et se présenta comme le policier municipal de St-Denis, il leur souhaita la bienvenue et un agréable séjour dans sa ville. Ils marmonnèrent des réponses polies et Bruno prit mentalement note de leurs noms. L'un était conseiller régional, l'autre briguait un mandat de député. Le jeune s'éclipsa vite fait dans la foule. Alphonse se fraya un chemin jusqu'au portail tandis que Bruno s'avançait lentement vers le petit groupe de rugbymen.

— Si ça chauffe, attrapez-moi ces cagoulés et mettez-les hors jeu aussi pacifiquement que possible, souffla-t-il au Baron.

Il rejoignit ensuite sa place près du petit escabeau, où Alphonse et le maire, dos à la foule, étaient engagés dans une discussion très animée. Dédaignant le mégaphone, Bruno grimpa sur les marches et prit la parole de la voix de stentor apprise dans la cour de la caserne.

— Bienvenue à St-Denis, où nous prenons très au sérieux le droit de tout citoyen de manifester pacifiquement sur des questions d'intérêt public. Pacifiquement, je le répète. Nous sommes fiers des scientifiques et des techniciens de notre Centre de recherches, nous avons la conviction que leur travail pourra aider à nourrir un monde qui a faim et faire en sorte que notre Périgord demeure le cœur agricole de la France. Notre honorable conseiller municipal, Alphonse Vannes, membre des Verts, connu d'une majorité d'entre vous ici, va vous dire quelques mots sur la raison de votre présence ici. Le maire prendra ensuite la parole pour vous annoncer une nouvelle du plus grand intérêt.

Bruno descendit, passa le mégaphone à Alphonse puis l'aida à monter sur l'escabeau. Dans le fond de la foule, il aperçut Dominique à vélo, en train de doubler l'un des gros camions qui roulaient au pas. Elle quitta la route pour confier sa monture aux gars du club de rugby, presque tous d'anciens camarades de classe.

Alphonse prit la parole. Ce n'était pas un orateurné, le mégaphone lui donnait du fil à retordre, grinçant et éructant dès qu'il s'enthousiasmait un peu. Ce n'était pas fréquent. Bruno avait veillé à ce que ce soit lui qui fasse le plus long discours, sachant qu'il ne risquait pas d'être incendiaire. Alphonse commença par citer de vagues statistiques sur les dangers des cultures génétiquement modifiées, sur l'attrait de l'alimentation biologique, et la manifestation commença à perdre son peu d'entrain initial. Sensible à ce changement d'atmosphère, le conseiller prit un autre ton et se mit à accuser le Centre de cultures illégales et de fonctionnement non autorisé. Ce fut sans grand effet, hormis de réveiller quelques militants qui commencèrent à scander « Stop aux OGM ». Se voyant débordé, Alphonse reprit le slogan avec eux et la foule les suivit, aiguillonnée par les jeunes voyous qui agitaient les bras pour donner le tempo.

Bruno tira Alphonse par la manche : « Calme-les », l'exhorta-t-il. Alphonse hocha la tête et cessa de scander, mais la foule était lancée et les manifestants se rapprochaient, visages empourprés, criant à tue-tête. Bruno attrapa de nouveau Alphonse par la manche, et celui-ci reprit la parole mais le mégaphone était éteint et plus personne ne pouvait l'entendre. Bruno ne lâchait pas des yeux les jeunes à capuches, ils avaient maintenant dépassé la première ligne et pressaient les autres d'avancer. Grimpant sur l'escabeau à côté d'Alphonse, il fit signe au Baron par-dessus la foule, et le groupe de rugbymen se mit en mouvement.

Du milieu des manifestants, un objet noir fut projeté en l'air, aussitôt suivi d'un autre. Bruno pivota pour le suivre des yeux. L'objet, prolongé par une sorte de queue, passa loin au-dessus des gendarmes en direction de la longue rangée de serres qui longeait le Centre. Cherchaient-ils à endommager les serres ? Tirant Alphonse en bas de l'escabeau, Bruno se saisit du mégaphone et le mit en marche pour appeler au calme. Trois, quatre, cinq autres projectiles fusèrent dans l'air au moment où le premier s'écrasa sur les plaques de verre dans une grande giclée de peinture rouge. Un autre sac s'ouvrit en plein vol, éclaboussant les gendarmes et les employés du Centre.

Bruno repéra l'endroit où se tenaient les lanceurs – de la peinture, c'était cela qu'ils transportaient dans leurs gros sacs – et tendit le mégaphone au maire. Puis, se tournant vers Jules et ses hommes, il leur cria : « Attrapez-les », avant de s'élancer dans la foule. Le jeune qu'il venait de bousculer s'apprêtait à lancer un nouveau projectile. Bruno le saisit par le bras, le tira en arrière et le fit tomber par terre, et le sac s'écrasa avec lui en éclaboussant les manifestants alentour. Bruno ramassa le sac, en sortit une poche pleine de peinture et en renversa le contenu sur le visage du gars étalé de tout son long. Puis, ramassant une autre poche, il la lança sur un autre jeune, aspergeant au passage un gendarme qui tentait de colleter le perburbateur.

Jules avait immobilisé l'un des jeunes à capuches dont un comparse tentait d'échapper à deux autres gendarmes. Les gars du rugby avaient réussi à empoigner quelques agitateurs. La peinture rouge giclait de toutes parts. Les manifestants avaient ravalé leurs slogans, c'était la débandade générale pour échapper aux éclaboussures. Un jeune voyou se précipita sur le policier, pancarte pointée sur lui telle une lance, Bruno l'esquiva d'un bond de côté et, tirant d'un coup sec sur la pancarte, précipita le garçon à terre.

D'un seul coup, tout fut terminé. Le maire, juché sur l'escabeau, parlait d'une voix calme au mégaphone, expliquant la procédure judiciaire en cours et agitant les documents juridiques à l'appui. Comme personne ne l'écoutait, il demanda à la foule de se disperser. Max, le bras passé autour des épaules de Jacqueline, l'escortait sur le chemin du retour. Dominique prêtait assistance à un homme d'âge mûr, assis par terre, qui se tenait la tête à deux mains. Tous les agitateurs avaient été épinglés soit par un gendarme, soit par un rugbyman.

Bruno fit demi-tour, manquant de perdre l'équilibre sur le lac de peinture fraîche qui recouvrait la route, quand soudain des flashes crépitèrent. Les médias n'avaient pas manqué d'être tuyautés par les manifestants, naturellement. Bruno guida les prisonniers sous escorte de l'autre côté du portail, où les gendarmes encore disponibles pourraient leur passer les menottes.

Le hurlement strident d'une sirène retentit et, dans un grincement de freins, un grand car bleu nuit, aux vitres opaques, tangua avant de s'immobiliser sur la route. La portière s'ouvrit et Bruno aperçut, debout près du chauffeur, le brigadier agrippé à la barre pour ne pas tomber. Deux par deux, les trente silhouettes vêtues de noir qui composaient l'escadron sautèrent du car avant de se ranger en file disciplinée. Ils étaient casqués, munis de jambières, et équipés de boucliers et de matraques. C'étaient des CRS, ce service d'ordre de sinistre réputation, formé notamment aux techniques anti-émeutes.

La foule se mit à marcher, puis à courir, pour rejoindre la ville où attendaient les autocars. Derrière eux, ils laissaient sur la route des sacs dégoulinant de poches de peinture. Les deux élégants politiciens, cheveux et costume éclaboussés de rouge, regardaient, hébétés, la colonne de CRS immobiles ainsi que le brigadier qui descendait à présent du car et découvrait la scène en adressant à Bruno un signe de tête amical.

— Il semble que vous ayez géré la situation sans nos renforts, mais j'ai pensé qu'il valait mieux être sur place si besoin était, déclara-t-il en observant la flaque de peinture rouge. Espérons que personne n'accusera les CRS d'avoir laissé un lac de sang sur la route.

— Tout a été enregistré sur les caméras de vidéosurveillance du Centre. Ils n'auraient pas l'air malin d'inventer un truc pareil.

Le brigadier opina.

— Je me charge des arrestations, dit-il. Combien en avez-vous ? Huit ou neuf, à première vue. Voies de fait et incitation à la violence, ça doit chercher dans les trois ans pour chacun. Et c'est moi qui vais tous les interroger, perquisitionner leurs maisons et confisquer leurs portables et ordinateurs. Une moisson de listes d'adresses. Je vous remercie, Bruno, pour une prise si fructueuse. Toute cette pagaille, et votre petite ville qui reste d'un calme remarquable, malgré tout.

— J'espère qu'il ne vous a pas échappé que vos suspects, Alphonse et Dominique, n'avaient rien à voir là-dedans.

Le brigadier fronça les sourcils et, d'un geste, envoya les hommes investir le Centre de recherches. Ils s'en allèrent à petites foulées obéissantes. Le brigadier se retourna ensuite vers Bruno :

— Et maintenant, vous consentirez peut-être à me présenter monsieur le maire.

15

Bruno était particulièrement fier de savoir que, si presque tous les villages de France pouvaient s'enorgueillir d'un marché hebdomadaire, la bonne vieille ville de St-Denis en comptait deux. Malheureusement, il était généralement trop occupé pour goûter aux joies du marché, institué par charte royale, qui se tenait tous les mardis depuis 1347 et méritait bien sa réputation. Il lui préférait celui que les habitants appelaient le nouveau marché, celui du samedi, créé à une date relativement récente, en 1807, grâce à l'excellente initiative de l'un des nouveaux préfets de l'empereur Napoléon. Ledit préfet manquait d'argent pour achever la construction du nouveau pont de pierre, et le cousin de sa femme manquait de clients pour écouler la production de sa nouvelle fabrique de textiles. Un second marché, permettant de doubler les recettes du péage sur le nouveau pont et d'attirer deux fois plus d'acheteurs pour le drap de laine, était un projet frappé au coin du bon sens économique. En théorie, à tout le moins. Dans la pratique, le marché du samedi n'avait jamais été à la hauteur des espérances, car il attirait beaucoup moins d'étals et de marchands qu'escompté.

Ce marché avait néanmoins survécu. Sans être un franc succès commercial, il apportait un petit supplément aussi utile qu'agréable aux activités de St-Denis. Bruno admirait le patient entêtement des habitants à le perpétuer. Alors que le grand marché du mardi faisait venir plus d'une centaine de marchands et s'étirait d'un bout à l'autre de la rue de Paris, depuis la place de la mairie jusqu'à l'esplanade devant la gendarmerie, celui du samedi était nettement plus restreint. Il ne comptait jamais plus d'une douzaine d'étals, tous tenus par des locaux, sans jamais déborder de la petite place qui, les autres jours, tenait lieu d'aire de stationnement pour le maire et son personnel. En hiver, le marché du samedi au complet était accueilli sous les arcades de la mairie, pour profiter de la chaleur du brasero allumé par Bruno, qui contribuait ainsi au maintien de la tradition. En ce paisible matin de septembre, les touristes presque tous partis, le marché débordait encore sur le parking.

Pour Bruno, c'était le lieu des retrouvailles entre amis. Stéphane était là avec son lait, ses fromages et ses yaourts, secondé par la jeune Dominique, et il y avait aussi Raoul le marchand de vin et Yves, avec ses fruits et légumes. Le poissonnier et le charcutier se prenaient le bec pour savoir lequel des deux avait le meilleur emplacement à l'angle du pont. La vieille Marie, avec ses canards, ses œufs et ses magrets, était à sa place habituelle, sous les arcades près du café, ses foies gras d'oie plus ou moins licites discrètement planqués dans une glacière. La grosse Jeanne, sacoche en cuir remplie d'argent à l'épaule, passait d'un marchand à l'autre, échangeant bisous et potins tout en collectant la modeste redevance perçue par la ville.

L'air était frais, le soleil chaud mais sans excès. Fauquet n'avait pas pris la peine d'ouvrir les parasols au-dessus des tables de sa terrasse, où les clients s'attardaient devant leur croissant et leur journal. La lumière scintillait sur l'onde frissonnante, là où les eaux peu profondes dansaient sur les galets de la rive. Plus bas, en aval, un groupe de cavaliers attendaient patiemment que leurs montures aient fini de boire tout en regardant barboter une flottille de canards. La pierre blonde du vieux pont et des maisons s'éclairait d'un reflet chaud dans la lumière de la matinée. L'horloge de la mairie indiqua dix heures et, dans la rue de Paris, les cloches de l'église se mirent à sonner.

Bruno se félicitait encore de la façon dont sa ville s'était tirée indemne de la manifestation, et il survolait la scène familière du regard depuis les marches de la mairie. Il aimait ces temps qui rythmaient la petite ville qu'il avait faite sienne, il en connaissait tous les marchands, la plupart de leurs clients, et une partie de leurs secrets. Que resterait-il de tout cela après les bouleversements provoqués par l'implantation du projet Bondino ? Il y aurait davantage d'emplois et d'argent, davantage de touristes américains aussi, sans doute, et un bel étal bénéficiant d'un emplacement de choix pour la vente des vins Bondino. Rien à redire là-dessus. Mais le modeste petit stand de Raoul, avec sa sélection de vins du Bergeracois, serait soumis à rude concurrence. Ce n'était pas un prix si lourd à payer. Pourquoi ce projet suscitait-il alors tant de réticences en lui ? Pourquoi avait-il l'impression d'une intrusion étrangère démesurée qui allait changer l'art de vivre de ce pays ?

Il sursauta en remarquant Bondino parmi les clients faisant halte devant les étals. Bruno se demanda s'il avait lu le *Sud-Ouest* de la veille, dont l'article en une, intitulé « Émeute à St-Denis », était illustré d'une photo où l'on voyait les CRS pousser des hommes menottés dans un fourgon. Bondino, en jean et chemise polo, appareil photo autour du cou, ressemblait davantage à un banal touriste qu'à l'homme d'affaires suave qui avait d'emblée déplu à Bruno. Il était en train d'acheter du miel et des bougies en cire d'abeille à Margot, la gouvernante de la maison de retraite pour prêtres de St-Belvédère, une femme d'âge presque aussi vénérable que ses protégés. Il s'arrêta ensuite pour acheter quelques crottins de chèvre à Alphonse, pressa le pas devant le marchand de moules et d'huîtres du Bassin, et s'avança vers Bruno.

— Bonjour, monsieur, dit-il en lui tendant la main. (Bruno le salua à son tour.) J'aime bien ce marché. Je parle français pas très bien, désolé, poursuivit l'Américain avec un sourire d'excuse. St-Denis a beaucoup de charme. (Puis, désignant du geste le marchand derrière Bruno, il demanda d'un air étonné :) Qu'est-ce que c'est, ça ?

Maintenant que Pierrot avait récupéré son permis de conduire, on pouvait de nouveau le trouver sur le marché avec son vieux camion Citroën, dont un côté s'ouvrait pour révéler un curieux bric-à-brac de marchandises – vêtements de deuil, pantoufles de feutre, longues jupes et châles noirs, robes tabliers aux couleurs criardes des fermières d'autrefois. Sous l'abattant, de minuscules casiers renfermaient d'utiles accessoires introuvables ailleurs : rubans de machine à écrire, crochets de dentellière, verres pour lampes à pétrole, aiguilles à tricoter et œufs à repriser en bois.

— Les fermiers et leurs épouses trouvent le camion de Pierrot très pratique, expliqua Bruno.

Avec un sourire, Bondino s'éloigna pour acheter des fraises de fin de saison, non sans un dernier regard à l'étalage hétéroclite de mélangeurs mécaniques, ouvre-boîtes et sarbacanes dont les paysans se servaient pour envoyer les pilules au fond de la gorge de leur bétail. Pierrot ne se fatiguait guère à surveiller sa marchandise, il passait le plus clair de son temps au café ou avec les clients de Raoul qu'il accompagnait dans leur dégustation de vins, ce qui lui avait fait perdre son permis de conduire six mois plus tôt.

Bruno se dirigeait chez Fauquet quand Jacqueline apparut au coin d'un étal. Elle s'arrêta, sourit et lui tendit la main. Il porta deux doigts à son képi avant de lui serrer la main.

— Pas de courses ? s'enquit-il en désignant son sac vide.

Elle secoua la tête.

— J'ai rendez-vous pour un café, répondit-elle en l'inspectant du regard. Vous avez été super de prendre les choses en main comme ça, à la manif'.

— Max n'a pas eu de mal à vous tirer de là, il me semble.

— Ce n'est pas mon genre, ces trucs-là, répondit-elle avec un haussement d'épaules. Mais Max est tellement remonté contre les OGM. Et vous ? Toujours en service ?

Il hocha la tête. En fait, il s'apprêtait à prendre un café avant de remonter dans son bureau pour voir si Isabelle lui avait envoyé un nouveau mail. C'était le week-end où elle était censée venir, mais il restait sans nouvelles. Il avait toujours le même numéro de portable, elle savait comment le joindre. Il tenait quand même à vérifier sa boîte mail, au cas où.

— Je vais aller faire les vendanges chez un ami, lui annonça Bruno. C'est sans doute un peu tôt, mais il ramasse ses raisins tous les ans à la même date et nous sert un fabuleux cassoulet pour le déjeuner.

— Est-ce qu'il accepte les bénévoles ? (Elle parlait couramment le français, sans faute, mais avec cet accent québécois toujours empreint du souvenir des Bretons et des Gascons qui avaient planté la fleur de lys dans le Nouveau Monde.) J'adorerais participer à des vendanges ici. Ce serait une première pour moi.

Il la préférait ainsi, pensa Bruno. Depuis qu'il l'avait rencontrée, c'était la première fois qu'elle avait l'air sincère, pleine de la fougue de la jeunesse. Elle lui en devenait plus sympathique. Il lui sourit.

— Il y a toujours de la place pour une autre paire de mains, j'en suis sûr. Prenons un café ensemble et je vous expliquerai de quoi il retourne. Vous avez déjà vendangé ?

— Oui, souvent, aux États-Unis. Et en Australie, c'est là que j'ai fait mes études d'œnologie.

Elle portait un jean rentré dans de longues bottes, un sac de surplus militaire à l'épaule.

— Entendu, Jacqueline. Je reviens vous chercher ici, au café, vers onze heures, ça vous donne le temps de vous changer, si vous le souhaitez. À moins que je ne vous confie aux bons soins de mon ami Montsouris, que voici, un sanglant révolutionnaire qui aimerait que Staline soit encore en vie. Il va probablement partir chez Jo avant moi, mais serait ravi de vous accompagner, j'en suis sûr.

Le café était déjà assailli par la clientèle habituelle des marchands qui prenaient un café avant de retourner à leur étal. Fauquet lui-même, tout pimpant en blouse blanche et toque de pâtissier, sortit de derrière son zinc pour serrer la main de Bruno et lui annoncer que la dernière fournée de croissants venait de sortir du four.

— Pas aujourd'hui, mon vieux. Juste un café sur le pouce. Il faut que je me réserve pour le festin chez Jo.

Bruno longea le comptoir pour serrer la main des habitués et leur présenta Jacqueline comme la nouvelle stagiaire de la cave d'Hubert. Les hommes la saluèrent avec une galanterie balourde, se courbant sur la main qu'elle leur tendait. Pierrot commanda aussitôt un petit blanc pour la nouvelle venue et Pascal lui offrit un café crème. Fauquet ôta vivement sa toque et Montsouris prit une serviette en papier pour essuyer le siège du tabouret de bar où la jeune femme allait se percher au milieu d'un cercle d'admirateurs.

En riant, elle prit place sur le tabouret et se mit à bavarder d'un air aimable, mais Bruno ne put s'empêcher de remarquer qu'elle lançait sans arrêt des coups d'œil dehors. Suivant son regard, il vit Max arriver devant l'étal d'Alphonse. Jacqueline commença à descendre de son siège, comme pour s'en aller. Bruno vit alors Dominique quitter le stand de son père, s'avancer vers Max, le prendre par les épaules et l'entraîner derrière un des piliers de soutènement de la mairie pour s'engager à l'écart dans une discussion très animée. Probablement au sujet de l'incendie, ou peut-être de la manif', pensa Bruno qui regrettait de ne pas pouvoir entendre ce qu'ils disaient. Bruno nota l'aisance avec laquelle Jacqueline attira de nouveau les hommes du bar dans son orbite.

— Si j'ai bien compris, c'est aujourd'hui que Jo fait ses vendanges et son cassoulet, dit-elle.

— Enfin, c'est plutôt nous qui ramassons ses raisins, grommela le vieux Pierrot. Jo est un vieux singe, il se débrouille pour qu'on fasse le boulot pendant qu'il reste tranquillement chez lui pour faire la cuisine.

— Tu n'as pas à te plaindre, Pierrot, sourit Fauquet avec un clin d'œil à Jacqueline. Au moins, tu as la chance de boire son vin, on ne peut pas tous en dire autant.

— Ne sois pas injuste, rétorqua Bruno. On profite tous du vin de Jo pour faire notre vin de noix, et notre eau-de-vie. Que ferions-nous sans lui ?

Bruno avait l'habitude des railleries sans méchanceté qui fusaient quand il prenait la défense de Jo, son prédécesseur au poste de chef de la police municipale de St-Denis. Le vignoble de Jo, coincé entre le terrain de rugby et le club de tennis de la ville, était petit et mal drainé. Mais c'était le tout premier terrain que Jo avait acheté, et Bruno devait bien avouer que son vin n'était pas pire que le pinard qu'on lui avait servi dans l'armée, ce litre de gros rouge quotidien qui avait soutenu les tricolores à travers les hauts et les bas de l'histoire de France.

— Ne sois pas naïf, Bruno, intervint Montsouris, le conseiller municipal communiste, un grand cheminot baraqué. Jo s'accroche juste à cette parcelle pour pousser le club de rugby à débourser davantage pour leur second terrain. Il sait qu'il peut en tirer un meilleur prix tant qu'il cultive la vigne, peu importe son infâme bibine.

— Et voici un autre touriste nord-américain en visite dans notre ville, M. Bondino, annonça Bruno en voyant l'Américain entrer dans le café, chargé de sacs remplis d'achats.

Il s'interrompit brusquement en voyant Jacqueline. Elle dévisagea froidement Bondino avant de s'illuminer d'un grand sourire, presque comme si elle le reconnaissait. Ils échangèrent une poignée de main et quelques paroles en anglais, trop rapidement pour que Bruno puisse les comprendre avec sa connaissance limitée de la langue, mais il capta les mots « vin » et « Bondino ». De toute évidence, elle connaissait la société familiale.

Bruno prit congé d'un sourire sur le pas de la porte. Son sourire s'élargit encore en voyant la mère Montsouris qui fendait la place du marché d'un pas résolu en direction du café où son mari contait fleurette à Jacqueline. Mme Montsouris, qui défendait l'idéologie communiste encore plus farouchement que sa moitié, avait des vues tout aussi tranchées sur la fidélité conjugale. Heureusement que je suis encore célibataire, pensa Bruno, qui en conclut que ce serait lui, et non pas ce pauvre Montsouris, qui allait accompagner Jacqueline jusqu'au petit vignoble derrière le terrain de rugby. Célibataire ou pas, il avait le sourire aux lèvres en montant l'escalier quatre à quatre pour relever ses mails et vérifier pour la troisième fois que son téléphone était bien allumé et sa batterie chargée. Mais il n'y avait toujours aucun message d'Isabelle.

16

Jo n'était pas très regardant sur les raisins destinés à être pressés dans la vieille cuve en bois. Outre les grappes ramassées chez lui sur les quarante pieds de sa vigne, il acceptait volontiers les raisins cueillis sur les haies et les treilles ombragées de ses voisins. Pour Jo, les raisins étaient des raisins. Il n'avait rien non plus contre une poignée de cassis, à l'occasion.

— Essentiellement du cabernet sauvignon, quelques rangées de merlot, ce qui n'a rien d'étonnant par ici, avec deux ou trois pieds de cabernet franc, déclara Jacqueline en jetant un œil expérimenté sur le petit vignoble qui faisait la fierté de son propriétaire.

Hommes et femmes de tous âges, entourés de plusieurs enfants, tiraient des paniers en plastique bleu entre les rangs de vigne. Ils saluèrent Bruno avec des cris de joie tout en transportant les caisses remplies jusqu'à la remorque accrochée au vieux tracteur de Jo.

Quand Bruno était revenu chercher Jacqueline chez Fauquet, Bondino s'attardait autour d'un café avec elle. Il avait demandé à les accompagner, et observait la scène d'un air ahuri.

— On se croirait remontés dans le temps, au dix-neuvième siècle, remarqua-t-il. Pas une machine.

Il se pencha pour examiner quelques grappes de raisin indéterminé et secoua la tête.

— Ne laissez pas Bruno vous emmener à la cave, mademoiselle, cria Jeanne une douzaine de rangs plus loin, après que Bruno eut lancé à la cantonade les noms des deux nouveaux bénévoles.

— Il y a quelques ceps de mourvèdre et de cinsaut, et même un pied de petit verdot, mais c'est vraiment trop tôt pour le ramasser, ajouta Jacqueline. Bonté divine, mais je crois que c'est du carignan, même si je n'en ai encore jamais vu de mes propres yeux. Où diable Jo va-t-il chercher un tel assortiment de cépages ? Ce n'est plus un vignoble, c'est un musée de la vigne.

Elle s'était changée, avait mis des tennis et un ample pull en coton avec les initiales UCD, et rassemblé son abondante chevelure en un vague chignon. Elle avait troqué son jean serré contre un pantalon de forme ample plein de poches partout. De l'une, elle tira une paire de gants fins en latex, d'une autre une paire de ciseaux aux lames curieusement courbes manifestement conçues pour la cueillette du raisin. Bruno était toujours content de voir un expert à l'œuvre, peu importe sa spécialité, et il tendit attentivement l'oreille.

— Ce terrain est affreux pour le vin, poursuivit-elle. Pas d'écoulement naturel, plein d'argile, pas assez de cailloux, trop d'eau sous la surface, avec un sol probablement trop riche en substances nutritives pour la vigne. Des mauvaises herbes partout, et j'ai comme l'impression que notre vigneron n'a jamais entendu parler de taille. Le feuillage est bien trop dense, les raisins ne peuvent pas bénéficier du soleil.

S'adressant à Bondino, elle fit quelques brèves remarques en anglais, trop rapides pour que Bruno puisse suivre, mais comme elle désignait les divers pieds de vigne, elle traduisait probablement ce qu'elle venait de dire. Bondino opinait d'un air entendu.

— Vous arrivez à distinguer toutes ces variétés de raisins à l'œil nu ? demanda Bruno.

— À vrai dire, j'ai triché sur le carignan. Quand je suis retournée à l'hôtel, j'ai consulté mes ouvrages de référence pour voir quels cépages on cultivait dans le sud-ouest de la France. Mais je sais reconnaître la plupart des variétés. J'ai grandi dans les vignobles et j'ai étudié quatre ans à l'UC Davis.

— L'UC Davis ? s'étonna Bruno.

— L'université de Californie, Davis est le campus spécialisé en œnologie. Ensuite, j'ai fait un an à Adélaïde, il n'y a pas mieux dans l'hémisphère Sud pour étudier la viticulture. On prend le vin très au sérieux dans ma famille, et quand on veut réussir dans une entreprise familiale, il faut vraiment bien s'y connaître. Au fait, Bruno, je voulais vous demander, vous qui connaissez manifestement tout ce qui se passe à St-Denis, je n'ai vraiment pas envie de m'éterniser à l'hôtel. Si vous entendez parler d'une chambre à louer ou d'un petit appartement bon marché, pourriez-vous me le faire savoir ? Peu importe ce que c'est, du moment que je ne suis pas à l'hôtel et pas trop loin de la ville. Le marchand de cycles qui est si gentil m'a vendu un vieux vélo pour trois fois rien, je peux me déplacer maintenant.

Sa voix mollit quand elle leva les yeux. Bruno se retourna pour voir Max arriver avec Alphonse, en saluant gaiement les autres vendangeurs. Max s'avança vers eux, fit signe à Jacqueline, mais elle lui tourna le dos et se pencha avec Bondino vers un nouveau rang de vigne.

Bruno partit chercher un panier en plastique bleu pour chacun d'eux et deux vieux sécateurs rouillés. Il arrivait près de la remorque quand Max passa très vite à côté de lui, lui serrant à peine la main avec un bref « Bonjour ». Bruno se dit que le jeune homme devait se sentir encore nerveux d'être parmi les suspects mais changea d'avis en voyant Max, qui s'était hâté de rejoindre Jacqueline, décontenancé par l'accueil glacial de la jeune femme.

Se seraient-ils disputés, se demanda Bruno, ou s'amuse-t-elle à monter les deux hommes l'un contre l'autre ? Max semblait hésiter, tout à la fois furieux et désarçonné. Il avait beaucoup à apprendre sur les femmes. Et moi aussi, songea Bruno avec dépit en se surprenant le téléphone à la main, à se demander si Isabelle allait appeler un jour. Comment allait-il réagir si elle se décidait à venir ? Était-ce raisonnable d'imaginer que tout serait comme avant, qu'ils se retrouveraient pour faire passionnément l'amour ? Il serait probablement muet d'inquiétude, s'efforçant de cacher sa nervosité sous des airs bravaches. Et Isabelle ? Aurait-elle aussi des doutes sur ces retrouvailles, se tiendrait-elle sur la réserve pour montrer qu'elle n'était pas prête à se jeter au lit avec lui ?

Le temps saurait répondre. Elle avait fait le premier pas pour revenir à St-Denis, sur son terrain à lui. C'était sa rencontre à elle, c'était à elle de choisir comment les choses allaient évoluer. Il devait attendre son signal, et chercher à retrouver la véritable Isabelle derrière le masque qu'elle arborerait sans doute lors du délicat moment de leurs retrouvailles. Dans le cliquetis de son sécateur, Bruno se demandait si c'était le policier en lui qui expliquait son vif intérêt pour la manière dont les gens se comportaient en société. Dans son expérience et, sans aucun doute, dans son propre cas, l'image de soi que l'on donnait à voir était souvent très différente de ce que l'on était réellement, et pourtant cela révélait pas mal de choses sur la personne que l'on souhaitait sincèrement être. Bruno aurait aimé être aussi calme et confiant qu'il en donnait l'apparence, et avoir ne fût-ce qu'une infime partie de la sagesse et de la patience qu'il s'efforçait d'afficher.

En réalité, Bruno le savait, il avait tendance à être paresseux et indulgent envers lui-même, il avait besoin d'une routine bien définie et de s'imposer une discipline pour fonctionner à peu près bien. Il s'imaginait que ce devait être plus ou moins pareil pour les autres, et que nos propres défauts nous semblaient beaucoup plus graves qu'ils n'en avaient l'air. La Jacqueline équilibrée et pleine d'assurance était sans doute beaucoup moins sûre d'elle-même qu'elle ne paraissait quand on la voyait monter ses admirateurs l'un contre l'autre. Bruno la regardait bavarder gaiement en anglais avec Bondino, et répondre sèchement en français à un Max déconfit.

Soulevant quelques feuilles, Jacqueline lorgna sur Bruno :

— Votre ami pense-t-il jamais à tailler ses vignes ? J'ai du mal à imaginer le genre de vin que ça donne.

— C'est un goût qui s'acquiert avec le temps, répondit Bruno. Mais je serais étonné que vous y parveniez. Je n'y suis jamais arrivé.

— Moi non plus, fit Max, qui travaillait à côté de Bondino dans la rangée voisine. C'est le vin le plus dégueulasse que j'aie jamais goûté, je crois. (Puis, avec un regard mauvais sur son voisin :) Exception faite de cette merde standardisée qui nous arrive du Nouveau Monde, ce jus de raisin sucré et alcoolisé.

Ah ah, se dit Bruno, les jeunes mâles sont prêts à s'affronter.

— Alors pourquoi êtes-vous ici ? Vous êtes payé ? demanda Bondino.

Bruno ne savait pas s'il faisait exprès d'ignorer Max ou s'il n'avait pas compris.

— Pas en argent, mais en amitié et en bonne chère, répondit Bruno. Jo est un ami de longue date, il m'a aidé dans mon travail. C'est lui qui était en poste ici pendant des années avant moi. Nous sommes tous ses amis, sa famille, nous venons tous les ans vendanger chez lui.

— Mais quel intérêt s'il ne s'occupe pas de ses vignes et que le vin n'est pas bon ? Je ne comprends pas, remarqua Jacqueline.

— Vous avez oublié cette grappe, dit Bruno. Et l'autre, là-bas.

— Pas du tout, répondit-elle d'un air pincé. Je les ai laissées exprès. Une partie des raisins était déjà pourrie.

— Eh bien, faites le tri et mettez les bons dans le seau, avec les autres. Jo n'est pas très regardant.

Elle rejeta la tête en arrière, sans l'écouter. Bruno revint sur ses pas pour cueillir les grappes qu'elle avait laissées. Il ne trouva que quelques raisins éclatés et d'autres racornis. Avec un haussement d'épaules, Bruno élimina les plus mauvais et jeta les grappes dans le seau.

— Si nous étions en Californie, je vous aurais viré, lança-t-elle quand il revint, avec une intonation montante en fin de phrase, comme s'il s'agissait d'une question. Elle faisait souvent ça, observa-t-il.

— Si nous étions en Californie, elle t'aurait tiré une balle, ricana Max.

— Si nous étions en Californie, je ne travaillerais pas dans un vignoble, répondit Bruno. Sauf pour aider un ami. Et dans ce cas-là, je suivrais ses règles de cueillette. Ici, j'observe les règles de Jo. Et vous devriez en faire autant.

17

Le cassoulet de Jo confortablement calé derrière la ceinture, Bruno attendait devant la mairie. Avec un mariage prévu à trois heures de l'après-midi, le maire avait accepté de signer l'attestation d'adoption officielle à 14 h 45, par faveur accordée à un membre de son conseil municipal. Alphonse, qui ne s'était jamais préoccupé du statut officiel de Max et s'était contenté d'être inscrit comme proche parent sur les documents officiels et sur la demande d'inscription universitaire du jeune homme, avait d'emblée accueilli le projet de Cresseil avec enthousiasme.

— Je ne peux pas imaginer meilleur moyen de retenir le gamin au pays que de lui donner des terres qui lui appartiennent, qu'en penses-tu ? avait-il demandé à Bruno. Je me suis toujours dit qu'une fois son diplôme en poche, il partirait je ne sais où, Paris ou la Californie, comme tant d'autres jeunes.

Les invités du mariage commençaient déjà à se rassembler sur le parking, devant la mairie, quand la voiture d'Alphonse arriva. Pour une fois, ce n'était pas à ce genre de cérémonie que Bruno devait assister. Deux des saisonniers de l'hôtel Royal avaient décidé de se marier après un été de passion et de dur labeur, et l'un des deux avait même décroché un poste permanent de barman. Bruno échangea quelques poignées de mains avec quelques-uns des invités de sa connaissance, puis s'immobilisa en voyant Pamela coiffée d'un grand chapeau de paille orné d'une écharpe de satin rouge.

— Vous êtes superbe, comme toujours, avec un je-ne-sais-quoi de royal, dit-il en l'embrassant sur les deux joues. Mais vous autres Anglais avez une affinité particulière avec la royauté, il est vrai.

— Mon cher Bruno, vous avez manifestement très bien déjeuné, répondit-elle dans un excellent français. Vous avez fait les vendanges chez Jo, j'imagine ?

— Oui, et comme tous les autres hommes du village, j'étais inconsolable de ne pas vous y voir.

— C'est le vin qui parle, Bruno, je le sais bien. La jeune Marie a passé la nuit chez moi avant de partager la couche nuptiale ce soir avec son mari.

— Marie, la mariée ? Je ne savais pas que c'était une de vos amies.

— Elle est venue me donner un coup de main cet été pour le rush des changements de locataires, je suis au courant de cette romance depuis le début. C'est pour cela que j'ai dû l'aider à se préparer et envoyer mes excuses à Jo.

— Je vois, vous serez donc de la fête ce soir, vous allez rater le pressage des raisins. Bon, il faut que j'y aille, les affaires de la mairie m'attendent. Oh, j'ai un petit truc à vous demander. La jeune Canadienne qui travaille chez Hubert cherche quelque chose à louer.

J'ai pensé qu'un de vos gîtes était peut-être libre. Faites-le-moi savoir, ou appelez-la à la cave, elle s'appelle Jacqueline. Désolé, il faut que je file, mais à bientôt.

Il tourna les talons et monta le vieil escalier quatre à quatre pour arriver devant la salle du conseil juste au moment où Cresseil sortait de l'ascenseur en traînant la jambe. Le maire, ceint de l'écharpe tricolore, rosette de Légion d'honneur à la boutonnière, s'avança vers eux pour les accueillir.

– Nous avons besoin d'un autre témoin, Bruno, commença le maire. Alphonse est inscrit comme proche parent, il ne peut pas témoigner.

– Il faut être citoyen français ?

– Non, juste domicilié dans le département.

Bruno opina, redescendit trouver Pamela, la prit par la main et l'entraîna vers l'escalier en lui expliquant rapidement pourquoi on avait besoin d'elle. Sa requête la décontenança un peu, mais elle se reprit vite et serra poliment la main du petit groupe. Elle connaissait déjà Alphonse et Max, mais pas Cresseil.

– François Pontillon Cresseil, déclara le maire lorsqu'ils furent réunis dans son bureau. Acceptez-vous de prendre officiellement Maximilien Alphonse Vannes, ici présent, comme fils et héritier, et de lui transmettre votre patronyme en assumant toutes les responsabilités paternelles en vertu du Code civil de la République ?

– En tant que citoyen de la République, j'accepte en toute liberté et pleine conscience, répondit le vieil homme.

Bruno vit avec quelle fierté Cresseil regardait Max prononcer les réponses rituelles, et s'interrogea une fois de plus sur ses soupçons. Max ne s'était pas déchaîné contre les OGM à la manifestation, il avait simplement été là pour veiller sur Jacqueline. Ses soupçons étaient peut-être infondés, et son piège rien d'autre qu'une perte de temps. Ou pire, il avait raison et cette scène touchante n'était que le prélude à l'arrestation de Max et au chagrin du vieil homme.

— Veuillez maintenant vous avancer pour signer l'un après l'autre. Ensuite Bruno, et vous, madame, apposerez ici vos signatures comme témoins.

Alphonse sortit un petit appareil photo pour prendre quelques clichés de ce moment solennel pendant que le maire sortait une bouteille de son propre vin de noix et remplissait les petits verres préparés sur un plateau.

— Nous avons quelques minutes pour trinquer à la nouvelle famille avant que j'officie pour un mariage, dit le maire. Au nom de la commune de St-Denis et de la République, permettez-moi d'être le premier à souhaiter la bienvenue au nouveau père et à son fils. Bien évidemment, l'adoption n'aura pleine valeur juridique qu'une fois ratifiée et enregistrée par le tribunal de Sarlat, une formalité qui devrait être accomplie avant la fin de la semaine.

Max embrassa le vieillard sur les deux joues, serra Alphonse dans ses bras, puis fit de même avec Bruno et Pamela. Cette dernière félicita tout le monde et garda la main du vieux Cresseil dans la sienne en déclarant que c'était la plus charmante cérémonie d'adoption à laquelle elle avait assisté.

— J'entends monter les invités du mariage, je ferais aussi bien de rester ici, remarqua Pamela. Mais Max, j'espère bien que vous allez continuer à vendre le meilleur fromage de chèvre du marché. J'ai des locataires qui reviennent uniquement pour vos fromages, j'en suis sûre.

— J'espère pouvoir bientôt leur vendre du vin, madame, répondit Max. J'ai une idée qui me semble intéressante pour vous et d'autres commerces du pays. Avec mon ordinateur, je peux tirer des étiquettes spéciales pour vos gîtes, une cuvée à votre nom en quelque sorte, je vous ferai un très bon prix sur le nouveau millésime du Domaine Cresseil, un vin totalement bio.

— Ça m'intéresse. Je passerai vous voir pour une dégustation. Maintenant, veuillez me pardonner, je suis attendue pour un mariage. Et Bruno, dis à cette fille de m'appeler, nous allons trouver une solution, j'en suis sûre.

Ils sortirent tous ensemble en se faufilant parmi les invités attroupés dans le hall, pendant que Max expliquait ses projets de vignoble. Bruno se sentit tiré en arrière. Le maire l'avait attrapé par le bras pour le faire rentrer dans son bureau et referma la porte derrière eux.

— Le gamin est sérieux quand il parle de cultiver un vignoble sur les terres de Cresseil, pour monter une affaire ?

— Ça m'en a tout l'air, mais il va partir en fac. Je ne vois pas comment c'est possible avant la fin de ses études.

— J'ai bien envie de différer l'envoi de ces papiers au tribunal de Sarlat. Je ne vais pas laisser les lubies d'un vieillard et d'un petit jeune qui se prend pour un vigneron faire obstacle à une occasion en or de créer cinquante nouveaux emplois sur la commune.

— Je ne pense pas que ce soit une si bonne idée, remarqua Bruno en y mettant les formes. Cresseil est l'un des nôtres, tout comme Max. Nous avons des obligations envers eux, pas envers Bondino, et il n'est même pas encore sûr d'investir. N'oubliez pas qu'à la fin de la semaine, Alphonse pourrait demander à la réunion du conseil où en sont les papiers d'adoption, et s'il s'avère que nous les avons gardés sous le coude, ça fera mauvais effet. Et ça ne nous facilitera pas les choses si nous voulons convaincre Max et Cresseil de se ranger à notre avis sur la vente des terres à Bondino.

Le maire pinça les lèvres d'un air courroucé. Puis il souffla un grand coup.

— Putain, tu as raison. Mais moi aussi, tu le sais. Bon, je dois aller m'occuper de ce mariage. Je ne vais pas enterrer ces papiers, juste les faire attendre un peu pour te laisser le temps de voir ce que ces deux-là ont derrière la tête. Rien d'étonnant, après tout, quand on fait passer une adoption à la dernière minute juste avant un mariage. Normal que les papiers s'égarent pendant un jour ou deux. Si nous ne pouvons pas garantir les ventes de ces terres, tout le projet s'écroule et le conseil aura de quoi être remonté.

— Mais le conseil ne sait encore rien de tout ça, objecta Bruno.

— Bondino sait comment tirer les ficelles. Il lui suffit de faire courir la rumeur que j'entrave une occasion de faire monter la valeur des terrains pour un grand nombre de propriétaires. C'est ce que je ferais à sa place, et il est assez malin pour savoir ça. Nous ne disposons pas de beaucoup de temps. On se voit demain, avec Xavier, pour en reparler en détail.

La mort dans l'âme de se retrouver pour la première fois en désaccord avec celui qui était son mentor depuis dix ans, Bruno descendit les marches d'un pas lourd et déboucha en plein soleil. Mais son cœur fit un bond et son humeur changea instantanément quand il vit, adossée à la portière de sa fourgonnette, une mince silhouette familière qui le guettait à sa sortie de la mairie en brandissant un sac de provisions.

— Steak, salade, fromage avec une bouteille de saint-émilion, annonça-t-elle quand il s'avança, bras tendus vers elle. Pareil que pour notre premier dîner. Et j'ai aussi un os pour Gitan.

L'instant d'après, elle était dans ses bras, plaquée de tout son long contre lui comme elle l'avait toujours fait, assez grande pour poser sa joue contre la sienne et lui murmurer à l'oreille :

— Tu m'as manqué plus que je ne l'avais cru possible.

Ses idées noires s'étaient envolées avec toutes ses inquiétudes sur leurs retrouvailles, ce qu'ils allaient se dire et la réserve d'Isabelle à son égard. Il eut le sentiment qu'ils avaient toute l'éternité devant eux.

— Dis-moi, lui souffla-t-il dans un baiser. As-tu déjà foulé des raisins ?

— Non, répondit-elle en se penchant en arrière pour le regarder tout en suivant d'un doigt léger le contour de ses lèvres. Mais si je dois fouler quelque chose, je veux d'abord m'entraîner sur toi. Cela fait trop longtemps, Bruno. Tu crois que ta vieille guimbarde peut encore battre des records pour nous ramener chez toi ?

18

La fête battait toujours son plein quand Bruno et Isabelle arrivèrent très tard cet après-midi-là, cheveux encore humides de la douche, leur soif l'un de l'autre étanchée mais loin d'être assouvie. Les haut-parleurs braillaient des airs d'accordéon de bal musette, la musique préférée de Jo, et une foule de personnes en jambes nues était rassemblée au fond de la cour, autour des dépendances. Les poules s'égayaient au milieu des fêtards, picorant le sol entre leurs pieds et voltigeant affolées pour fuir les humains avec qui elles avaient toujours partagé les lieux.

Assis à côté du jeune Karim et de sa femme Rachida – les patrons du café en bordure de route à l'entrée de St-Denis – Montsouris le communiste chatouillait leur bébé sous le menton. En T-shirt et short de bain, il avait le visage fendu d'un large sourire en s'amusant avec le jeune fils de Karim et n'avait plus rien du farouche syndicaliste qu'il se plaisait à jouer en conseil municipal. Stéphane, le fromager du marché aux cuisses aussi larges que des troncs d'arbre, une main tendrement posée sur les épaules de sa femme, tenait fermement un grand verre de vin de l'autre. Brosseil, le notaire du village, était en pleine conversation avec Gérard, propriétaire de plusieurs campings de la région, dont les maigrelettes jambes blanches n'avaient manifestement pas encore pris l'air cette année. Rollo, le directeur du collège local, remplissait les verres.

Bruno et Isabelle arrivèrent main dans la main sous les acclamations. Leur expression langoureuse trahissait ce qui les avait occupés tout l'après-midi, faisant sourire les amis de Bruno d'un air entendu et plein de tendresse. Bruno se baissa pour enlever ses bottes et ôter chaussettes et pantalon avant de prendre place dans la file qui attendait de se rincer les jambes au robinet. Comme la plupart des hommes venus chez Jo pour cette cérémonie annuelle, il portait un maillot de bain sous son pantalon, et, avec son T-shirt, il avait l'air habillé pour une partie de tennis. Mais à la vue de ses jambes nues, les femmes éclatèrent d'un rire grivois.

— Oh oh, en voilà un de drôlement poilu ! s'esclaffa Monique, qui travaillait à la piscine municipale et passait sa vie en compagnie d'hommes à moitié nus. Virevoltant devant un groupe d'amies pliées de rire, elle rentra sa jupe dans sa culotte, découvrant ses jambes brunes et musclées.

— C'est pour ça qu'on l'appelle Bruno, Bruno l'ours velu, lança la femme de Montsouris, bras dessus, bras dessous avec Josette, la fleuriste. Vas-y doucement, là-dedans. Enfin, s'il te reste encore un peu d'énergie.

Isabelle, qui se déchaussait et faisait glisser son jean sur ses jambes fuselées pour révéler l'élégant maillot de bain enfilé dans la chambre de Bruno, riait à gorge déployée en le rejoignant devant le tuyau d'arrosage.

– Elles sont vraiment super, dit-elle en se retournant vers le petit groupe, un bras autour des épaules de Bruno.

Il y avait dans ces occasions quelque chose qui transformait les femmes de St-Denis, habituellement sérieuses et rangées, en autant de joyeuses luronnes, qui se gaussaient des genoux cagneux de leurs maris, lançaient des plaisanteries grivoises aux jeunes gens, relevaient leurs jupes sur leurs cuisses et paradaient dans la cour en chantant sur les vieux airs de Jo après avoir pris leur tour dans la cuve. C'était le genre de soirée où Bruno se sentait vraiment célibataire, car les maris avaient l'air très contents de cette exubérante camaraderie entre épouses, comme si la femme qu'ils connaissaient dans le privé s'accordait une rare apparition publique. Les hommes seuls, en revanche, semblaient surpris, et même un peu gênés de voir ces braves femmes, qu'ils rencontraient dans leurs magasins, sur les marchés, aux mariages et aux enterrements, se conduirent d'une manière qui ne leur ressemblait pas du tout.

En près de dix ans comme policier municipal, Bruno avait appris qu'il n'y avait pratiquement rien de surprenant chez quiconque et savourait cette occasion annuelle. Si les hommes du village pouvaient se défouler au club de rugby et aux repas de chasse, leurs femmes méritaient de pouvoir en faire autant. Bruno sourit en repensant à la remarque du vieux Cresseil, quand il avait évoqué le nombre d'enfants nés neuf mois après les vendanges. Si les hommes mariés se réjouissaient tant des exploits de leurs femmes, c'était sans doute parce qu'ils repartaient chez eux avec cette atmosphère de gaudriole. Il échangea un regard avec Isabelle, enlaçant ses doigts dans les siens.

— On ne va pas rester longtemps, murmura-t-il.

— Sors donc de cette cuve, Jacquot, cria Josette à son mari depuis le seuil de la porte. J'ai pas envie que tu gaspilles tes forces là-dedans. Faut que tu sois encore en forme plus tard.

Les femmes autour d'elle s'écroulèrent de rire. Voilà le genre de scène qui se répète depuis des siècles dans ce pays, songea joyeusement Bruno en supportant quelques bonnes claques sur les fesses quand il se faufila parmi elles pour aller remplacer Jacquot.

L'odeur vous montait à la tête, mélange de sueur humaine et de jus de raisin chargé de sucre brassé par le grand ventilateur bourdonnant que Jo avait installé sur le bord de la cuve. Des rires juvéniles fusèrent et Jo, en short et maillot de corps, aspergea les jambes de Bruno et d'Isabelle qui attendaient leur tour.

Précautionneusement, car la dernière marche était très glissante, Bruno se laissa couler dans l'immense cuve et, d'un signe de tête, remercia Bernardine, la jolie petite-nièce de Jo, d'avoir fait place pour Isabelle. Il remarqua sans la moindre surprise que Bondino s'était débrouillé pour accompagner Jacqueline. Appuyés au rebord, leurs bras mêlés l'un à l'autre, ils piétinaient en cadence dans l'écume violine, et la jeune femme avait l'air ravie en sa compagnie. Ils parlaient vite, en anglais, et Bruno remarqua que Bondino ne quittait pas Jacqueline des yeux. Il semblait bien que la copine de Max ait fait une nouvelle conquête, et Bruno allait peut-être regretter de devoir assister à la fête organisée chez Stéphane en l'honneur de l'adoption du jeune homme.

Sous ses doigts, l'écume violine laissait encore une sensation de gras, et non cette mousse claire qui indiquait traditionnellement aux vignerons que le foulage était terminé. Du bout du pied, il chercha une grappe entière pour avoir le plaisir de l'écraser et de sentir les grains éclater entre ses orteils, avant de commencer à piétiner en cadence comme le voulait la coutume. Quand l'impression de nouveauté était passée, cela lui rappelait les marches militaires.

Cela faisait des années que Bruno foulait le raisin, il connaissait le rituel et Isabelle fut prompte à suivre son exemple. Se tenant d'une main au bord de la cuve, ils se faisaient face pour avancer et reculer en même temps, puis ils se retournaient pour se tenir de profil, les deux mains sur le bord. Il l'observait, radieux, admirant son empressement à vouloir tout essayer. Isabelle lui sourit à son tour, puis baissa les yeux au moment où le jus giclait sur ses cuisses bronzées.

— Ils ne vont jamais croire ça à Paris, murmura-t-elle en se penchant vers lui pour l'embrasser. Je crois que tu as monté ce coup-là pour mon retour, le retour à la France de toujours. Le retour à mon Bruno de toujours.

C'était tellement invraisemblable que Bruno éclata de rire, et ils échangèrent les baisers et mots doux des amants tout en frappant du pied sur le fond de la cuve, comme deux bons soldats, parmi les effluves capiteux du raisin. Dans un coin de sa tête, il savait que ce moment merveilleux n'allait pas durer, qu'elle repartirait à Paris et qu'il resterait ici. Mais cela n'avait pas d'importance. Elle était ici, elle le buvait de ses grands yeux et sa main vint lui caresser le visage, sans se soucier du couple à côté d'eux.

— Vous avez fini là-haut ? appela Jo en bas des marches. Tu leur as montré comment faire, Bruno ?

Il était maintenant temps de changer de partenaire, et pour Isabelle et Bondino de travailler ensemble, mais le jeune couple ne semblait pas décidé à bouger.

— Il faut sortir, Bondino, dit Bruno en le poussant gentiment vers l'échelle. Laissez quelqu'un d'autre prendre son tour, vous êtes resté trop longtemps.

Quand Jo se hissa dans la cuve, Bruno palpa l'écume. Elle avait changé de consistance et ne glissait plus entre les doigts, elle s'était épaissie. Sous les pieds, on ne sentait plus rien d'autre que du liquide. Jo s'accrocha à deux mains au rebord, tâta le fond avec le pied et hocha la tête.

— Ça ira. Sors de là, Bruno, et toi aussi, Canada. On va la laisser passer la nuit comme ça, on verra ce que donne le chapeau demain matin.

— C'est tout ? demanda Jacqueline en suivant Isabelle en bas de l'échelle où Bondino l'attendait. (Elle décocha un sourire à l'Américain.) Vous ne tirez pas la première presse, vous laissez tout reposer dans la cuve pendant la nuit ?

— Toujours fait comme ça, c'est pas maintenant que je vais changer de méthode, répondit Jo. Prenez donc le tuyau pour nous rincer quand on sera sur l'échelle, et passez-nous une de ces serviettes.

— Bien sûr.

— Vous avez la tête qui tourne un peu ? demanda Jo quand ils furent tous en bas et rincés. C'est le dioxyde de carbone qui se dégage au début de la fermentation. C'est pour ça que j'ai mis un ventilateur.

— Est-ce que vous ajoutez de la levure ? demanda Jacqueline.

— Les murs de cette grange contiennent assez de spores pour faire fermenter la moitié des vins du Bordelais. Nous, on laisse Mère Nature s'occuper de la levure, comme nos ancêtres l'ont fait pendant des siècles. Venez, je veux vous faire goûter la cuvée de l'an dernier, ça vous donnera une idée du produit auquel vous avez participé. Allez me chercher des verres sur cette table là-bas.

Il tira une bouteille sans étiquette d'un casier et l'ouvrit avec un vieux tire-bouchon à manche d'olivier. Il versa une rasade pour chacun et leva son verre.

— Au nouveau millésime, déclara-t-il avant de vider son verre d'un seul trait, tel un Russe sa vodka.

Jacqueline regardait fixement le liquide trouble. Méfiante, elle approcha le nez pour humer très rapidement. Ses yeux s'agrandirent. Elle prit une petite gorgée, la fit tourner en bouche et la recracha comme si elle participait à une dégustation. Puis, voyant le regard horrifié que lui lançait Jo, elle en reprit une autre, la fit rouler sur sa langue et l'avala. Bondino regardait lui aussi son verre d'un air incrédule et Isabelle posa discrètement le sien au-dessus d'une barrique.

— Alors, mademoiselle Canada, qu'est-ce que vous en dites ? demanda Jo.

— Très authentique. Tout à fait fidèle à son terroir, et à son créateur, monsieur.

— Vous êtes bien aimable. Contrairement à notre ami Bruno, vous faites clairement partie des connaisseurs, vous savez ce que vous buvez. Je vous en garderai quelques bouteilles.

Bruno s'efforça de ravaler un petit rire. Jo n'était pas un imbécile, il savait qu'il produisait un tord-boyaux, mais s'amusait de voir s'il pouvait taquiner une jeune femme polie et lui faire chanter les louanges de son pinard pour qu'elle se convainque toute seule d'en boire davantage.

— Oh, mais je ne peux pas accepter. On m'a dit que tous les gens du village comptaient sur vous pour faire leur vin de noix, je ne voudrais surtout pas les priver de votre spécialité.

La fille avait passé l'épreuve haut la main.

— Allons rejoindre la fête, suggéra Bruno. Il est l'heure de danser.

— Pas trop longtemps, dit Isabelle en bouclant la ceinture de son jean.

19

Bruno sortit lentement du sommeil, conscient seulement du bras d'Isabelle en travers de son torse et d'un sentiment de profonde satisfaction né de l'aisance de leurs retrouvailles et des plaisirs agréablement prolongés de la nuit. Il tourna la tête pour la dévisager. Elle dormait profondément, lèvres entrouvertes, ses traits paisibles offrant un contraste frappant après leur passion de la nuit. Combien de temps allait-elle rester cette fois-ci ? C'était une question qu'ils avaient soigneusement éludée la veille, et qui n'avait pas vraiment de réponse.

Elle voulait qu'il change de travail, qu'il change de vie et la rejoigne à Paris. Mais la vie d'un policier de grande ville n'avait aucun attrait pour Bruno. Dans son cœur, il avait envie de se réveiller auprès d'Isabelle tous les matins à venir. Dans son esprit, il pressentait que la décision avait été prise quand elle avait quitté la police nationale de Périgueux pour un poste de responsabilité dans un cabinet ministériel. C'était donc cela qui les attendait ? Des week-ends volés par-ci, par-là, dans le cours de leurs vies séparées, où d'autres amants passeraient à coup sûr ? Cet avenir-là ne lui plaisait pas, pas quand il le comparait à ce vague projet qu'il gardait toujours dans un coin de sa tête, qu'un jour il y aurait une femme dans la petite maison qu'il avait construite, avec des enfants auxquels il apprendrait à chasser, à jouer au tennis, et qu'il regarderait grandir en découvrant les forêts de cette paisible campagne de France. Et il ne voyait jamais Isabelle dans cette brumeuse image mentale.

Bruno soupira doucement. Ce qui sera, sera. Couché sur le dos, les mains derrière la nuque, il laissa vagabonder ses pensées. Peu importe combien de temps Isabelle restait ici, elle finirait par repartir à Paris ou filer vers une nouvelle mission. Mais il ressortait clairement de son entretien avec le brigadier que l'arrestation de l'incendiaire ne constituait qu'une partie d'un vaste programme qui incluait la collecte de renseignements sur tous les militants écolos, et la protection des intérêts concernés par le projet Agricolae. Cela n'était pas du ressort de Bruno. Et il n'aimait guère cette France-là, celle que représentait le brigadier. Autrement dit, Bruno et Isabelle ne partageaient pas les mêmes objectifs.

Ses pensées se tournèrent vers Max. Il avait de plus en plus le sentiment que le jeune homme était impliqué dans l'incendie. Que Max n'ait pas été parmi les lanceurs de peinture pendant la manifestation ne signifiait rien. Max était un solitaire. Il avait le même comportement au rugby. Il ne serait jamais membre d'un groupe. Il faisait les choses à sa manière, agissant seul, et il allait jusqu'au bout, c'est pourquoi Bruno avait l'intuition que les caméras du Centre de recherches pouvaient encore révéler quelque chose.

Mais bon sang, le vrai problème, c'était qu'il aimait bien Max. Il ne voulait pas voir une jeune vie pleine de promesses bousillée par un séjour en prison pour un délit qui était aussi un acte d'idéalisme politique stupide. Et comment Max allait-il réagir en perdant Jacqueline, ou en se trouvant en rivalité avec un autre, se demanda-t-il lorsqu'il se souvint que Jacqueline et Bondino étaient partis ensemble de chez Jo à peu près en même temps qu'Isabelle et lui.

Cette pensée l'entraîna vers son souci majeur, le projet Bondino. Il se méfiait du suave Dupuy, et n'appréciait pas beaucoup Bondino. De plus, il trouvait révoltant que la commune puisse traiter une affaire à l'insu de ses citoyens. Même si un montage financier pouvait théoriquement garantir une participation à de futurs bénéfices, il était incorrect de pousser les gens à vendre leur terrain à un prix inférieur à sa valeur potentielle. C'était tout simplement inacceptable, il fallait en convaincre le maire. Et là, se dit Bruno, se pose la question de fond : et si je n'y parviens pas et que le maire s'entête dans ce projet ? Cette question l'empêchait de réveiller Isabelle d'un baiser, prélude à de nouvelles étreintes, elle le tourmentait en ce beau matin de septembre.

Bruno était fermement convaincu que la vie était toujours plus riante après une bonne douche, cheveux propres et barbe faite. Un vestige de ses années d'armée. Il se glissa sans bruit hors du lit, après un dernier regard sur la forme endormie d'Isabelle, et sortit sur la terrasse dire bonjour à son chien. Ils firent ensemble la tournée habituelle du potager et du poulailler pour nourrir poules et canards avant que Bruno n'entame sa série d'exercices militaires quotidiens, puis il alluma la bouilloire et fila dans la salle de bain. Propre et rafraîchi, vêtu d'un short et d'un T-shirt, il jeta un coup d'œil dans la chambre sur Isabelle toujours endormie. Dans la cuisine, il coupa en deux le reste de la baguette du soir et mit les tranches à griller tout en préparant son café et croquant la pomme qu'il venait de cueillir. Puis il étala de la confiture de framboises maison sur sa tartine et partagea l'autre avec Gigi.

Officiellement, le basset hound s'appelait Gitan. Mais, au lendemain de sa crémaillère, quand Bruno s'était réveillé avec la gueule de bois pour trouver le chiot dans son lit en adoration devant lui, il l'avait aussitôt surnommé Gigi. Le maire, qui lui en avait fait cadeau, en avait été très surpris, car Gitan était issu de la portée de son chien courant de race. Bruno écouta ensuite les infos sur Radio Périgord mais il n'y avait rien d'important ou qui retînt son attention.

Il refit du café et prépara un plateau avec du pain grillé et de la confiture. Il retourna ensuite au jardin cueillir une autre pomme, coupa une rose blanche sur le buisson de l'entrée et s'en alla dans la chambre avec son chien. Était-ce l'odeur du café ou le halètement sonore de Gigi, pattes de devant posées sur le bord du lit, Isabelle se réveilla et se tourna vers lui.

— Bonjour toi, dit-elle dans un sourire, avant de disparaître sous l'assaut joyeux du basset qui grimpa sur le lit et lui fourra le museau dans l'oreille.

— Comment peut-on avoir l'air langoureux et romantique avec un chien comme ça dans son lit ? protesta-t-elle dans un rire tout en caressant les longues oreilles de Gitan. (Elle se redressa, découvrant ses jolis petits seins au-dessus des draps, passa les doigts dans ses cheveux et déclara dans un grand sourire : Petit-déjeuner au lit. Bruno et son chien. Café chaud. Et une rose. Mon Dieu, c'est jamais comme ça à Paris. (Elle cala le plateau en travers de ses cuisses, ficha la rose derrière son oreille et tapota la place libre à côté d'elle.) Viens là. Nous avons toute la journée pour nous deux.

— Tu oublies les devoirs d'un policier de campagne, dit-il en se penchant pour l'embrasser.

Le basset gigota pour lui faire une place et Bruno s'allongea sur le flanc, ravi de voir Isabelle siroter son café. Elle cassa la tartine grillée en morceaux, un pour elle, un pour le chien et le dernier pour Bruno.

— J'ai une séance de rugby avec les minimes, suivie d'une petite réunion à la mairie, avant d'être libre. Je me suis dit que tu aimerais peut-être faire un tour dans les bois avant que je parte au club. Après, on pourrait sortir déjeuner et on aurait le restant de la journée ensemble. (Il lui donna un autre baiser avant de poser la question qui le taraudait depuis le premier mail qu'elle avait envoyé :) Tu restes combien de temps ?

— Jusqu'à l'arrestation de l'incendiaire. Je suis affectée à l'équipe du brigadier. Le ministre a souhaité qu'un membre de son cabinet soit sur cette enquête.

— Tu es en mission ici, si je comprends bien ?

— Oui, mais j'avais de toute façon l'intention de descendre, puisque je ne peux espérer te voir à Paris qu'à l'occasion d'une rencontre internationale de rugby. (Au risque de renverser le plateau, elle se pencha pour l'embrasser afin d'adoucir la pointe de sa remarque.) Combien de temps avant ta séance de rugby ?

— Assez longtemps, répondit-il, avant de poser le plateau par terre et d'éjecter de la pièce un Gigi réticent.

— Oh chic, fit-elle en soulevant les draps pour l'inviter à la rejoindre.

Bruno comprenait suffisamment bien son chien pour admettre qu'un être humain n'emmène jamais promener un basset hound. Le chien et son maître se promènent chacun de son côté, ils sont toujours ensemble au début, pour se retrouver parfois à la fin, rarement à mi-parcours, sauf quand Bruno sifflait l'animal comme à la chasse. Gitan connaissait par cœur les bois derrière la maison de son maître, il saluait tous les arbres un par un et leur accordait au passage un petit arrosage symbolique en suivant les odeurs captivantes qui montaient à ses narines, activées par ses longues oreilles qui traînaient par terre. Bruno, tout content de montrer une fois encore ses terres à Isabelle, la prit par la main et ils suivirent Gigi entre les troncs des charmes et des châtaigniers agréablement espacés.

— Quelque chose te tracasse, lui dit-elle en lui serrant la main. Pas juste moi, et pas juste nous deux. Et ce n'est pas l'incendie non plus, je pense. Tu veux en parler ?

Contournant l'épais roncier, il fit part de ses doutes sur le projet Bondino et de ses craintes d'un différend, voire d'une rupture, avec le maire.

— Ce qui m'inquiète le plus, précisa-t-il en les guidant à travers les broussailles jusqu'à la crête qui leur offrait un panorama sur la petite ville au fond de la vallée, c'est l'idée que Bondino pourrait changer St-Denis du tout au tout. Autant partager son lit avec un éléphant, cette société internationale qui vaut des dizaines de millions va dominer nos vies. Mais comme dit le maire : de toute façon, sans boulot à offrir, St-Denis risque bien de mourir.

— À ton avis, quel est le pire scénario ? demanda Isabelle en admirant le panorama. Tu as un clash avec le maire, et tu démissionnes, ou bien tu es viré et ce projet viticole se réalise, avec ou sans toi. Tu décrocheras un poste dans la police à Paris, JJ et moi y veillerons, et tu t'installes avec moi. Nous reviendrons passer toutes nos vacances ici dans ta maison. C'est vraiment si horrible que ça ?

Elle se retourna pour lui faire face, sans lui lâcher la main.

— Tu peux m'accuser d'être têtue parce que je ne veux pas abandonner ma carrière à Paris. Et moi je peux t'en dire autant parce que tu ne veux pas lâcher St-Denis et ton mode de vie campagnard. Et voilà comment deux êtres qui savent être heureux ensemble vont s'en aller chacun de son côté. Mais si c'était St-Denis qui allait te lâcher, Bruno ? Qu'arriverait-il alors ?

Elle scruta son visage, mais il n'avait rien à répondre. La pensée d'une nouvelle vie à Paris avec Isabelle le tentait beaucoup. Le mariage, des enfants peut-être. Cela avait de quoi séduire, mais sans qu'il sache pourquoi, il n'arrivait pas vraiment à y croire.

Bruno se connaissait assez bien pour se rendre compte que ce qui l'attachait avant tout à St-Denis, c'était qu'il avait trouvé là la famille qu'il n'avait jamais connue dans son enfance, lui l'orphelin, avec le maire comme figure paternelle. Et maintenant qu'il avait la perspective de fonder une famille à lui, cela l'effrayait. Pourtant, il n'avait encore jamais connu de femme avec qui il pouvait parler ainsi, une femme dont il respectait le jugement, tout à la fois amie et amante.

Il l'attira à lui et l'étreignit.

— Voyons comment les choses évoluent dans les jours qui viennent, dit-il. Tu restes ici, chez moi ?

— Je ne peux pas, quelle poisse ! répondit-elle d'une voix étouffée, tout contre son épaule. Ils m'ont basée à Bordeaux. Je dois y être demain matin pour une réunion à neuf heures. Merde, Bruno, je ne pleure jamais, ajouta-t-elle, en se détournant pour mettre la main devant ses yeux.

Gitan arriva en courant, renifla le sol à leurs pieds puis leva un regard interrogateur vers Bruno qui prenait Isabelle dans ses bras et lui caressait les cheveux. Il allait être en retard pour sa séance de rugby avec les minimes, et il sentit ses traits se détendre dans un sourire en songeant combien il aimait voir ces enfants apprendre et grandir sous sa férule. C'était l'une des satisfactions que lui apportait sa vie ici, à ce poste qui était pour lui beaucoup plus qu'un simple boulot. Était-il prêt à le mettre en jeu ? Sincèrement, il ne savait pas.

20

Bruno avait une théorie : le caractère fondamental d'une nation s'exprimait dans sa manière de jouer au rugby. Les Anglais se délectaient de guerres d'usure dans la boue, luttes acharnées entre avants sanguinolents pour quelques pouces de terrain sous le gris du ciel. Les Gallois jouaient comme du vif-argent, percée fulgurante d'un demi d'ouverture traversant la ligne de défense avec l'agilité d'un danseur. Les Écossais aimaient la charge héroïque, même au moment le plus désespéré, sprint audacieux sur l'aile avec l'arrière et le reste du pack qui se précipitait pour franchir la ligne de défense. Les Irlandais aimaient ruser et jouer en manœuvrant habilement, avec de brusques changements de ligne ou des coups de pied à suivre pour tromper les flegmatiques avants anglais.

Les Français, en revanche, jouaient avec un flair unique, prêts à utiliser leurs lignes arrières comme des avants afin de passer en puissance sur les ailes. Mieux encore, ils aimaient voir leurs avants jouer comme des ailiers en faisant continuellement des passes, et enfoncer la défense en esquivant les plaquages par des improvisations tactiques imparables. C'était ainsi que Bruno apprenait à jouer à ses gamins de dix ans, en leur inculquant l'habitude de toujours se placer à trois pas derrière le joueur qui tenait la balle, prêt à intercepter la passe.

— Maintenant pivote et passe, pivote et passe. Et bien propre, la passe, soufflait-il en parcourant le terrain au pas de course. Plaquez bas, les défenseurs. Chope ses chevilles et tu l'auras. C'est comme ça que tu vas l'arrêter. Ne l'attrape pas par le bras. Baisse-toi. Plus tu vas chercher bas, mieux c'est.

D'un pas nonchalant, les grands juniors et les équipes de réserve commençaient à franchir les grilles d'entrée et longeaient le stade en direction des vestiaires avant la séance d'entraînement. Une petite bande de filles prenait place sur les gradins pour regarder leurs copains, et Bruno vit Jacqueline arriver avec Max. En voilà une qui ne chôme pas, pensa-t-il, elle quitte la soirée dans les bras d'un type et débarque le lendemain au bras d'un autre. Il les salua d'un geste et retourna auprès de ses garçons pour leur donner encore quelques minutes de jeu à dix par équipe. Puisant dans les réserves de patience acquises en une décennie de séances d'entraînement, il choisit cinq joueurs par équipe pour former une ligne d'arrières, ce qui en laissait cinq par pack d'avants. Bruno jouait demi de mêlée pour les deux équipes, il lançait le ballon dans la mêlée d'où il était talonné vers les arrières.

— C'est comme ça qu'il m'a appris à jouer, expliquait Max à Jacqueline au moment où un Bruno essoufflé s'avançait vers eux, poitrine haletante.

Dix par équipe donnait lieu à un jeu rapide, épuisant. Mais Bruno tenait à être sur la ligne de touche pour serrer la main de chacun de ses gamins quand ils quittaient le terrain en trottinant pour laisser la place aux plus grands. Avec l'aide de Max, Bruno déplaça une des échelles de peintre qui bloquait à moitié l'entrée des vestiaires.

Max avait déjà revêtu les couleurs de St-Denis, chemise bleu roi et short blanc, Jacqueline portait un jean et un chemisier blanc sans manche qui mettait en valeur le hâle de ses épaules. Les autres filles, d'anciennes camarades d'école de Max, observaient la jeune femme avec un mélange de méfiance et de curiosité en la voyant passer le bras autour de la taille svelte du jeune homme. Les tensions de la veille, aux vendanges, étaient manifestement dissipées.

— Vous avez l'air en forme, Jacqueline, remarqua Bruno. Ça vous réussit de fouler le raisin.

— Vous aussi, Bruno. Je comprends comment vous gardez le tonus, répondit-elle avec un sourire. Max va m'emmener sur la rivière après l'entraînement, pour me montrer son coin de baignade préféré. Et après, nous irons pique-niquer avant d'aller faire ses vendanges.

Elle tenait toujours Max par la taille. C'étaient les raisins de Cresseil, à dire vrai, mais Bruno se retint en voyant le jeune homme regarder Jacqueline avec des yeux brillants de dévotion.

— Ce serait bien que Max puisse aller s'entraîner, suggéra gentiment Bruno au moment où les autres entraient sur le terrain à petites foulées avec des « Oh là là » et des « Allez, Max » en apercevant Jacqueline.

Après une dernière caresse sur la joue de la jeune femme, Max les rejoignit et Bruno prit congé d'elle d'un signe de tête poli, car il n'oubliait pas que la veille, elle avait dansé serrée contre Bondino avant de partir avec lui. Vraiment liante comme fille, cette Canadienne. Et avec tous sans distinction, se dit encore Bruno en se rappelant qu'elle avait spontanément flirté avec lui. Elle était loin d'être aussi attachée à Max que lui l'était à elle. En se dirigeant vers les douches, une citation à demi oubliée lui revint à l'esprit : dans les affaires de cœur, il y a toujours celui qui embrasse et celui qui est embrassé.

Bruno était en train de se sécher quand, à sa grande surprise, il entendit le pas pressé d'une femme dans la salle de douches. L'entrée leur en était interdite. C'était Isabelle, il l'avait déposée plus tôt à la gendarmerie avec son ordinateur. Elle lui apportait sa chemise et son pantalon d'uniforme, avec ses bottes posées dessus, et l'enjoignit de s'habiller rapidement.

— Il faut filer au Centre de recherches. Il a été vandalisé, déclara-t-elle en fourrant ses vêtements de sport dans un sac en plastique. Je n'en sais pas davantage.

— Encore ? Mais j'ai une réunion à la mairie, protesta-t-il en se demandant ce que les caméras de surveillance allaient bien leur révéler cette fois-ci.

— J'ai prévenu le maire. La réunion est annulée. Il nous retrouve sur place. (Elle le fit sortir du petit stade au pas de charge, l'embarqua dans sa voiture et fonça vers la ville, gyrophare allumé.) L'un des employés est passé vérifier l'arrosage automatique et a découvert le saccage. Il a appelé son patron, et lui a averti la gendarmerie. Ils vont être furieux à Paris. JJ a été informé, il est en route avec une équipe de l'identité judiciaire. J'ai aussi appelé le brigadier, je lui ai laissé un message. Et il faudra que je téléphone au ministère pour leur faire un rapport, dès que nous en saurons un peu plus.

Bruno ne savait pas à quoi s'attendre, nouvel incendie ou cambriolage. Lorsqu'ils arrivèrent au Centre, tout lui sembla d'abord normal jusqu'à ce qu'ils aperçoivent le maire et Petitbon, entourés de quelques techniciens, devant les serres. Les panneaux de verre avaient été entièrement recouverts d'une épaisse couche de peinture blanche.

Les façades étaient encore éclaboussées de peinture rouge, souvenir de la manifestation, mais les toits et les côtés présentaient maintenant une surface d'un blanc aveuglant. Petitbon, une bouteille d'essence de térébenthine et un chiffon à la main, s'escrimait sur le verre sans grand résultat, si ce n'est d'étaler davantage le produit. L'accès principal étant ouvert, Bruno constata que la lumière du jour ne pouvait plus pénétrer et qu'il faisait très sombre à l'intérieur des serres.

— Combien de temps vos plantes peuvent-elles survivre sans lumière ? demanda-t-il à Petitbon.

— Une semaine ou plus, mais là n'est pas le problème. Nous devons surveiller leur évolution au jour le jour, sans quoi les données enregistrées n'auront aucun sens. Et cette cochonnerie ne s'en va pas, ni avec de l'eau ni avec de la térébenthine. On dirait une peinture d'un genre spécial.

— Ils n'y sont pas allés de main morte, remarqua le maire en observant les éclaboussures de peinture rouge à ses pieds et autour de la porte, puis les panneaux blanchis. Ils en ont barbouillé aussi sur tout l'arrière.

Isabelle entra la première dans les serres, il y faisait encore chaud et l'odeur familière de terre féconde était à présent masquée par les effluves âcres de peinture. Certains panneaux du toit étaient restés ouverts pour la ventilation et, dessous, la peinture formait des flaques blanches autour des rangées de plantes.

— J'ai rarement vu une si belle opération de sabotage, déclara-t-elle. Pas de bris de verre, donc pas de bruit. Pas d'effraction non plus, et donc pas d'alarme de déclenchée. Et pourtant les dégâts sont là, tout aussi patents.

— Vous avez visionné les caméras de surveillance ? demanda Bruno à Petitbon.

— C'est la première chose que j'ai faite. Mais ça ne va pas nous apprendre grand-chose. Venez voir.

Il les guida jusqu'à l'ancienne bâtisse où une caméra était en place au-dessus de la porte. L'objectif de l'appareil et les pierres du mur avaient été aspergés de peinture blanche.

— C'est pareil à l'arrière, précisa Petitbon. La seule caméra qu'ils ont loupée se trouve sur le conduit de cheminée, elle donne sur le côté. J'allais justement visionner la bande quand le maire est arrivé. Allons voir ce qu'on peut en tirer.

Bien qu'un peu floues, les images montraient clairement une activité enregistrée juste après deux heures du matin. Il s'agissait d'un homme vêtu d'une combinaison de peintre et coiffé d'une capuche retenue par des lunettes de protection ; on le voyait avancer d'un pas lent et résolu le long des serres. Il avait un gros paquetage, sans doute le réservoir de peinture, sanglé sur le dos, et tenait d'une main une longue lance avec laquelle il aspergeait le toit des serres d'une fine brume tandis que, de l'autre, il actionnait un levier. Arrivé au bout des serres, il disparut quelques instants du champ de la caméra puis on le vit revenir sur ses pas toujours aussi lentement pour asperger les côtés.

— Je ne serais même pas capable de reconnaître ma propre femme dans un accoutrement pareil, dit le maire.

— C'est une sacrée quantité de peinture, remarqua Bruno. J'imagine qu'il a dû refaire le plein quand il a disparu de l'écran. Il n'aurait pas pu apporter tout ça à pied. (Ni à moto, se dit-il in petto.) Il avait sûrement un camion ou une voiture à proximité.

— La chaîne du portail de service a été sectionnée, confirma Petitbon. Les caméras ne couvrent pas cette zone. Il a dû rentrer par là sans être inquiété.

— Vérifiez si les autres caméras ont enregistré quelque chose avant d'être masquées, on ne sait jamais, dit Bruno. Je vais jeter un coup d'œil sur ce portail.

La chaîne était assez légère pour avoir été coupée avec une pince de force, mais, sur l'herbe, les pneus avaient laissé deux traces blanches bien nettes qui s'estompaient en se rapprochant du portail. Bruno mesura la distance entre les traces et en prit note. C'était un trop grand empattement pour une voiture. L'équipe de JJ pourrait sans doute identifier le type de camion, voire le genre de pneus, même si, sur l'herbe, les contours étaient trop brouillés pour permettre aisément une identification. Il y avait aussi de nombreuses traces de pas blanches le long des serres, mais rien d'aussi net que l'empreinte d'une semelle. Le coupable avait peut-être enfilé des sacs par-dessus ses chaussures. Il n'avait rien laissé d'autre derrière lui, pas même un pot de peinture vide.

Quand Bruno revint devant les serres, Isabelle était en train de cacheter un petit sac contenant un échantillon de peinture qu'elle venait de prélever, tandis que les techniciens testaient divers produits pour éliminer la peinture. Aucun d'eux ne s'était encore attelé à la tâche, ils ronchonnaient à propos d'une peinture pour ciment d'un genre spécial. Dans son bureau, Petitbon se tenait la tête à deux mains, un téléphone à l'oreille, en marmonnant d'un air lugubre :

— Oui, monsieur, oui, monsieur...

Le maire prit discrètement Bruno à part.

— Tu te rends compte de ce que ça signifie ? Bondino ne va pas vouloir poursuivre. D'abord la manif' et maintenant ça. Il a été très clair pendant la réunion, s'il y avait encore des problèmes, le projet tomberait à l'eau.

Bruno se sentit presque soulagé. Il n'avait pas pensé à cela. Une sirène de police se fit entendre dehors, sur la route. C'était sûrement JJ. Bruno sortit pour le saluer et se trouva ébloui par le flash de Delaron, le photographe. Putain, se dit-il, la vague de délits à St-Denis va encore faire la une.

— Dis donc, Philippe, comment tu te débrouilles pour être toujours sur la scène du délit ? lança-t-il au photographe au moment où la voiture de JJ arrivait. Si tu continues comme ça, tu vas finir suspect numéro un.

— Mon oncle travaille ici, répondit gaiement le jeune homme en faisant sa mise au point sur la grande carcasse de JJ qui se détachait sur le blanc éblouissant des serres. C'est lui qui a découvert le saccage, il a appelé sa femme et elle l'a raconté à ma mère. Impossible de garder un secret à St-Denis, tu le sais, Bruno.

Bruno montra les serres à JJ avant de le conduire au bureau où Petitbon était toujours au téléphone, pendant qu'Isabelle téléchargeait les images des caméras de surveillance sur son ordinateur.

— À ton avis, c'est le même type que l'incendiaire ? demanda JJ.

Bruno haussa les épaules.

— Va savoir ! Par contre, je crois deviner où il a trouvé la peinture. Je crois même que c'est moi qui l'ai payée. (Il se tourna vers Isabelle.) Apporte-moi ce sachet avec ton prélèvement et fais confiance à mon intuition, JJ. Reste ici en attendant tes gars. Si j'ai raison, on va avoir besoin d'eux.

Comme Isabelle était en communication avec un de ses collègues du ministère, Bruno prit le volant ; quand il se gara devant le stade de rugby, il en était encore à se demander s'il ne courait pas après le vent. Les joueurs étaient toujours sur le terrain, avec la bande de filles comme spectatrices, et l'échelle de peintre là où il l'avait laissée. Il sortit son trousseau de clés et se dirigea vers le fond du stade pour ouvrir la porte qui donnait sur la cuisine et la vaste salle à manger. Il n'eut pas besoin de ses clés. La porte s'ouvrit en grand dès qu'il posa la main dessus ; le bois était éclaté tout autour de la serrure, qui avait été forcée.

Une douzaine de grands bidons de peinture, de la taille d'un demi-fût de pétrole, étaient entreposés contre le mur, à côté de deux sacs à dos équipés de lances. La combinaison blanche à capuche avait été jetée sur des tréteaux avec les lunettes de protection. D'après le contrat, il devait y avoir trois peintres sur le chantier, Bruno en était sûr, mais il alla quand même vérifier au bureau. Isabelle tenait son petit sac de prélèvement contre le mur fraîchement repeint pour comparer les deux, mais haussa les épaules. Blanc, c'est blanc.

Il appela l'entrepreneur chez lui. Trois peintres avaient travaillé sur le chantier du stade, et vendredi, quand ils avaient débauché, il y avait trois sacs à dos et quatorze bidons de peinture spéciale ciment, blanc brillant. Y avait-il un moyen d'éliminer cette peinture sur du verre ? demanda Bruno. Attendre qu'elle soit complètement sèche et l'enlever en grattant, fut la réponse. Elle devait se décoller sans peine. Et combien de temps pour qu'elle soit sèche ? Deux ou trois jours, en fonction du temps. Moins longtemps si on utilisait un séchoir électrique. Est-ce qu'il en avait un, ou mieux encore, plusieurs ? Il en avait un, et pouvait probablement en récupérer d'autres. Le Bricomarché du coin en avait en stock. Bruno le pria de se rendre le plus vite possible au Centre de recherches avec ses peintres, munis d'échelles et d'échafaudages. Puis il appela le directeur du Brico chez lui, pour lui demander d'ouvrir son magasin. Finalement, il appela le maire, qui était toujours au Centre.

— Nous avons trouvé où il a dégoté la peinture et le matériel, au stade de rugby. Quelqu'un est entré par effraction dans la salle à manger qui servait d'entrepôt, dit-il avant de poursuivre sans écouter la réponse du maire. Attendez, ce n'est pas tout. La bonne nouvelle, c'est que le peintre m'a dit qu'une fois sec, ça s'enlevait facilement, et nous pouvons nous servir des gros séchoirs industriels qu'on trouve à Brico. Il est en route pour le Centre avec ses gars. Vous pouvez appeler le personnel d'entretien de la mairie à la rescousse, avec échelles et échafaudages ? On devrait avoir éliminé la peinture d'ici ce soir si on se dépêche. J'espère que ça suffira pour sauver les recherches de Petitbon.

— C'est cuit pour le reste de notre journée ensemble, remarqua Isabelle quand il raccrocha.

— Je suis navré, dit-il. Tu es flic, toi aussi. Tu sais comment c'est. Il essaya de la prendre dans ses bras, mais elle le repoussa.

— Tu es beaucoup plus qu'un simple flic, t'es une nounou, répondit-elle d'une voix morne. Tu es marié à St-Denis et je ne vais pas faire le poids contre cette foutue ville tout entière. Et j'ai entendu le maire dire que le projet viticole tombait à l'eau. Autrement dit, tu n'entreras pas en conflit avec lui et tu ne te feras pas virer. Alors tu restes, et moi je pars.

— Isabelle, fit Bruno sans avoir la moindre idée de la suite.

— Ne cherche pas, Bruno. Même pas la peine de commencer. Monte, je te reconduis au Centre.

21

S'il y avait un endroit où Bruno se sentait à l'aise pour noyer ses soucis, c'était le Café de la Renaissance. Il s'y sentait chez lui, pas uniquement parce qu'Ivan était un ami, mais parce que c'était l'un des rares restaurants de la région fait pour les gens d'ici, et non pour les touristes avec leurs envies de confit de canard, de tarte aux noix et autres spécialités régionales renommées. Les habitants de St-Denis profitaient déjà largement de ces choses-là chez eux. C'était aussi un endroit polyvalent, avec un petit comptoir en zinc, une machine à café d'un certain âge dans la salle du devant, et suffisamment de place dehors pour quelques tables. Dans le fond il y avait, à en croire Ivan qui s'en glorifiait, la cuisine la plus exiguë de France ainsi qu'une salle à manger où il avait casé une demi-douzaine de tables. Aussi, dès qu'il sut que le plat du jour chez Ivan était lapin à la moutarde, JJ décréta qu'ils iraient manger là, même si Bruno n'était pas vraiment d'humeur sociable. D'ailleurs, il était mort de fatigue après avoir passé la journée à escalader des échelles et déplacer des échafaudages le long des serres. Le Centre de recherches avait retrouvé son apparence habituelle, le verre ne portait plus aucune trace de peinture. Et Isabelle était repartie à Bordeaux.

Vu l'état de Bruno, JJ avait compris qu'il ne fallait pas espérer s'attarder à table après dîner, et il régla la modique addition en laissant un généreux pourboire pour Ivan. Bruno le raccompagna jusqu'à sa voiture, garée devant la gendarmerie, sur un spacieux terrain où un groupe de vieux s'obstinaient à jouer à la pétanque à la lumière d'un réverbère. JJ s'arrêta pour chercher sa clé de voiture et demanda à Bruno s'il soupçonnait quelqu'un parmi les habitants de la commune.

— Peut-être, mais je n'ai pas de preuve, juste une intuition, répondit Bruno en bâillant à s'en décrocher la mâchoire.

— Qu'est-ce que le brigadier t'a demandé de faire ?

— J'ai dû téléphoner à tous les policiers municipaux des environs, pour savoir s'ils avaient matière à soupçons, s'ils avaient vu des étrangers, répondit Bruno. La moitié d'entre eux a pensé que j'étais cinglé, les autres pestaient contre les OGM. Le brigadier ne va pas pouvoir compter sur eux pour coopérer. La plupart des agriculteurs d'ici pensent que celui qui a brûlé ces cultures est un héros.

— Et toi ?

— Si on parle science, je ne sais pas. Mais je n'aime pas trop l'idée de manipuler la nature. Ce qui me gêne dans cette histoire, c'est que je ne vois pas vraiment où il y a délit.

— Comment ça ? C'est un incendie criminel.

— Ces cultures ont besoin d'une série d'autorisations avant d'être mises en place. C'est la loi. Ils n'avaient aucune autorisation de la commune, ni non plus du conseil général. Et si les cultures étaient illicites, quel délit a-t-on commis en les détruisant ?

— Et le hangar et le matériel incendié, alors ?

— Même topo. Pas de permis de construire, pas de taxe payée, pas de raccordement officiel au réseau d'eau, donc pas de redevance. Quel délit commet-on en détruisant une construction illicite ?

— Tu aurais dû être avocat, rigola JJ en montant en voiture.

Il claquait la portière quand des cris fusèrent, suivis d'un hurlement de femme et d'un bruit de verre brisé. Cela venait du Bar des Amateurs, d'où un petit groupe déboula sur le trottoir, se cognant aux tables qu'ils envoyèrent valser. Une bagarre dans ce bar, tenu par deux costauds, figures tutélaires de l'équipe de rugby, c'était du jamais vu.

Bruno se précipita, sachant que JJ aurait du mal à extraire sa lourde carcasse de sa voiture pour le rejoindre. Quand il entra dans le bar, René, le patron, tenait Max fermement par un bras tandis qu'une Jacqueline effarée s'accrochait à l'autre. Gilbert immobilisait un troisième protagoniste, les genoux sur son torse ; les autres clients étaient autant de spectateurs vociférants.

— Silence, vous tous, hurla Bruno. (Il se fraya un passage jusqu'à René, constatant que la vitrine du bar avait volé en éclats et que le nez de Max pissait le sang.) Que se passe-t-il ici, René ? Tu n'es pas capable de maintenir l'ordre chez toi ?

— C'est ce salaud-là qui a commencé, haleta Gilbert, qui luttait pour empêcher l'homme de se dégager. Il est entré et s'en est tout de suite pris à Max. Il l'a envoyé au tapis puis il a empoigné la fille pour l'embarquer.

— Il m'a fait mal, confirma Jacqueline, avec des yeux qui lançaient des éclairs. C'est Max qui m'a sauvée.

— C'est vrai, Bruno, renchérit René. Ce type est entré dans le bar, il a balancé un coup de poing à Max en pleine figure et l'a fait tomber de sa chaise. Alors il a voulu embarquer la fille, mais Max s'est relevé pour l'en empêcher. J'ai essayé de les séparer, et c'est là que l'autre est tombé à la renverse et qu'il a cassé la vitre.

— Ça s'est passé comme ça, vraiment, reprit le chœur des spectateurs. Ce type est cinglé.

— Voyons s'il est blessé, suggéra Bruno.

Gilbert se redressa avec précaution pour libérer son prisonnier allongé par terre, mais il le tenait toujours fermement par un bras et, l'empoignant par le col de sa chemise, le remit sur pied. Bruno ne fut pas très surpris de voir de qui il s'agissait.

— Ça va, dit Bondino en secouant la tête pour s'éclaircir les idées tout en se redressant. (Il était manifestement saoul, mais il n'avait pas perdu le nord. Désignant Jacqueline, il ajouta :) Cette fille est à moi.

— Je vais vous faire passer une nuit à l'ombre, rétorqua Bruno, cinglant.

Il lui examina la tête, enleva les échardes de verre accrochées à son dos et dans ses cheveux, il ne saignait pas, son manteau avait dû amortir l'essentiel du choc. Bruno se tourna alors vers René et Gilbert :

— C'est à vous de décider si vous portez plainte ou pas.

— Il a cassé des bricoles, une chaise et deux trois verres, plus la vitrine, répondit René. Ça, c'est le plus sérieux.

— Je vous règle, dit Bondino en sortant son portefeuille pour en tirer une liasse de billets jaunes de cinq cents euros, plutôt rares dans le coin. (Il en détacha trois et les tendit à René.) Je suis navré, s'excusa-t-il. Si ça vous coûte davantage, dites-le moi.

— Et toi ? demanda Bruno en se tournant vers Max. Tu veux porter plainte pour coups et blessure ?

Max, qui tenait un mouchoir ensanglanté sur son nez, fit signe que non.

— À condition qu'il promette de laisser Jacqueline tranquille et de ne plus chercher la bagarre. Mais s'il s'en prend encore à nous, faudra pas m'en vouloir si je lui casse la gueule.

— Bon, dit Bruno. Pas de poursuites, on peut tous rentrer à la maison. Vous le premier, Bondino. Tout de suite.

Il le regarda partir en titubant en direction de son hôtel, puis se retourna vers Max et Jacqueline.

— Vous ne m'avez pas encore posé la question, lança Jacqueline, toute de colère contenue. Elle lança un regard haineux vers la silhouette de l'homme qui s'éloignait, puis ajouta : Il a cherché à m'embarquer de force. C'est une agression.

— Exact, confirma Bruno avec froideur.

Il n'avait pas oublié la façon dont elle avait dansé avec Bondino avant de quitter la soirée à son bras. La sympathie modérée que lui inspirait cette fille s'envolerait s'il se confirmait qu'elle avait délibérément monté les deux jeunes mâles l'un contre l'autre.

— Cet Américain m'a tout l'air de penser qu'il entretenait une relation avec vous, poursuivit-il. Si vous voulez porter plainte, sachez que je vais devoir prendre les dépositions de toutes les personnes concernées, toutes, je dis bien, afin d'établir ce qui aurait pu l'amener à croire à une telle liaison. Vous souhaitez peut-être réfléchir à la question, mademoiselle, avant de prendre une décision. Vous aimeriez peut-être prendre conseil auprès d'un avocat français, car ce genre d'affaires peut se révéler compliqué une fois que tout est formalisé.

— Je vais t'aider à prendre les dépositions, dit JJ. Je me présente, détective en chef Jalipeau, de la police nationale. Pour commencer, faites-moi voir votre passeport, mademoiselle.

Jacqueline regarda Bruno avec insistance puis haussa les épaules.

— Je n'ai pas envie de causer des ennuis pareils à qui que ce soit, alors si les patrons du bar sont d'accord pour laisser tomber, déclara-t-elle avant de se tourner vers Max : Je ferais bien de le ramener chez lui, pour m'assurer qu'il ne saigne plus. Merci à tous, désolée pour ce qu'il s'est passé.

Pas si mal, comme sortie, songea Bruno, quand elle entraîna Max dehors.

22

Seul au bar chez Fauquet, devant son café du matin, Bruno consulta son téléphone pour la énième fois. Trois jours maintenant sans un mot d'Isabelle. Il avait laissé des messages et envoyé deux mails, sans réponse. Il s'était passé la même chose quand elle était partie à Paris, pas un mot jusqu'à ce qu'elle annonce soudain son arrivée. Il n'était pas tant irrité que déconcerté par ce comportement. Quand elle était partie, la première fois, il avait interprété ce silence comme la fin de leur histoire. Maintenant, il en concluait que leur histoire était vraiment finie. Était-ce réellement le cas ? S'agissant d'une autre femme, il aurait pu croire à une manipulation grossière, mais pas venant d'Isabelle. Elle était trop droite pour cela, se dit-il quand son portable sonna. Une vague d'espoir l'envahit, à sa grande surprise, et il plongea une main fébrile dans sa sacoche pour répondre.

– C'est Pamela, dit la voix. (Sa déception ne dura pas, aussitôt chassée par l'intonation étrangement morne de son interlocutrice.) Le bon vieux Cresseil est mort, navrée de t'annoncer ça. Je suis chez lui, du côté du Domaine. Il est mort depuis un moment, je crois, mais tu peux prévenir le docteur ? Flûte, ma batterie est déchargée. Je t'attends ici. Pas de souci, j'ai mon cheval avec moi.

Elle raccrocha. Elle était manifestement secouée, et Bruno fut tenté de partir tout de suite pour aller la réconforter, mais il devait régler un certain nombre de choses et Pamela semblait garder la tête froide. Il commença par appeler les pompiers, qui géraient toutes les urgences, puis le groupe médical pour le constat de décès. Il quitta ensuite son bureau et sa paperasse pour passer en coup de vent dans le bureau du maire lui annoncer la nouvelle. Cresseil, qui s'était distingué pendant la Résistance, n'était pas un citoyen ordinaire. Il rejoignit alors sa fourgonnette tout en composant le numéro de Max, seul héritier désormais. Il n'obtint pas de réponse.

Pamela, aussi élégante que de coutume pour sa chevauchée matinale, portait des bottes sur un jodhpur en whipcord et une veste d'équitation noire, son abondante chevelure auburn ramassée tant bien que mal sous sa bombe de velours noir. Sur sa monture, elle avait fière allure. Mais là, debout près de son cheval tenu en bride et qui paissait près de la petite ferme, elle paraissait curieusement amoindrie. En garant sa fourgonnette dans le fond de la cour, Bruno remarqua que la petite parcelle avait été vendangée.

— Bonjour Pamela, dit Bruno en l'embrassant sur les deux joues avant de la prendre dans ses bras. Je suis navré que ce soit toi qui l'aies découvert, ça a dû te faire un choc terrible. Tu te sens bien ?

Elle hocha la tête, l'étreignit à son tour puis recula d'un pas.

— Il est dans la maison, j'imagine ?

— Non, pas du tout, répondit-elle d'une petite voix. Il est dans la grange, celle-là, là où je l'ai trouvé. Je n'ai touché à rien, je t'ai appelé dès que j'ai compris qu'il était mort.

— Heureusement que tu es passée par ici.

— Je cherchais Max, en fait. Il m'a demandé de venir goûter son vin. Il voudrait le vendre dans tous les gîtes, avec des étiquettes spéciales qu'il imprimerait lui-même. Il a su me séduire avec son projet de Château Pamela. Mais comme je ne voyais personne, ni lui ni le vieil homme, j'ai fait un peu le tour.

Elle attacha son cheval à un poteau de clôture et ils traversèrent la cour avant de suivre le petit chemin d'accès à la grande grange de pierre et aux deux petites dépendances. Pamela se dirigea vers la porte du fond, restée entrouverte. À l'intérieur, Bruno aperçut le vieillard, recroquevillé par terre au pied de l'escabeau qui permettait de grimper dans l'antique cuve en bois.

— J'ai simplement touché son poignet pour voir si je sentais son pouls, précisa Pamela.

Bruno, accroupi près du corps, hocha la tête. Il posa le dos de sa main sur la joue du vieil homme. Elle était froide, signe que la mort remontait à plusieurs heures, mais pas encore rigide. Le cou était étrangement tordu. Bruno leva les yeux vers l'escabeau instable, aux marches glissantes de jus de raisin. Ce vieil imbécile avait-il perdu l'équilibre en se penchant au-dessus de la cuve ? Ou avait-il succombé à un infarctus ou à un accident cérébral, la fin brutale mais clémente que tous les vieillards appelaient de leurs vœux ? Les médecins pourraient le dire.

— Il n'y a plus rien à faire pour lui maintenant, déclara-t-il. Il nous reste à attendre les pompiers et le médecin, et après il faudra le conduire aux pompes funèbres. Si tu veux bien patienter dans la cour, je vais aller dans la maison voir si je peux mettre la main sur des papiers, un testament, par exemple.

Elle opina.

— Je me demande ce qui a pu arriver à Max, dit-elle. Il a sûrement été retardé. Pourtant, quand nous nous sommes fixé rendez-vous, il m'a dit qu'il venait vendanger dans la soirée et qu'on se retrouverait ici ce matin. Il va être anéanti, un coup comme ça, juste après son adoption.

— Le voilà maintenant propriétaire d'un vignoble, joli petit héritage. Peu importe, je ferais bien d'aller voir si je trouve des papiers. Les pompiers ne vont pas tarder.

Une maison habitée par une personne âgée vivant seule, Bruno en connaissait beaucoup et, en entrant, il s'attendait aux habituelles odeurs de renfermé. Mais chez Cresseil, tout était propre et bien rangé. Au rez-de-chaussée, un grand salon et une cuisine, avec une petite chambre et une salle d'eau en retrait, et une autre pièce qui ressemblait à un bureau. Comme les jambes du vieil homme ne le portaient presque plus, il passait sans doute tout son temps en bas. Bruno monta rapidement à l'étage, qui se résumait à deux chambres meublées avec une sobriété spartiate, et pas de salle de bains. Dans l'une, le lit était fait, mais le drap et la taie d'oreiller froissés portaient à croire qu'on y avait dormi. Probablement Max, quand il passait la nuit ici.

Dans la cuisine, l'évier était propre et, dans le bac, il ne restait que deux verres avec un fond de vin. Les torchons avaient été changés depuis peu, tout comme le linge de toilette, la vaisselle rangée. Le bureau, également bien ordonné, était meublé d'un vieux canapé face à la fenêtre et d'un bureau à casiers dans un coin de la pièce. Les casiers étaient vides, pour la plupart, à l'exception d'un rouleau de documents noués d'un ruban rouge, les papiers d'adoption. Dans les tiroirs, Bruno trouva des relevés de compte bancaire et des factures d'électricité, soigneusement archivés, une vieille médaille de résistant et un carton de photos. Certaines dataient de la guerre, on y voyait des groupes de jeunes gens souriants, les armes à la main, mais il y avait surtout des photos d'Annette, la femme de Cresseil, et d'un bébé qui devenait petit garçon, puis jeune homme. Dans le fond d'un autre tiroir, il découvrit l'acte de propriété. La dernière transaction, datée de 1949, certifiait que Cresseil héritait de la ferme et portait la signature de Brosseil, le notaire du coin. Lui était mort depuis longtemps déjà, mais son petit-fils avait repris la charge. S'il devait y avoir d'autres documents légaux, Brosseil les aurait.

Au bruit d'un gros véhicule sur le petit chemin, Bruno releva la tête et sortit pour accueillir les pompiers. Albert descendit du camion, suivi d'Ahmed qui conduisait. Pamela resta auprès de son cheval, que l'arrivée du camion avait rendu nerveux. Bruno les accompagna jusqu'à la grange, et s'arrêta quand Ahmed déballa le kit de réanimation.

— Nous n'aurons pas besoin de ça, je crois, dit Bruno, en désignant le matériel d'un signe de tête.

— C'est le règlement, répondit Ahmed en haussant les épaules. En plus, on ne sait jamais. J'ai déjà vu des miracles avec ce truc-là.

Une fois dans la grange, Albert secoua la tête et renvoya Ahmed.

— Ça fait des heures qu'il est mort, le pauvre bougre, dit-il en ôtant son casque. Je dois dire que j'aime pas trop voir un cou tordu comme ça. Tu crois qu'il est tombé ?

— Rien n'indique qu'il ait dérapé sur ces marches, mais je ne me fierais pas à cet escabeau, et je suis loin d'avoir l'âge de Cresseil, répondit Bruno. Il ne tenait pratiquement plus sur ses jambes.

Un klaxon retentit dehors. Le docteur venait d'arriver. Bruno sortit, pour voir Pamela occupée à pacifier son cheval, une fois de plus. Il lui adressa un sourire attendri et, traversant la cour, s'avança vers une jeune femme en train de sortir une sacoche de médecin du coffre d'une vieille Renault 5. Certainement la nouvelle associée du cabinet médical, elle avait un prénom italien. Pour l'instant, il ne voyait d'elle qu'une très belle paire de fesses. Quand elle se retourna, il contint sa stupeur. Une grande cicatrice, qu'elle ne cherchait pas à masquer sous le maquillage, barrait une grande partie de sa joue droite. Tout en évitant d'y fixer son regard, Bruno se demanda ce qui pouvait bien avoir causé une telle blessure.

— Je sais, vous êtes Bruno, le policier, et je suis Fabiola Stern, le nouveau médecin, dit-elle avec un sourire, main tendue vers lui. Où est le corps ?

— Bonjour, docteur, répondit-il en lui serrant la main. C'est un plaisir, malgré les circonstances. Je vous présente Mme Nelson, c'est elle qui a trouvé le corps, les pompiers sont là, vous les connaissez. Suivez-moi, c'est par ici.

— Madame Nelson, heureuse de vous rencontrer, quel beau cheval vous avez là. (Puis, se tournant vers Bruno :) Allons-y. Et s'il vous plaît, ne m'appelez plus docteur. Moi, c'est Fabiola.

— La nuque est brisée, déclara-t-elle après un bref examen du corps. Mais à voir ces pupilles, ces mains violacées et l'extrême pâleur du visage, il est possible qu'une crise cardiaque soit la cause de la mort. Il a pu faire un infarctus et tomber à la renverse. Il faut une autopsie.

« Putain, se dit Bruno. Ça va retarder et compliquer les choses. »

— Vous êtes sûre ? demanda-t-il. Ça m'a tout simplement l'air de la mort d'un très vieux monsieur.

— Navrée, répliqua-t-elle fermement. Mais le décès ayant plusieurs causes possibles, je dois suivre la procédure à la lettre.

Aucune chance de faire revenir le docteur sur sa décision. Il valait mieux qu'il s'occupe de notifier les personnes concernées, à commencer par Max. Le jeune homme ne devait pas être loin, qui d'autre aurait pu ramasser les raisins ? Ils devaient déjà être dans la cuve, ce qui expliquerait pourquoi le vieil homme avait voulu grimper sur l'escabeau. Quittant la grange et le cadavre, il sortit dans la cour et prit son portable.

— Alphonse, c'est Bruno. Max est là ?

— Non, Bruno. Il doit être chez Cresseil. Il avait prévu de vendanger hier soir, et il m'a dit qu'il resterait coucher là-bas. C'est son truc bio, cueillir les raisins à la nuit tombée, quand il fait moins chaud.

— Eh bien, ils ont été cueillis, ça c'est sûr, et je l'ai vu en ville tard hier soir, mais il n'est pas ici. J'y suis, chez Cresseil, avec les pompiers et le docteur. Le vieux est mort, crise cardiaque selon toute vraisemblance. Est-ce que tu peux pister le gamin et lui annoncer la mauvaise nouvelle ?

Tout en pensant aux raisins, Bruno rentra dans la grange au moment où les pompiers remballaient, s'apprêtant à partir. Soudain, il entendit un portable sonner quelque part à l'intérieur. Comme les autres, Bruno vérifia automatiquement le sien, même si ce n'était pas la bonne sonnerie. Elle venait du fond de la grange, là où des étagères rudimentaires ployaient sous un fouillis de baskets, de bouteilles crasseuses et de vieux vêtements. Il traversa la grange, vit le portable, posé sur un jean propre à côté d'une paire de chaussures de sport, et répondit.

— Allô ? fit-il.

— Max, c'est toi ?

— Alphonse, c'est moi, Bruno. Je suis dans la grange, j'ai pris l'appel sans savoir que c'était le téléphone de Max.

— Quoi ? Ça ne lui ressemble pas d'oublier son portable. Toujours aucun signe de lui ?

— Attends.

Bruno ramassa le jean et tâta les poches. Dedans, il trouva un portefeuille, des clés et quelques pièces de monnaie. Dans le portefeuille, la carte de bibliothèque de Max, sa carte d'étudiant et, glissée derrière, il découvrit sans trop de surprise une carte téléphonique à cinq euros. Il chercha plus loin et, contre le mur, aperçut une espèce de chiffon rouge. Tirant un stylo de sa poche, il s'en servit pour le ramasser, en sentant que Fabiola et les pompiers suivaient silencieusement du regard le moindre de ses gestes. C'était un short en coton, dégoulinant de vin.

— Putain, jura-t-il pour lui-même. Je n'ai pas regardé dans la cuve.

— Alphonse, je te rappelle, dit-il en reposant le téléphone sur le jean avant de se diriger vers l'escabeau. Ahmed, viens me tenir ce truc pour l'empêcher de branler. Et Albert, attends un peu pour ranger ce kit de réanimation.

Il monta sur les marches. Sur la quatrième, il se trouvait assez haut pour voir dans la cuve. Pour en être tout à fait sûr, il monta une marche de plus.

— Tiens bon, Ahmed, lança-t-il avant de se pencher à l'intérieur, dangereusement loin.

L'escabeau se balança quand il plongea la main dans le visqueux chapeau de jus en fermentation pour attraper la tête de cheveux blonds qui flottait, face vers le bas. Inutile, il n'arrivait pas à maintenir sa prise. Il essaya de l'attraper par l'épaule, mais sa main glissa dans le moût de raisin. Assez sûr de son équilibre, il saisit le bord de la cuve et sauta dedans à pieds joints, tout habillé, dans une grande gerbe de jus épais, sans lâcher le bord. Debout sur le fond, il se pencha en avant et, au prix d'un immense effort, extirpa le corps nu de Max du pâteux liquide et le maintint contre la paroi de bois.

— Albert, Ahmed, attrapez une échelle et venez m'aider. Fabiola, vous pouvez monter sur l'escabeau ?

Enfonçant une main dans la bouche de Max, il en sortit une écume de jus et de grains éclatés, puis il prit une profonde inspiration et se pencha pour plaquer ses lèvres contre les lèvres molles du jeune homme. Il souffla de toutes ses forces, pour tenter de lui insuffler de l'air dans les poumons, mais il rencontrait une résistance. Lâchant le bord de la cuve, il entoura la poitrine de Max de ses bras et serra brutalement. Une gerbe de moût jaillit de sa gorge. Bruno prit une nouvelle inspiration et souffla avec force dans la bouche du garçon.

— C'est bien, c'est comme ça qu'il faut faire, l'encouragea Fabiola, dont les yeux dépassaient à peine au-dessus du bord. Encore. Continuez à souffler. Je peux vous aider à le tenir ?

Dans un bruit de ferraille, Albert et Ahmed arrivèrent avec des échelles dignes de ce nom et grimpèrent pour prêter secours. Bruno entendit Pamela qui appelait les urgences pour recevoir du renfort.

— Sortez-le de là, descendez-le ici, cria Fabiola. Continuez à souffler, Bruno, aussi fort que vous le pouvez.

Bruno poussant d'un côté, Albert et Ahmed tirant de l'autre, ils firent basculer Max par-dessus bord, puis, aidés de Bruno qui le soutenait par les aisselles, les deux pompiers récupérèrent le corps et l'allongèrent par terre, où Fabiola reprit le bouche-à-bouche. Ahmed posa les deux plaques du réanimateur sur la poitrine de Max, fit signe à Fabiola de s'interrompre, et le corps bondit sous la décharge électrique. Fabiola reprit sa tâche.

Le souffle court et pris soudain d'un violent mal de tête, Bruno se mit à tâtonner dans la cuve pour voir s'il trouvait autre chose, mais il avait les jambes comme du coton et se sentait perdre pied. Il appela faiblement et chercha à se rattraper d'une main au bord de la cuve.

— Albert, sortez Bruno de là tout de suite ! cria Fabiola avant de se pencher de nouveau sur le garçon. Il risque de mourir. Emmenez-le dehors, à l'air libre.

Bruno se déchira l'ongle sur le bois de la paroi et en ressentit une violente douleur qui le sortit suffisamment de sa torpeur pour reprendre appui sur un genou. L'instant d'après, Albert l'attrapait par le col de sa chemise pour le tirer hors la cuve. Dès qu'il eut la tête dehors, Bruno respira un bon coup et sentit sa vue s'éclaircir. Albert continuait de le tirer, Pamela se plaça en dessous pour l'attraper par le bras, alors Albert le lâcha pour le saisir par la ceinture et le faire basculer de l'autre côté. Il s'effondra dans les bras de Pamela.

— Sortez-le à l'air libre, répéta Fabiola. Et revenez tout de suite pour le garçon.

Quand le capitaine Duroc entra, Bruno était allongé sur le ventre, secoué de violents haut-le-cœur, et Pamela, maculée de jus de raisin, l'aspergeait d'un grand seau d'eau froide. Fabiola faisait toujours du bouche à bouche à Max, tandis qu'Ahmed secouait la tête d'un air navré en regardant Albert, plié en deux, en train d'aspirer de grandes goulées d'air frais. Tous étaient maculés de violet, avec des morceaux de pulpe dans les cheveux et les sourcils, et collés sur les bras.

— Ça ne sert à rien, dit Fabiola en se redressant pour poser les mains dans le creux de ses reins, avec une grimace. Il est mort depuis trop longtemps. On a de la chance que Bruno n'ait pas subi le même sort.

— Nom d'un chien, que s'est-il passé ici ? demanda Duroc, manifestement secoué.

— Deux morts, répondit Fabiola. Et pas loin de trois. Dioxyde de carbone dégagé par la fermentation du raisin. On me l'avait dit, mais c'est la première fois que je le vois. Je me rappelle avoir appris que le volume de dioxyde de carbone dégagé durant la fermentation représente quarante fois le volume du jus.

— Mais ce n'est pas toxique, protesta Duroc.

— Non, mais ça pompe l'oxygène. C'est comme ça qu'on en meurt. Par asphyxie.

Bruno releva la tête. Il n'avait plus de vertiges et les haut-le-cœur avaient cessé. Il lança un regard à Pamela, qui le rassura sans rien dire et lui serra la main. La voir dans un si piteux état lui tira presque un sourire.

— Des gens meurent comme ça tous les ans parce qu'ils oublient de ventiler, poursuivit Fabiola. En inspirant profondément à l'intérieur de la cuve pour tenter de ranimer ce pauvre garçon, Bruno était en train de s'asphyxier.

Elle baissa les yeux sur le corps musclé du jeune homme, couvert de traînées vineuses, sur sa peau uniformément bronzée, sauf pour une zone pâle à l'emplacement du short. Elle entra dans la grange pour en ressortir avec une vieille couverture. Juste avant de l'étendre sur le cadavre, elle se pencha, nettoya le visage de Max, puis lui ferma les paupières et posa doucement la main sur sa joue.

— Un bel homme, dit-elle. Quel gâchis !

— Une double tragédie, ajouta Bruno en se relevant. Pour Cresseil, c'est une crise cardiaque, ou alors il s'est brisé la nuque en tombant de l'escabeau. L'autopsie le dira. Et pour Max, son fils adoptif, asphyxie dans une cuve de vin. À mon avis, il s'agit de cause naturelle ou d'une chute pour le premier, et d'un tragique accident pour le second. (Se tournant vers Fabiola :) Devons-nous envisager une autopsie pour Max ?

Elle secoua la tête, se frotta les yeux :

— Ma première semaine à ce poste, et deux décès.

— Vous avez fait tout ce que vous avez pu, dit Pamela.

— Sans vous, nous aurions pu perdre Bruno, ajouta Albert. Je n'avais jamais entendu parler de mort causée par fermentation du vin.

— Je ne connais personne qui foule les raisins tout nu, commenta Bruno d'un air songeur. Je me demande pourquoi il a enlevé son short ? Il a dû s'en débarrasser quand il était dans la cuve, et l'aura balancé par-dessus bord.

— Peut-être que ça fait partie de ce truc bio dont il parlait, remarqua Pamela.

— Putain de merde ! s'exclama Albert en posant les yeux sur Ahmed avant de les baisser sur lui. On est vraiment dans un sale état !

— Je vais me nettoyer ici, dans la salle de bains, déclara Fabiola, je suis sûre que feu le propriétaire ne m'en voudra pas.

Elle se dirigeait déjà vers la maison quand elle s'arrêta brusquement pour observer Bruno, qui farfouillait le long de la grange.

— Qu'est-ce que vous cherchez ?

— Le chien de Cresseil, répondit-il en continuant d'avancer. Il est presque aussi vieux que son maître. Appelez-moi quand vous aurez fini, j'ai besoin de la salle de bains, moi aussi. Mais d'abord, je dois prévenir Alphonse.

Bruno s'arma de courage en vue d'une conversation difficile. La mort de son suspect numéro un allait laisser l'enquête sur l'incendie criminel en suspens. Il allait aussi devoir annoncer la nouvelle à Jacqueline. Cela n'aurait rien d'agréable, peu importe ce qu'elle fricotait avec Bondino, mais il était curieux de voir comment elle allait réagir. Il tira son portable de l'étui accroché à sa ceinture. Le cuir était détrempé, les touches couvertes de pulpe. Il les essuya, mais le portable ne marchait plus.

— Merde, marmonna-t-il avant de repartir d'un pas résolu vers la grange pour prendre le portable de Max.

23

— Ce qui compte, c'est de savoir lequel des deux est mort le premier, expliquait le maire.

Bruno, tout propre dans son uniforme de rechange, accepta un verre d'armagnac pour se remonter.

— Si c'est le vieux Cresseil, alors c'est l'héritier de Max qui recueille la succession. Mais nous ignorons s'il en a un. Alphonse figure toujours comme proche parent, mais je ne suis pas sûr du poids que cela peut avoir. Et si c'est le jeune Max, alors ce sont les lointains cousins de Cresseil qui héritent, ce qui pourrait avoir de l'importance pour notre projet avec Bondino. Il m'assure qu'il est toujours d'accord, grâce à la manière dont tu as réglé le problème au Centre de recherches, poursuivit le maire. Comment va-t-on établir qui est mort le premier ?

— L'autopsie va le déterminer et c'est Fabiola, le nouveau médecin du groupe, qui s'en charge, répondit Bruno, soulagé d'échapper au moins à cela. Mais la chose pourrait se révéler difficile. Il n'est jamais aisé d'établir l'heure du décès avec certitude.

« Logiquement, on peut présumer que Cresseil s'est demandé ce qui était arrivé à Max. Une fois sur l'escabeau, quand il a vu le gamin déjà mort qui flottait dans la cuve, le choc a provoqué la crise cardiaque qui lui a été fatale, ou qui l'a précipité en bas des marches, lui brisant la nuque, poursuivit Bruno. Dans ce cas, Max serait mort le premier.

— Si on suit une autre logique, Max aurait pu se trouver en difficulté, Cresseil serait alors monté pour l'aider, aurait été foudroyé par une crise cardiaque et, sans personne pour lui porter secours, le jeune Max se serait noyé tragiquement, reprit le maire, sur un ton d'une telle désinvolture que Bruno se dit que le vieux renard tramait quelque chose. Donc c'est le vieux qui est mort le premier. Si quelqu'un prétend que le gamin a survécu assez longtemps pour hériter, la famille nous intentera un procès. Il faudra attendre des années pour que l'affaire soit réglée et Bondino, écœuré, risque de tout abandonner. Alors, Bruno, cette nouvelle collaboratrice, tu la connais bien ?

— Pratiquement pas. Elle m'a l'air d'une jeune femme très aimable, très compétente. À dire vrai, elle m'a sans doute sauvé la vie, répondit Bruno qui recommençait à s'inquiéter de voir le maire accorder tant de poids au projet Bondino.

Il n'allait pas entacher ses relations avec le nouveau médecin en lui suggérant de fausser ses conclusions pour la convenance du maire.

— Elle m'a semblé être quelqu'un d'intègre. Elle nous donnera sincèrement son avis, j'en suis sûr.

— Peut-être pourrais-tu lui faire discrètement comprendre l'importance de la question ? Son importance pour l'avenir de la commune, j'entends.

— Il y a une complication supplémentaire, expliqua Bruno en évitant de répondre directement. L'autre jour, au Bar des Amateurs, Bondino a cherché la bagarre avec Max. Il a cassé une vitre et agressé une jeune femme. J'aurais pu l'arrêter et, pour tout dire, je m'interroge sur le bien-fondé de ce projet, qui va lier l'avenir de St-Denis à ce jeune voyou.

— Tu y vas un peu fort, Bruno.

— C'est le cœur qui parle. Je ne me sentais pas trop fier quand j'ai choisi de ne pas l'arrêter.

— Allez, on a tous été jeunes. Il se calmera en prenant de l'âge. (Le maire marqua un silence :) Ce projet ne t'a jamais beaucoup plu, n'est-ce pas ?

— J'aime beaucoup l'idée, sur le principe. Mais le comportement de Bondino ne m'inspire guère confiance.

Le maire se leva pour se poster devant la fenêtre.

— Merde, Bruno, tu as raison, bien sûr. Mais comment faire autrement ? Je dois lutter pied à pied pour garder la scierie en activité. J'ai usé de toute mon influence pour établir le Centre de recherches ici, et c'est devenu un tel sac d'embrouilles que je risque de perdre les prochaines élections. Le projet Bondino est notre meilleur espoir pour l'avenir de cette commune, je ne vais pas le laisser passer. Va voir St-Fénelon, ou n'importe lequel de ces villages musées pour touristes où il ne reste qu'un ou deux bistros et une agence immobilière, ils ne vivent pas plus de trois mois de l'année, de juin à septembre.

Le maire poursuivit, agitant la main devant la fenêtre comme pour désigner les villages fantômes ainsi évoqués :

— Plus de familles, pas d'école, pas d'emplois, pas de magasins, la plupart des maisons désertées d'une saison à l'autre, quand les touristes reviennent les louer. C'est ça l'enjeu, Bruno. Nous devons choisir ces emplois pour St-Denis.

Le maire frappa du poing dans la paume de sa main, crispa les mâchoires et marcha sur Bruno :

— Alors je me fous pas mal que Bondino soit une brute avinée, tant qu'il confirme cet investissement. Tu n'auras qu'à le contrôler.

— Oh oh ! s'exclama Bruno en levant les mains au ciel avec un petit sourire. On n'est pas en conseil municipal, ni en séance publique non plus. Vous pouvez tester vos discours sur moi tant que vous voulez, mais pas la peine de chercher à me convaincre. Le projet me plaît, mais s'il est intéressant économiquement pour Bondino, il peut l'être aussi pour un autre. C'est mon raisonnement, et cette possibilité-là n'a même pas été envisagée.

— Les hommes d'affaires qui ont dix millions d'euros à investir ne se bousculent pas à ma porte, grommela le maire.

— Mais maintenant que nous en avons un, nous pouvons tirer parti de l'information. Il y a peut-être d'autres grosses sociétés, britanniques ou italiennes, qui sauraient voir le potentiel qu'a vu Bondino. On pourrait aussi intéresser des investisseurs français. Si vous obtenez cette appellation, c'est nous qui aurons la main.

La cave était pleine de clients quand Bruno arriva chez Hubert, et il rassembla son courage pour annoncer la mauvaise nouvelle à Jacqueline. Hubert étant occupé avec un couple d'Anglais devant les casiers de vieil armagnac, Nathalie se détourna un instant de la caisse, où elle servait une file de clients, pour le saluer tristement.

— On est au courant, dit-elle. L'Anglaise est passée, trempée de jus de raisin, pour le dire à Jacqueline. La pauvre était anéantie, elle pleurait à chaudes larmes, Hubert lui a donné sa journée. L'Anglaise l'a ramenée chez elle, Jacqueline sur son vélo et l'autre sur son cheval. Nous ne savons pas où donner de la tête ici, sans Max et sans Jacqueline, Hubert a dû quitter son bureau de Sarlat pour venir nous aider. On peut faire quelque chose pour toi ? Tu m'as l'air d'aller bien, mais l'Anglaise a dit que tu avais eu des problèmes, toi aussi.

— Ça va. Alors Jacqueline sera encore là-bas, chez Pamela ?

— Oui, elle s'y est installée il y a deux ou trois jours. Tu ne savais pas ? Elle m'a dit que tu l'avais aidée à trouver ça.

Un touriste, venu acheter une caisse de vin, semblait troublé par la présence d'un policier, ce qui ne l'empêcha pas de tapoter impatiemment sur le comptoir avec sa carte de crédit. Nathalie se retourna vers lui avec un sourire las, et Bruno prit congé.

— Il va nous manquer, c'était un garçon charmant, lança-t-elle comme il sortait.

Bruno ouvrait la portière de sa fourgonnette quand Hubert accourut sur le parking en agitant impérieusement la main.

— Quelle terrible nouvelle, une tragédie, dit-il. Mais, et toi, alors ? L'Anglaise nous a dit que tu avais failli y rester.

— Ça va. J'avais juste besoin d'une douche et de vêtements propres, répondit Bruno en serrant la main d'Hubert. C'est le nouveau médecin qui m'a sauvé, dès qu'elle a eu compris ce qu'il m'arrivait. Je n'avais pas idée que le vin puisse être dangereux à ce point.

— Max était un gars bien, remarqua Hubert. Il adorait le vin, c'était un très bon vendeur. Lui et Jacqueline avaient le palais fait pour, ils savaient s'y prendre avec les touristes et les guidaient toujours vers les meilleures bouteilles. J'allais lui offrir un poste ici, une fois son diplôme en poche.

— Je ferais bien d'aller voir Jacqueline, et toi, tu as des clients qui t'attendent.

— Je sais. Mais je voulais te demander si tu comptais reporter ton invitation à dîner. Le vin peut attendre un autre soir.

— Oui, mais pas mes bécasses, répondit Bruno. Je les ai sorties du congélateur ce matin, je n'ai pas envie de les perdre. C'est la première fois que j'en rapporte autant en une saison. En plus, on a tous besoin de se remonter le moral. Alors, c'est maintenu.

En tournant sur le petit chemin d'accès à la maison de Pamela, Bruno regrettait qu'elle eut annoncé la mort de Max à Jacqueline. Il aurait voulu voir la réaction de la jeune femme pour pouvoir se faire une opinion sur sa relation avec Max : simple passade ou affection profonde, comme c'était manifestement le cas pour le jeune homme. Il doutait qu'il en fût ainsi pour elle, à en juger par son attitude avec Bondino, mais peut-être n'était-ce pas pareil pour tout le monde.

Il avait toujours plaisir à emprunter ce chemin qui plongeait doucement vers la ferme, avec ses dépendances, tel un petit hameau niché au creux des collines, avec les chevaux de Pamela qui paissaient dans le pré. Mis à part la voiture et la piscine, la vue n'avait pratiquement pas changé depuis plus de deux cents ans. Il s'arrêta dans la cour et vit par terre le vélo de Jacqueline, avec une roue qui tournait encore au ralenti. Pamela avait dû l'entendre arriver, car elle ouvrit la porte de la cuisine au moment où il claquait sa portière. Elle était encore en tenue d'équitation, maculée de vin, les cheveux en bataille sous sa bombe.

— Contente de voir que tu vas bien, dit-elle d'emblée. J'étais inquiète pour toi. Est-ce bien prudent d'avoir déjà repris le travail ?

— C'est bon. J'ai juste un peu mal à la tête, mais j'ai avalé une aspirine et un verre d'Armagnac. Ça soigne à peu près tout. Comment va Jacqueline ?

— Mal, mais nous avons bu un thé et elle s'est calmée. Entre, viens la voir. Nous sommes dans la cuisine. Cela me permettra de prendre une douche et de me changer, je ne voulais pas la laisser seule.

Bruno salua Jacqueline, qui lui répondit avec un petit sourire hésitant. Les yeux rouges, serrant dans sa main un mouchoir trempé de larmes, elle paraissait effondrée. La jolie fille insouciante qui tenait Max par la taille sur le stade de rugby, celle qui se rebiffait au bar durant la bagarre, cette Jacqueline-là était presque méconnaissable.

— J'aurais dû rester avec lui, je le savais, dit-elle. Cela ne serait jamais arrivé.

— Max va tous nous manquer, déclara Bruno.

Il se sentait comme soulagé de savoir qu'au moins il n'y aurait ni procès ni prison, et pas de cirque médiatique avec les écolos qui chercheraient à transformer Max en martyr.

— C'est tellement atroce, tellement stupide, de mourir comme ça, dit-elle. Il était encore là hier, et la veille, pour m'aider à m'installer ici. Je n'ai même pas fini de déballer les cartons. Il en reste encore dans le gîte, là où il les a posés.

— Je ne savais pas que vous aviez pris contact avec Pamela.

— Tout de suite après vous avoir vu au rugby, précisa-t-elle en portant le mouchoir mouillé à son nez. (Bruno lui tendit le sien sans rien dire, et elle accepta le mouchoir propre avec reconnaissance.) J'en ai parlé à Max et comme il avait le numéro de Pamela dans son portable, j'ai appelé et j'ai emménagé aussitôt. Nous avions même prévu de repeindre la chambre, ajouta-t-elle d'une voix qui se remit à trembler.

— Quand l'avez-vous vu pour la dernière fois ? demanda Bruno. Je pensais que vous deviez l'aider à vendanger.

— C'est ce que j'allais faire, mais il tenait à son truc bio de ramasser la nuit, à la fraîche, et j'avais mes livres à trier, répondit-elle en lui rendant son mouchoir. Merci d'être passé, ça va aller. Pamela a été très gentille, elle m'a tenu compagnie et conseillé de ne pas rester désoeuvrée. Je reprendrai le boulot demain.

— Vous aimez travailler chez Hubert ?

— Beaucoup. J'apprends tous les jours et le contact avec la clientèle me plaît. Hubert me confie plein de dégustations, dit-elle. (Son visage s'anima avant de s'assombrir aussi vite.) C'était super de travailler avec Max. C'est comme cela que je l'ai rencontré. Ça va être triste là-bas sans lui, à sans cesse croire qu'il va remonter de la cave, aider à transporter les caisses.

— Eh bien, si je peux faire quoi que ce soit…, proposa Bruno, à court de sujet de conversation qui ne ramenait pas Jacqueline au souvenir de Max.

Pamela s'attendait manifestement à ce qu'il reste avec elle et, comme il cherchait quelque chose à dire, il remarqua une pile de livres sur la table.

— Tout ça, c'est sur le vin ? demanda-t-il.

Elle se leva pour les lui montrer : une grosse encyclopédie et plusieurs ouvrages de référence en anglais, le *Guide des vins*, chez Hachette, *Les bons vins et les autres*, le grand classique de Pierre-Marie Doutrelant, et aussi *Arômes du vin*, de Moisseeff et Casamayor. Ils semblèrent lui redonner vie car, en quelques instants, elle était presque devenue volubile. Dans un atlas du vin, elle lui indiqua où elle avait travaillé en Australie quand Pamela réapparut ; elle sentait bon et, tout en démêlant ses cheveux mouillés, lui proposa de le raccompagner à sa voiture.

— Je voulais te demander, dit-elle en traversant la cour avec lui. Tu maintiens toujours ton invitation à dîner ? Je me sentirais coupable de laisser cette fille toute seule.

— Viens avec elle, répondit-il, en réalisant que Jacqueline pourrait compenser l'absence d'Isabelle. Cela lui changera les idées. En plus, elle s'y connaît en vin, elle saura apprécier la soirée.

24

Il n'y avait pas beaucoup de parkings à St-Denis, mais Bruno les inspecta méthodiquement l'un après l'autre. Il cherchait les petits camions du genre de ceux signalés par l'équipe de JJ, avec un empattement correspondant aux traces laissées dans l'herbe du Centre de recherches. Chaque fois qu'il en repérait un, il en examinait minutieusement les roues pour détecter des traces de peinture blanche. Après avoir épuisé les parkings de l'école, des supermarchés et des garages, il remonta dans sa fourgonnette, direction le marchand de matériaux et la poste. Il ne restait plus à St-Denis que quelques camions susceptibles de répondre au signalement. Celui que Bruno tenait tout particulièrement à voir, le très vieux Renault avec lequel Alphonse livrait ses fromages, faisait la tournée des magasins de la région et ne serait pas de retour avant la nuit. D'ici là, songea Bruno dépité, toute trace de peinture révélatrice aura disparu sur les petites routes de campagne.

Il franchit un imposant portail de fer forgé, tentant là l'une de ses dernières chances. Il n'allait pas faire toutes les fermes des alentours et, de toute façon, il allait voir la plupart de ces camions le jour du marché. Il entra sur le Domaine de la Vézère, le complexe hôtelier et viticole de Julien, la perle du projet de l'ambitieux Bondino. La longue allée suivait d'abord la lisière des bois pour être ensuite bordée par les jardins à la française du château, une bâtisse sans grand intérêt au cœur de la propriété. Cet ancien manoir fin Renaissance avait été maladroitement restauré au dix-neuvième siècle, flanqué de quatre tourelles rondes à toit pointu, et agrémenté d'une aile à mâchicoulis capable de résister à une canonnade et d'une terrasse impressionnante qui menait au jardin par de larges marches. La pelouse, que des allées gravillonnées découpaient en motifs géométriques, était parsemée de curieux topiaires. D'un côté, une vaste piscine, protégée par des haies mêlées à d'autres topiaires, d'où s'élevaient des cris d'enfants en train de patauger joyeusement. De l'autre, derrière la grande aile convertie en restaurant, un long bâtiment de construction récente, aux murs recouverts d'un coûteux habillage de bois pour se donner l'air ancien, abritait l'activité viticole, avec une vaste cour pour les camions de livraison. Ceux qui étaient là ne répondant pas à ses critères, Bruno s'en alla chercher Julien, qui pourrait peut-être lui apprendre quelque chose d'utile sur Bondino.

Il commença par la grange, où Baptiste, le maître de chai vieillissant, surveillait une équipe de saisonniers occupés à nettoyer les cuves pour recevoir la récolte de l'année. D'un signe de tête, il salua deux employés de mairie qui travaillaient là au noir. Baptiste n'avait pas vu Julien de la journée et suggéra à Bruno d'aller voir au bureau. Voilà qui était curieux. Cela ne ressemblait pas à Julien de s'éloigner des chais à cette saison, ne fût-ce qu'une heure, et a fortiori toute une journée. Comme il ne trouvait personne dans les bureaux, Bruno fit le tour jusqu'à l'entrée du château, en se faufilant entre les rangées de vigne alourdies de raisins, puis il traversa le parking et gravit les marches de l'entrée principale de ce qui était aujourd'hui un hôtel. Ne voyant personne à la réception, il jeta un coup d'œil derrière, dans le petit bureau : Marie-Hélène était là, fidèle au poste depuis des années, depuis qu'elle avait pris sa retraite d'enseignante de maternelle. Enveloppée d'une entêtante odeur de lavande, elle pianotait furieusement sur un ordinateur comme si elle avait une vengeance personnelle à assouvir contre lui.

— Bonjour, Bruno. Je déteste ce truc plus encore que le téléphone. Pourquoi est-ce que plus personne n'écrit de lettres aujourd'hui ? Je suis obligée de tout imprimer pour pouvoir l'archiver correctement, sinon je n'arriverais plus à retrouver une seule réservation.

— Ces machines-là sont censées vous faciliter la vie, Marie-Hélène, répondit-il en se penchant pour l'embrasser sur ses deux joues abondamment poudrées. Julien est là ?

— Allez savoir, ces temps-ci ! siffla-t-elle. Je ne le vois plus guère, et quand il est là, il a l'esprit ailleurs. Sans moi pour faire marcher la boutique comme sur des roulettes, je me demande où nous en serions. Laisse-moi te dire, Bruno, je suis inquiète pour lui. Sais-tu que Mirabelle a été hospitalisée ?

– C'était cet été. Un problème féminin, m'a dit Julien.

– Eh bien, elle a dû retourner là-bas, jusqu'à Bordeaux. Elle est restée plus de trois semaines, Julien prenait la voiture tous les jours pour aller la voir. Il nous a demandé de n'en parler à personne. Ça fait deux jours qu'il l'a ramenée ici, et il ne m'a même pas autorisée à la voir. C'est vraiment grave, je crois, mais Julien ne veut pas que ça s'ébruite, il dit que ça serait mauvais pour les affaires.

– Il va bientôt falloir vendanger, remarqua Bruno.

– Une troupe de bons à rien est déjà arrivée. Il ne va pas y avoir assez de place dans la grange pour héberger tout ce monde. Mais ce vieil imbécile n'a pas encore donné le feu vert pour commencer, et ils sont tous à se bouffer le nez entre eux. Tu le trouveras sans doute de l'autre côté, dans les appartements privés.

Bruno traversa le salon surchargé qui recelait le plus bel élément architectural du château, une cheminée du seizième siècle, assez vaste pour y faire rôtir un bœuf. Bruno avait un jour assisté au rôtissage d'un sanglier qui paraissait tout petit dans cet âtre monumental. La pièce, de dimensions gigantesques, était parsemée de meubles de styles divers, chaises Louis XVI autour d'une table de bridge, grands sofas Napoléon III se faisant face de part et d'autre d'une table à plateau de marbre. Un canapé Empire adossé contre un mur, surmonté d'une honnête copie du *Madame Récamier* de David, et flanqué de deux fauteuils Empire passablement fatigués. Un grand bureau Second Empire, sur lequel trônait une pendule en bronze doré, était placé devant l'enfilade de portes-fenêtres, tandis que deux jolies bibliothèques anglaises agrémentaient le mur du fond. Si Bruno, qui n'était pas grand connaisseur d'antiquités, était capable d'identifier tous ces styles, c'est que Julien, ou plus probablement sa femme, avait judicieusement posé sur les guéridons des petits cartons portant l'inscription manuscrite : « *Coin Empire* » ou « *Coin Louis XVI* ».

Sans trop savoir si cette précaution en révélait davantage sur Julien ou sur ses clients, Bruno sortit par une porte-fenêtre, suivit la terrasse pour rejoindre l'aile qui jouxtait la piscine, et frappa à la discrète porte qui menait à l'appartement de Julien. Pas de réponse. Il frappa une seconde fois, plus fort. La porte s'ouvrit brusquement sur un Julien courroucé :

— Je vous ai dit de ne me déranger… Oh, c'est toi Bruno. Excuse-moi, mais le personnel ne me laisse jamais en paix. Que puis-je faire pour toi ?

— Bonjour, Julien. Désolé si le moment est mal choisi.

Le moment avait l'air très mal choisi, en effet. Le Julien toujours impeccable était en pantoufles, il portait un pantalon plein de taches avec une vieille chemise en jean qui semblait avoir servi à astiquer une voiture. Il était hirsute, mal rasé, et son haleine empestait l'alcool.

— Non, pas du tout, entre. Ça fait du bien de voir quelqu'un qui n'a pas besoin de moi pour un truc ou un autre. Excuse-moi, Bruno, mais j'ai quelques soucis en ce moment.

— Puis-je t'être utile ?

Julien hocha la tête et le précéda dans le salon, une pièce habituellement bien tenue, accueillante, et meublée avec un plus beau mobilier que celui de l'hôtel. Mais il y avait des papiers sur les chaises, des bouteilles de vin vides et même quelques assiettes sales par terre.

— Comment va Mirabelle ? s'enquit Bruno, en se demandant si la femme de Julien l'avait quitté.

— Elle est au lit. Pas bien du tout. Putain de merde, j'arrive plus à garder ça pour moi. C'est la catastrophe, Bruno. La cata totale. Cancer du foie. Elle ne finira pas l'année, et il faut que je m'occupe des vendanges, et du vin, et de la gestion de l'hôtel et du personnel. Le chef est parti, je me débrouille tant bien que mal avec un intérimaire envoyé par l'ANPE, il a un diplôme bidon, il ne sait même pas faire un roux. Je suis étranglé par mes traites et les affaires vont mal. Putain, j'ai l'impression que ça fait une éternité que j'ai pas vu une tête sympa. Content que tu sois passé, Bruno.

— Je suis vraiment navré pour Mirabelle. Je peux la voir ? Elle ne va pas trop mal pour supporter une visite ?

— Je ne sais pas. La pauvre n'arrive pas à se reposer avec ces foutus gamins dans la piscine. Elle n'a encore vu personne. Dès que nous sommes rentrés de chez le spécialiste de Bordeaux, elle est allée directement se coucher. Elle ne veut même pas recevoir le père Sentout.

Julien s'interrompit pour aller au fond du couloir, ouvrit une porte sans bruit et passa la tête par l'embrasure. Bruno entendit murmurer faiblement, puis Julien se retourna et lui fit signe de venir. Bruno s'arrêta devant la porte et prit Julien par le bras.

— Écoute, laisse-moi avec elle un moment, le temps que tu ailles te doucher, te raser et te changer, dit-il avec autorité. Tu pues comme un vieux bouc, ça ne peut pas être bon pour Mirabelle. Vas-y maintenant, sinon c'est moi qui te balance dans la piscine.

Laissant Julien dans le couloir, Bruno entra dans la chambre plongée dans la pénombre, où les cris des enfants semblaient très proches malgré les fenêtres closes. Il faisait chaud dans cette pièce qui sentait le renfermé. Mirabelle laissa échapper un petit miaulement et dit :

— Bruno, c'est bien toi ?

— Oui, ma douce, c'est moi.

Il s'approcha d'elle, l'embrassa doucement sur la joue et prit sa main moite. Trop fatiguée pour penser à ses cheveux ou aux draps en désordre autour d'elle, elle portait une petite calotte sur la tête.

— Julien m'a dit. Je suis vraiment navré pour toi, mais on te reverra danser bientôt. Tu te souviens de cette chanson que tu adorais : « *Je suis seule ce soir* » ? Tu la chantonnais toujours en dansant.

— Ah, Bruno, je ne danserai plus, j'en ai peur. Mais écoute, occupe-toi de Julien. Il est complètement effondré par cette histoire, tout part à vau-l'eau.

— C'est le médecin qui t'a conseillé de rester au lit ?

— Oui, enfin, d'une certaine manière. Il m'a dit que j'allais être tout le temps très fatiguée, que je ne devais pas trop m'agiter. Ils m'ont fait des rayons, et aussi de la chimiothérapie, ça me fait vomir et j'ai perdu tous mes cheveux. Je ne peux pas sortir comme ça.

Bruno se dirigea vers la fenêtre, tira les rideaux d'un coup sec et ouvrit la porte-fenêtre. Les enfants avaient disparu, comme par enchantement. Sous ses yeux, il découvrait un petit jardin privé, clos de murs, baigné de soleil. Il vit la chaise longue au pied du lit, s'en saisit et l'emporta dehors. De retour dans la chambre, il souleva Mirabelle, avec drap et couverture, et la transporta au jardin. Elle plissait les yeux, éblouie par tant de lumière. Il l'allongea sur la chaise longue, sortit ses lunettes de soleil de la poche de sa chemise et les posa sur le nez de Mirabelle.

— C'est beau ici, dehors. Respire le bon air.

— Oh, Bruno, je ne peux pas. Je ne sens plus rien, je n'ai plus de goût. Je n'arrive pas à manger.

— Ça reviendra, j'en suis sûr. Essaye. Ferme les yeux et respire avec moi, allez, souffle un grand coup puis inspire par le nez. Tu sens cette petite brise sur ta joue ?

Elle secoua la tête. Il porta la main à sa bouche et humecta son doigt, puis ôta délicatement les lunettes de soleil de Mirabelle et passa le doigt sur ses paupières closes.

— Et maintenant, tu sens la brise sur tes yeux ?

— Oui, oui, je la sens, répondit-elle dans un souffle.

Il lui remit les lunettes.

— Julien est trop bête, le pauvre, reprit-elle, avec une tendresse qui démentait ses paroles. Il veut tout vendre, tu sais, et m'emmener en Suisse, dans un endroit qu'il a trouvé sur Internet et qui se targue de guérisons miracles. Les médecins de Bordeaux m'ont mise en garde contre ce genre d'endroit. Ils lui prendront tout son argent et il se retrouvera sur la paille. Je veux juste rester ici, Bruno, pour garder ce lieu tel qu'il a toujours été, comme il était avant. (Sa voix devint un murmure :) Tu t'occuperas de lui, Bruno ?

Elle sombra alors dans le sommeil, elle avait la bouche entrouverte, le teint cireux. Bruno resta assis auprès d'elle jusqu'à ce que Julien arrive dans le jardin, rasé de frais, vêtu avec soin.

– Ah là, je te retrouve ! dit Bruno. Elle s'est endormie.

– Elle dort beaucoup. Elle a toujours refusé de sortir dans le jardin.

– Je ne lui ai rien demandé, je l'ai simplement portée jusqu'ici. Elle était contente d'être dehors, en plein air. Elle ne voulait pas te déranger, je crois.

– Me déranger ? Mais elle ne me dérange jamais, ma douce Mirabelle. Trente-six ans de mariage, Bruno, je ne sais pas ce que je ferais sans elle. Je veux simplement qu'elle soit bien, tout tenter pour elle, même s'il n'y a pas d'espoir.

– L'espoir n'est jamais perdu, Julien, mais les bien-portants ont leurs besoins, eux aussi. Mirabelle ne voudrait pas que tu te laisses aller. Tu dois être fort pour elle, et aussi pour ton entreprise. Tous les gens qui travaillent ici, au Domaine, dépendent de toi.

– J'envisage de tout abandonner.

– C'est pour cela que je suis passé, pour en parler avec toi, répondit Bruno. Viens par ici, près du mur, nous pourrons discuter tranquillement sans la déranger.

Il l'entraîna vers deux chaises en métal peintes en vert, avec une assise en lattes de bois. Elles n'avaient pas l'air très solide, mais c'était le genre de chaises qui avait supporté le poids de générations de clients aux terrasses des cafés de France.

— Je ne devrais pas être étonné que tu en aies entendu parler, et pourtant je le suis. Je pensais mener une négociation très discrète.

— Je n'en doute pas, mais le type qui a pris une option sur le Domaine est venu voir le maire pour parler d'une grande expansion. C'est comme ça qu'on a su.

— Dupuy ? Une expansion ? C'est un homme d'affaires parisien, un promoteur immobilier, je croyais.

— Peut-être bien. Mais il négocie pour le compte d'un super gros client. Les vins californiens Bondino. Ce sont eux qui parlent d'expansion et veulent acheter d'autres terrains par ici.

— Il faut beaucoup d'argent pour mener ça à bien correctement. C'est ce que j'ai voulu faire, j'ai pris un emprunt bancaire sans en avoir vraiment les moyens, mais ça demande des reins plus solides que les miens. Le potentiel existe, la terre et le climat aussi. Tu savais qu'avant le phylloxéra cette région produisait plus de vin que tout le Bordelais ? Les bateaux que tu vois sur la rivière, ces gabares à fond plat qu'on fabrique maintenant pour promener les touristes. Eh bien, autrefois, elles servaient à transporter les barriques sur la Vézère et la Dordogne, jusqu'à Bordeaux où les gabariers vendaient d'abord le vin, puis le bois de leurs bateaux avant de remonter à pied jusqu'ici.

— Ah bon ?

Bruno connaissait bien cette vieille histoire, cependant il était content de retrouver le Julien de toujours, loquace et plein d'entrain.

— C'est pour ça que j'ai toujours voulu faire du vin ici, et que je réalisais de bonnes affaires avec les ventes du restaurant, mais quand je me suis agrandi, les choses ont commencé à se gâter. L'emprunt est garanti par l'hôtel, la banque n'a rien à craindre, mais les traites sont lourdes, et quand le diagnostic est tombé pour Mirabelle, je me suis senti débordé. Alors quand Dupuy a posé cinquante mille euros d'option sur la table, j'ai cru que c'était la bonne solution. Ça couvre toutes les factures, et quand j'aurai vendu le Domaine, il m'en restera largement assez pour ma retraite. Je ne vois pas l'intérêt de continuer ici sans Mirabelle.

— Ne sois pas idiot, Julien, s'éleva une voix faible mais ferme depuis la chaise longue. Tu n'as pas encore soixante ans, il te reste encore au moins dix ans pour bâtir quelque chose dont tu pourras être fier. Mon assurance-vie te fournira le capital nécessaire. Si tu te morfonds quand je ne serai plus là, je reviendrai te hanter, je te le jure.

Julien échangea un regard avec Bruno, une étincelle dans les yeux, puis il se leva pour rejoindre sa femme, s'agenouilla près d'elle sur l'herbe et lui prit la main.

— Tu es réveillée, ma chérie. Tu devrais te reposer un peu plus, tu ne crois pas ?

— Pourquoi me reposerais-je quand tu fiches ta vie en l'air ? Si j'ai appris une chose avec ce foutu cancer, c'est que la vie est beaucoup trop précieuse pour être gaspillée. Tu as besoin d'un but dans la vie, Julien. Et tu as sans doute aussi besoin d'une autre femme, ne serait-ce que pour t'éperonner de temps à autre !

Bruno se leva avec un petit sourire, s'approcha pour embrasser Mirabelle et taper Julien sur l'épaule avant de prendre congé.

— Elle est pleine de bon sens, ta Mirabelle, dit-il.

— Elle l'a toujours été, répondit Julien en regardant sa femme avec beaucoup d'affection. Je te raccompagne, ajouta-t-il en se redressant. (Puis, se penchant pour embrasser Mirabelle :) Je reviens tout à l'heure.

Lorsqu'ils furent rentrés au salon, Julien s'immobilisa pour dire :

— Ce n'est pas possible, tu sais. L'option que j'ai signée est très claire. S'ils veulent conclure à la fin de l'année, je n'ai pas le choix, je dois vendre.

— Quoi ? Même si tu remboursais les cinquante mille euros ?

— Dans ce cas, non. L'accord serait annulé. Mais j'en ai déjà versé une partie à la banque et en salaires, et puis en frais de consultation, chez un autre spécialiste. Et j'aurai probablement des frais juridiques à régler. Je ne peux pas faire machine arrière maintenant, Bruno. Le Domaine sera vendu d'ici à la fin de l'année. Ils veulent une affaire qui roule, ils achètent tout, le mobilier, le vin en cave et la production de l'année. Ça explique sans doute mon manque d'enthousiasme. Tout ce travail pour rien.

— Peut-être que oui, peut-être que non. Si les docteurs ont raison pour Mirabelle, tu as son assurance-vie. Et si elle s'en sort, tu peux toujours la racheter. Mais quoi qu'il en soit, ta femme a raison. Tu es un homme d'action. Tu t'ennuierais à mourir si tu n'avais rien à faire. La vie continue, Julien. Il est temps que tu arpentes tes vignes et que tu goûtes tes raisins pour voir s'ils sont bons à ramasser. Ton équipe est arrivée, les vendanges ont déjà commencé ailleurs. Je viens de passer à la cave, Hubert était dans ses vignes. Il ne faut pas trop tarder.

— Tu as raison. Fais-moi plaisir, viens avec moi, tu me tiendras compagnie. Et tu m'aideras à être à la hauteur. D'ailleurs, j'ai toujours aimé avoir un autre avis avant de démarrer les vendanges. Et après, on pourra aller manger un morceau ensemble.

25

Pamela arriva la première chez Bruno, vêtue d'une robe d'été bleu pâle qui laissait nues ses épaules bronzées. Gitan s'élança sur le chemin en aboyant pour saluer l'arrivée de sa 2CV cahotante. Passant la tête par la fenêtre de la cuisine, Bruno lui fit signe, vérifia que tous les plats qu'il avait préparés étaient couverts d'un linge et sortit, bouteille de champagne à la main. Son invitée, une veste blanche sur le bras, lui tendit un grand pot de confiture. Gitan reniflait le sol à ses pieds.

— Je sais que vous ne manquez pas de confiture avec toutes vos mûres, vos fraises et vos abricots, dit-elle. Mais vous n'avez encore jamais goûté ça, je pense. Gelée de cynorhodon, une recette de ma grand-mère.

— Tous mes remerciements, et ceux de Gigi. Cela va tonifier nos petits-déjeuners. Je ne savais même pas que ça existait. Entrez, venez prendre un verre de champagne. Vous n'avez pas amené Jacqueline ?

— Elle vient avec Hubert et Nathalie, et elle a déjà réglé son premier loyer d'avance, précisa Pamela. Elle est jeune, elle a du ressort, elle s'en sortira, je crois.

— Elle ne sera peut-être pas de très bonne compagnie ce soir, mais nous pourrons lui remonter le moral. Allez, donnez-moi votre verre, vous aimeriez peut-être un peu de cassis dedans ?

— Non merci, juste du champagne, par une belle soirée comme ça.

Elle se tourna pour balayer du regard la vue sur la crête, le moutonnement des collines, puis les rangées de chênes truffiers et le verger, le potager et le poulailler, et enfin la table de jardin où étaient disposés les verres.

— Je m'attendais à une petite maison, mais c'est beaucoup plus grand que vous ne me l'aviez dit. Vous devez cacher une petite famille ici, à moins que vous ne cherchiez à me faire concurrence.

— Je ne connais pas beaucoup de vacanciers qui aimeraient louer une chambre chez un policier, remarqua Bruno en lui tendant un verre. Ils auraient sûrement du mal à se détendre. En plus, ils veulent toujours une piscine.

Ils se retournèrent en entendant une voiture peiner sur le raidillon, et la vieille DS du Baron fit lentement son apparition. Cette arrivée déclencha chez Gitan d'autres aboiements de bienvenue ; ils redoublèrent d'intensité quand le Baron ouvrit la portière arrière et que son chien, un dogue de Bordeaux appelé Général, sauta à terre. Vieux copains et partenaires de chasse, les deux chiens se reniflèrent poliment avant de partir ventre à terre vers les bois.

Le Baron tendit à son hôte une bouteille enveloppée de papier kraft cacheté à la cire, signe distinctif de la cave d'Hubert de Montignac.

— J'ai vu Hubert, il m'a dit qu'il apportait ton saint-estèphe, annonça le Baron de sa voix grave et mélodieuse. J'ai cru bon d'apporter une bonne bouteille de Beaune pour que nous puissions comparer et en finir avec cette querelle historique. Ça nous aidera à oublier de tristes événements.

La Mercedes blanche d'Hubert, capote baissée, apparut au détour du chemin. Nathalie, en foulard et lunettes de soleil, était assise à côté du conducteur tandis que Jacqueline, à l'arrière, leur faisait signe plus gaiement que prévu, cheveux déployés par le vent de la décapotable.

— Mon Dieu, quel joli brin de fille, déclara le Baron. Une soirée bénie en compagnie de trois belles femmes. Voilà qui va nous ragaillardir.

Nathalie tendit une bouteille de Krug bien fraîche à Bruno, Jacqueline posa une bouteille de monbazillac sur la table, puis Hubert s'inclina solennellement en remettant le saint-estèphe entre les mains de son hôte. Bruno jeta un regard sur Jacqueline, qui semblait plus maquillée qu'à son habitude, sans doute pour qu'on ne remarque pas trop qu'elle avait pleuré. Laissant ses invités bavarder entre eux, il partit s'occuper du barbecue. Il jeta une brassée de sarments sur les pages froissées en boule du *Sud-Ouest* de la veille et alluma le feu. Une fois les brindilles enflammées, il lança dessus quatre poignées de charbon de bois et s'en alla à la cuisine pour se laver les mains et en rapporter la baguette coupée en tranches et les bécasses.

— Incroyable ! s'exclama Hubert. Six bécasses. Mon cher Bruno, tu as dû avoir une chance exceptionnelle cette année. Je n'ai jamais réussi à en rapporter plus de deux en une saison, et j'en étais plutôt fier.

Quand Bruno repartit en cuisine pour préparer l'omelette, Hubert le rejoignit, en apportant le saint-estèphe et le Beaune du Baron à décanter. Hubert, qui connaissait bien la maison, prit le tire-bouchon dans le tiroir de la cuisine, les carafes dans la salle à manger et se mit au travail. Les autres invités, restés dehors, se postèrent devant la fenêtre ouverte pour voir Bruno sortir une truffe, de la grosseur d'un petit caillou, d'un bocal rempli d'huile de noix ; il la coupa en très fines lamelles avec le couteau tiré de sa ceinture.

— Il n'en faut pas plus que ça ? demanda Pamela. Je n'ai jamais fait d'omelette aux truffes, j'ai besoin d'apprendre.

— C'est amplement suffisant, madame, vous n'aurez jamais autant de truffe dans un restaurant, même le meilleur, répondit le Baron. Mais je sais comment Bruno cuisine, et je peux vous assurer qu'il y a une autre truffe, encore plus grosse que celle-ci, qui a été mise à infuser avec les œufs dans un bol, au réfrigérateur, depuis hier soir.

— Tu as presque raison, dit Bruno. Mais je ne fais jamais d'omelette avec des œufs sortis du frigo. Je les ai mis au garde-manger depuis une bonne heure.

— Je peux en sentir un morceau ? demanda Jacqueline.

Content que cela semble lui changer les idées, Bruno lui tendit une lamelle sur le plat de son couteau. Prudemment, elle huma la truffe brun sombre.

— Ça sent les bois. Puis-je goûter, ou vous avez besoin de tout ?

Bruno hocha la tête et elle émietta la moitié de la lamelle avant de la mettre dans sa bouche, fronçant les sourcils et fermant les yeux pour mieux se concentrer.

— Ça crisse moins sous la dent que je ne le pensais, et c'est très subtil comme parfum, se prononça-t-elle.

Bruno lança un coup d'œil sur son barbecue, qui commençait à faire de belles braises, puis jeta un gros morceau de graisse de canard dans une grande poêle. Quand elle fut assez chaude, il y pressa deux gousses d'ail, versa les œufs et se mit à faire tournoyer la poêle en la passant d'un feu à l'autre.

— Un maître à l'œuvre, déclara Pamela en levant son verre au cuisinier par la fenêtre ouverte.

Sans quitter l'omelette des yeux, Bruno attrapa son verre sur la paillasse, le leva à son tour et but une gorgée de champagne avant de prendre sa spatule, brunie par des années d'usage, pour décoller les œufs des parois de la poêle.

— Quand elle est prête, on la laisse reposer un peu, le temps que vous preniez place à table, précisa Bruno avant de filer voir son barbecue pour préparer la suite.

Il était de retour dans la minute pour apporter l'omelette jaune d'or, roulée comme une baguette et parsemée de persil plat. Il la découpa et la servit à table.

— Ma première omelette aux truffes, dit Jacqueline avec des yeux brillants. Merci, Bruno.

— Les œufs, tout comme les truffes, ont été ramassés à deux pas d'ici, dit le Baron en se penchant pour attraper la bouteille de vin blanc. Nouvelle-Zélande ? Qu'est-ce que c'est que cette surprise ?

— Goûte-le avec l'omelette, tu seras agréablement surpris, conseilla Nathalie. Une trouvaille de Bruno. Hubert veut voir s'il peut faire un sauvignon blanc comme ça dans son nouveau vignoble.

— Un nouveau vignoble ? s'étonna le Baron. Au fait, Bruno, excellente omelette. Tes truffes se développent à merveille. Mais vas-y, Hubert, parle-moi de ton projet.

— Bon, puisque nous sommes entre amis, et à condition que ça n'aille pas plus loin, j'ai acheté la vieille ferme de Philibert, à côté du Domaine. C'est un investissement, mais je planterai des vignes en novembre. Nathalie dit vrai, je vais faire un essai avec du sauvignon blanc. À mon avis, ce cépage devrait bien marcher sur ces terres-là.

— Je croyais qu'on le cultivait surtout dans la Loire, pour le pouilly fumé, dit Jacqueline. Je me trompe ?

Bruno était content de la voir sortir de sa coquille, retrouver son entrain.

— Non, c'est exact, mais on le cultive aussi dans le Bordelais, et le sauvignon donne quelques-uns des meilleurs graves, expliqua Hubert. Je me range à l'avis du Baron : cette omelette est parfaite, mais maintenant, j'ai envie de goûter ta trouvaille, Bruno. (Il but une gorgée, et les autres le suivirent. Ils attendirent tous son jugement en silence.) C'est une très belle association, je trouve, aussi crémeuse que tes œufs et avec assez de vivacité pour équilibrer les truffes, commenta le vigneron.

« Et maintenant, Jacqueline, parlez-leur des vins de votre famille, poursuivit Hubert. Presque tous ici seront surpris d'apprendre qu'un pays aussi septentrional que le Canada produit d'excellents vins.

— Eh bien, nous sommes assurément au nord mais, près des chutes du Niagara, nous bénéficions d'un microclimat qui nous permet de cultiver du vin de glace. On le vendange très tardivement, quand les raisins se sont ratatinés sous le gel, ce qui donne un délicieux vin de dessert. Comme il est très concentré, nous le vendons en petites bouteilles. Hubert le connaît, mais c'est un vin très peu exporté hors des États-Unis.

— J'ai goûté un Inniskillin, je l'ai trouvé superbe et j'ai réussi à en obtenir quelques caisses. Mais je n'avais jamais goûté de Duplessis, la famille de Jacqueline, avant qu'elle m'en apporte une bouteille. Comme vous pouvez le constater, j'ai pris quelqu'un qui avait du vin dans les veines. Quant au vin de Nouvelle-Zélande avec l'omelette de Bruno, c'est un mariage divin. Aucun doute là-dessus. Raconte-nous comment tu as découvert ça, Bruno. J'ai été étonné que tu me demandes de trouver ça pour toi.

— C'est une longue histoire, répondit Bruno. La première fois que j'ai goûté ce vin, c'était en Bosnie, grâce aux intendants de l'armée française. Ils ont gagné ma profonde admiration car ils se débrouillaient toujours pour nous dénicher quelque chose qui ressemblait à du vin, que ce soit dans les jungles de la Côte d'Ivoire et de Madagascar ou dans le désert du Tchad. Mais ça s'était révélé difficile à Sarajevo, jusqu'au jour où ils ont passé un accord avec la base de l'OTAN en Italie, et alors un curieux assortiment de vins – zinfandel californiens, shiraz australiens et chiliens – ont trouvé le chemin de l'Intendance. Et, un soir mémorable, j'ai bu un vin blanc d'une telle fraîcheur de caractère que je me suis juré d'en retrouver la trace un jour. Il portait le nom d'un général anglais, Milord Marlborough. Et je suis enchanté de l'approbation générale.

Bruno se leva, s'inclina en un petit salut, ce qui lui valut une brève salve d'applaudissements, puis il débarrassa le plat de service et retourna à son barbecue.

— Nous sommes de la vieille école, Bruno et moi, entendit-il le Baron expliquer. Nous ne changeons pas d'assiette, nous la nettoyons entre chaque plat avec un morceau de pain pour rafraîchir le palais. Je vous conseille d'en faire autant, car la bécasse qui va suivre est un mets particulièrement savoureux.

De retour dans la cuisine avec les oiseaux, Bruno remit de la graisse de canard et de l'ail dans la poêle avant d'y faire sauter des rattes, coupées en rondelles, qu'il avait fait précuire. Il ajouta du persil et commençait à les remuer avec la spatule quand Pamela entra avec deux verres de vin à la main, et lui en tendit un.

— Quel superbe repas, Bruno. Exactement ce dont nous avions besoin. C'est vraiment gentil de votre part.

Six assiettes bien astiquées, encore tièdes de l'omelette, accueillirent Bruno quand il revint chargé d'un autre grand plat de service sur lequel étaient disposées les six bécasses grillées. Têtes et becs avaient été conservés, mais chaque oiseau avait été fendu par le milieu, avec une tranche de pain grillé posée à côté.

— C'est en l'honneur de Jacqueline et de Pamela, qui n'ont jamais goûté ce mets raffiné, annonça Bruno avant de s'asseoir en bout de table. Hubert, si tu veux bien servir le saint-estèphe pour commencer, avec tous nos remerciements pour cette bouteille. La bécasse a une particularité, qu'il vous faut tous connaître. Quand elle est effarouchée, elle prend son vol et vide son intestin. Rien de plus facile avec un système digestif réduit à sa plus simple expression, il se vide entièrement quand elle s'envole. C'est ce tube digestif qui fait tout le raffinement de ce plat, car il prend en cuisant une texture crémeuse absolument délicieuse que l'on étale sur le pain grillé.

À l'aide d'une longue cuillère, il gratta l'intérieur de chaque oiseau rôti pour en décoller un tube blanchâtre, d'à peine plus d'un centimètre de large et de moins de cinq de long. Il en déposa un sur chaque tranche de pain, l'étala avec le dos de la cuillère, puis l'offrit à chacun de ses convives avant de leur servir une bécasse.

Hubert se mit alors debout et leva son verre.

— À la santé de notre cuisinier, mon ami très cher, mais aussi à la mémoire de notre jeune ami Max, que nous regrettons tous ici. J'espère que le vin du paradis est aussi bon que celui-ci.

— N'oublions pas Cresseil, un ancien résistant qui a rejoint les rangs de l'armée pour repousser l'envahisseur jusqu'en Allemagne, ajouta le Baron. Rendons hommage à ce courageux fils de la France, ce vin est tout à fait approprié pour honorer sa mémoire.

Le moment était judicieusement choisi, se dit Bruno quand ils levèrent tous leur verre avant de savourer le saint-estèphe. Même Jacqueline se joignit aux murmures d'approbation qui suivirent lorsqu'ils se penchèrent sur leur assiette.

— Mais j'ai envie d'en savoir plus sur ton projet de vignoble, reprit le Baron. Je n'ai jamais été très impressionné par le vin de Julien. Tu crois pouvoir faire mieux ?

— Il le peut, je le sais, répondit Nathalie. La terre est bonne, elle est naturellement bien drainée et, dans la production récente de Julien, certains vins sont prometteurs. Nous ne prétendons pas pouvoir faire un nouveau saint-estèphe, évidemment, mais je crois que nous pouvons nous aligner sur les meilleurs bergeracs. De toute façon, nous allons faire un essai. Mais d'abord, je vais goûter ça, Bruno. Dans la bécasse, ça a toujours été mon morceau favori.

Avec précision, elle trancha la tête grillée de l'oiseau pour la séparer du reste du corps, puis la souleva par le bec. Elle mit la tête dans sa bouche, fit craquer le petit crâne délicat d'un coup de dent, recracha le bec dans son assiette puis se mit à mâcher avec un plaisir évident. Autour de la table, les autres Français suivirent son exemple. Jacqueline et Pamela écarquillaient de grands yeux.

— Je n'y crois pas, je ne vais pas faire ça, dit Jacqueline en s'y mettant aussi.

Du bout des lèvres, Pamela fit de même.

— Mais c'est délicieux, s'écria-t-elle d'un air très étonné. J'imaginais qu'il n'y aurait que des os.

— Le secret de la cuisine française, déclara le Baron, c'est de ne jamais rien laisser perdre.

Hubert se mit à parler avec enthousiasme de l'assemblage de cabernet sauvignon, merlot et cabernet franc qui, selon lui, convenait le mieux à la terre qui entourait le Domaine. Jacqueline, le menton dans les mains, n'en perdait pas une miette, les yeux rivés sur le visage animé d'Hubert tandis que Nathalie sauçait son assiette en l'observant d'un air distant. Oh oh, songea Bruno, il y a de la tension dans l'air. Il lança un regard à Pamela, laquelle jeta un coup d'œil à Nathalie avant de lui retourner un regard amusé. Il était temps de passer à autre chose.

— Dis, Hubert, le moment est venu de goûter le Beaune du Baron, non ? demanda-t-il.

— Ah oui, excuse-moi, répondit Hubert en prenant l'autre carafe pour servir dans des verres propres.

Si Bruno préférait ne pas changer d'assiette entre les plats, il ne servait jamais deux vins dans le même verre.

— Eh bien, si tu crois qu'il y a là un réel potentiel, ça pourrait m'intéresser, dit le Baron. Comme tu sais, je possède des terres proches du Domaine, et l'autre jour, un Parisien m'en a offert un prix intéressant. Il voulait me régler une option d'achat à terme, pour la fin de l'année, mais s'est montré un peu trop évasif sur son projet pour que je morde à l'hameçon.

— Il t'en a offert combien ? demanda Hubert, un peu trop innocemment. Certaines parcelles vont chercher dans les quatre mille euros l'hectare, voire plus, tu sais.

Le Baron leva les yeux sur Hubert, assis en face de lui, sans savoir s'il devait répondre ou se concentrer sur son vin et son assiette. La courtoisie l'emporta.

— Il m'en a offert davantage pour les granges et les bâtiments. Ça m'a beaucoup surpris.

— Tu as refusé ? demanda Nathalie.

— Non, nous devons nous revoir. Mais j'ai besoin de me renseigner sur la valeur du foncier et les coûts de rénovation des bâtiments.

— Avec les maisons et le terrain, tu devrais en demander au moins six cent mille, déclara Hubert.

— Vous devriez en tirer beaucoup plus, intervint Jacqueline. Savez-vous que l'acheteur est en réalité Bondino, le grand groupe américain ? Max m'a dit qu'ils cherchaient à acheter toutes les terres, y compris celles de Cresseil.

Hubert lui décocha un regard glacial, comme s'il eût préféré que l'information restât secrète. Mais la remarque de Jacqueline laissa Bruno songeur. Cela pouvait expliquer pourquoi elle passait du temps avec Bondino. Max avait pu lui demander d'en découvrir davantage sur les projets du groupe.

— Bondino ? Voilà qui est très intéressant, dit le Baron en finissant son Beaune avec un claquement de lèvres satisfait. Je vais me renseigner un peu plus. Merci, mademoiselle. (Il jeta un coup d'œil à sa montre.) Non merci, Bruno. Pas de dessert, pas de monbazillac non plus, juste au cas où les gendarmes seraient de sortie ce soir.

— Je ne pourrais rien avaler de plus, dit Nathalie. Pas un seul morceau, pas une seule goutte. C'était délicieux, Bruno, un dîner mémorable, en dépit de tout ce qui est arrivé.

— C'est votre vin qui a fait toute la différence, sourit Bruno. Mais pas de monbazillac ? Pas de café ? Même pas un petit digestif ? s'enquit-il devant un chœur de « non » et des tapotements d'estomacs bien remplis.

— Eh bien, Hubert, on dirait qu'il y a un choix à faire. Soit tu aides notre vallée à renouer avec sa tradition viticole, soit les Américains s'en chargeront. Nous devrions poursuivre cette discussion, déclara le Baron, en s'éloignant tranquillement vers le jardin où les deux chiens attendaient avec gourmandise auprès des braises encore rougeoyantes.

26

Bruno était en train d'empiler les assiettes sur la paillasse quand il entendit toussoter le starter de la 2CV qui refusait de démarrer. Abandonnant la vaisselle, et toujours ceint du vieux torchon qui lui servait de tablier, il s'avança jusqu'au départ du chemin.

— Elle aime bien me taquiner, dit Pamela. D'habitude, elle démarre au quart de tour. Mais parfois, elle a ses humeurs. (Elle refit un essai, mais cette fois Bruno entendit le starter qui faiblissait à mesure que la batterie se vidait.) Oh Seigneur, elle me lâche. Je savais qu'il fallait en acheter une neuve.

— Je vais vous reconduire toutes les deux, mais Jacqueline devra monter à l'arrière, dit Bruno qui se sentait responsable de ses invitées. J'ai un chargeur de batterie dans la grange. Je la brancherai cette nuit, ce sera bon demain.

Bruno mit rapidement un peu d'ordre sur la plateforme arrière de sa fourgonnette, utilisant son sac de sport pour en faire un siège de fortune. Puis il appela le sergent de garde à la gendarmerie pour savoir si les patrouilles étaient de sortie. Il devait traverser la ville et franchir le pont et n'avait aucune envie d'inventer des histoires pour éviter de souffler dans le ballon. Son vieux copain Jules répondit au téléphone d'une voix ensommeillée, lui apprit que tout était calme, et Bruno monta en voiture pour rejoindre Pamela en bas du chemin.

— Quel dîner incroyable, Bruno. Sincèrement, je n'ai jamais fait un repas pareil, dit Jacqueline, du fond de la fourgonnette.

— Et quels vins sublimes, ajouta Pamela.

— Malheureusement, je n'ai pas les moyens d'en boire très souvent, répondit-il.

Devant le Bar des Amateurs, Jacqueline demanda à être déposée en expliquant qu'elle avait rendez-vous pour un dernier verre. Quelque peu surpris, Bruno se rangea pour la laisser sortir. Elle le remercia une fois encore avant de s'élancer dans le bar. Il traversa la ville.

— Je verrai si ta voiture démarre demain matin et, si c'est bon, je viendrai te chercher chez toi avec, dit-il à Pamela. Tu me raccompagneras après pour que je récupère ma fourgonnette.

— Je préparerai le café. Vers huit heures ?

— Entendu. J'apporterai les croissants.

Ils passèrent le pont dans un silence cordial, puis elle se tourna vers lui.

— Cette fille ne va pas être la prochaine sur ta liste, dis-moi ? demanda Pamela avec un petit rire peu convaincant. Maintenant qu'elle a pris ses quartiers chez moi, dois-je m'attendre à voir ta petite fourgonnette descendre mon chemin pour un rendez-vous romantique ?

— Non, répondit-il catégoriquement. C'est encore une enfant, à bien des égards. En plus, je la crois très calculatrice, c'est un mélange qui ne me plaît pas. Je me suis sincèrement demandé si elle allait venir ce soir. Je pensais qu'elle serait trop bouleversée. Comment va-t-elle rentrer chez toi ?

— Je sais qu'elle a laissé son vélo à la cave. Elle est venue directement avec Hubert et Nathalie après le travail.

— Tu as vu comment elle frimait avec le vin devant Hubert ?

— Difficile de ne pas le remarquer ! s'exclama-t-elle en riant. Nathalie la fusillait du regard. Elle est comme ça, elle sait qu'elle plaît aux hommes et se sert de ses charmes. Ça lui passera.

— Tu te sers toujours des tiens, dit-il en souriant dans le noir, attentif à l'étroite route devant lui. Comme la plupart des femmes, et c'est tant mieux.

— J'espère être plus subtile que ça. Elle a vingt ans passés, ce n'est plus une étudiante. Elle devrait être plus mature, il me semble, dit Pamela, le regard perdu au loin.

Bruno se sentait à l'aise avec elle, dans la curieuse atmosphère d'intimité de cet habitacle anonyme, à rouler de nuit ensemble, un peu comme dans un confessionnal.

— Raconte-moi ce qui t'a amenée ici, à St-Denis.

— Un divorce. Je me suis mariée beaucoup trop jeune, pratiquement tout de suite après l'université. Mon mari était banquier dans la City, avec de très longues journées de travail. Le grand classique. Il est tombé amoureux de sa secrétaire. Enfin, disons qu'il est sans doute tombé amoureux de l'argent, mais elle se trouvait là et elle était libre. J'étais dans l'enseignement, ça me plaisait pas mal, mais pas assez pour y consacrer ma vie. J'ai toujours beaucoup aimé la France, alors nous avons vendu la maison et partagé l'argent. C'était l'occasion de venir m'installer ici et d'avoir des chevaux. Ça a très bien marché pour moi, mais lui a divorcé une deuxième fois, le pauvre.

— Tu enseignais quoi ?

Il avait toujours été curieux du passé de Pamela. Mais qu'y avait-il derrière ce « pauvre », en parlant de son ex-mari ? Avait-elle encore de l'affection pour lui ?

— Le français et l'histoire, à des douze-seize ans qui n'arrêtaient pas de se perdre quand on les emmenait à Paris en voyage scolaire. C'est grâce à eux que j'ai visité trois fois la tour Eiffel, vu quatre fois *La Joconde* et visité le Sacré-Cœur quatre fois aussi. La quatrième fois, au lieu de visiter la tour Eiffel, j'étais partie à la recherche d'une gamine qui s'était perdue aux Invalides, près du tombeau de Napoléon. Je la connaissais bien, cette petite, j'aurais parié qu'elle manigançait pour voler la dépouille. Un vrai petit diable.

— Jacqueline était peut-être comme ça, quand elle était enfant.

— Qui sait. Je vais me faire l'effet d'une vieille chaperonne si elle s'installe chez moi pour de bon. J'aurais dû lui demander si elle aimait les chevaux. Je serais contente d'avoir quelqu'un qui les sorte avec moi.

Fabiola, le nouveau docteur, les aime bien, elle me l'a dit.

— Tu pourrais m'apprendre à monter, un jour. Comme il faut, je veux dire. Je me souviens t'avoir vue cet été avec ton amie Christine, vous galopiez à travers champs. C'était une vision merveilleuse, de quoi me rendre envieux.

— Ça ferait sûrement marcher les langues du village, de nous voir monter ensemble. Mais oui, je t'apprendrai avec plaisir, il te faudra juste un peu de patience.

— Bon, voilà un projet pour l'hiver, déclara-t-il, un peu surpris de tant se réjouir à cette idée, et pas uniquement à cause du cheval.

— Pour autant, je n'ai pas grande envie d'apprendre à monter au Baron, ni à Hubert. Ils n'apprécieraient pas beaucoup d'avoir une femme comme professeur, je crois.

— Ah, mais tu es anglaise, donc ça ne compte pas, dit-il en riant. Elle lui envoya une petite bourrade dans les côtes au moment où ils s'engageaient sur le chemin cahoteux qui menait chez elle.

— C'est une de mes maisons préférées dans le coin, lui dit-il. Je me souviens, la première fois que je l'ai vue en plein soleil, chaleureuse et accueillante avec sa cour fleurie, confortablement blottie à flan de colline.

— Ce sont les écuries que tu vas apprendre à connaître à partir de maintenant, Bruno. Et nous verrons si tu les trouves toujours aussi accueillantes quand tu les auras nettoyées.

Il s'arrêta juste devant sa cour, les vieilles bâtisses en pierre luisaient d'un vif éclat dans la lumière des phares. Tirant le frein à main, il fit le tour de la voiture pour lui ouvrir la portière.

— Merci pour tout, Bruno, le café sera prêt à huit heures.

Elle tourna la tête pour l'embrasser sur la joue mais, sans trop savoir comment, il se trouva en train d'embrasser sa bouche, et sentit les lèvres de Pamela mollir contre les siennes. Perplexe, il recula la tête pour l'embrasser sur la joue et se détacha d'elle.

— Ça alors, c'était une bonne surprise, dit-elle, troublée. Bon, où est ma clé ? Mais bien sûr, quelle idiote, je n'ai pas fermé la porte.

Elle l'ouvrit, entra, la referma à demi derrière elle avant de passer la tête par l'embrasure pour dire : « Bonne nuit, à demain » et ferma la porte.

Il resta un moment à la regarder en se demandant ce qui avait bien pu se passer, retrouva le souvenir du frisson de plaisir qui l'avait parcouru quand il s'était aperçu qu'il l'embrassait sur les lèvres. N'oublie pas la règle que tu t'es fixée, se dit-il. Jamais autour de ton terrier. Il devait peut-être faire une entorse à la règle, juste pour cette fois, après le silence d'Isabelle. Sauf qu'il avait déjà cru que c'était fini, et qu'elle était revenue. Bon sang, que c'était difficile, parfois. Il remonta en voiture et se força à penser à la pile de vaisselle qui l'attendait, tout en sachant qu'il n'avait qu'une seule envie : penser aux leçons d'équitation qu'il allait prendre avec Pamela.

Lorsqu'il traversa le pont pour s'engager dans la grande rue de St-Denis, la mairie était plongée dans le noir et il vit Ivan qui mettait les chaises sur les tables de son café. À l'autre bout de la rue, le néon bleu du Bar des Amateurs clignotait toujours. Tout n'était pas fermé. Soudain, à la lumière de la grande vitrine d'une agence immobilière, il aperçut des ombres furtives et ralentit pour voir deux silhouettes en train de s'empoigner dans la ruelle, derrière la Maison de la Presse. Il s'arrêta devant une pharmacie aux lumières éteintes, descendit de voiture, et se sentit un peu ridicule en s'apercevant qu'il avait toujours son vieux torchon autour de la taille. Il le retira prestement, le lança dans la fourgonnette et se mit à courir en entendant claquer une gifle, suivie d'un cri de femme puis du grognement sourd d'un homme.

— Bonsoir, cria-t-il d'une voix forte qui fit cesser la bagarre. Police municipale. Puis-je vous aider, mademoiselle ?

— Ce n'est rien, une dispute entre amis, répondit l'homme avec un fort accent étranger, les mots empâtés par l'alcool.

Bruno reconnut Bondino.

— Re-bonsoir, Bruno, dit Jacqueline. C'est bon. Il va s'en aller.

— J'ai entendu un coup, le claquement d'une gifle, répliqua Bruno. Ça ne m'a pas semblé très amical. Vous êtes sûre, Jacqueline ?

— Oui, oui. Il voulait juste m'emmener prendre le dernier verre de la soirée. Je m'en occupe, Bruno.

— Venez ici, monsieur, et montrez-moi vos papiers. Nous traitons les femmes avec respect, chez nous. Je croyais que vous étiez descendu aux Eyzies ? Vous n'êtes pas en état de reprendre le volant, ce soir.

— Il a pris une chambre ici, au Manoir, répondit Jacqueline. Écoutez, c'est bon, je vous assure. Je vais le raccompagner. Il est saoul, c'est tout.

— C'est vous qui l'avez giflé ?

— Oui, juste pour lui remettre les idées en place. Pas de souci. Désolée, Bruno, je ne m'étais pas rendu compte qu'il était ivre à ce point en arrivant au bar.

— Vous feriez mieux de reprendre votre vélo et de rentrer chez vous, Jacqueline. Je me charge de raccompagner Bondino au Manoir.

Jacqueline haussa les épaules, tourna les talons et suivit lentement la rue en direction de la cave tandis que Bruno scrutait le jeune homme avachi contre le mur. « Merci encore pour tout, Bruno », lança Jacqueline, bien trop fort pour une heure si tardive. Il lui fit vaguement signe et redit à Bondino :

— Vos papiers, s'il vous plaît.

Bondino lui tendit un passeport américain. Sous l'éclairage de l'agence immobilière, Bruno lut son nom, Fernando Xavier Bondino, né à San Francisco, tout juste âgé de vingt-huit ans. Il le lui rendit.

— Allez viens, espèce de jeune crétin. Je vais te ramener à l'hôtel.

Prenant Bondino par le bras, il entraîna l'homme titubant vers sa fourgonnette. Bondino se dégagea violemment de la poigne de Bruno pour se lancer en chancelant à la poursuite de Jacqueline ; il balançait un bras dans le vide, comme pour chasser Bruno de son chemin, et lui envoya un douloureux coup dans l'œil.

Bruno avait déjà eu affaire avec la violence des ivrognes. Il saisit l'homme par le bras, le lui retourna dans le dos et le plaqua brutalement sur le capot de la voiture, le pliant en deux. Puis il attrapa Bondino par le col de sa chemise et, lui faisant faire demi-tour, le força à se mettre à genoux dans le caniveau. Il recula d'un pas au moment où le gars, soulevé par un haut-le-cœur, se mit à vomir violemment. Bruno attendit qu'il eût fini, puis partit chercher une bouteille d'eau dans son sac de sport, à l'arrière de sa voiture.

— Tiens, dit-il en lui tendant la bouteille.

Bondino marmonna un vague merci, se rinça la bouche, rota bruyamment, puis but.

— Garde-la, dit Bruno.

Il l'aida à se redresser avant de le pousser sur le siège passager de la fourgonnette. Ils étaient à moins de deux cents mètres du Manoir, un petit hôtel de luxe dont toutes les lumières étaient éteintes et le portail d'entrée fermé à cette heure de la nuit. Bruno soupira. Il pouvait sonner et réveiller tout le monde, ou bien appeler les propriétaires chez eux en les tirant de leur sommeil. Le bruit se répandrait alors que le jeune homme saoul qui tenait sans doute l'avenir de St-Denis entre ses mains avait été reconduit par la force à son hôtel. L'histoire serait enjolivée de jour en jour, altérant à jamais les rapports de Bondino avec la petite ville.

Il fit demi-tour et, avec son passager qui ronflait à côté de lui, reprit la route de la colline pour rentrer chez lui retrouver sa vaisselle sale. En arrivant, il vit Gitan qui patientait près des braises froides en se demandant où était passée sa part du repas.

27

Bruno se réveilla juste quand l'aube zébrait le ciel de rose à l'est et que le coq saluait le jour nouveau depuis le poulailler. Il resta un moment sans bouger, les yeux clos, en s'interrogeant sur ce qui changeait pour lui quand il se réveillait aux côtés d'Isabelle et quand il se réveillait seul. Ses pensées s'échappèrent vers Pamela et il ouvrit brusquement les yeux, en se reprochant d'être si complaisant envers lui-même. Il avait à faire, la journée promettait d'être bien remplie. Il devait aller voir Alphonse pour inspecter les roues de son camion. Et comme il n'avait toujours pas trouvé ce qu'il était advenu du chien de Cresseil, il devait retourner à la ferme.

Il fit sa gymnastique, prit sa douche, revêtit son uniforme, puis chercha son chien pour lui donner sa pâtée. Voilà qui était inhabituel. Il partit voir du côté du poulailler, sans le trouver, puis monta jusqu'en haut du chemin. Finalement, après avoir fait le tour de la maison, il s'avança jusque dans la grande cour enclose par la grange et les dépendances et vit Gitan, assis sagement dans la grange, au pied de la chaise longue décatie. Il trouva Bondino couché là, sous une vieille couverture, exactement comme il l'avait laissé. Le jeune homme dormait toujours. Bruno avait bien voulu s'occuper de lui, mais il n'était pas question de le laisser vomir dans la chambre d'ami qui servait de bureau. Une petite flaque de vomi stagnait près de la chaise longue. Le chien leva les yeux vers son maître et accourut pour quémander une caresse avant de repartir aussi vite vers l'étranger endormi.

Bruno nourrit ses poules, ramassa quelques œufs pour Pamela et s'en retourna à la cuisine faire chauffer de l'eau pour le café en écoutant les nouvelles sur Radio Périgord. Puis, de retour dans la grange, il débrancha la batterie de la 2CV du chargeur, l'emporta pour la remettre en place, rebrancha les câbles et fit un essai. La voiture démarra du premier coup. Laissant le moteur tourner, il rentra dans la maison. Le café était prêt. Il alla d'abord chercher une grosse éponge dans la salle de bains, puis mit le café sur un plateau, avec deux tasses. Après avoir imbibé l'éponge au robinet de la cour, il la pressa au-dessus du visage du dormeur. L'eau froide ne fit pas effet tout de suite, puis Bondino se dressa d'un seul coup, s'essuya les yeux et jeta autour de lui un regard affolé qui se posa sur la silhouette d'un policier, debout au-dessus de lui dans la lumière grandissante du petit matin.

— Café, annonça Bruno en lui tendant une tasse avant de boire lui-même une gorgée.

— Euh, bonjour.

Stupéfait, Bondino découvrait la grange, le chien, la cour de ferme. Il regarda Gitan, sourit, puis se pencha et lui tendit sa main fermée à flairer avant de lui caresser la tête. L'animal se soumit avec plaisir à ce geste, puis se frotta la tête sur la jambe du jeune homme. Bruno observait la scène avec intérêt. Il ne connaissait pas meilleur juge de la personnalité humaine que Gigi. Si son chien aimait l'Américain, c'était sans doute qu'il gagnait à être connu sous un meilleur jour que celui d'aujourd'hui.

— Vous m'avez conduit ici hier soir ? demanda-t-il.

Bruno opina.

— Ivre.

— Désolé.

Bruno haussa les épaules.

— Vous étiez en train de vous bagarrer avec une femme. Vous devriez lui présenter des excuses.

Bondino se tâta le front, geignit et prit une gorgée de café.

— Et vous vous êtes battu avec moi, ajouta Bruno, histoire d'enfoncer le clou.

Bondino ferma les yeux et courba le dos. Le chien s'était mis à tourner en reniflant aux pieds de son maître. Bruno l'emmena dans la maison pour lui donner à manger et termina son café avant de ressortir. Bondino tenait une petite flasque en argent au-dessus de sa tasse, pour en extraire les dernières gouttes.

— Contre la gueule de bois, dit-il, en anglais.

Bruno hocha la tête. Littéralement « Un poil du chien qui t'a mordu », c'est ce que disaient les soldats anglais qu'il avait connus en Bosnie.

— Vous avez un chien magnifique, ajouta-t-il en désignant l'animal avec un sourire.

C'était un bon sourire, le premier que Bruno voyait sur le visage de ce jeune homme qui lui avait instinctivement déplu, un sourire visiblement sincère. Et Gitan aimait bien cet homme. Bruno décida de réserver son jugement.

— Je vais vous reconduire à l'hôtel, dit Bruno. Mais d'abord, vous allez nettoyer ça.

Il lui montra la flaque de vomi, l'aida à se remettre debout puis désigna le balai et le tuyau d'arrosage. Il avança ensuite la fourgonnette jusque dans la grange, lui montra les dégoulinures sur le flanc du véhicule, et lui demanda de les nettoyer.

Dans la 2CV de Pamela, Bondino empestait la bière. Bruno démarra et roula jusqu'en ville sans mot dire. Il s'arrêta devant le portail en fer forgé qui marquait l'entrée du Manoir ; il était ouvert. Bruno se tourna alors vers Bondino.

— Plus de bagarre, compris ? La prochaine fois, je vous arrête. Et cessez de boire comme ça.

Il poussa son passager dehors puis reprit sa route en traversant la ville. Il était encore trop tôt pour voir les rues s'animer. Il se gara devant la mairie et entra chez Fauquet ; l'endroit embaumait le pain chaud et le café, avec la machine à expresso bouillonnant et soufflant sa vapeur dans un grand pot de lait. Il feuilleta le *Sud-Ouest* du jour, parcourut la première page, les résultats sportifs et les nouvelles locales, salua Fauquet puis embrassa sa femme ainsi que la petite Hélène qui avait suivi ses cours de tennis et venait de terminer l'école. Il serra la main d'un groupe d'employés des Travaux publics en combinaison de travail jaune vif, adressa un aimable signe de tête à M. Simpson, le retraité anglais qui avait adopté avec enthousiasme la coutume locale du ballon de rouge au petit-déjeuner. Ce protocole accompli, il acheta des croissants et une baguette, puis remonta en voiture et prit la route de St-Cyprien, qui passait devant le supermarché.

Bruno arriva pour trouver Pamela, en jodhpur et chemisier blanc, en train d'arroser ses géraniums dans la cour. Il ôta son képi et s'avança vers elle avec un grand sourire, bras tendus, le sac de croissants et les œufs frais dans une main et la baguette dans l'autre, et s'appliqua si fort à l'embrasser sur les joues qu'il faillit lui faire une bise sur l'oreille.

— C'est vraiment gentil à toi, Bruno, lui dit-elle en le précédant à la cuisine.

Elle avait dressé une petite table pour deux, avec un bol de fruits rouges pour chacun, des coupelles de yaourt et de céréales et une grande carafe de jus d'orange. Il posa les croissants et le pain sur la table et nota que Pamela allait se placer en face de lui et se donnait l'air affairé, même si tout était déjà prêt. Voilà les signaux d'une femme qui ne veut pas laisser croire qu'elle est disponible, pensa Bruno. Il se demanda si elle regrettait ce baiser à peine échangé et réalisa, en observant cette femme séduisante, qu'il n'avait pas l'ombre d'un regret. Il s'assit et décida de ne pas faire de plaisanterie stupide sur le fait qu'il prenait le petit-déjeuner avec une femme sans avoir passé la nuit avec elle.

— Les choses se sont vraiment gâtées hier soir après que nous nous sommes quittés, dit-il.

Il décrivit alors l'empoignade, la gifle, Jacqueline qui lui assurait que tout allait bien, le coup de poing mal placé de l'ivrogne. Pamela écarquilla encore plus les yeux en l'entendant raconter la suite, l'hôtel fermé, la nécessité d'éviter le scandale, et la nuit du jeune homme dans la grange, sous une couverture qui puait le chien.

— La fille va bien ? demanda Pamela. Elle est partie travailler juste avant que tu arrives.

— Aucune inquiétude. Bondino avait trop bu, il l'embêtait et n'était pas en état de faire autre chose. Elle a sans doute flirté une fois de trop avec lui. Je devrais peut-être aller poser quelques questions au bar. Ça ne me plaît pas de savoir qu'ils servent un type aussi saoul que lui. C'est vrai qu'il avait une petite flasque sur lui. Ça peut expliquer son état.

— Peut-être.

— La bonne nouvelle, conclut-il en plongeant sa cuillère dans le bol de fruits rouges, c'est que ta batterie est rechargée, ta voiture a démarré du premier coup. Et il y a autre chose. Tu te rappelles hier soir au dîner, la conversation sur la valeur du terrain et des maisons ? J'ai besoin de comprendre comment on calcule ça. Mettons que tu achètes une vieille maison avec une grange et quelques hectares pour une centaine de mille, et que tu en dépenses environ quarante mille pour restaurer le tout, installer l'eau, l'électricité. Combien peux-tu en tirer, en en faisant un gîte ?

— Rajoute dix mille pour les meubles et vingt mille pour la piscine. C'est indispensable. Et disons que tu as trois chambres dans la maison et que tu en aménages deux autres dans la grange. Cinq chambres à soixante euros environ la nuit, mettons deux mille euros par semaine en saison, sur douze semaines, un peu moins en mai et septembre. Ça devrait rapporter trente mille par an, moins les frais de ménage et de blanchisserie, les meubles à remplacer, les réparations, sans oublier les impôts. Autour de vingt mille par an, au total.

— Plus qu'il n'en faut pour rembourser un emprunt bancaire, il me semble, dit Bruno en prenant note sur son calepin.

— Si tu es complet tout le temps, ce qui ne se fait pas sans frais de commercialisation, précisa-t-elle. Mais ça suppose que le propriétaire s'occupe de toute la gestion administrative – réservations, déclarations fiscales et comptabilité. S'il fallait que je paye quelqu'un pour faire ça, je réduirais mes bénéfices de moitié. Mais pourquoi ces questions ? Tu penses ouvrir un gîte ?

— Moi pas, mais le conseil municipal étudie une proposition, et ce pourrait être très utile d'avoir ces chiffres sous la main, dit Bruno en regardant l'heure. Excellent petit-déjeuner, Pamela, je te remercie. Mais il faudrait qu'on y aille. J'ai une réunion à la mairie.

— C'est en rapport avec ce projet dont tu parlais hier soir, le nouveau vignoble d'Hubert, près du Domaine ? demanda-t-elle quand ils entrèrent dans St-Denis.

— En quelque sorte.

— Tu sais que tu n'es pas obligé de faire de la location de gîtes, expliqua-t-elle. Tu peux aussi les restaurer pour les revendre ensuite, avec un petit jardin chacun, la plupart des gens qui achètent une résidence secondaire n'en veulent pas davantage. Dans ce cas-là, tu prends les bénéfices en gardant encore une partie du terrain.

— Ça me paraît trop beau pour être vrai.

— Tant qu'il y aura des gens qui viennent d'Angleterre ou d'Europe du Nord et qui ont envie de prendre leur retraite ici ou simplement d'acheter une résidence secondaire, ça marchera très bien. Mais s'il y a une récession, ou si ces gens-là se mettent à craindre que leur bien cesse de prendre de la valeur, tout pourrait s'arrêter brutalement. C'est pour ça que je ne joue pas à ce jeu-là. Je ne suis pas une femme d'affaires et, ces considérations mises à part, je suis contente d'avoir du terrain. Sans cela, je ne pourrais pas garder mes chevaux.

Isabelle garde toujours le silence radio, se dit Bruno après avoir parcouru ses mails et écouté ses messages téléphoniques. Fallait-il en conclure que c'était bien fini, cette fois-ci ? Il ne savait pas, et ne savait pas non plus quel sentiment cela lui inspirait. La différence avec la première fois qu'ils s'étaient quittés, quand elle était partie à Paris, c'était qu'ils étaient tristes mais encore amoureux, et plus ou moins résignés à mettre un terme à leur liaison. Quand elle était partie, elle était en colère mais pas résignée le moins du monde, elle avait dit très clairement qu'elle avait envie d'autre chose que d'une liaison à distance. Isabelle voulait le voir chez elle, à Paris, dans sa profession et dans sa vie. Et lui ne savait pas ce qu'il voulait, si ce n'est qu'il n'avait aucune envie de vivre à Paris, ou dans aucune autre grande ville.

Le téléphone interrompit ses pensées.

— Monsieur le chef de police ? dit une voix suave dans l'écouteur. Dupuy à l'appareil, du projet Bondino.

Fernando m'a demandé de vous appeler pour vous transmettre ses remerciements pour la nuit dernière, ainsi que ses regrets sincères. Il m'a dit que vous l'aviez emmené chez vous et que vous vous étiez occupé de lui alors qu'il était quelque peu pris de boisson.

— Vous a-t-il dit aussi qu'il m'avait frappé en pleine rue ?

— Il n'est pas entré dans les détails. Il m'a simplement dit que votre comportement avait été bien au-delà du simple devoir, qu'il voulait vous en remercier personnellement, mais que vous étiez pressé lorsque vous l'avez déposé à l'hôtel. Et je tiens naturellement à me joindre à lui pour vous remercier de votre gentillesse et de votre tolérance.

— Il vaudrait mieux que ce comportement ne devienne pas une habitude. Quand je l'ai trouvé, il en était venu aux mains avec une jeune femme très réticente. Et l'autre jour, il s'est violemment bagarré dans un bar et il y a eu des vitres cassées. Nous ne tolérons pas ce genre de conduite ici. J'espère qu'il l'a compris.

— Absolument.

— Si jamais il recommence, il passera la nuit à la gendarmerie, en cellule, et pas chez moi, peu importent les conséquences pour St-Denis. Je vous prie de le lui faire comprendre le plus clairement possible.

— Cela ne sera pas nécessaire, je crois, mais n'oubliez pas que ce projet n'a aucunement partie liée avec St-Denis.

— Monsieur Dupuy, ce n'est pas une menace, je l'espère. Il me reste encore à entendre la jeune femme que Bondino a agressée la nuit dernière, pour savoir si elle veut ou non porter plainte. Dans l'affirmative, la justice suivrait son cours.

— Je sais que nous pouvons compter sur vous, monsieur le chef de police, pour défendre la loi et traiter ce genre d'affaires au mieux des intérêts de St-Denis. Mais, une fois encore, je vous prie d'accepter les remerciements du jeune homme, ainsi que les miens. J'aimerais ajouter qu'il vous a écrit une lettre d'excuses officielle, où il vous exprime toute sa reconnaissance, et qu'il en a adressé copie au maire. Au revoir, monsieur.

À peine Bruno avait-il raccroché que le téléphone se remit à sonner. Cette fois, l'injonction n'avait plus rien de poli.

— Bruno, ici le brigadier. J'ai besoin de vous tout de suite à la gendarmerie. Du nouveau dans l'affaire de l'incendiaire. Duroc a procédé à une arrestation. Un ami à vous, d'après ce que j'ai compris.

28

Quand Bruno fut introduit dans le bureau de Duroc, ce dernier était perché sur le rebord de la fenêtre, l'air triomphant. Avec sa politesse habituelle, le brigadier, assis au bureau de Duroc, se leva pour serrer la main du chef de la police municipale.

— Alors, qui a été arrêté ? demanda Bruno. Et où se trouve cet ami à moi ?

— En bas, en cellule, répondit Duroc. C'est l'un des jardiniers du Centre de recherches, il fait partie du personnel que vous êtes censés avoir interrogé, vous et la police nationale. D'après mes informations, je sais maintenant qu'il y en a un qui mentait sur son emploi du temps et qui n'était pas chez lui ce soir-là. Il dit qu'il vous connaît de la fédération de chasse. Nous lui avons conseillé un avocat mais il a préféré faire appel à vous. Il s'appelle Thiviers, Gaston Thiviers. Casier judiciaire vierge, mais je l'ai fait appréhender.

— C'est effectivement un chasseur, et un bon. Mais Gaston ne fait pas partie des Verts, ça c'est sûr, dit Bruno. Un fervent adhérent du parti Chasse-Pêche, c'était leur candidat aux dernières élections. Il a failli être élu au conseil municipal. Quelles preuves avez-vous contre lui ? Et quand vous parlez d'informations reçues, vous voulez dire une lettre anonyme ?

— Je ne peux pas révéler mes sources, répondit Duroc en se tournant vers le brigadier avec un petit air satisfait. Mais son épouse a fini par avouer qu'elle avait menti à la police et qu'il n'était pas à la maison cette nuit-là.

Bruno ferma les yeux et fit la grimace. Foutu Duroc, il s'y prenait comme un éléphant dans un magasin de porcelaine. Quand il releva les yeux, le brigadier le regardait d'un air bizarre.

— Vous avez quelque chose à ajouter ?

— Oui, brigadier. Excellente initiative du capitaine Duroc, mais je crois que si nous vérifions avec Mme Geneviève Vuillard, à la banque, vous verrez que Gaston aura toujours un alibi. (Se tournant vers Duroc :) Vous n'avez pas manqué de remarquer que Mme Thiviers était en fauteuil roulant ?

Duroc opina.

— Son nom de jeune fille est Vuillard, elle est devenue infirme voilà cinq ans, à la suite d'un accident de voiture, c'est son frère qui conduisait, poursuivit Bruno. Lui est mort dans l'accident, laissant une veuve. Ce que vous avez découvert par hasard, c'est un petit arrangement discret en famille. Gaston est quelqu'un de bien, un mari dévoué qui prend remarquablement soin de son épouse. Mais, à cause de son infirmité, Gabrielle ne peut plus être une femme pour lui. Alors il passe deux nuits par semaine chez sa belle-sœur, la veuve. Il n'y a pas de secret entre eux trois, ils partent en vacances ensemble et tout le monde est très heureux comme ça.

— Mme Thiviers ne m'a rien dit de ça, protesta Duroc, courroucé. Nous l'avons interrogée, et elle a fini par admettre que son mari n'avait pas passé la nuit avec elle. Elle a fait une déclaration mensongère à la police. Je l'ai avertie qu'elle pourrait s'exposer à des poursuites. Lui aussi a menti à la police dans la déposition qui a été prise au Centre.

Bruno s'emporta un peu mais réussit à maîtriser sa colère. La brève satisfaction qu'il pouvait tirer en traitant Duroc d'imbécile lui vaudrait des relations exécrables avec lui pour les mois à venir.

— Elle trouvait sans doute humiliant d'avouer à un inconnu que son mari avait passé la nuit ailleurs, dit-il en s'efforçant d'adopter un ton raisonnable. Maintenant, elle va être terrifiée à l'idée de lui attirer des ennuis et de se retrouver en situation délicate. Si seulement vous m'en aviez parlé avant, j'aurais pu vous mettre au courant de la situation. J'en avais informé JJ, c'est pourquoi la police nationale n'a pas été plus loin. En fait, JJ a vérifié avec la plus grande discrétion auprès de Mme Vuillard, je crois bien.

Le brigadier ne cachait pas sa joie, sans qu'on sache s'il se réjouissait des accommodements conjugaux des Thiviers-Vuillard ou de la déconfiture de Duroc.

— Lettre anonyme, c'est ça ? demanda-t-il à Duroc.

— Oui, brigadier.

— Ne me dites rien, intervint Bruno. Cette lettre n'a pas été postée mais déposée de bon matin à la gendarmerie. Papier mauve, écriture cursive à l'ancienne, avec plein de mots soulignés.

Duroc piqua un fard et opina de mauvaise grâce sous le regard perçant de son supérieur.

— C'est la vieille Virginie Mercier, de la maison de retraite, déclara Bruno d'un air las. Ça fait des années qu'elle fait des trucs bizarres comme ça. Elle a travaillé plus de cinquante ans comme bonne au presbytère, avant que le père Sentout ne la mette à la retraite. Quand elle n'est pas à l'église, elle passe son temps à épier ce qu'elle juge être la conduite immorale des gens, et elle envoie des lettres de dénonciation. Ce n'est pas la première que vous avez reçue d'elle, j'en suis sûr. J'en reçois une par semaine, c'est réglé comme du papier à musique. Je crois bien en avoir une vous concernant, mon capitaine.

— J'en ai reçu plusieurs qui vous mettent en cause, vous et le maire, pour dissimulation de preuves fournies par elle, rétorqua Duroc. C'est la première lettre qui contenait une information nous permettant d'agir.

— Vous ne vous êtes pas renseigné d'abord auprès de vos hommes ? demanda Bruno. (Si le capitaine ne consultait pas sa propre équipe, il était encore plus stupide qu'il ne l'imaginait.) Votre sergent aurait certainement eu connaissance du petit arrangement de Gaston. Ils chassent ensemble.

— Le sergent Jules est de repos aujourd'hui, dit Duroc en déglutissant avec peine.

Fichu menteur, pensa Bruno, qui avait vu Jules à sa place habituelle à l'entrée.

— Bon, il va manifestement falloir regarder cela de plus près, ce qui confirme l'importance de la connaissance du terrain, déclara le brigadier, dont une paupière semblait s'abaisser un peu en direction de Bruno tout en gardant une expression solennelle. Si Mme Vuillard confirme que Gaston était bien avec elle cette nuit-là, il a un alibi valable et nous n'avons aucune raison de le garder en détention, ni d'importuner davantage sa malheureuse épouse.

En sortant, Bruno s'arrêta à la réception pour annoncer à Jules que Gaston était blanchi.

— Et encore une chose. Le chien de Cresseil a disparu. Tu te souviens, le vieux Porcelaine. Tu peux lancer une alerte aux gendarmes et à la police municipale en aval, au cas où il serait tombé dans la rivière.

Le Bar des Amateurs se taillait un franc succès, en dépit de son emplacement à l'autre bout de la rue de Paris, face à la gendarmerie. Il se flattait d'avoir un écran de télé géant pour les émissions sportives, et restait ouvert tard le soir. L'impressionnante carrure des propriétaires, dont les femmes préparaient crêpes, pizzas et l'exceptionnel croque-monsieur, offrait une garantie : les clients se hasardaient rarement à troubler la paix nocturne de la petite ville. Aussi n'eurent-ils pas besoin de beaucoup d'encouragements pour répondre aux questions de Bruno sur le jeune Américain ivre et la jolie Canadienne.

— Il a passé le plus clair de la soirée ici, il sortait de temps à autre pour se balader dans la rue avant de revenir, expliqua Gilbert, un grand baraqué avec un nez crochu, capable de sauter assez haut pour dominer la touche. Il disait qu'il attendait quelqu'un, et reprenait un verre à chaque fois qu'il revenait.

— Vodka tonic, qu'il prenait, précisa son associé, René, un pilier râblé et puissant.

— Vers onze heures, il est revenu avec la fille et ils se sont assis pour discuter, plutôt tranquillement, sans faire d'histoires, jusqu'à ce qu'elle se lève pour partir, alors il l'a attrapée par le bras, poursuivit Gilbert. Je suis allé les voir, très poliment, pour leur demander si tout allait bien et elle m'a répondu que oui. Lui m'a demandé un autre verre mais on a refusé de le servir. Il avait eu sa dose, et même plus, mais la fille a dit qu'elle allait le raccompagner à l'hôtel.

— Pourquoi avez-vous accepté de le servir alors qu'il vous avait cassé la vitre ?

— Il a pas traîné pour rembourser. Et puis ils sont venus que deux ou trois fois, le soir, assez tard en général, comme s'ils avaient dîné ensemble. Elle venait souvent avec Max, et après on aurait dit qu'elle avait jeté son dévolu sur l'Américain. Je me suis dit que ça faisait pas longtemps qu'ils sortaient ensemble, à les voir tout le temps en train de parler, comme des gens qui font connaissance. Pas comme un couple qui a vécu et n'a plus grand-chose à se dire.

— C'est pas tombé dans l'oreille d'une sourde, cria sa femme par le passe-plat de la petite cuisine.

— Pas toi, ma chérie. Tu as toujours quelque chose de nouveau et de mystérieux pour moi, lui répondit René, avec un clin d'œil à Bruno. (Puis il se pencha en avant et ajouta à voix basse :) Difficile de pas la reluquer, une vraie bombe, cette miss Canada.

— Ça non plus, renchérit la voix de l'autre côté du passe-plat.

Gilbert leva les yeux au ciel, Bruno sourit et prit congé. En remontant la rue de Paris d'un pas tranquille en direction de son bureau, il passa devant le moins prétentieux des trois hôtels de la ville et se rappela un petit détail qu'il voulait vérifier. Chacun des trois établissements était taillé sur mesure pour un type de clientèle particulier : le Manoir s'adressait aux riches, le Royal, beaucoup plus spacieux, aux voyages organisés, et enfin l'Hôtel Saint Denis, le moins cher et le plus vieillot des trois, était de loin le plus agréable, aux yeux de Bruno.

Dans cette ancienne maison bourgeoise, avec sa grande cour et ses écuries, seules les meilleures chambres disposaient de leur propre salle de bains. Les salles de bains communes, à chaque étage, souffraient d'une plomberie vétuste, mais les baignoires étaient de taille impressionnante. Les jours de marché, et durant la saison touristique, la cour était remplie de tables et de clients, alors qu'en hiver, l'hôtel semblait réservé aux voyageurs de commerce et aux pêcheurs taciturnes. On y servait le petit-déjeuner et des repas sur le pouce, mais il n'y avait ni restaurant, ni salles de conférence, ni Internet. Il ressemblait aux hôtels de province d'autrefois, ce qui expliquait la tendresse de Bruno pour cet établissement qui avait pour propriétaire-gérant le président de la fédération de chasse dont Bruno était membre.

— Salut Mauricette, dit-il en embrassant la femme du propriétaire, une matrone imposante, aux cheveux gris acier, qui tenait le café. Christophe est dans les parages ? À moins que tu puisses m'aider. J'ai besoin de vérifier le registre clients.

Elle l'emmena vers le petit bureau de réception avec son téléphone et son cahier de réservations.

— Il s'agit d'une de vos clientes, Mlle Duplessis, une Canadienne. Tu as ses coordonnées ?

— Cette Jacqueline ? s'écria Mauricette avec dédain en feuilletant les pages du gros registre pour revenir en arrière. Mi-août, qu'elle est arrivée. Tiens, c'est là, le dix-neuf, pas longtemps avant le grand incendie.

— Tu es sûre ? Elle m'a dit qu'elle était arrivée plus tard que ça, il me semble.

— Faut dire, dans la journée, je la voyais pas beaucoup, elle était sans arrêt de sortie. Mais le soir, c'était une autre chanson. Ça rentrait, ça sortait, elle se changeait tout le temps, jamais le même soupirant à la remorque, et ils s'en allaient pas tous quand ils auraient dû. Elle vaut pas cher, cette fille-là.

— Elle recevait des hommes dans sa chambre, c'est ça ? Je croyais que c'était interdit, chez toi.

— En principe, oui, mais on peut pas y faire grand-chose, de nos jours. On n'a pas les moyens d'employer un veilleur de nuit après fin août, et comme les clients ont les clés, ils vont et viennent comme ça leur chante. Mais je sais ce qu'elle fricotait là-haut, parce que c'est moi qui change les draps.

— Et qui était l'heureux homme ? Tu le connaissais ?

— Y en avait pas qu'un seul. Deux au moins, en tout cas.

Bruno écarquilla les yeux. Il exerçait ce métier depuis trop longtemps pour que les mœurs sexuelles des gens puissent le scandaliser, mais il n'avait pas imaginé que Jacqueline se conduise de façon aussi légère.

Il passa outre en son for intérieur, en se rappelant que lui aussi s'était déjà compliqué la vie en essayant de mener deux liaisons de front. D'ailleurs, songea-t-il tout à coup, cela pourrait bien lui arriver encore une fois.

— Il y avait un jeune Américain, et puis un de nos petits jeunes de l'équipe de rugby. Je sais pas comment il s'appelle, mais on le voit sur le marché, il vend du fromage de chèvre.

— Tu parles de Max, de la communauté. C'est le jeune qui est mort, tu sais, tu l'auras vu avec Alphonse, un type d'âge mûr avec un catogan retenant de longs cheveux gris.

— C'est ça, mais comme j'ai dit, je connais pas son nom, pauvre garçon. C'est horrible de mourir comme ça. L'Américain, c'était un étranger pour moi, sauf qu'il est venu ici ce midi manger un croque-monsieur, il parlait plutôt bien français. On a fini par discuter, il m'a dit qu'il était de Californie. Un type un peu grassouillet, mais très bien mis. De loin pas aussi bel homme que notre petit gars.

— Est-ce que tu as eu l'occasion de discuter avec Jacqueline ?

Bruno ne sous-estimait jamais tous les renseignements qu'un hôtelier était susceptible d'obtenir, et Mauricette était une pipelette née.

— Oh oui, elle m'a tout dit sur son travail ici, chez Hubert, et sur les vins de sa famille. J'avais pas idée qu'on pouvait faire du vin au Canada. Elle est pas désagréable, comme jeune femme, exception faite de sa vie amoureuse. Elle est partie il y a quelques jours, et elle m'a tout réglé. Le petit gars d'ici l'a aidée avec ses valises. Y en a une qu'était remplie de bouquins sur les vins. Elle les avait tous empilés sur le bureau de sa chambre. Pas qu'elle ait eu beaucoup de temps pour les étudier, vu la valse des petits copains.

— Comment a-t-elle réglé sa note ?

— Par carte de crédit, Visa. C'est passé sans problème.

Mauricette tourna le registre vers lui, et posa le doigt sur la dernière colonne, là où elle avait inscrit le numéro de la carte de crédit. Bruno recopia le numéro dans son calepin.

— Pourquoi est-ce que tu t'intéresses à cette fille, Bruno ? Elle a des ennuis ?

— Non, juste que nous avons une équipe de détectives en train d'enquêter sur cet incendie, et ils m'ont demandé de leur fournir les coordonnées de tout étranger séjournant en ville, exception faite des touristes habituels. Simple routine. Merci Mauricette.

De retour dans son bureau, Bruno ouvrait ses mails d'un air morose en supposant qu'il n'y aurait rien d'Isabelle, une fois de plus, et se redressa brusquement en voyant le message qu'elle lui avait envoyé de son adresse personnelle sur Hotmail. « Désolée pour le silence. Suis détachée au Luxembourg. Même affaire, nouvelle direction. Appellerai dès que possible. Peut-être. Réponds uniquement sur cette adresse. Bisous, Isabelle. »

Mais que voulait-elle dire par cela, sinon le laisser entre deux eaux, dans l'incertitude ? Elle allait appeler, *peut-être*. Et signer « Bisous », comme on terminerait un petit mot adressé à un ancien flirt de collège, ou à un proche, un terme vague, bien commode à utiliser.

Cela avait un petit air de conspiration, cette prière de ne pas répondre sur son adresse officielle, et que pouvait bien cacher ce transfert au Luxembourg ? C'était un message destiné à susciter plus de questions que de réponses, sans doute le but recherché. Je suis pris à l'hameçon, conclut Bruno, par des silences soigneusement calculés et des mots encore plus soigneusement choisis pour me mettre le moral un coup en bas, un coup en haut, si bien que je ne sais plus vraiment où j'en suis.

Et je me trouve un peu vieux pour ces petits jeux-là, se disait Bruno quand la sonnerie du téléphone le ramena à la réalité. C'étaient les pompes funèbres. Pouvait-il venir tout de suite ?

29

François Cheyrou avait hérité de l'entreprise de pompes funèbres de St-Denis par son père et son grand-père avant lui, et Bruno s'attendait à être enterré un jour par Félix, le fils adolescent de François. Comme Bruno était chargé de l'enregistrement des décès dans la commune, il connaissait bien François et était souvent amené à se rendre dans le bâtiment discrètement placé derrière le camping municipal. Il y avait un grand parking ombragé, puis une suite de chambres funéraires où les morts reposaient. Ces pièces étaient sobrement meublées d'un lit, de deux prie-Dieu, de quelques vases et d'une petite table où le livre de condoléances était mis à la disposition des visiteurs. Derrière ces chambres, un bureau, une salle d'attente et un garage pour les corbillards. Beaucoup plus loin, pour ne pas troubler le silence, le grand atelier où l'on fabriquait les cercueils. D'un côté, une enfilade de petites pièces où les corps étaient embaumés, et d'autres où ils étaient habillés et préparés afin de masquer les ravages de la mort avant d'être présentés aux familles.

François conduisit Bruno dans l'une de ces petites pièces, où le cadavre de Max, lavé et entièrement nu, reposait sur une longue table métallique munie de deux robinets à un bout et d'une vidange à l'autre.

— J'étais en train de peigner ses cheveux quand j'ai découvert ça, dit François en soulevant la tête de Max pour montrer à Bruno une profonde entaille sur le côté du crâne.

Bruno se pencha pour inspecter la blessure, qui ressemblait davantage à une vilaine écorchure, mais la peau avait été entamée et les chairs étaient gonflées. Il se rappela que le corps de Max avait passé des heures dans la cuve, puis que Fabiola l'avait passé au jet avant qu'il ne soit de nouveau lavé ici. Dieu seul savait quel effet cela pouvait avoir sur une blessure.

La cendre en équilibre au bout de la cigarette que François avait aux lèvres atteignait une longueur invraisemblable. Machinalement, il tourna la tête et souffla dessus. La cendre voleta par terre.

— Désolé. Ça m'empêche de sentir les cadavres. Il y en a qui sont un peu faisandés, avant qu'on les embaume. Mais bon, regarde un peu cette bosse. Il ne peut pas s'être fait ça par accident, il me semble.

Bruno hocha la tête, convaincu.

— Tu as appelé le médecin ?

— Tu connais la loi. Le moindre signe suspect sur un cadavre et c'est la police qu'il faut prévenir en premier, avant le médecin. (Il retira le mégot de sa bouche et ralluma aussitôt une autre Disque Bleu.) J'ai téléphoné au centre médical et j'ai demandé la nouvelle, Fabiola. C'est elle qui a signé le certificat de décès initial, c'est elle qui doit venir. L'origine du décès n'était pas suspecte, d'après le certificat. Elle m'a donné le numéro pour te joindre. Ton portable ne marche pas. Tu en as changé ?

– C'est une longue histoire. Pour le moment, continue d'appeler sur le nouveau numéro. Ce n'était pas un décès suspect quand nous avons trouvé le corps, mais ça l'est assurément maintenant, remarqua Bruno. Qu'en penses-tu ? Est-ce qu'il pourrait s'être blessé comme ça, juste en tombant et en se cognant la tête sur quelque chose ?

– S'il est tombé d'une certaine hauteur, oui. Mais s'il s'est évanoui dans la cuve, ce qu'on suppose, je ne vois pas comment il aurait pu se faire une bosse pareille. Ça ne ressemble pas à un coup porté par un gourdin, ou par quoi que ce soit de ce genre. Je ne peux pas en dire beaucoup plus, je n'ai pas l'équipement des labos de la police scientifique, mais ça me paraît bizarre, quand même.

– La blessure peut-elle être postérieure au décès ? insista Bruno. Je n'y suis pas allé doucement quand je l'ai sorti de la cuve pour le balancer par-dessus bord. Il aurait pu se faire ça en heurtant le sol.

– Me demande pas ça, répondit François en haussant les épaules. Il te faut un expert médico-légal.

Bruno était déjà au téléphone avec JJ quand Fabiola arriva en enfilant ses gants de latex et son masque chirurgical, et l'odeur de cigarette la fit grimacer. Sa cicatrice cachée par le masque, Bruno remarqua qu'elle avait des yeux magnifiques, grands et sombres, bordés de très longs cils. Elle sortit des sacs en plastique de sa mallette et les posa sur les mains du cadavre, puis elle attrapa une loupe et se mit à examiner la blessure.

— Le médecin est en train de l'examiner, JJ. À quelle heure dois-je t'attendre ? OK, dans l'heure. Appelle-moi quand tu arrives à St-Denis, je serai à la vieille ferme, sur les lieux du drame, pour en interdire l'accès. Tu ne pourras jamais trouver où c'est.

— Il y a des échardes de bois dans cette entaille au crâne, annonça Fabiola au moment où Bruno fermait son portable. Je n'y touche pas, mais prenez-en note, s'il vous plaît, pendant que je poursuis l'examen.

— L'équipe médico-légale de Bergerac..., fit Bruno.

— Je sais, l'interrompit-elle. Ne vous inquiétez pas, je ne ferai rien qui puisse altérer les indices qui restent. Mais notez ce que j'ai dit sur ces échardes de bois. Je suis pratiquement certaine que le coup porté à la tête n'a pas pu être fatal, et je persiste à penser qu'il y a eu décès par asphyxie. Mais il se peut qu'il ait été assommé.

— Ce pourrait être accidentel ? demanda Bruno.

— Je n'en sais rien. Les blessures du crâne sont des choses curieuses.

Elle souleva les paupières du mort, inspecta la bouche et les narines, puis se mit à examiner plus attentivement le reste du corps.

— Avez-vous remarqué son pénis ? demanda François. Si vous voulez m'en croire, le gars a eu un rapport sexuel peu de temps avant de mourir. Vous pourriez demander à l'équipe médico-légale un examen des vésicules séminales.

Fabiola hocha la tête et descendit sa loupe vers le pubis.

— Je crois que vous avez raison, notez-le aussi, dit-elle avant de prendre un nouveau sac en plastique pour le poser délicatement autour de l'appareil génital du garçon. (Elle lui écarta les jambes pour scruter la zone.) Aucun signe de pénétration anale. (Puis elle se mit à regarder les mains à travers le mince film de plastique, en portant une attention particulière aux ongles.) Main gauche, corps étranger sous les ongles de l'index et du majeur. Cheveux, ou peut-être poils pubiens.

Son examen terminé, Fabiola prit un grand sac en plastique et en enveloppa la tête de Max.

— À défaut d'autopsie, c'est le mieux que je puisse faire. Mais assurez-vous de transmettre mes notes à l'équipe scientifique, et donnez-leur ma carte. Et puisqu'il va certainement y avoir enquête, je vais vous taper un rapport, Bruno. Je n'exclus pas la possibilité d'une chute malencontreuse qui aurait occasionné cette blessure à la tête, mais ça ne me semble pas très vraisemblable. Je pense qu'on l'a frappé, ou poussé.

— Ce pourrait être moi, quand je l'ai sorti de la cuve, dit Bruno. Vous vous souvenez, vous m'avez aidé à le tenir quand nous tentions le bouche à bouche, avant de le faire basculer dehors ?

Fabiola opina.

— Vous avez raison. Mais si nous établissons l'heure du décès avec exactitude, nous devrions pouvoir exclure cette hypothèse. Ce ne sera pas chose facile, à cause de ce long séjour dans la cuve. Les tissus ont été altérés. Il y a également des signes de saignements récents du nez, et des hématomes, mais ça semble remonter à deux ou trois jours. Peut-être une blessure de rugby, ou alors il a reçu un coup sur le nez.

Sûrement la bagarre dans le bar, pensa Bruno.

— Autre chose ? demanda-t-il, en prenant rapidement note dans son calepin tandis qu'elle ôtait son masque et retirait ses gants.

— Oui, une chose mérite la scrupuleuse attention de l'équipe médico-légale. François a raison, je crois, le garçon a eu un rapport sexuel, et plutôt violent, même. Il peut s'agir de masturbation, ou alors d'un rapport dans l'eau, ce qui diminue la lubrification naturelle. Mais au vu des griffures sur les fesses, je pense qu'il y avait un partenaire.

— Est-il possible de voir s'il est mort avant Cresseil, ou si c'est le contraire ? demanda Bruno, en se rappelant ce qui préoccupait le maire. Les avocats auront besoin de savoir, pour l'héritage.

— Ils sont morts dans le même laps de temps, mais le labo de Bergerac pourra peut-être affiner ça. (Puis, se tournant vers François :) Chapeau, dit-elle. Je n'en connais pas beaucoup qui auraient remarqué cette inflammation. Vous avez reçu une formation médicale ?

— Dans la marine, répondit-il en allumant une autre cigarette. Pendant mon service militaire. J'étais aide-infirmier. Mais je vois passer beaucoup de cadavres. C'est fou ce qu'ils peuvent nous apprendre.

— Vous serez bientôt mort, vous aussi, si vous continuez à fumer comme ça, répondit-elle. Enfin, pendant que vous y êtes, donnez-m'en une. Ça fait des années que je n'ai pas fumé de Disque Bleu.

30

Bruno soupira en balayant la grange du regard ; elle empestait encore le vin qui s'était répandu au sol quand il avait poussé le corps de Max hors de la cuve. Contre le mur du fond, à côté des monceaux de vieilleries qui s'entassaient sans doute là depuis l'avant-guerre, se dressaient des étagères couvertes de poussière et des piles de bouteilles plus poussiéreuses encore. Deux techniciens de l'identité judiciaire, en combinaison blanche, exploraient ce désordre avec mille précautions.

— Ils vont avoir de quoi s'occuper ici, par contre la maison est plutôt bien rangée, remarqua JJ. L'équipe médico-légale de Bergerac confirme les conclusions de ton médecin. Le garçon a reçu un coup sur la tête, même s'il est mort empoisonné par je ne sais trop quel gaz. Donc, s'il n'y a pas eu meurtre, il y a homicide involontaire. En ce qui me concerne, en tout cas, c'est une bonne excuse pour ne pas être constamment aux ordres du brigadier. Le meurtre l'emporte sur l'incendie criminel. Qui sont nos suspects, à part cet Américain avec qui il s'est bagarré ? C'est nécessairement lui, notre numéro un.

Bruno haussa les épaules.

— Il va falloir interroger Jacqueline, la fille qui était avec lui. Elle doit être au courant de ses faits et gestes, et s'il a eu un rapport peu avant de mourir, c'était sans doute avec elle. On devra aussi interroger Dominique, et demander à Alphonse s'il sait quelque chose des activités de Max ces derniers jours, et aussi inspecter les pneus de son camion. Sans oublier ces verres dans la cuisine de Cresseil. On trouvera peut-être des empreintes digitales.

— Alors ce jeune gars-là aurait pu être mêlé à l'incendie ? Et revoilà la fameuse Dominique. Tu crois qu'il pourrait y avoir un lien ?

— Possible, mais nous n'avons aucune preuve, répondit Bruno. Je pensais que ton réseau d'écolos bordelais nous fournirait des pistes.

— Je voulais justement t'en parler. Où pouvons-nous discuter seul à seul ?

— Au fond du jardin. Ils vont vouloir relever les empreintes dans toute la maison. Mais qu'y a-t-il de si secret ? s'étonna Bruno.

Il passa avec JJ devant l'équipe de techniciens puis, le précédant, longea la maison, traversa le potager et descendit vers la rivière avant que JJ ne se décide à parler :

— Sur les sites écolos, on ne trouve pratiquement rien qui indique qu'ils savaient quoi que ce soit sur le centre de recherches. Aucune mention du centre, aucune rumeur, rien sauf une demande de renseignements émanant de ton Alphonse. D'habitude, avant une attaque ou une manifestation, les sites fourmillent d'informations sur la ferme ou la société concernée, pour créer le buzz autour de la campagne. Avant l'attaque du McDonald, les sites, la presse de gauche et les bulletins d'adhérents étaient truffés d'informations. Pareil quand ils ont fauché cette culture expérimentale de colza, près de Foix. Mais cette fois-ci, rien. L'incendie est survenu comme ça, et c'est bizarre.

— On en déduit quoi, que l'incendiaire a agi seul, sans lien avec le mouvement ?

— As-tu déjà lu Sherlock Holmes ? demanda brusquement JJ.

Bruno le regarda d'un air perplexe. D'où sortait cette question ?

— À l'école, il y a des lustres. Et j'ai vu un vieux film sur lui, un jour. Je me souviens de sa drôle de casquette, des brouillards londoniens, et qu'il était capable d'identifier des centaines de cigares d'après leur cendre.

— Dans une de ses histoires, il y a un chien qui n'a pas aboyé la nuit. Ce qui compte, c'est qu'il aurait dû aboyer, et que s'il ne l'a pas fait, c'est parce qu'il connaissait probablement l'intrus. Dans cette affaire d'incendie criminel, les chiens habituels parmi les activistes n'ont pas aboyé du tout, et je commence à me dire que ce n'étaient pas les écolos, mais totalement autre chose, peut-être quelqu'un qui en voulait au scientifique qui dirige le centre.

— Tu as parlé au brigadier de ce chien-là ? demanda Bruno.

— C'est lui qui m'a renseigné sur le curieux silence des écolos. Toi et moi, on est juste les garçons de course, la piétaille locale qui lui rend les services dont il a besoin. Mais ce qui l'intéresse vraiment, c'est de se servir de cette affaire pour se constituer une base de données sur tous les mouvements écolos. Il a sauté sur l'occasion pour écumer les disques durs informatiques de toute la région. C'est ce qu'ils font, aux R.G. Et donc, nous sommes censés résoudre ça tout seuls, parce que, quand il a réalisé qu'il ne s'agissait pas d'un grand complot écologiste, il s'est complètement désintéressé de l'affaire.

— Alors tu veux chercher dans les querelles de voisinage autour du Centre de recherches ? Je ne vois pas grand-chose de ce côté-là. Le directeur que tu as rencontré, Petitbon, mène une vie très pépère, mis à part sa passion pour le cyclisme.

— De quel côté faut-il aller voir, alors ?

— Il faudrait que je vérifie deux ou trois choses, par exemple à quelle heure Max a vendangé, et si le chien de Cresseil a été retrouvé. Je dois aussi m'occuper de mon téléphone, voir s'il est réparable. Tu vas avoir besoin d'un endroit pour travailler et organiser ton QG. Je m'en occupe, mais pas avant demain.

— Pas de problème, j'ai la nouvelle unité d'enquête mobile qui arrive, maintenant que nous avons un décès suspect. C'est une simple caravane, mais ça me servira de bureau, et on m'envoie aussi trois gars de mon équipe. Dès qu'ils seront là, je demanderai aux gendarmes de commencer à convoquer les témoins. Nous pouvons nous installer ici, dans la cour. Je vais rester là pour les attendre, j'en profiterai pour fouiner un peu dans le coin, voir ce qu'il y a dans la maison et les autres dépendances.

— Maintenant que j'y pense, dit Bruno, je n'ai pas vu la moto de Max, un vieux clou qu'il avait réussi à refaire marcher. Elle doit être dans la remise.

Bruno fit le tour des dépendances et chercha derrière la petite maison de Cresseil. Il trouva un très vieux tracteur Somua qui n'avait pas bougé depuis des décennies et une charrette en bois qu'on avait poncée et commencé à repeindre, mais pas de moto. Par contre, il ne faisait aucun doute qu'elle avait dû être là, à voir la flaque d'huile usagée sur le sol de la remise, et les bidons d'huile et les outils posés à côté, sur un banc. Au-dessus, des vieux chiffons tachés de graisse, des magazines de motos et un manuel de mécanique traînaient sur une étagère. Puis un espace vide. Bruno le considéra un moment puis, impulsivement, il attrapa une vieille caisse en bois et monta dessus pour voir cela de plus près. L'étagère en bois portait la trace d'une forme régulière, une tache rectangulaire aux angles arrondis qui pouvait correspondre à un bidon d'essence. Il sortit son mètre, griffonna les dimensions puis saisit le bout de papier qui marquait un emplacement dans les pages graisseuses du manuel. C'était un reçu du garage Lespinasse pour du mélange, le carburant des vieilles motos.

Muni du contour de la tache d'huile tracé sur une feuille de papier, Bruno gara sa fourgonnette devant le garage Total, sur la route de Bergerac. La sœur Lespinasse était en train de servir un touriste qui s'était arrêté pour faire le plein. La plupart des habitants du coin se servaient aux pompes du supermarché, où ils payaient trois centimes de moins par litre, soit une économie de plus d'un euro à chaque plein. Mais Lespinasse avait toujours mieux gagné sa vie comme mécanicien que comme pompiste, et son fils Édouard avait hérité du doigté paternel avec les moteurs. Avant de passer dans le grand atelier du fond, où les deux garagistes entreposaient les vieilles Citroën qu'ils aimaient retaper, Bruno fit une halte dans le petit espace de vente qui jouxtait le bureau pour jeter un coup d'œil sur les bidons à essence. Il trouva deux modèles en plastique, et un en métal. Il les plaça l'un après l'autre sur son gabarit de papier : le bidon en métal correspondait exactement.

Au son d'un transistor nasillard qui braillait un « Téléphone sonne » sur France Inter, le père et le fils s'affairaient sur une Citroën désossée, une Traction Avant des années trente, grande vedette des vieux films policiers que Bruno aimait tant. Lespinasse était couché sous le moteur, et le jeune Édouard penché dangereusement loin au-dessus, un pied sur le marchepied, l'autre s'agitant en l'air au rythme des coups frappés sur le métal et des jurons étouffés. Plutôt que de les déranger, Bruno fouilla du regard le vaste espace de l'atelier, avec sa collection de vélos de location pour touristes, et les Renault et Peugeot qui attendaient leur visite d'entretien. Tout en haut du pont hydraulique, un des camions de la commune révélait ses dessous à l'œil curieux de Bruno. De l'autre côté, trois VTT aux allures de bolides diaboliques, avec leurs pneus profilés et leurs garde-boue surélevés, étaient alignés sur un rang ; tapie au fond, avec un bac à graisse plein à ras bord sous le moteur, la vénérable moto de Cresseil.

— Putain ! rugit la voix sous la vieille Citroën. (Lespinasse se dégagea à grand-peine de sous la voiture, en suçant sa phalange éraflée et agita une grosse clé à molette en guise de salut.) Ça va, Bruno ?

— Tu as un moment ? demanda Bruno en secouant l'avant-bras que Lespinasse lui tendait, de préférence à sa main pleine de graisse.

Édouard s'avança pour un frotti frotta de joues.

— La vieille moto de Cresseil. Ça fait combien de temps que tu l'as ici ?

— Disons que c'était celle de Max, en fait. On a travaillé dessus ensemble pour la remettre en marche, répondit Édouard, mais on n'a pas réussi à trouver les bonnes pièces. On en a usiné quelques-unes pour pouvoir les monter et elle marchait à peu près, mais elle perdait beaucoup d'huile. On voulait poser de nouveaux joints de culasse, mais c'est pas la peine, j'imagine, maintenant que Max est mort. J'arrive pas à y croire, Bruno. On a fait toute notre scolarité ensemble.

— Une tragédie, cette histoire. J'avais pas idée qu'on pouvait mourir comme ça, et j'aimais bien Max, dit le père Lespinasse. (Puis, se tournant vers son fils :) Il doit toujours avoir cette vieille moto-cross que tu lui avais prêtée. N'oublie pas de la récupérer.

— Max se servait d'une moto-cross ? s'étonna Bruno, soudain sur le qui-vive.

— Mon ancienne Kawasaki, répondit Édouard. Elle était un peu petite pour lui, en fait, mais quand la vieille moto a commencé à flancher, il en a eu besoin pour se déplacer.

— Tu lui as prêté quand, pour la première fois ?

— Il y a deux ou trois semaines, cette fois-ci. Mais il la prenait quand il voulait. On a toujours été potes.

— Tu te souviens quand, précisément ?

— Eh bien, le week-end avant l'incendie, on est allés ensemble essayer ce circuit de moto-cross près de la piste de go-kart, sur la route de Périgueux. Il l'a gardée, après. Tout était OK, elle était assurée par le garage.

— Est-ce qu'il achetait son essence ici ?

— Ben, fit Édouard avec un coup d'œil inquiet à son père. On faisait généralement le plein ensemble, c'était ma moto. Disons qu'il payait pas toujours, sauf pour les pièces de la vieille moto. Je ne facturais pas mes heures parce que c'était en dehors du boulot. Il payait plein pot pour tout le reste, le casque, l'huile et ce bidon d'essence qu'il a acheté.

— Quand l'a-t-il acheté ?

— Le week-end où on a essayé le circuit. Il m'a dit qu'il lui en faudrait sûrement un peu plus parce qu'il voulait essayer l'autre circuit, celui sur la route de Bergerac. C'est pour ça qu'il a acheté le bidon, avec les dix litres. Il a tout payé, quand même. C'est vrai, Papa, je t'assure. C'est dans le livre de comptes.

31

Assis sur le siège passager avec Félix Jarreau, le facteur à la retraite du Coux sur la banquette arrière, Bruno s'efforçait de ne pas prêter attention aux jurons du commissaire dont la grosse Peugeot bringuebalait en descendant l'étroit chemin d'accès à la communauté d'Alphonse. Il guettait la tête de JJ à la vue du dôme géodésique et de la maison creusée dans le flanc herbu de la colline.

En l'occurrence, ce fut le facteur qui parla le premier.

— Ça a changé ici, ils se sont drôlement bien débrouillés ! s'exclama-t-il. Je livrais le courrier chez eux, il y a bien longtemps, quand je prenais cette tournée pendant les vacances. Ils me parlaient de leurs projets, mais j'ai jamais cru qu'ils tiendraient le coup.

Bruno se dirigea tout de suite vers le dôme, où il pensait avoir le plus de chance de trouver Alphonse. JJ se contenta de se pencher par la portière pour donner un grand coup de klaxon. Des chèvres se mirent à avancer gentiment vers lui, et un enfant en bas âge, vêtu d'un maillot de corps, trottina vers JJ avec un grand sourire. La moto-cross d'Édouard, casque en équilibre sur le guidon, était garée derrière le dôme, sous un appentis. Un vieux camion Renault à plateforme était garé juste un peu plus loin ; même à l'œil nu, Bruno pouvait voir une trace de peinture blanche sur le côté d'un pneu. Il se rapprocha et décolla un petit éclat de peinture qu'il recueillit dans un sachet en plastique, puis fit signe au vieux facteur de le rejoindre. Le klaxon de JJ s'était tu, et il entendit Alphonse crier : « Par ici » dans le fond d'une des fromageries.

— Est-ce que cette moto ressemble à celle que tu as vue près de la cabine téléphonique ? demanda-t-il au facteur.

— Oui, absolument. Mais elles se ressemblent toutes, ces motos-là. On dirait la même, mais impossible d'en être sûr. Par contre, c'est bien le casque, ça j'en suis sûr. J'en avais jamais vu un comme ça, avec la mentonnière intégrée, mais le type qui a téléphoné en portait un. Et de couleur claire, comme celui-là.

— Et ça, qu'en dis-tu ? demanda Bruno.

La clé était sur le contact, il la tourna, fit démarrer le moteur au kick et le fit vrombir un peu avant de l'éteindre.

— Le bruit te rappelle quelque chose ?

— Oui, mais elles font toutes plus ou moins le même bruit. C'est le casque qui m'a marqué.

— Merci de votre témoignage, monsieur, intervint JJ. Et maintenant, veuillez nous attendre dans la voiture, le temps que nous en ayons fini ici.

Le vieux facteur repartait quand Alphonse arriva pour les rejoindre. Il s'essuyait les mains sur un torchon et portait un bonnet de laine brune semblable à ceux des moudjahidin afghans que Bruno avait vus dans les reportages télévisés.

– C'est quoi, ce boucan ? demanda-t-il d'un air courroucé, avant de s'éclairer d'un triste petit sourire en apercevant Bruno et le facteur ; il pressa alors le pas pour leur serrer la main. Bienvenue, Bruno. J'allais t'appeler. Nous organisons une cérémonie demain soir ici pour Max, on va faire un grand feu et trinquer à sa mémoire. J'aimerais bien que tu sois là, c'est ce que Max aurait voulu, je le sais.

– Je ne suis pas censé rester, dit le facteur. Toutes mes condoléances.

Il repartit à la voiture, et Bruno attendit qu'il soit loin avant de prendre la parole.

– C'est un peu délicat, Alphonse. Félix est pratiquement sûr qu'il s'agit de la moto et du casque du type qui a appelé du Coux la nuit de l'incendie. Nous savons que Max a acheté un bidon et de l'essence juste avant. Et je suis presque certain que les traces de peinture sur les roues de ton camion vont correspondre au produit qui a été projeté sur le Centre de recherches. C'est Max qui a incendié ces cultures.

Alphonse les considéra d'un œil sévère tout en scrutant Bruno, comme sur le point de protester, puis ses épaules s'affaissèrent et, avec un soupir, il capitula :

– Je crois que tu as probablement raison. Mais puisqu'il est mort, le pauvre gamin, ça n'a pas vraiment d'importance.

– Enfin, ça veut dire que la police peut arrêter de perdre son temps à chercher un autre incendiaire, gronda JJ. Et qu'on pourrait mettre le paquet pour découvrir qui a assassiné votre garçon.

— Comment ça, assassiné ?

Les mains d'Alphonse retombèrent et le torchon voleta par terre. Il se tourna vers Bruno, son effroi faisant place à la colère :

— Tu m'avais dit que c'était un accident, Bruno, qu'il était mort asphyxié. C'est quoi cette histoire de meurtre ?

— Nous lui avons trouvé un hématome et une entaille sur le cuir chevelu. Ça ressemble à une chute, ou quelqu'un l'aura frappé, mais à ce stade nous ne savons ni quand ni comment. Le médecin parle toujours de mort par asphyxie. Mais dis-moi, Alphonse, pourquoi crois-tu que Max était l'incendiaire ?

— À cause de son ordinateur. Quand ton fichu brigadier a confisqué le mien, j'ai dû prendre celui de Max pour pouvoir me connecter et suivre nos commandes. Max avait laissé le sien chez Cresseil, c'est pour cela que les gendarmes sont passés à côté quand ils ont perquisitionné ici. Je te l'ai dit, Bruno, nous avons de plus en plus de ventes sur Internet. C'est Max qui a mis ça en place pour nous.

Moi aussi, je suis passé à côté, se dit Bruno. J'aurais dû penser que Max avait son propre ordinateur portable.

— Et alors, qu'y avait-il, dans son ordinateur ?

— Un poème qu'il écrivait sur le sujet, à moins que ce ne soient les paroles d'une chanson, répondit Alphonse avec un vague sourire à ce souvenir. Il y a beaucoup de documents cryptés, mais le poème était à l'écran, sous Word. Je peux te le montrer, si tu veux. Il n'est pas terminé, mais c'est un bon texte sur le feu qui nettoie le poison, et sur l'odeur tenace du pétrole. Quand j'ai vu un autre gros dossier sur les OGM, j'ai fait le rapprochement. J'avais l'intention de t'en parler demain, à l'occasion de la cérémonie.

— Désolé, mais il va falloir que nous embarquions aussi cet ordinateur, dit JJ. Nous aurions pu gagner beaucoup de temps si vous nous aviez parlé de ça quand nous vous avons interrogé pour la première fois.

— Mais j'ignorais tout de ces documents jusqu'à ce matin, rétorqua Alphonse d'un ton sec, avec une violence que Bruno ne lui connaissait pas. Je me suis juste servi de son ordi pour relever nos mails. Max avait droit à sa vie privée.

— C'est une triste journée, nous en resterons là, dit Bruno en posant une main sur le bras de JJ au moment où celui-ci s'apprêtait à lancer une cinglante réplique. Je suis navré pour toi, Alphonse. Tu as élevé un bon garçon, et il va tous nous manquer. Donne-nous cet ordinateur, si tu veux bien, et nous allons filer.

— Mais j'en ai besoin pour les mails.

— Je comprends. Viens à la mairie quand tu veux, tu peux te servir du mien au bureau jusqu'à ce qu'on puisse t'en rendre un. Tu tapes simplement Bruno au démarrage, avec mon numéro de portable comme mot de passe.

— Vous n'avez pas besoin d'un mandat quelconque pour l'embarquer ?

— Non, je t'assure, dit Bruno avec pondération. L'alternative, c'est que je reste ici en attendant que JJ revienne avec un car de gendarmes et deux magistrats munis de tous les papiers nécessaires, et là ils vont fouiller dans tous les coins, mettre vos maisons sens dessus dessous et ils embarqueront tout. Tu le sais, Alphonse. L'incendie criminel est un délit très sérieux. N'aggravons pas les choses.

— Tu as raison, soupira Alphonse avant de rentrer dans le dôme pour ressortir avec l'ordinateur portable. Tu es toujours le bienvenu demain pour ses funérailles. Max avait une admiration sans bornes pour toi.

— Et moi pour lui. Merci de l'invitation, je serai là demain. Ne te laisse pas abattre, et appelle-moi sur le portable de Max si tu as besoin de quoi que ce soit. Je n'en ai pas d'autre, le mien est tombé avec moi dans la cuve quand nous avons repêché le corps.

— Pas de problème. Max aurait aimé te prêter le sien en cas de besoin. Salut, Bruno.

Alphonse s'avança pour lui donner l'accolade, puis se détourna et repartit d'un pas lent vers la grange.

— Tu fais un drôle de policier, remarqua JJ quand ils rejoignirent la voiture. Heureusement qu'aucune de mes nouvelles recrues n'était là pour entendre ça. Donner le mot de passe de ton ordinateur. De quoi leur faire perdre le b. a.-ba de leur formation.

— Exactement ce qu'il leur faudrait, peut-être. Ça leur ferait du bien d'être flic de village pendant un an. Tu l'as suggéré toi-même, JJ, et plus d'une fois.

— J'avais sans doute pris un ou deux verres de trop, quand j'ai dit ça. Enfin, si tu as encore ton vieux portable, il y a un gars dans mon équipe qui fait des miracles avec ces trucs-là. Et s'il peut pas le réparer, il va pouvoir transférer tous tes numéros dans ton nouvel appareil en quelques minutes grâce à son ordinateur portable. On a quelques portables en rab dans l'unité mobile. T'en mérites bien un pour avoir résolu cette affaire.

— Mais maintenant, il nous en reste une plus grosse encore.

— Pas de repos pour le crime, déclara JJ en démarrant sa voiture pour monter à l'assaut du petit chemin cahoteux. (Les branches griffaient les flancs de sa Peugeot.) Putain, putain, putain, je le savais. On aurait dû prendre ta bagnole.

— On avait besoin de la tienne pour emmener M. Jarreau. Ma fourgonnette n'a que deux places, répondit Bruno. Et s'il y a une chose que sait un flic de village, c'est qu'on ne laisse jamais un témoin coopératif en rade au milieu de nulle part. Je suis surpris que les recrues de la police nationale n'aient pas appris ça.

32

Bruno était un fataliste, comme la plupart des soldats qui avaient survécu après s'être fait tirer dessus. La balle te tuait ou elle ne te tuait pas. Et, s'il admirait les gens qui préparaient leurs réunions et leurs discussions, il était incapable d'en faire autant. Même quand il procédait à des vérifications officielles, ou qu'il conduisait un interrogatoire, l'angle d'attaque qu'il s'était fixé ne tardait pas à prendre une direction inattendue. Dans l'ensemble, Bruno trouvait que ça donnait de meilleurs résultats que l'approche envisagée au départ. Un peu comme en voyage, lorsqu'on est obligé de faire un détour, les surprises sont plus intéressantes que les itinéraires tracés d'avance. Ainsi, en se dirigeant vers la cave d'Hubert, il pensait poser à Jacqueline des questions simples : où et quand avait-elle vu Max pour la dernière fois, où devaient-ils se retrouver ensuite, et si elle avait eu d'autres nouvelles du jeune Bondino. Cela devrait suffire, se dit-il en saluant Nathalie, non sans un coup d'œil sur la dernière offre à saisir. La saison touristique terminée, il fallait faire de la place pour les beaujolais primeurs et les prochaines livraisons, et c'était le moment où Hubert écoulait une partie de ses stocks à bas prix.

— Salut, Bruno, j'allais fermer. Tu viens chercher du gigondas ? demanda Nathalie. Le bouche à oreille fonctionne bien, il part très vite. À quatre euros, c'est une affaire exceptionnelle. Hubert devait être de mauvais poil quand il l'a goûté.

— Je venais voir Jacqueline, mais j'en prends trois bouteilles s'il est aussi bon que ça, dit-il en lui tendant un billet de vingt euros.

— Tu l'as ratée de peu. La journée a été longue, on a fait l'inventaire, et je l'ai autorisée à partir quand je commençais la fermeture. Puisque c'est toi, il me reste un carton de six de ce gigondas, je te le laisse pour vingt euros.

Le carton confortablement calé contre son sac de sport, Bruno prit la route familière qui longeait le pont de chemin de fer pour s'engager sur le chemin menant chez Pamela. C'était l'un de ses coins préférés dans la région, la blondeur des pierres associée au rouge sombre des tuiles, la castine blanche de la cour et la luxuriance du jardin et de la campagne environnante formaient ici un ensemble particulièrement harmonieux. Peut-être était-ce ce repli de colline où la maison se nichait, tel un joyau dans son écrin, ou le contraste entre l'écran protecteur des grands peupliers et le petit groupe de bâtiments en contrebas. Il y avait quelque chose de réconfortant, de juste, dans l'aspect de cette propriété qui gardait l'apparence d'une ferme en activité, avec son grand potager, ses deux chevaux qui broutaient l'herbe avec nonchalance, et les vaches paisibles sur le versant de colline que Pamela louait à un fermier voisin. Sa tendresse pour la propriétaire et la vie qu'elle s'était construite y était sans doute pour quelque chose, se dit-il. Pourtant, exception faite de sa propre petite maison, pour laquelle il éprouvait l'affection farouche de ceux qui ont tant construit de leurs mains, aucune autre maison de la commune ne lui donnait un tel sentiment de plénitude.

— J'ai essayé de t'appeler, mais ton portable ne répond toujours pas, dit Pamela en sortant dans la cour pour l'accueillir.

Il prit soin de l'embrasser sur les joues, sans toutefois dissimuler un sourire de plaisir en la voyant en tenue de jardinage, chaussée de bottes en caoutchouc vert et vêtue d'une ample jupe à fleurs et d'une vieille chemise d'homme blanche, le tout surmonté d'un grand chapeau de paille. Elle tenait une houe à la main.

— J'allais juste désherber le potager. Tu voulais voir Jacqueline ? Elle est dans son gîte. Je viens de lui apporter une tasse de thé.

Bruno sourit de l'entendre parler ainsi : il n'y avait que les Anglais pour avoir la certitude inébranlable qu'une tasse de thé était une panacée. Il aimait la manière dont Pamela confortait une bonne partie des idées préconçues des Français sur leurs voisins d'outre-Manche, de la perfection de son teint à son amour des chevaux, en passant par sa foi dans les pouvoirs de guérison du thé.

— Oui, j'ai des questions à lui poser, simple routine.

Bruno n'avait pas oublié que l'enquête criminelle désormais ouverte sur la mort de Max devait rester confidentielle. Pour Pamela, et pour Jacqueline aussi, sans doute, c'était toujours un tragique accident.

— Et toi, comment vas-tu ? demanda-t-il. Tu as surmonté le choc, il me semble.

— La vie continue, les mauvaises herbes se portent bien, il faut s'occuper des chevaux, répondit-elle. Le quotidien est plutôt réconfortant quand on traverse une passe difficile. C'est toi qui as failli mourir dans cette cuve de malheur. Tu as envie d'un thé, d'un café, ou alors d'un petit apéro ? C'est bientôt l'heure, et tu as sûrement été très occupé.

— Rien pour l'instant, merci. Tu as raison, j'ai eu beaucoup à faire. Nous avons résolu la première affaire, celle de l'incendie criminel. Garde ça pour toi, c'était Max, nous le savons maintenant ; nous savons quand et où il a acheté l'essence, et comment il s'est rendu sur les lieux. Il n'y a plus aucun doute. S'il n'était pas mort, il se serait vraisemblablement retrouvé en prison. Voilà ce qui m'a occupé aujourd'hui.

— Seigneur, quel jeune crétin ! s'exclama-t-elle. Je vais faire du café. Tu en as besoin, on dirait. Allez, viens, entrons dans la cuisine.

Elle reposa la houe, lui prit la main et l'entraîna presque dans la maison, puis elle le fit asseoir à la table avant de s'agiter devant la cuisinière avec bouilloire et filtre en papier, et versa les grains de café dans un vieux moulin mécanique fixé sur le plan de travail.

— Tu as mangé quelque chose aujourd'hui ? repritelle.

Il secoua la tête.

— J'irai manger une pizza plus tard, probablement avec JJ, le grand détective de Périgueux avec qui j'ai enquêté sur le meurtre de ce vieux soldat algérien. Il va rester un jour ou deux pour l'affaire de Max.

— J'aimerais bien le rencontrer, ce JJ, après ce que tu m'as raconté sur lui, dit-elle en posant les tasses et le sucre sur un plateau cependant que l'odeur familière du café frais venait chatouiller le nez de Bruno. Il n'y a pas tant d'hommes que tu admires, et tu as manifestement une très haute opinion de lui. Viens dîner avec lui ce soir, au lieu de te contenter d'une pizza.

— Ah, c'est gentil. Ça nous fera une belle soirée en perspective. Et je peux apporter un très bon vin, un gigondas que je viens d'acheter chez Hubert.

— Celui qui est en promotion à quatre euros la bouteille ? dit-elle en riant. Si tu hésites, Nathalie te laissera le demi-carton pour vingt euros. Tiens, mes six bouteilles sont là, je ne les ai pas encore rangées.

— Tu en as pris aussi ? Bonne vendeuse, cette Nathalie. Quant à toi, Pamela, tu fais un bon café, merci.

— Oui, mais je suis triste de ne pas avoir l'occasion de boire le vin de Max. Il avait de quoi devenir quelqu'un de peu ordinaire, je pense, en dépit de ce que tu m'as dit sur l'incendie.

— À propos, à quelle heure Jacqueline est-elle rentrée ce soir-là, la veille du jour où tu as découvert Cresseil ?

— Tard. J'étais encore en train de lire au lit à minuit passé, et je ne me suis pas endormie tout de suite. Tu sais ce que c'est, quand on commence à ruminer des pensées. Elle n'a pas pu rentrer avant une heure du matin, peut-être même plus tard. Et elle n'était pas avec Max, j'aurais entendu la moto.

— Est-ce qu'elle t'a dit ce qu'elle avait fait cette nuit-là ?

— Non, sinon qu'elle avait l'intention d'aider Max à vendanger. Elle a vaguement dit qu'il voulait ramasser les raisins la nuit, à la fraîche. Je n'ai pas fait très attention.

— Mais tu es sûre qu'elle n'est pas rentrée ici avant une heure du matin.

— Enfin, presque sûre. Il est possible que je me sois assoupie sans l'avoir entendue rentrer.

— Et à quelle heure est-elle partie ce matin-là ?

— Comme d'habitude, peu après huit heures et demie. La cave ouvre à dix heures, mais Hubert demande au personnel d'être là à neuf heures pour faire les stocks et tout ça. C'est ce qu'elle m'a expliqué.

— Tu l'aimes bien ?

— Je ne suis pas sûre. Cela ne fait pas longtemps qu'elle est ici.

— Tu as dû te faire une opinion.

— Hum. Est-ce que je l'aime bien ? C'est un peu trop tôt pour le dire, nous avons eu des rapports très terre à terre. Et aucune conversation qui puisse déboucher sur des sujets intimes ou sur une amitié, et je doute que nous en ayons un jour. J'imagine que c'est le genre de femme qui se comporte d'une manière radicalement différente selon qu'elle est avec des hommes ou avec des femmes.

— Je crois que tu as raison. C'est sans doute inévitable quand on est jolie fille, et qu'on a l'habitude d'attirer à ce point l'attention des hommes. Tu dois savoir ça, Pamela.

— Tu viens de me faire un compliment, on dirait, je t'en remercie. Mais non, même quand j'étais plus jeune, je ne pense pas avoir été si différente avec les hommes ou avec les femmes. C'est la façon d'être de Jacqueline. Il y a des femmes comme ça.

— Et à part Max, as-tu jamais croisé d'autres petits amis à elle ?

— Elle n'a pas vraiment eu le temps d'avoir d'autres soupirants, ou bien si ?

— Tu te souviens de l'Américain dont je t'ai parlé, le type bourré qui la harcelait dans la rue ? Il s'est bagarré dans le bar avec Max à propos de Jacqueline. Il avait l'air de penser qu'il avait la priorité.

— Je ne l'ai jamais vu ici. Max avait l'air d'être son amoureux attitré. Elle a plutôt bon goût, je trouve.

33

Il frappa à la porte. Vêtue d'un jean et d'un T-shirt, Jacqueline lui ouvrit avec un sourire de bienvenue et l'invita à entrer. Elle était maquillée, avait mis du rouge à lèvres, et Bruno en déduisit qu'elle savait parfaitement maîtriser ses émotions. Son ordinateur portable était allumé, avec l'un de ses gros ouvrages sur le vin ouvert à côté, ainsi qu'une pile de chemises cartonnées. La liaison avec Max n'était peut-être qu'une passade, comme son aventure avec Bondino. Bruno se rappela qu'il avait trouvé cette jeune femme plutôt sympathique, même s'il n'était pas tout à fait sûr d'approuver sa conduite.

— Je suis désolé de vous déranger en ce moment, Jacqueline, je sais que vous étiez proche de lui, mais j'ai des questions à vous poser sur Max. Simple routine, après un décès.

— Pas de problème, je comprends. Et moi, je voulais vous remercier pour la soirée. J'aurais dû vous envoyer un mot. (Elle s'assit dans un fauteuil et lui fit signe de s'installer en face d'elle, sur une chaise longue.)

Je l'aimais beaucoup, ça aurait pu devenir autre chose, entre nous. Il était si jeune, si plein de vie.

— Il avait quelques années de moins que vous, je crois.

— Oui, et alors ? Il était mature pour son âge. Et il savait parler d'autre chose que de sport.

Contrairement à la plupart des hommes, sembla-t-elle ajouter dans un souffle en le dévisageant presque avec colère. Puis elle parut se reprendre, s'avança sur son siège pour tirer un mouchoir en papier de la boîte posée sur la table basse à côté d'elle, et le porta à ses yeux.

— Quand l'avez-vous vu vivant pour la dernière fois ? insista Bruno.

Il avait observé un grand nombre de personnes en interrogatoire, il avait remarqué leurs changements d'humeur, d'attitude, de manières, leurs diverses tentatives pour reprendre le contrôle d'une technique dans laquelle la police gardait toujours l'initiative.

— Peu de temps après vous avoir quitté, après cette scène dans le café. On est partis à pied récupérer mon vélo, et on s'est dit bonne nuit.

— Donc vous avez quitté Max, disons, cinq minutes après avoir pris congé de moi devant le café ?

— Peut-être dix, pas beaucoup plus.

Elle eut un sourire craintif et posa une main sur sa joue, comme au souvenir d'un moment émouvant.

— Et vous être rentrée tout de suite ici ?

— Oui.

Bruno se cala au fond de son siège pour l'observer. Il lui sembla qu'elle se redressait sous son regard. Elle jouait certainement la comédie, mais pourquoi mentir ?

Pamela avait affirmé qu'elle n'était pas rentrée avant une heure du matin, et la bagarre avait eu lieu dans le bar avant onze heures. Et qu'en était-il du rapport sexuel que Max avait eu avant de mourir ? Il sortit son calepin et son stylo et se mit à écrire, en devinant qu'elle se penchait pour prendre un autre mouchoir. Il continua d'écrire en laissant le silence s'installer, le stratagème le plus éculé du manuel du parfait interrogatoire.

— J'étais vraiment très attachée à Max, vous savez, dit-elle dans le silence. Notre relation s'améliorait sans cesse. La plupart des jeunes gens manquent de profondeur. On sait tout d'eux quand on les rencontre, il n'y a rien derrière. Max donnait l'impression d'être plus âgé, plus mûr, il avait l'étoffe d'un homme plus avancé en âge.

Bruno releva les yeux de son carnet. Elle le regardait avec de grands yeux, bouche entrouverte, bras collés au corps et seins en avant. Une pose aguicheuse, il n'y avait pas d'autre mot pour la qualifier. Il baissa de nouveau la tête vers ses notes, stylo en l'air, prêt pour la question suivante qu'il posa sur un ton neutre, presque las.

— Max était-il en bonne santé quand vous l'avez quitté cette nuit-là ? Vous a-t-il semblé normal, déprimé ?

— Oui, tout à fait normal. Il avait le moral.

— Vous êtes sûre de ne pas être allée chez Cresseil avec Max, à la sortie du bar ? Il ne vous a pas demandé de fouler les raisins avec lui ?

— Il m'a demandé de rentrer là-bas avec lui, mais j'étais fatiguée. J'avais travaillé toute la journée et nous avions vendangé toute la soirée. J'avais besoin de me reposer.

— Quand vous lui avez dit bonne nuit, c'était un au revoir affectueux, une longue étreinte ?

— C'était mon petit ami, sourit-elle. Nous nous sommes embrassés longtemps.

— Avez-vous fait l'amour ?

— Merde, Bruno, s'écria-t-elle, furieuse, en se levant d'un bond. Cela ne vous regarde pas. Non, nous n'avons pas fait l'amour, mais qu'est-ce que ça a à voir avec sa mort ?

— Parce que l'autopsie a montré que Max avait eu un rapport peu avant de mourir. Si ce n'est pas avec vous, alors il va falloir trouver qui a pu être sa partenaire. Il ne s'agit pas de vous ici, Jacqueline, mais de lui.

— Eh bien, oui, nous avons fait l'amour, dit-elle avec insolence, comme pour le mettre au défi de réprouver la chose. (Elle se dirigea vers le buffet, alluma une cigarette et se mit à fumer en parlant :) Dans le champ, près de l'aire de stationnement des caravanes, sur l'autre rive de la Vézère. Nous aimions faire l'amour en plein air. Après, je suis rentrée ici.

— Et Max ? Où est-il allé ?

— Je ne peux pas en être certaine. Chez Cresseil, j'imagine.

— Il était seul quand il est parti ?

— Bien sûr. Nous venions de faire l'amour.

Cette fois, elle l'avait dit presque avec fierté, et manifesta une certaine arrogance dans la manière dont elle se mit à arpenter la pièce. Bruno trouva que cela sonnait faux.

— Comment est-il parti, à moto ?

— Non, à pied. Je ne sais pas où il l'avait mise.

— Vous avez parlé de la bagarre ?

— Un peu, juste pour dire que l'Américain était cinglé. C'est tout.

— Vous n'avez pas revu l'Américain hier soir ?

— Non. Pas après notre empoignade et votre intervention.

— Et Max ne vous a pas demandé pourquoi ce type était si assidu ?

— Non. Il était juste fâché qu'il n'accepte pas de s'entendre dire non.

Elle avait dit cela d'un ton morne, avant d'écraser sa cigarette trois fois de suite, avec rage. Bruno avait l'impression qu'à chaque changement d'humeur, elle copiait les gestes outranciers de certaines actrices de cinéma, comme si elle cherchait à susciter les émotions, colère ou ennui, qu'on attendait d'elle. Rien ne paraissait émaner d'elle. Le moment était peut-être venu de l'ébranler.

— Avez-vous toujours dit non à l'Américain ?

En entendant la question, elle s'arrêta net pour le regarder, réellement surprise. Puis elle mit les poings sur ses hanches, pinça les lèvres et laissa exploser ce qui ressemblait à une vraie colère, ou peut-être une autre émotion.

— Bruno, c'est un feu de questions très agressives sur ma vie privée, et je n'y vois aucun rapport avec la mort accidentelle de Max. Si vous voulez me poser d'autres questions de vieux cochon, je vais faire appel à un avocat.

— Comme vous voulez, Jacqueline, répondit-il calmement, en prenant note dans son calepin tout en évitant son regard. Nous pouvons toujours poursuivre cet interrogatoire à la gendarmerie, mais vous devrez rester en cellule jusqu'à la fin de votre garde à vue, et je crains que vous ne puissiez pas voir d'avocat avant un petit moment. Nous sommes en France, en l'occurrence, nous pouvons vous garder en détention pendant trois jours pour interrogatoire. Je répète, avez-vous toujours dit non à l'Américain ? Je cherche à comprendre pourquoi il se sentait une légitimité vis-à-vis de vous, et pourquoi cela aurait pu l'amener à se battre avec Max.

Elle lui tourna le dos.

— J'avais trop bu, un soir, je l'ai laissé monter dans ma chambre. C'était une grosse erreur. Je ne suis pas comme ça, d'habitude. Je me suis fait l'impression d'être une salope.

— Merci de m'avoir dit la vérité. Si vous aviez menti, je l'aurais su puisque j'en ai déjà discuté avec l'hôtelière. Vous êtes libre de ne plus répondre à mes questions et de faire appel à un avocat, mais nous serons deux à en tirer les conclusions qui s'imposent : moi et le magistrat chargé de l'enquête sur le décès de Max. D'après ce que nous savons, vous êtes la dernière personne à l'avoir vu en vie. Votre témoignage est donc capital.

— C'est ce qui rend la chose si étrange, dit-elle. Il était bien, heureux et tendre quand nous nous sommes quittés. Et le lendemain, on m'annonce qu'il est mort de cette étrange manière. Un vrai choc. On ne s'attend pas à voir quelqu'un de jeune et en bonne santé mourir comme ça.

— Vous n'avez aucune raison de penser que sa mort puisse être autre chose qu'un accident ?

— Que voulez-vous dire ? Bien sûr que non. On m'a toujours parlé d'un accident. Si vous savez autre chose, dites-le-moi. C'était mon petit ami, merde. J'ai le droit de savoir.

— La cause exacte du décès n'a pas encore été établie, Jacqueline. Et il s'agit clairement d'une mort peu ordinaire, c'est pourquoi nous devons mener une enquête approfondie. Par ailleurs, il semble que Max ait été impliqué dans une autre affaire en cours d'investigation. Vous a-t-il parlé de cet incendie dans les collines, il y a environ deux semaines ?

— Pas vraiment. Les gens en parlaient à la cave, et au bar, le soir. Ils étaient presque tous d'accord, il me semble. Enfin, disons qu'ils applaudissaient celui qui a fait brûler les OGM. Ce ne sont pas des cultures très populaires, par ici.

— Max n'a jamais parlé d'OGM avec vous ?

— Bien sûr que si. Quand les gens en discutaient au bar, il était contre. Il avait la fibre écolo, les vins bio...

Elle sourit et, pour la première fois, Bruno sentit chez elle une émotion sincère.

Il se leva, sans lui sourire en retour.

— Je suis désolé pour toutes ces questions, mais c'est mon travail. Je vais taper votre témoignage, et vous pourrez le corriger avant de signer. Je dois vous avertir qu'au regard de la loi française, une déclaration signée engage votre responsabilité. Si elle comportait des mensonges ou des erreurs intentionnelles, vous pourriez encourir une peine de prison ou d'autres conséquences graves.

Il se tourna comme pour s'en aller.

— Oh, une dernière petite chose. Puis-je voir votre passeport ?

Elle fouilla dans son sac et le lui tendit. Il l'ouvrit pour vérifier la photo en première page, puis ressortit son calepin pour noter rapidement les renseignements – date et lieu de naissance, numéro de passeport, personne à prévenir, et date d'entrée sur le territoire français, le 15 août. Il le lui rendit.

— Avec mes condoléances, Jacqueline, pour la mort de votre petit ami. Nous aurons peut-être besoin de vous entendre comme témoin pour les besoins de l'enquête. Je vous prie de ne pas quitter St-Denis sans m'en informer.

34

Bruno ne reconnaissait personne dans l'unité mobile garée dans la cour de Cresseil, mais un jeune homme prématurément chauve se présenta à lui. C'était Yves, un des hommes de JJ, qui lui réclama son portable hors d'usage.

— JJ est parti au Manoir voir le jeune Américain, expliqua-t-il. Mais il m'a chargé de vous donner un nouveau portable. Pour avoir rondement mené l'enquête sur l'incendie criminel, m'a-t-il dit.

Bruno lui remit son téléphone et celui de Max. Yves brancha une série de fils sur les deux appareils, puis en attrapa un neuf sur une étagère. Il connecta ensuite les trois portables à son ordinateur, et ses doigts se mirent à danser sur le clavier.

— Vous avez reçu plein d'appels, dit-il. Le téléphone est foutu mais la mémoire a tenu le coup. Et celui-là, il est à vous ?

— Non, c'est le portable du défunt. Je m'en suis servi en remplacement du mien, mais je me suis dit que vous pourriez essayer d'en tirer des informations.

— Merci, je m'en occupe. Du nouveau, après votre entrevue avec la copine ?

— Je ne suis pas sûr de la croire, mais nous n'avons rien de tangible pour l'instant. Elle aurait fait l'amour avec lui après la bagarre dans le bar, puis serait rentrée chez elle, mais sa propriétaire, qui habite sur place, est quasi certaine que la fille est rentrée deux heures plus tard. Peut-être que l'intermède romantique a duré plus longtemps qu'elle le pensait.

— Ça se peut. Le temps passe plus vite quand on s'amuse. Tenez, voilà votre portable, avec tous vos contacts et vos messages, et les compliments de la police nationale. Appelez-moi si vous avez besoin de quelque chose.

Yves disparut à l'intérieur de l'unité mobile, et Bruno commença à écouter ses messages et rappeler ses correspondants. Il vit qu'il avait un appel de Jacques, son collègue de la commune voisine, en aval, et le rappela. Un chien blanc avait été retrouvé sur la berge dans l'après-midi. Passant la tête dans la caravane, il dit à Yves :

— Si JJ revient, je suis parti vérifier une piste, il s'agit du chien de Cresseil.

Jacques l'attendait au pied du pont coudé, à la confluence de la Vézère et de la Dordogne, un coin que Bruno connaissait bien. C'était l'un des plus beaux terrains de rugby de la vallée, un site qui rapportait généralement trois points à l'équipe locale, car les joueurs invités se laissaient distraire par le cadre enchanteur formé par le joli pont, le méandre de la rivière et le château perché là-haut. Ils se serrèrent la main et Jacques déclara sèchement :

— C'est pas joli à voir.

— C'est rarement joli, un cadavre, après un séjour dans l'eau.

— Je ne parle pas de ça. Attends de voir.

Précédant Bruno, il traversa un espace enherbé puis un terrain planté d'arbres et équipé de tables de pique-nique. Les guérites de location de canoës étaient encore ouvertes pour la fin de saison. Une odeur de viande grillée s'échappait des barbecues de deux familles. Au-delà commençait la plage de galets qui descendait vers les bas-fonds où la rivière s'incurvait paresseusement. Porcelaine gisait sur les galets, pas encore tuméfié par la mort ou son séjour dans l'eau, mais sa belle tête de chien avait été écrabouillée pour n'être plus qu'une masse informe, hideuse. L'eau avait nettoyé le sang, mais la peau du crâne était transpercée d'os brisés.

— C'est ignoble de faire ça à un chien, dit Jacques.

— Il était vieux, mais c'était un excellent chien de chasse, en son temps, ajouta Bruno.

Il s'agenouilla pour regarder l'animal de plus près. Le crâne avait été défoncé sur une large zone, sous les coups d'un objet beaucoup plus gros qu'un gourdin, probablement une grosse pierre.

— Tu crois qu'il a mis combien de temps pour dériver depuis St-Denis ?

— C'est surtout des chats qui nous arrivent ici. Ça peut prendre entre douze heures et plusieurs jours, en fonction du courant, ou si l'animal se coince dans les roseaux. Parfois les brochets se servent au passage. Les cadavres sont généralement rejetés sur cette rive, à cause du courant dans le méandre qui les ramène vers les bas-fonds. Que veux-tu que j'en fasse ?

— Je vais l'emporter, voir si les techniciens de la brigade criminelle peuvent trouver quelque chose. Et après, j'irai sans doute l'enterrer dans le jardin de Cresseil. C'était un bon chien, le vieux était très attaché à lui. Je peux descendre jusqu'ici avec ma fourgonnette ou je vais chercher une bâche pour qu'on le remonte ensemble ?

— Plus facile de le remonter, répondit Jacques. Je me suis dit que tu voudrais l'embarquer et j'ai prévu une bâche. C'est un indice important, alors ?

— Très important. Maintenant, je suis sûr que nous avons un meurtre sur les bras. Tu as déjà lu Sherlock Holmes ?

Bruno gara sa fourgonnette près de l'unité mobile, ouvrit le coffre et prit dans ses bras le cadavre du chien enveloppé dans la bâche. Le brigadier et JJ se turent quand il déposa doucement son paquet aux pieds de JJ, avant de déplier la toile pour révéler la tête en bouillie de l'animal.

— Un des meilleurs chiens de chasse de la vallée, déclara Bruno. Voilà le chien qui n'a pas aboyé. À moins que ce ne soit le contraire. Peut-être que tes gars peuvent faire parler ses os. Quelqu'un, presque certainement l'assassin, a tué ce chien la nuit où Cresseil est mort, puis l'a balancé dans la rivière. Il a été rejeté sur la rive aujourd'hui.

— La mort de ce chien vous met davantage en colère que l'incendie, remarqua le brigadier. Eh bien, je vais vous laisser à votre nouvelle enquête. J'étais juste venu vous présenter mes félicitations et vous remercier d'avoir résolu cette affaire d'incendie criminel. L'ordinateur portable que vous nous avez remis et les éclats de peinture prélevés sur les pneus confirment bien que ce garçon était le coupable, et qu'il a agi seul. Pas de gros complot, mais beaucoup de retombées. Vous n'aurez pas encore vu *Le Monde* d'aujourd'hui, mais j'ai reçu un mail. Ils ont publié un grand article sur *Agricolae*, ce groupe qui ne respecte aucune règle en matière de plantations d'OGM, et dont personne ne sait à qui il appartient. Ce serait une holding enregistrée au Luxembourg, c'est là que la piste s'arrête pour le moment. Isabelle est déjà partie là-bas pour un jour ou deux, avec deux autres membres de mon équipe. Mais je ne serais pas surpris de voir émerger une liste d'actionnaires un jour ou l'autre. Et je le serais moins encore d'y voir figurer certains noms, gendre ou cousin de quelques-uns de nos hommes politiques.

— Cela va être un problème pour vous ? demanda JJ.

Le brigadier haussa les épaules.

— Ministres et politiciens vont et viennent, mais nous sommes là pour durer. Ils m'ont donné une affaire à résoudre. Grâce à vous deux, elle est résolue. Tout le mérite vous en reviendra dans mon rapport. Au fait, j'ai laissé tous les ordinateurs dans l'unité mobile. Nous en avons tiré tout ce qui nous était utile, vous pouvez les rendre à leurs propriétaires. Et je voulais aussi vous remercier de façon plus personnelle.

Il se dirigea vers sa grosse voiture noire et en rapporta une bouteille et trois petits verres doseurs qu'il avait pris dans le mini-bar intégré dans le dossier du siège avant.

— Un collègue britannique m'a fait goûter cela quand j'étais à Londres en stage de coopération. Du Balvenie, un de leurs whiskies d'exception. Quand je me suis arrêté tout à l'heure dans votre fameuse cave, j'ai vu qu'ils en avaient, et il m'a paru juste de partager avec vous.

Il remplit les verres, leva le sien à JJ et Bruno, puis les trois hommes trempèrent leurs lèvres.

— Ça me rappelle la fumée et la mer, dit Bruno. Parfait pour l'hiver, et pour trinquer à la mémoire d'un bon chien de chasse.

— Si jamais vous avez besoin d'un service des R.G., voici ma carte, avec ma ligne directe et mon adresse mail. Et si un jour il vous vient l'envie de changer de rythme et de quitter cette charmante petite vallée qui est la vôtre, Bruno, nous avons toujours une place à offrir à un bon élément.

— Vous n'êtes pas le premier à essayer de le débaucher, dit JJ. Pas la peine, il ne viendra pas.

Probablement pas, songea Bruno. Mais la proposition d'Isabelle de venir à Paris en deviendrait envisageable. Peut-être était-ce elle qui avait mis l'idée dans la tête du brigadier. Il n'en serait pas très surpris. Mais si Isabelle croyait qu'il accepterait un jour de travailler pour cet obscur service, elle le connaissait très mal.

— Du nouveau sur le meurtre ? demanda Bruno.

— Les gars ont trouvé des empreintes impossibles à identifier sur un des verres de la cuisine, répondit JJ. Et il s'agit bien de mèches de cheveux sous les ongles de Max, pas de poils pubiens. Si jamais nous mettons la main sur un suspect, il faudra une analyse d'ADN. L'Américain est toujours au Manoir. Il est rentré d'un voyage à Nevers, prétendument pour trouver du bois de chêne pour les barriques. Nous avons vérifié, c'est bien exact. Il dit qu'il est allé directement se coucher cette nuit-là, après la bagarre, et s'est levé pour partir à Bordeaux, où il avait une réunion avec un négociant en vins. Ça aussi, ça a été vérifié. Le personnel de l'hôtel l'a réveillé à six heures avec un café, et il avait quitté les lieux à six heures vingt. Il a spontanément proposé qu'on prenne ses empreintes digitales, ce qui me fait penser que ce n'est pas notre homme.

— Est-ce que tu as vérifié s'il avait la clé de l'hôtel ? demanda Bruno. Il aurait pu entrer et sortir pendant la nuit sans alerter le personnel.

— Oui, il a une clé. Un très bon client, me disent-ils. Bordélique mais généreux avec les pourboires.

— Eh bien, bonne chance avec votre nouvelle affaire, j'espère vous revoir un jour tous les deux dans des circonstances plus agréables, dit le brigadier en leur serrant la main avant de rejoindre sa voiture. Appelez-moi, si vous venez à Paris. Vous êtes tous mordus de rugby par ici, je sais, je ferai mon possible pour vous obtenir des billets pour le prochain tournoi international. (Il prit place sur le siège arrière, puis baissa la vitre.) Et allez voir dans l'unité mobile, dans la mallette contenant les preuves. Vous trouverez deux bouteilles de Balvenie, une pour chacun, avec mes remerciements.

Comme la voiture du brigadier s'éloignait, JJ dit :

— J'espère que tu n'es pas tenté par sa proposition. Les R.G. sont assez dangereux comme ça sans que tu rejoignes leurs rangs. En plus, tu ébranlerais ma foi dans la nature humaine. Si tu partais d'ici, comment pourrais-je continuer à rêver que je vais renoncer à toute cette merde pour savourer la paisible petite vie d'un flic de campagne chargé d'enquêter sur les voleurs de pommes et les tueurs de chiens ?

— Incroyable de voir jusqu'où la mort d'un chien peut t'entraîner, ici dans cette paisible petite campagne, remarqua Bruno en consultant sa montre. Tu as juste le temps de passer à l'hôtel pour te rafraîchir. Nous sommes invités à dîner chez une charmante dame qui pense que nous avons besoin d'un bon repas cuisiné par ses soins, après notre dure journée de labeur.

— Je me demandais qui tu fréquentais depuis que ma séduisante inspectrice est partie à Paris.

— Je ne fréquente personne, répondit Bruno avec un sourire. Je suis juste un vieux romantique meurtri qui soigne un cœur brisé.

— On peut prendre ma voiture, ou c'est encore un de ces petits chemins de campagne qui bousillent joyeusement ma suspension ?

— La vieille Citroën de la dame monte et descend sans problème, et ma fourgonnette l'emprunte sans difficulté.

— Bon, on prendra ta fourgonnette, sauf si tu comptes rester la nuit et qu'il nous faut deux voitures.

— Une seule suffira.

— Entendu, tu me parleras de notre hôtesse en route. Est-ce qu'on a le temps de lui acheter des fleurs ?

— Elle en a plein son jardin et j'ai déjà le vin. Tu pourrais toujours lui offrir ta bouteille de whisky.

— Un petit conseil, mon jeune Bruno, de la part d'un homme plus âgé et plus sage qui a connu de longues années de mariage, dit JJ en posant un bras protecteur sur les épaules de Bruno. N'habitue jamais les femmes aux cadeaux de luxe. Il ne faut pas les gâter.

— Surtout si tu as envie de garder le whisky pour toi, répliqua Bruno.

Le portable de JJ sonna au moment où ils montaient dans la fourgonnette ; l'instant d'après, JJ fit un geste pour empêcher Bruno de tirer sur le starter. Toujours à l'écoute, il ne quittait pas Bruno des yeux puis il dit :

— Va le chercher et emmène-le à la gendarmerie. Je l'interrogerai sur place, en cellule.

Il referma son portable.

— Pas de dîner pour nous. Tu ferais bien d'appeler ton amie pour la prévenir. Ne traînons pas. Tu te souviens, je t'avais dit qu'on avait pris les empreintes digitales de l'Américain par simple routine ? On a trouvé la trace de son pouce sur l'un des verres qui traînaient dans l'évier, chez Cresseil.

35

Le capitaine Duroc les avait gâtés. Il avait apporté une petite table et deux chaises à dos droit dans l'une des cellules exiguës du sous-sol, et jeté une couverture pleine de taches sur le vieux matelas en crin de cheval posé sur le cadre de lit métallique. Bruno était adossé contre la porte en fer, JJ était assis à la table, en face de Bondino. La cellule empestait la sueur rance et le tabac brun, avec un vague relent de désinfectant impuissant à vaincre des décennies de dégueulis d'ivrognes. C'était un endroit particulièrement déplaisant pour un homme aussi accoutumé au luxe que l'était Bondino. Vêtu d'une chemise en soie de couleur crème, à demi déboutonnée sur son torse grassouillet pour révéler deux chaînes en or garnies de médailles, il portait ses habituels mocassins en cuir fin et une veste de cuir, également de couleur noire. Contrairement à son habitude, il ne se tenait pas vautré, mais bras et jambes serrés comme s'il craignait d'être contaminé par la crasse de la cellule. Pourtant, son visage était calme et son regard droit.

— Nous savons que vous mentez. Nous pouvons prouver que vous étiez dans cette maison, dit JJ. Les empreintes digitales en attestent.

Bondino secoua la tête.

— Je ne suis allé qu'une seule fois dans cette ferme, avec Dupuy. Je ne suis jamais rentré à l'intérieur. Je n'ai jamais bu de vin ou quoi que ce soit d'autre. Il y était, lui, dit-il avec un signe de tête en direction de Bruno. Il m'a vu partir. J'exige un avocat, je veux prévenir l'ambassade américaine.

— Nous sommes en France, pas aux États-Unis. Vous êtes en garde à vue. Ça veut dire que vous répondez à mes questions jusqu'à votre mise en examen ou jusqu'à ce que je sois satisfait de vos réponses. Alors, on reprend tout depuis le début. Je vous ai vu de mes propres yeux vous bagarrer avec un jeune Français à propos d'une fille. J'ai vu le gars qui saignait. J'ai vu le propriétaire du bar, dont vous aviez cassé la vitre, vous retenir. J'ai vu votre rival partir avec la fille que vous estimiez être à vous. Ce n'était pas une banale altercation. C'était une attaque personnelle, et c'était vindicatif. Vous êtes entré, vous l'avez frappé, le type est retrouvé mort le lendemain, et vous me dites que vous n'avez rien à voir là-dedans ?

— Je ne sais rien de tout ça. Je veux prévenir mon ambassade.

— Ce qui me perturbe le plus dans cette histoire, c'est ce qui vous a poussé à tuer ce vieux chien, poursuivit JJ.

Il parlait sans vraiment s'adresser à lui, mais sa remarque provoqua une réaction. Bondino se mit à secouer farouchement la tête.

— Nous avons trouvé la pierre qui vous a servi d'arme, avec des traces de sang de la pauvre bête. Nous allons aussi retrouver vos empreintes là-dessus.

— Je n'ai jamais tué de chien. Je ne pourrais jamais faire ça, s'emporta Bondino. J'aime les chiens, je veux prévenir mon ambassade, ajouta-t-il avec un nouveau signe de tête vers Bruno. Lui sait que j'aime les chiens.

Bruno en profita pour intervenir.

— Vous n'avez pas à avoir honte. Vous vous êtes bagarré pour une fille. Ça arrive tout le temps. On comprend ça, nous, en France.

Bruno parlait sur un ton presque amical. Il avait déjà joué au duo flic dur – flic tendre avec JJ.

— Ça s'appelle un crime passionnel et nous avons une législation spéciale pour traiter de ce genre de cas. On ne les punit pas aussi sévèrement, le saviez-vous ? Un type rentre de la chasse et trouve sa femme au lit avec un autre. Pan ! Pan ! Il leur fait la peau en vidant son arme. Crime passionnel, il ressort libre. Et c'est bien ce qui s'est passé ici, un crime passionnel, un déchaînement de jalousie contre ce rival qui vous a volé votre petite amie. Nous sommes entre hommes ici, nous comprenons ces choses-là. C'est bien ainsi que ça s'est passé ?

— Je ne dirai rien de plus avant de parler à mon ambassade.

Bondino se redressa en regardant Bruno d'un air qui se voulait plus assuré que provocateur. Peut-être était-ce l'attitude d'un jeune homme riche et privilégié, qui savait pouvoir compter sur des avocats grassement payés et des relations politiques. Pourtant, c'était le genre de coquille protectrice qui ne durait généralement pas longtemps en interrogatoire, et Bruno sentit grandir sa curiosité. On voyait rarement des gens aussi calmes que Bondino dans une cellule de police.

— Vous pouvez parler au président des États-Unis si ça vous chante, mais lui non plus ne pourra pas expliquer comment on a pu trouver vos empreintes digitales dans cette ferme, déclara Bruno.

— Je n'ai rien à dire de plus.

Cette fois, Bondino adressa à Bruno un signe de tête quasi désinvolte. Le jeune homme se maîtrisait parfaitement. Peut-être était-ce une particularité américaine, une arrogance nationale, ou encore une confiance inspirée par les cours sur les droits inaliénables de tout citoyen.

— Votre corps, lui, a des choses à dire, tout comme vos empreintes digitales, dit JJ en se penchant vers son porte-documents pour en tirer un sachet plastique qu'il tint contre les cheveux de Bondino. Ça me semble concorder, reprit-il. Nous avons trouvé ces cheveux sous les ongles de la victime. Ça m'a tout l'air d'être les vôtres, et ils vont vous accuser de meurtre.

— Ça ne peut pas être les miens, répondit Bondino avec flegme. Il ne m'a même pas touché quand nous nous sommes bagarrés dans le bar. Je l'ai frappé, il est tombé et le barman m'a envoyé valdinguer dans la vitre. Il doit y avoir erreur.

— Nous n'avons pas encore porté la main sur vous, ni touché un seul de vos cheveux, alors n'allez surtout pas imaginer que nous les avons mis là pour vous incriminer. Mais il y a un moyen facile de régler ça, même si ça signifie que vous allez profiter de ma compagnie dans les jours à venir.

JJ se tourna vers Bruno.

— Fais descendre deux gendarmes pour immobiliser le détenu pendant que nous prélevons une mèche de cheveux et un échantillon de salive. (Se tournant vers Bondino :) Vous pensiez sans doute que nous autres, petits Français, ignorions tout des prélèvements d'ADN ? Vous allez déchanter.

— Vous n'avez aucun droit d'agir ainsi sans me laisser contacter mon ambassade.

— Nous sommes en France, dans une gendarmerie française, sous la loi française, et je fais ce que je veux, bordel ! s'écria JJ, visiblement plus énervé que Bondino.

Bruno entendit la voix menaçante de JJ résonner dans les cellules alors qu'il montait l'escalier, soulagé d'échapper à cette atmosphère et, plus encore, d'avoir l'occasion de passer quelques coups de téléphone indispensables. Il demanda à Jules, à l'accueil, d'envoyer deux gendarmes avec un kit de prélèvement d'ADN, puis il sortit dans la fraîcheur du soir et ouvrit son portable.

— Monsieur le maire ? C'est Bruno. Nous avons un gros problème. Bondino vient d'être arrêté, soupçonné du meurtre de Max. Ses empreintes digitales ont été trouvées chez Cresseil. Il est actuellement en garde à vue à la gendarmerie, en interrogatoire. Il réclame un avocat et veut contacter l'ambassade des États-Unis. Si nous voulons sauver le projet Bondino du naufrage, nous ferions bien de lui trouver un avocat et de prévenir l'ambassade.

— C'est lui le coupable ? Combien de temps pouvons-nous le garder en détention ?

Le maire exigeait de savoir.

– J'ignore si c'est lui, mais il y a de fortes présomptions. Il nie avoir été chez Cresseil, mais les empreintes prouvent le contraire. Les prélèvements d'ADN vont peut-être le confondre, mais cela prendra quelques jours. Il peut rester trois jours en garde à vue sans mise en examen, mais ensuite il passera devant un juge d'instruction et pourra être défendu par un avocat. Toutefois, en faisant suffisamment pression, nous pouvons probablement lui obtenir la visite d'un avocat avant ce délai. Je pourrais appeler Dupuy et lui demander d'intervenir. Il peut contacter l'ambassade... Non, monsieur, attendez et ne m'interrompez pas, s'il vous plaît. Voilà ce que nous pouvons faire, mais nous devons décider si c'est une bonne chose d'intercéder de cette façon. Les preuves qui pèsent contre lui sont assez lourdes et, si vous voulez mon avis, sa détention signe à elle seule l'arrêt de mort du projet Bondino, même s'il s'avère finalement innocent.

– Où êtes-vous en ce moment, Bruno ?

– Devant la gendarmerie, où Bondino est en cellule, en train d'être interrogé.

– Avez-vous le temps de me voir ?

– Si on fait vite.

– Je serai là dans cinq minutes. Mettons trois. Retrouvez-moi au bar des rugbymen.

Bruno rentra dans la gendarmerie pour indiquer au sergent à l'accueil que, si JJ avait besoin de lui, il avait dû voir le maire pour régler un dossier local. Le vieux Jules haussa les épaules, et Bruno fila vers le Bar des Amateurs. Une grande feuille de contreplaqué recouvrait encore la vitre cassée. Il choisit une table dehors, loin de la seule autre table occupée. Sa pression arriva au moment où la Citroën DS du Baron se garait devant le bar, et ce dernier en sortit avec le maire. Bruno n'en fut pas étonné. Les deux hommes étaient amis depuis l'école primaire.

— Bonsoir, Bruno, dit le Baron en lui serrant la main. Je dînais avec le maire, il a voulu que je l'accompagne.

— Nous n'étions pas juste en train de dîner, nous avions un projet à l'étude, précisa le maire en se frottant les mains.

Bruno connaissait bien ce geste, ses antennes se mirent à vibrer. Le maire manigançait quelque chose. Lui qui s'était attendu à trouver son patron désespéré par la perte probable du projet Bondino !

— Votre remarque de l'autre jour, sur ce projet de vignoble susceptible d'intéresser d'autres hommes d'affaires, m'a donné matière à réflexion, expliqua le maire. Alors, avec le Baron, nous nous sommes penchés sur la question, et nous allons peut-être pouvoir faire aboutir une version plus modeste de ce projet, même si Bondino se retire.

— Je ne le vois pas disposé à poursuivre avec St-Denis après cette histoire, remarqua Bruno. Quand je suis sorti de la cellule, ils s'apprêtaient à l'immobiliser pour prélever des échantillons de son ADN, de force.

— Est-ce lui, le coupable ? demanda le Baron.

— Je ne sais pas. C'est possible. Ses empreintes digitales montrent qu'il a menti quand il affirme qu'il n'était pas là. C'est un jeune insolent, il croit pouvoir tout régler avec son argent. Mais je ne le vois pas vraiment agir ainsi. Ce n'est pas un grand gaillard, et il n'est pas en bonne condition physique. Max était plus grand, plus fort, et au mieux de sa forme. Vous l'avez vu jouer au rugby, c'était un coriace. Je ne crois pas que Bondino aurait eu les couilles de s'attaquer à lui, et pourtant c'est exactement ce qu'il a fait un soir, ici même. C'est comme ça que la vitre a été cassée. S'il a pris Max par surprise, ou s'il l'a trouvé évanoui dans la cuve, alors c'est possible.

— Si nous laissions simplement la justice suivre son cours, non ? demanda le maire.

— Il peut rester en détention jusqu'à ce que JJ fasse appel au juge d'instruction, et les médias n'auront pas eu vent de l'affaire avant, sans doute. Les empreintes digitales sont une preuve suffisante pour que le magistrat le maintienne en détention, au moins jusqu'au résultat des prélèvements. Sauf que d'ici là, nous aurons un incident international sur les bras, et la moitié de la presse étrangère postée ici, devant le bar. Un cadavre découvert dans une cuve de vin – le fils d'un magnat des vins américains arrêté pour meurtre. Vous imaginez les titres en une.

— Est-ce qu'ils le garderaient ici tout le temps ? demanda le maire.

— Plus probable qu'ils le transfèrent à Périgueux. Mais les télévisions vont quand même rappliquer chez nous pour filmer la cuve, recueillir les photos de Max sur le terrain de rugby, et interviewer Jacqueline quand ils entendront parler de la bagarre. Mais bon, c'est Périgueux qui serait le pôle d'attraction. Et plus vite Dupuy et l'ambassade pourront intervenir, plus vite il sera transféré et les avocats prévenus.

— Décision prise, déclara le maire. Appelle Dupuy. Et moi, je contacte un type que je connais au quai d'Orsay.

Le Baron se leva.

— Je vais voir Julien au Domaine pour fixer une réunion demain matin. Ce serait bien que Bruno soit présent, je pense, tout comme Xavier, Hubert et le directeur de la banque. Je viendrai peut-être avec une ou deux autres personnes. Dix heures demain au Domaine, Bruno. Voyons ce qu'on peut sauver dans ce gâchis.

Sitôt le Baron remonté en voiture, Bruno et le maire s'activèrent sur leurs portables. Bruno venait juste de joindre Dupuy, qui devait être au restaurant à en juger par l'ambiance, quand il vit JJ franchir la porte de la gendarmerie et se camper, mains sur les hanches, pour lancer un regard incendiaire dans sa direction. Bruno leva la main en signe d'apaisement en voyant JJ marcher droit sur lui, et se hâta de parler.

— Monsieur Dupuy, ici Bruno Courrèges, chef de la police municipale de St-Denis. Bondino a été arrêté, soupçonné de meurtre. Il est en garde à vue à la gendarmerie locale. Vous devez prévenir son ambassade et lui trouver un avocat au plus vite. L'officier chargé de l'arrestation est le commissaire Jalipeau, de la police nationale de Périgueux. Je vous rappelle dès que je peux.

Il ferma le clapet de son téléphone et se leva. JJ fulminait par tous les pores, plus furibond que Bruno ne l'avait jamais vu.

— Si tu fourres ton nez dans mon affaire, tu vas te retrouver dans cette foutue cellule, Bruno, je te préviens.

Il parlait si fort que les clients du bar passèrent la tête dehors pour voir la scène en terrasse. Le maire se retourna en agitant le doigt vers JJ, fit « Chuuut », puis reprit sa conversation téléphonique.

— Ton suspect est totalement dans son droit quand il refuse de te répondre avant d'avoir été autorisé à contacter son ambassade et prendre conseil auprès d'un avocat, expliqua Bruno à voix basse. C'est la loi.

— Ne me parle pas de la loi, hurla JJ. La loi, c'est ma vie. Je suis la loi. Et quel genre de flic tu crois être ?

— Un flic qui respecte les règles. Tu les connais aussi bien que moi.

— Putain, Bruno. J'ai un meurtrier là-dedans.

— Non, c'est faux. Tu as un suspect. Et maintenant, tu as crié ta présomption sur tous les toits. Tu n'es pas capable de te contrôler, JJ ? Ce n'est pas une conversation à avoir sur le trottoir.

— Putain de merde, Bruno, tu es censé être du côté de la loi, répliqua JJ, un peu moins fort cette fois. Il faut croire que ton St-Denis passe avant tout, une fois de plus. Eh bien, ça me dépasse, parce que c'est un de tes petits gars qui a été tué, et toi, tu cherches à protéger un gros plein de soupe d'étranger qui l'a assassiné.

— Oh, assieds-toi et prends un verre, JJ. Et dis bonjour à mon patron.

Bruno venait de remarquer que le maire avait juste raccroché, il était soulagé de changer de sujet.

— Monsieur le maire, marmonna JJ, contraint d'échanger une poignée de main et de se soumettre au protocole dicté par l'occasion.

— Bien, je suis heureux de ne plus vous entendre crier, JJ. J'ai cru un instant que vous alliez avoir une crise cardiaque, cela aurait été très embarrassant pour

St-Denis et très triste pour vous, sans parler de l'immense perte pour la police nationale, dit le maire.

Il gardait la main de JJ dans la sienne et la secouait lentement, sans s'arrêter, tout en remplissant délibérément l'air de paroles. Bruno s'aperçut que la colère de JJ se diluait dans chaque phrase lénifiante.

— C'est un plaisir de vous revoir, JJ. Je me souviens de l'excellent travail d'équipe que vous avait fait avec Bruno, sur ce cambriolage de banque que nous avons eu, et aussi sur la mort de ce pauvre Arabe. J'ai toujours pensé que vous représentiez tous les deux un modèle des bonnes relations qui devraient exister ici, dans ce petit coin du monde, entre les différents représentants de la loi. Allez, faites ce que Bruno vous demande, asseyez-vous et prenons un verre ensemble. Un cognac, pour moi. Et pour vous, JJ ?

JJ regarda le maire, qui n'avait pas lâché sa main, regarda Bruno qui le considérait, tout sourire, d'un air innocent, décocha un regard assassin au petit groupe de spectateurs debout à l'entrée du bar, poussa un énorme soupir et s'assit.

— Un scotch, dit-il avant de lever la tête vers le ciel du soir. Trente-six mille cinq cent soixante-cinq communes en France. Pourquoi faut-il que je retombe toujours sur celle-là ?

— Parce que c'est ici que tu es le mieux accueilli, répondit Bruno sur le pas de la porte, d'où il lança au barman : Un cognac pour le maire et deux grands Glenfiddich de derrière les fagots. Maintenant que tu es ici, poursuivit-il en rejoignant la table, laisse-moi t'expliquer pourquoi ce serait une bonne idée de libérer Bondino pour la nuit et de le laisser dormir dans son hôtel, à deux pas d'ici. Il ne pourra pas s'en aller. Tu as son passeport, tu peux confisquer ses clés de voiture et son portefeuille, et je peux rester avec lui dans sa suite, si tu le souhaites.

— Va falloir me convaincre, répondit JJ comme René apportait la commande.

— Ton gros problème, c'est que tu n'as toujours pas reçu de rapport formel du médecin légiste certifiant qu'il y a eu meurtre. Tant que tu n'as pas ça, tu n'as pas de crime. C'est la première chose que le juge d'instruction va vouloir voir, et dès que Bondino va mettre un avocat de haut vol sur cette affaire, c'est la première chose qu'il va exiger.

— Je l'aurai demain, répondit JJ.

— Même si c'est le cas, le premier avocat digne de ce nom déposerait plainte contre toi pour l'avoir détenu toute une nuit sans ce certificat. Laisse-le sortir sous ma garde et tu es couvert.

JJ trempa les lèvres dans son verre d'un air pensif et Bruno força son avantage.

— Écoute, JJ, l'affaire n'a pas encore été confiée à un juge d'instruction, et à ce stade, c'est ta tête sur le billot, et seulement la tienne. Si le juge décide de le maintenir en détention, ce n'est plus ta responsabilité. Et tu peux toujours interroger Bondino demain toute la journée, si tu veux.

— Bruno a raison, reprit le maire.

Un long silence suivit, pendant que JJ sirotait son whisky.

— Si je le place sous ta garde et que tu signes le récépissé, ce sera la tienne, de tête, s'il se fait la belle.

— Et la mienne, ajouta le maire. Bruno travaille pour moi et il a mon autorisation.

— D'accord, dit JJ en hochant la tête. Je le veux de retour à la gendarmerie à huit heures pile demain matin, et je le ferai transférer au QG de Périgueux.

— Vous aurez sans doute la visite de l'ambassadeur américain et d'une petite armée d'avocats bilingues dans votre bureau avant la fin de matinée, ajouta le maire, en glissant un billet sous son verre pour régler l'addition.

— Allons-y, sortons-le de là, dit Bruno en finissant son verre avant de se lever.

36

Les épaules voûtées et le regard vide, Bondino gardait le silence en montant l'escalier de la gendarmerie derrière Bruno. Quand ce dernier ouvrit la portière de sa fourgonnette et lui fit signe de s'asseoir sur le siège passager, il eut l'air très surpris, mais s'exécuta. Au moment où Bruno démarrait, Bondino demanda : « Où allons-nous ? » et Bruno répondit simplement : « Chez moi. Une fois de plus. » L'Américain retomba alors dans le silence, les yeux rivés sur le ruban noir de la route qui s'étirait devant eux. Les troncs d'arbres défilaient, s'illuminant et s'évanouissant tour à tour dans la lumière jaune des phares, qui éclairèrent bientôt le raidillon cahoteux jusqu'à sa maison.

Gitan les accueillit d'un unique aboiement, renifla le pantalon de Bondino en cherchant sans doute à déchiffrer le riche mélange d'odeurs rapportées de la cellule, puis l'animal donna un coup de langue amical sur l'oreille de l'homme qui s'agenouillait pour le caresser. L'Américain trouva presque aussitôt les endroits préférés de Gigi, les deux creux de part et d'autre de l'échine, et la partie du ventre qui déclenchait les battements d'extase de sa patte arrière. Bondino souriait en murmurant à voix basse, et Gitan sauta pour poser les pattes sur ses épaules. Il aimait les chiens, c'était évident, il savait s'y prendre avec eux, et les chiens l'aimaient. Bruno ne pouvait pas l'imaginer capable d'en tuer un.

— Ce soir, vous êtes sous ma garde. Vous pouvez choisir de dormir à l'hôtel ou ici. Mais je dois rester avec vous. Maintenant, il faut que je nourrisse mon chien.

Bondino et Gigi le suivirent dans la cuisine, où il sortit du réfrigérateur un reste de soupe qu'il réchauffa sur la cuisinière avant de le verser sur des biscuits écrasés. L'Américain posait un regard curieux sur les étagères de conserves maison, la tresse d'ail, la photo encadrée sur le mur où l'on voyait Bruno et Stéphane en tenue de chasseurs. Entre eux deux, la dépouille d'un chevreuil suspendue à une longue perche, avec Gitan assis fièrement aux pieds de Bruno, la tête inclinée sur le côté et la queue en l'air. Bruno remplit le bol du chien d'eau fraîche, puis montra la chambre d'ami à Bondino.

— Ici ou à l'hôtel ? lui demanda-t-il.

— Ici, répondit Bondino. J'aime bien votre chien. (Puis il ajouta :) Que se passe-t-il demain ?

— Demain, c'est encore la police et encore des questions. Maintenant, vous avez besoin de la salle de bains, dit-il en prenant une serviette propre dans l'armoire.

Lorsque l'Américain eut refermé la porte derrière lui, Bruno alla vérifier que ses fusils étaient bien sous clé et les munitions en sécurité dans leur coffret.

— Je vous offre à boire ? demanda-t-il quand Bondino ressortit, l'air beaucoup plus fringant. Café, thé, vin ?

— Vin, s'il vous plaît.

Bruno ouvrit l'un de ses pomerol sans étiquette et versa un verre pour chacun d'eux. Il s'assit dans son fauteuil, près de la cheminée, et Bondino prit place sur le canapé ; entre eux deux, la table basse où traînaient un petit manuel sur les amendements législatifs, que Bruno était censé étudier, un roman historique de Brigitte Le Varlet emprunté à la bibliothèque municipale et qui avait de loin sa préférence, et le dernier numéro du *Chasseur* avec la photo d'un cerf en couverture.

— Excellent bordeaux, dit Bondino. Merlot, très peu de cabernet. Un pomerol ?

Bruno hocha la tête, impressionné.

— Pourquoi tant de gentillesse envers moi ? demanda Bondino.

— Mon chien vous aime bien.

— Vous pensez que je suis un assassin ?

Bruno haussa les épaules.

— Je sais que vous pouvez être violent. Vous m'avez agressé quand vous aviez bu. Vous avez agressé Max dans le bar. Et il y a vos empreintes sur un verre retrouvé près du corps.

— Quelqu'un l'aura posé là exprès.

— Et Max et vous étiez rivaux, vous courtisiez la même femme, ajouta Bruno.

— Jacqueline est très belle. Elle me rend dingue. (Bondino sourit d'un air désabusé. Puis il leva son verre à Bruno en disant :) À l'amour !

Bruno hocha la tête, et but à son tour.

— La première fois que je l'ai vue, en Californie, ça m'a fait un choc là, dit Bondino en tapotant son cœur d'un air nostalgique.

— En Californie ? s'étonna Bruno, les sens soudain en alerte. Je croyais que vous vous étiez rencontrés ici, à St-Denis.

— Non, à l'université, elle étudiait avec un professeur que je connais. Ma famille a financé une chaire d'œnologie mondiale qui porte notre nom. J'étais venu me renseigner sur la France auprès de lui, pour savoir où il fallait aller si nous voulions investir. Jacqueline est entrée dans son bureau quand j'y étais. C'est la seule fois que je l'ai vue avant d'arriver ici, deux minutes, c'est tout, mais je ne l'ai pas oubliée.

— Et que vous a dit le professeur ?

— Qu'il y avait d'excellentes perspectives ici, en Dordogne, et qu'il fallait voir Hubert de Montignac et sa cave. Il nous a rédigé un rapport sur l'histoire et le potentiel viticole de cette vallée. C'est là que j'ai pris contact avec notre ambassade à Paris, et ils m'ont recommandé Dupuy. Il travaillait pour le président Mitterrand, à ce qu'il paraît, il a un carnet d'adresses bien rempli.

Bruno opina, trempa les lèvres dans son verre. Ainsi Jacqueline savait que Bondino allait venir à St-Denis, elle devait avoir une raison de faire ce voyage, elle aussi. Il avait besoin de savoir précisément quand elle s'était débrouillée pour obtenir une place chez Hubert.

— Vous avez quelqu'un dans votre vie ? Il n'y a pas de femme ici.

— Non, pas pour l'instant, répondit Bruno.

Il marqua une pause. Bondino le regardait, dans l'expectative. Bruno haussa les épaules.

— J'ai été très amoureux, dans le passé. Je le serai peut-être encore. Je l'espère.

— Moi aussi, dit Bondino en levant son verre.

C'était une drôle de conversation à avoir avec un homme soupçonné de meurtre. Bruno remplit de nouveau les verres, sortit son portable et rappela Dupuy.

— Chef de police Courrèges. Je vous appelle de chez moi, cette fois-ci, nous pouvons parler. Bondino est avec moi, sous ma garde personnelle, mais au moins il est sorti de cellule.

— Il n'a pas été officiellement mis en examen, alors ?

— Pas encore. La police reprend l'interrogatoire demain.

— Comment va-t-il, pas trop secoué ?

— Il va bien, il est en train de boire du vin et de caresser mon chien. Vous voulez lui parler ? (Bruno tendit son portable à Bondino et lui dit :) Pour vous, Dupuy.

Une longue conversation en anglais s'engagea alors, impossible à suivre pour Bruno, mais le regard de Bondino revenait sans cesse sur le policier pendant qu'il caressait le chien de sa main libre. Il repassa le téléphone à Bruno.

— Je ne peux pas assez vous remercier, commença Dupuy. Le père de Bondino prend l'avion pour Paris, depuis la Californie, puis une navette qui se posera à l'aéroport de Bergerac demain dans l'après-midi. J'irai le chercher là-bas avec maître Bloch, de Bordeaux, le meilleur avocat que j'aie pu trouver à cette heure.

L'ambassade envoie également quelqu'un. Nous viendrons directement à St-Denis.

— D'ici là, il sera probablement au commissariat de police, à Périgueux. C'est là qu'ils comptent le transférer.

— Puis-je vous demander pourquoi vous vous mouillez comme ça ?

— Je ne suis pas seul, le maire est avec moi. Par ailleurs, Bondino a le droit de contacter son ambassade et de voir un avocat. Et je ne mettrais pas un chien dans les cellules de cette gendarmerie.

— Je n'oublierai pas ce que vous faites, et veillerai à ce que les Bondino le comprennent aussi. Je vous appelle demain après avoir discuté avec l'avocat et le père du jeune homme. C'est bon comme ça ?

— Ça ira. On se rappelle.

Bruno raccrocha, remplit une nouvelle fois les verres, la bouteille n'était pas loin d'être vide.

— Demain, votre père et vos avocats seront avec vous.

— Grâce à vous.

— Avez-vous tué Max ?

— Non ! (Bondino secoua la tête :) Non.

Ils burent en silence, s'observant l'un l'autre, le chien confortablement couché entre eux, la tête sur le pied de son maître, l'arrière-train contre la jambe du jeune homme.

Mais si ce n'est pas lui, songeait Bruno, qui d'autre, alors ? Et qui a tué le chien de Cresseil ?

37

Juste après huit heures du matin, son prisonnier déposé en mains sûres à la gendarmerie, Bruno partit avec son chien faire une grande balade le long de la Vézère jusqu'au café Fauquet. En vue de la réunion au Domaine, il devait passer à la mairie prendre ses notes sur les prix des terrains et des vignobles, ainsi que son dossier sur le projet Bondino mais, pour l'instant, c'était l'heure de goûter le début d'une parfaite journée de septembre. Gitan adorait la rivière, il s'élançait dans les bas-fonds à la poursuite des canards pour en ressortir aussi vite, soulevait dans sa course des gerbes d'eau sous l'ombrage des saules inclinés, puis il se retournait pour voir si son maître admirait ses prouesses à leur juste valeur. Au sortir du méandre, passé le vieux manoir aujourd'hui converti en centre d'information touristique, Bruno eut sous les yeux le panorama préféré de sa ville : les trois arches du majestueux pont de pierre flanqué par la mairie et le clocher de l'église, et, en face de lui, les grandes marches de pierre qui montaient jusqu'à la place du marché. Il passa sous le pont pour saluer Pierrot, assis au pied de l'un des grands piliers, canne à pêche à la main, trois petites truites déjà au fond de son seau.

Gitan galopa devant puis s'immobilisa sur une petite butte, patte avant levée comme un pointer marquant l'arrêt, tête et queue dressées, les yeux rivés sur la courbe de la rivière où il avait flairé l'imminence de quelque chose. Les yeux plissés contre l'éclat aveuglant du soleil matinal qui miroitait sur l'eau, Bruno aperçut les silhouettes de deux cavalières en train d'avancer précautionneusement sur leurs montures dans les eaux basses de cette fin d'été. Le chien aboya et remonta la berge à fond de train pour les accueillir, Bruno à sa suite, jusqu'à ce que Pamela et Fabiola, arrivées à sa hauteur, sautent à terre pour lui dire bonjour.

— Quelle journée merveilleuse pour moi ! annonça aussitôt Fabiola. J'ai un cheval à monter et une maison où habiter. Je vais louer un des gîtes de Pamela jusqu'à la saison prochaine.

— Avec Jacqueline, ça fait trois jolies femmes ensemble sous le même toit. Vous allez avoir un défilé incessant d'admirateurs, dit Bruno en les embrassant tour à tour. Mais y aura-t-il un cheval de libre pour moi de temps en temps, pour que j'apprenne à monter ?

— Ne vous faites pas de souci pour ça. Vous pouvez prendre cette jument quand je travaille, répondit Fabiola en se penchant pour faire connaissance avec Gigi. Pamela m'a parlé de lui. J'ai du mal à croire que c'est un chien de chasse, avec ces drôles d'oreilles qui traînent par terre et des pattes aussi courtes. Comment peut-il courir assez vite ?

— Il n'en a pas besoin. Il lui suffit de suivre obstinément la piste toute la journée jusqu'à ce que sa proie soit épuisée.

— Il vous aide aussi à pister les criminels ?

Bruno secoua la tête avec un petit sourire.

— Jamais eu besoin, mais une fois, il a réussi à retrouver un petit garçon qui s'était éloigné du pique-nique familial et s'était égaré dans les bois.

— Viens faire connaissance avec les chevaux, dit Pamela. Cette jument baie s'appelle Bess, en souvenir de la Bonne Reine Bess[1], la grise de Fabiola s'appelle Victoria.

— Impossible de trouver plus facile à monter, elle est très patiente et a l'allure d'une souveraine, ajouta Fabiola. (Elle fouilla dans sa poche pour en tirer un sac de petites carottes et en donna une à Bruno.) Tenez, donnez-lui ça avec une petite tape sur l'encolure, pour qu'elle sache que vous êtes un ami. Elle se souviendra de vous.

— C'est la différence entre Fabiola et moi, sourit Pamela, en sortant des morceaux de sucre de sa poche. Elle est médecin, alors elle lui donne des choses saines tandis que moi, je lui donne ça. Tiens, donne un sucre à Bess, elle adore.

— Est-ce qu'elles aiment les pommes ? demanda Bruno en tendant une paume hésitante, au creux de laquelle trônait une carotte.

Victoria la ramassa délicatement du bout des lèvres, et il sentit seulement la tiédeur du souffle de la jument,

---

1. « Good Queen Bess », la Bonne Reine Bess, c'est ainsi que l'on nomme la reine Élizabeth Ire dans les comptines et chansons populaires. (N.d.T.)

et le contact très doux de ses naseaux. Puis il donna un sucre à Bess, en surveillant ses dents d'un œil méfiant.

— Elles adorent les pommes. Si tu leur en apportes, tu t'en feras des amies pour la vie.

— Au fait, j'ai des nouvelles pour vous, dit Fabiola. Le médecin légiste de Bergerac est un ami à moi, nous avons fait nos études ensemble à Marseille. Lui et moi sommes du même avis : le vieux Cresseil a eu une crise cardiaque qui l'aurait tué à coup sûr s'il ne s'était pas brisé la nuque avant. Il était agonisant quand il est tombé, et peut-être déjà mort.

— Peut-on en conclure qu'il est mort avant le jeune Max ?

— Seul le bon Dieu pourrait vous répondre. Ils sont morts à peu près en même temps, à environ une heure l'un de l'autre, la médecine ne peut pas en dire davantage, déclara Fabiola avec un haussement d'épaules. Nous sommes sûrs d'une chose, c'est que Max est mort par asphyxie, et pas par noyade. Il n'y avait pas de jus de raisin dans ses poumons.

— Et cette blessure au crâne ?

— Aucune fêlure, le choc n'a pas été assez fort et ne l'a donc probablement pas tué, mon ami de Bergerac cherche encore à en établir précisément l'heure. Avec le sang dilué dans la cuve, et toute l'eau pour nettoyer le corps, ce n'est pas facile de dire s'il a perdu beaucoup de sang. Mon ami a fait appel au médecin légiste en chef qui va procéder à sa propre autopsie plus tard, dans la journée. Mais nous sommes sûrs que Max n'a pas été frappé avec une arme. Les échardes de bois présentes dans la blessure proviennent de la cuve elle-même.

— Le médecin légiste n'a toujours pas rédigé de certificat de décès suspect, alors ?

— Pas encore. La question est délicate, la police exerce une grosse pression sur nous. Mon ami m'a dit que je ne sais quel commissaire appelait le service toutes les trois ou quatre heures, pour réclamer l'attestation. Ce sera peut-être pour cet après-midi. Il me préviendra.

— À cause de l'adoption, ce doit être important de savoir lequel des deux est mort le premier, je suppose, remarqua Pamela.

Bruno opina.

— S'il est avéré que Max est mort le premier, il y a des cousins qui pourraient hériter. Sinon, il pourrait y avoir litige. Ah, je voulais vous dire, la communauté organise une cérémonie pour Max ce soir, un genre de funérailles irlandaises. Il va y avoir beaucoup de monde, l'équipe de rugby, ses amis d'école. Voudriez-vous m'accompagner, toutes les deux ?

— Moi oui. J'ai assisté à son adoption et je me sens très concernée. Jacqueline ira aussi, j'imagine. Tu devrais venir, Fabiola. C'est l'occasion de rencontrer une bonne partie de la ville. Ce ne sont pas tous des malades imaginaires.

— Dans quel gîte allez-vous vous installer ? demanda Bruno.

— Celui près des écuries. Il me plaît beaucoup, il est clair, spacieux et Pamela l'a décoré très simplement, comme j'aime. C'est un peu grand pour moi, sans doute, mais Jacqueline a déjà pris le petit.

— Vous avez fait sa connaissance ?

— Très brièvement, ce matin, quand nous étions en train de seller les chevaux. La pauvre, elle avait l'air très fatiguée. J'aurais dû lui proposer des somnifères.

— Pouvez-vous la prévenir, pour ce soir ? demanda Bruno. Je serais bien passé vous prendre, mais c'est impossible de toutes vous emmener dans ma fourgonnette. Par contre, je peux venir vers sept heures pour vous servir de guide. Vous n'arriverez jamais à trouver, sinon. Et maintenant, je vais chez Fauquet prendre mon petit-déjeuner. Vous voulez vous joindre à moi ?

— Avec plaisir, sourit Pamela. Nous avions l'intention de nous arrêter là. Fauquet est ravi quand j'attache mon cheval devant son café. Il prétend que ça attire les clients. Tu savais qu'il range une petite pelle derrière le portillon du jardin pour ramasser le crottin ? Il le met au pied de ses rosiers dont il en est si fier.

— Il a remporté des prix avec ces roses-là, confirma Bruno. Tu peux voir le diplôme qu'il a obtenu à la foire de Bergerac sur le mur du café, encadré à côté de son diplôme de *maître pâtissier*. Mais tes rosiers n'ont rien à envier aux siens, Pamela. Tu devrais peut-être concourir l'année prochaine, et te poser en challenger.

— Mais si je l'emportais, Fauquet ne me le pardonnerait jamais, dit-elle en riant. Et j'aurais toujours peur que mon café soit imbuvable, mon croissant trop cuit, et qu'il me refile ses baguettes biscornues. La vie n'en vaudrait plus la peine.

Ragaillardi par son petit-déjeuner, Bruno arriva en avance au Domaine. Il fut content de voir les employés s'activer et Julien affairé autour des cuves, un long thermomètre à la main, prenant des notes dans son petit carnet pendant que Baptiste attendait patiemment à ses côtés. Le vieux maître de chai tenait une longue pipette de verre pour faire ses prélèvements, et les deux hommes accueillirent Bruno avec une mine réjouie.

— Ce n'est pas encore l'heure de la réunion, remarqua Julien en jetant un coup d'œil à sa montre.

Il était rasé de frais, son jean et sa chemise étaient propres. Ce n'était plus le même homme que le personnage défait que Bruno avait vu lors de sa précédente visite.

— J'ai encore du travail à faire ici, ajouta-t-il.

— Je sais, je voulais juste vous dire bonjour avant, à toi et à Mirabelle, si elle est là, répondit Bruno. Content de te voir si occupé, mais pour le vin, je croyais que c'était le moment de laisser faire la nature.

— Je tente un nouveau truc que m'a conseillé Baptiste, répondit Julien. Une technique pour obtenir un maximum de fruit par imprégnation avec les peaux, on laisse les raisins dans la cuve pendant six heures avant de commencer la presse. Nous l'avons testé sur une seule cuve, à titre d'expérience, et on surveille pour voir comment ça se passe.

— Et alors, verdict ?

— Prometteur, mais encore trop tôt pour être sûr. J'avais peur que ça donne une certaine amertume, trop de tannins, mais la température de fermentation est normale, et il n'y a pas d'amertume en bouche.

— Vous vous faites trop de souci, dit Baptiste qui tenait la pipette au-dessus d'un verre de vin ; il souleva le pouce pour laisser le jeune vin monter dans le tube et tendit le verre à Bruno : Goûtez-le.

— On dirait du jus de raisin, mais très fruité, commenta Bruno. Pas la moindre amertume.

— Mirabelle est à la maison, la porte est ouverte, tu n'as qu'à rentrer, dit Julien. Va lui dire bonjour, je vous rejoindrai au salon à dix heures.

Mirabelle était debout, vêtue d'un caftan fluide, la tête enturbannée, du blush sur les pommettes et du rouge aux lèvres qui lui donnaient presque bonne mine, mais Bruno remarqua l'ombre creuse sous ses yeux. Elle tendit sa joue au baiser et Bruno reconnut Chanel N°5.

— J'ai la ferme intention d'assister à cette réunion, déclara-t-elle. J'ai mis trop de mon énergie dans ce Domaine pour que Julien l'abandonne maintenant.

— Je suis content de te voir si en forme aujourd'hui.

— C'est l'un de mes bons jours. Je tenais à ce qu'il en soit ainsi, dit-elle d'une voix ferme. Julien va beaucoup mieux depuis que tu es passé, il a retrouvé tout son ressort. Écoute, ce qui compte dans cette réunion, c'est de s'assurer que Julien rachète l'option de vente sur le Domaine. Ça veut dire qu'il faut se débrouiller pour trouver cinquante mille euros, parce que s'il n'a plus de quoi s'occuper ici quand je serai partie, il va replonger. Je le connais.

— Est-ce la seule solution, Mirabelle ? Et s'il continuait à gérer le domaine viticole et laissait quelqu'un d'autre s'occuper de la partie hôtel-restaurant, comme tu le faisais ? Ce n'est pas son point fort.

— Mais il faut que ce soit le même propriétaire, c'est comme ça que nous faisons des bénéfices, en vendant notre vin au tarif restauration. S'il est simple viticulteur, les négociants vont lui tirer ses prix vers le bas, comme ils le font avec tous les petits producteurs. Allez, aide-moi à traverser le salon, que je puisse accueillir nos hôtes.

Bruno aidait Mirabelle à monter les marches quand le maire et le Baron arrivèrent ensemble dans la vieille Citroën du Baron avec Vauclos, le directeur de l'agence bancaire locale. Hubert arriva ensuite dans sa Mercedes avec Jacques Lesvignes, qui dirigeait la plus grosse des petites entreprises de bâtiment de la ville. Ils furent suivis de Xavier Renault, le jeune adjoint au maire, accompagné de son père, le concessionnaire Renault du coin, et de son beau-père, propriétaire de la scierie. Julien, l'air affairé, sortait des chais quand une vieille Jaguar fit son apparition, avec Dougal l'Écossais au volant. Venu prendre sa retraite à St-Denis, Dougal s'était vite ennuyé et avait fondé une société, *Delightful Dordogne*, spécialisée dans la location de gîtes et maisons aux touristes. Il louait les services d'hommes à tout faire et de femmes de ménage et n'avait pas tardé à devenir l'un des gros employeurs de la commune. Bruno sourit in petto, plein d'admiration pour le sens tactique de son patron : les principaux entrepreneurs de St-Denis étaient tous réunis là. Julien leur serra la main tour à tour, puis les guida vers le coin du salon que Mirabelle, assise sous le portrait de Madame Récamier, avait choisi.

— Nous pouvons présumer que le projet américain est mort et enterré, je crois, déclara le maire en préambule. Le fils a été arrêté. Même sans cela, nous sommes nombreux à nous demander s'il est bon pour notre petite ville de nous associer à un grand groupe comme

Bondino. Par contre, la chose nous a été profitable, car nous pouvons être sûrs d'obtenir l'appellation contrôlée pour nos vins. Le Domaine se doit d'être au cœur de cette entreprise, et donc la première question à poser est celle-ci : quelles sont tes intentions, Julien ?

— J'ai deux problèmes à régler. Le premier, c'est l'option de vente du Domaine. Je pourrais la racheter pour cinquante mille euros, mais je n'ai pas les fonds. Le second, c'est que j'ai mal calculé mon expansion. La production globale est excédentaire, ce qui tire les prix vers le bas, or je produis déjà plus de vin que je ne peux en écouler par le biais de l'hôtel et du restaurant. Et le pire, c'est que je n'ai pas les moyens d'investir dans une campagne de marketing digne de ce nom.

— Nous avons élaboré un projet qui a le soutien de tous ici, reprit le maire.

Il poursuivit en précisant le capital initial que chaque participant avait accepté d'investir dans la nouvelle société, Vignerons de St-Denis-sur-Vézère, avant de proposer à l'ensemble des citoyens de la ville de devenir actionnaires. La nouvelle société rachèterait l'option de vente du Domaine afin que Julien puisse garder l'hôtel et le vignoble. Hubert commercialiserait la production invendue.

— Nous avons également décidé que la société se renseignerait pour acheter la ferme de Cresseil à bon prix, dit le Baron, en expliquant le problème de l'héritage.

Le maire avait retrouvé la famille du vieil homme, des lointains cousins de Tulle, qui assisteraient aux funérailles du lendemain. Ils avaient peut-être espéré toucher un pactole inattendu avec la ferme, mais allaient découvrir qu'un long procès les attendait.

— Nous allons donc leur proposer de racheter leur part d'héritage sur ce bien moyennant cinquante mille euros en liquide. Je suis prêt à monter un peu plus, mais ça devrait être suffisant pour les tenter, poursuivit le Baron. Il nous faudra peut-être offrir une somme équivalente à Alphonse, mais, même dans ce cas, nous aurons acheté la ferme pour moins de la moitié de sa valeur. Et si nous récupérons les droits, il n'y aura pas de procès.

Bruno, fasciné, observait le déroulement de la réunion qui se passait remarquablement bien, pensa-t-il, compte tenu de la diversité des intérêts en jeu. Le maire se montrait on ne peut plus éloquent et persuasif, soutenu dans ses explications par le solide sens des affaires du Baron. Une belle paire de vieux renards de la politique, ces deux-là. Avec des années d'expérience derrière eux, se dit-il.

Le maire présenta le projet de restauration des granges en gîtes sur les différentes propriétés, ce qui laissait présager des travaux de longue haleine pour l'entreprise Lesvignes, et donc des emplois à la clé à la sortie du collège pour les apprentis plombiers et électriciens. Xavier parla des subventions accordées par le gouvernement pour financer formation et salaires durant les années d'apprentissage en alternance. Dougal fit part de son intention de développer sa société, et déclara qu'il se chargerait de la location des nouveaux gîtes.

— Ça ressemble à une société immobilière, remarqua Julien. Qu'advient-il du secteur viticole ?

Hubert expliqua que le terrain resterait acquis aux propriétaires actuels, mais qu'il serait loué à long terme à la nouvelle société, la production viticole étant placée sous une double direction, la sienne et celle de Julien. Selon un calcul approximatif, la nouvelle société disposerait d'au moins vingt hectares de vignes, ce qui devait donner cent mille litres de vin par an, voire davantage.

— À l'heure actuelle, j'écoule seulement un millier de caisses par an par le biais de l'hôtel et du restaurant, soit douze mille bouteilles, précisa Julien. Comment trouver des débouchés pour le reste ?

— J'ai plus de cinq cents locataires à l'année, dit Dougal. Offrons-leur un circuit guidé du domaine viticole, avec dégustation gratuite et réduction sur les prix de vente, et je serais surpris de ne pas écouler cinq cents caisses de plus.

— Je vendrai le vin dans ma cave, et le proposerai à tous les restaurants du coin qui sont déjà clients, ajouta Hubert. Je peux aussi le proposer à tous ceux qui m'achètent déjà mes bergeracs d'assemblage. Puisque c'est moi le négociant dans une société dont je suis le principal actionnaire, nous faisons l'économie des profits de l'intermédiaire habituel. J'ai déjà discuté avec Duhamel au supermarché, il en prendra cinq cents caisses. Ce qui signifie que nous avons déjà un marché pour toute la production actuelle du Domaine, voire un peu plus. Il faudra attendre au moins trois ou quatre ans avant de pouvoir vendre la production des nouvelles vignes que nous allons planter, et d'ici là nous aurons établi notre réputation. C'est le défi que nous avons à relever. À nous deux, nous allons faire des vins qui remportent des médailles.

— Il faudra aussi que le Domaine se dote d'un vrai centre d'accueil, remarqua le maire.

— Je suis tout à fait disposé à vous accorder un prêt pour la création du centre et à vous assurer un fonds de roulement. Qui plus est, je place cinquante mille euros de ma poche en actions dans la société, dit Vauclos, le rondouillard et sympathique Gascon qui dirigeait l'agence locale du Crédit Agricole.

Bruno sourit en lui-même. La mairie était le principal client de la banque. Tous les salaires du personnel et tous les impôts de la ville passaient par ses livres de compte, et la poignée d'hommes présents dans le salon de Julien représentait l'essentiel des entreprises de la ville. Il faudrait être un banquier stupide pour ne pas soutenir un projet qui recevait de tels appuis. Puis Bruno se mit à songer à ses modestes économies, en se demandant combien d'actions il avait les moyens d'acquérir.

— Quand vous avez évoqué la possibilité que les citoyens de St-Denis deviennent actionnaires, comment envisagez-vous la chose ? demanda-t-il.

— Nous mettons l'action à cent euros, mais tout contribuable peut devenir acquéreur à moins, disons quatre-vingt-dix euros, répondit Xavier. Et tout actionnaire aura le droit d'acheter du vin à tarif préférentiel, naturellement. Nous comptons pratiquement mille ménages ici, à St-Denis. Si chacun achète une caisse par an, ça fait douze mille bouteilles.

— Alors, en fait, on reprend l'idée de Bondino, mais on se débrouille sans lui avec un projet de moindre ampleur, remarqua Bruno d'un air songeur.

— Eh bien, moi, je suis convaincue, déclara Mirabelle qui avait suivi très attentivement les débats. (Avec un effort de volonté manifeste, elle se redressa et posa son regard sur Julien :) C'est la meilleure solution pour Julien, pour le Domaine et pour St-Denis. Nous acceptons.

— Que se passe-t-il si les citoyens n'achètent pas et que toutes les actions ne sont pas vendues ? demanda Bruno d'une voix douce.

— Alors la mairie se portera acquéreur du reliquat au nom de la commune dans son ensemble, répondit le maire. Nous utiliserons les bénéfices pour édifier ce centre sportif couvert que tu me réclames depuis belle lurette, Bruno.

— Entendu, dit Bruno. Si Julien et Mirabelle sont d'accord, et vous tous aussi, je suis prêt à vous rejoindre. Vous avez fixé l'action à cent euros, c'est ça ? Alors, avec mon escompte, je peux acheter cent actions pour neuf mille euros. Mais je vous préviens tous, je vais être un actionnaire très actif. Ce sont les économies de toute une vie que j'investis là.

— Mon cher Bruno, conclut le maire. Pourquoi croyez-vous que vous êtes ici ? C'est votre idée qui est à l'origine de tout ça. C'est vous qui avez remarqué que si le projet avait un sens pour Bondino, il devait aussi en avoir un pour les investisseurs français. Et nous voilà. C'est pourquoi vous bénéficiez d'une attribution de deux cents actions en tant qu'initiateur du projet, et que nous souhaitons tous vous voir siéger au conseil d'administration. Mais naturellement, nous sommes ravis d'avoir aussi vos neuf mille euros.

38

Bruno gara sa fourgonnette à côté d'une douzaine d'autres, dans le pré qui longeait l'étroit chemin d'accès à la communauté d'Alphonse, et Fabiola glissa habilement sa Twingo près de lui. Il ouvrit la portière aux femmes, déchargea Pamela de son grand panier rempli de vin et de victuailles, et les guida à travers champ. Fabiola battit des mains de plaisir en voyant le dôme. Pamela montra la maison au toit enherbé, la cabane en rondins et le moulin à vent à Jacqueline, qui ouvrait de grands yeux incrédules. Bruno s'étonna : Max n'était jamais venu ici avec elle ?

— Je préfère vous prévenir, dit Bruno. Ce ne sont pas des funérailles, je connais Alphonse, ça va davantage ressembler à une fête en l'honneur de Max qu'à une traditionnelle veillée funèbre.

Il devait déjà y avoir une cinquantaine de personnes rassemblées là, des jeunes pour la plupart, joueurs de rugby ou amis d'école de Max, mais la grosse Jeanne et Me Vignier, et Fabrice et Raoul et Stéphane du marché étaient là aussi. Les rugbymen acclamèrent sobrement l'arrivée de Bruno et des trois femmes, lesquels se retrouvèrent bientôt noyés sous les bonsoirs et les présentations. Fabiola fut entraînée avec enthousiasme par Bertrand et le jeune Édouard du garage pour aller rejoindre les danseurs devant la fromagerie. Une sono diffusait les Rolling Stones, des rangées de tables accueillaient assiettes en carton, pains et fromages de la communauté, ainsi que des dizaines de bouteilles, pâtés, jambons et tartes apportés par les invités. Sur une table à part trônaient quatre magnifiques gâteaux, que dévoraient des yeux trois chèvres du troupeau d'Alphonse et deux bambins occupés à repousser les biquettes, et l'on pouvait en conclure que Fauquet ne devait pas être loin.

Derrière les tables, deux agneaux de printemps rôtissaient au-dessus d'une fosse remplie d'un tas de braises rougeoyantes, restes d'un feu allumé sans aucun doute avant midi. Ils avaient été embrochés, et la graisse s'écoulant de leurs carcasses s'enflammait un bref instant à chaque goutte qui tombait sur les braises. Leurs peaux brunies étaient luisantes de marinade qu'un des copains de Max appliquait avec un long pinceau fait de branches de laurier montées sur un manche à balai, qu'il trempait dans un seau. Bruno lui demanda la recette de la marinade : huile d'olive, miel et vin de noix. Il hocha la tête d'un air approbateur. Le ventre des agneaux avait été farci de laurier et de romarin avant d'être cousu avec de la ficelle. L'odeur alléchante de la viande rôtie flottait dans les prémices du crépuscule.

Debout près de la table où s'alignaient les bouteilles, occupé à verser du vin d'un grand pichet dans des rangées de petits verres, Alphonse releva la tête en voyant approcher Bruno, reposa le pichet et lui donna l'accolade. Il avait une allure tout à la fois étrange et magnifique, avec sa veste indienne brodée de rouge et d'or, son pantalon bleu vif et son fez rouge sur la tête. Un parfum de patchouli l'enveloppait d'un voile presque visible, et Céline apparut à ses côtés dans une longue robe verte d'ampleur démesurée, les cheveux brillants de henné, un gros joint à la main. Bruno fit semblant de ne pas l'avoir remarqué.

— Je tiens à ce que tout le monde ait au moins un verre du vin de Max au moment où j'allumerai le feu de joie, expliqua Alphonse. Ça nous rappellera à son souvenir. J'espère juste en avoir assez, ses amis sont si nombreux à être venus. Et je suis très content de vous revoir, ajouta-t-il en se tournant vers Jacqueline. Il était très amoureux de vous, et très heureux ces derniers jours.

Jacqueline le gratifia d'un petit sourire, la première fois que son visage s'animait depuis que Bruno était passé prendre les trois femmes chez Pamela. Elle serra Alphonse dans ses bras, avant de disparaître presque tout entière dans les plis de la robe de Céline pour une seconde étreinte. Ce fut ensuite au tour de Pamela d'être enlacée et saluée comme une marraine d'honneur pour avoir été témoin de l'adoption de Max. Dominique, tablier autour des hanches et armée d'un grand couteau, fit le tour de la table, où elle aidait Marie à préparer de grands bols de salades, pour venir embrasser Bruno et serrer avec froideur la main de Jacqueline.

— C'est une vraie réunion, déclara Alphonse, en faisant passer les verres remplis du vin de Max. Tous les pionniers de cette communauté sont descendus de Paris pour l'occasion, il y en a même un qui est venu de Londres en avion. Max était comme un fils pour nous tous. Les enfants aussi sont venus, de Bordeaux, de Marseille, de partout.

— Nous voulions répandre ses cendres ici ce soir, quand tout le monde sera autour de nous, mais ils refusent de rendre le corps, expliqua Céline. Je ne comprends pas pourquoi. Tu dois savoir, toi, Bruno, qu'y a-t-il ?

— Je crois qu'il y a un problème pour savoir qui, de Max ou du vieux Cresseil, est mort le premier, cela aura des conséquences sur l'héritage, répondit Bruno avant de changer de sujet. À quelle heure allumez-vous le feu ?

— Très bientôt, dès que le crépuscule sera vraiment tombé. Mais d'abord, il me semble que je devrais danser avec Jacqueline, la dernière femme qui a tenu notre cher petit gars dans ses bras et l'a rendu heureux.

Il lui prit la main, se tourna vers Céline pour tirer une longue bouffée sur son joint, et emmena Jacqueline.

— Heureusement que tu n'as rien remarqué, sourit Pamela. Ce serait affreux de gâcher la soirée avec l'arrestation de notre hôte.

— Vivre et laisser vivre, répondit Bruno. Tu danses ?

Ils traversèrent la foule d'un pas tranquille, s'arrêtant ici et là pour saluer les nouveaux arrivants, esquivant chèvres et enfants, et quand ils parvinrent enfin à la terrasse transformée en piste de danse, ils trouvèrent les danseurs en cercle, tout sourire autour d'Alphonse qui exécutait l'une de ses danses invraisemblables au son de « White Rabbit », de Jefferson Airplane. Jacqueline, perplexe, essayait de suivre un semblant de pas avec un Alphonse bondissant et gesticulant joyeusement autour d'elle ; il battait des coudes, claquait des doigts et secouait la tête en chantant les paroles à tue-tête.

— C'est comme ça que les gens dansaient, avant ? demanda Pamela.

— Il faut croire, répondit Bruno. Regarde ceux qui arrivent.

Céline avait pris son tour et tournoyait sur la piste, bras tendus, sa robe verte gonflée comme une voile et la fumée de son joint flottant dans l'air. Un autre pionnier de la communauté, un grand type maigre et complètement chauve, vêtu d'un costume de velours noir, la rejoignit et se mit à se balancer. Un couple encore plus âgé, aux cheveux blancs, s'avança sur la piste et commença à swinguer.

— Je ne suis pas sûre de savoir danser ces trucs-là, dit Pamela. Mais essayons quand même.

Quand Bruno et Pamela s'avancèrent, les derniers échos de « Feed your head » s'estompaient pour être remplacés par le « Leyla » d'Eric Clapton. Bruno encouragea d'autres spectateurs alentour à les rejoindre, et bientôt ce fut comme si tout le monde dansait, y compris le maire et Xavier et René et Gilbert du bar, avec leurs épouses. Le maire, soufflant la politesse à Bruno, prit Pamela dans ses bras et l'entraîna dans ce qui ressemblait à un lent fox-trot, laissant Bruno rejoindre Jacqueline quelques instants à peine avant que la moitié de l'équipe de rugby ne fonde sur elle.

— Alphonse m'a dit qu'il devait allumer le feu, dit-elle. Il est bizarre, non ? On se demande comment Max a fait pour devenir un adulte si normal dans un endroit pareil.

La musique se tut peu à peu et un grand coup de gong résonna. Les gens se tournèrent pour voir Alphonse debout à côté du feu de joie, tenant à bout de bras un grand disque de cuivre qu'il frappa de nouveau, faisant rebondir le son plusieurs fois à travers la combe. Même les chèvres s'arrêtèrent de mâchonner, le regard fixe. Céline descendit pour se placer à côté de son homme. Alphonse posa le gong par terre et ramassa un grand bâton, au bout noir et poisseux de pétrole.

— Amis, famille, vous tous ici, nous sommes réunis à cause de Max, et dans cette communauté qui est la nôtre, nous ne pleurons pas le trépas, nous célébrons la vie. C'est pour cela que nous dansons, que nous chantons et que nous festoyons en son honneur. J'ai élevé Max, je l'ai aimé, son souvenir sera toujours avec moi, comme il le sera toujours avec vous, et je le remercie d'avoir apporté sa chaleureuse présence dans nos vies. Et maintenant, j'invite tous les membres de notre grande famille à me rejoindre ici.

Ils vinrent se placer à côté d'Alphonse et de Céline tandis que l'obscurité tombait, et Alphonse alluma sa torche. Céline se pencha vers le sol, tout près du feu, ramassa un paquet de torches semblables et en remit une à chacun, afin qu'ils les allument à la flamme d'Alphonse, et quand une demi-douzaine se furent embrasées sur le ciel sombre, elles jetèrent des lueurs rougeâtres sur leurs visages tandis que l'odeur puissante de viande rôtie se répandait sur la foule. Bruno avait le sentiment de quelque chose de païen, de presque barbare et néanmoins profondément familier, comme si fêtes et cérémonies avaient toutes dû se dérouler ainsi autrefois, des siècles de viandes rôties, de grands feux et de libations, avant l'ère de l'électricité, quand seul le feu éclairait l'obscurité.

Alphonse et Céline plongèrent leurs torches enflammées à la base du feu de joie, suivis des autres membres de la famille, l'un après l'autre. D'abord hésitant, puis avec une ardeur croissante, le feu se mit à monter le long des grandes perches, petites langues bleues vacillantes s'illuminant de jaune avant d'éclater en ardentes flammes rouges hautes de quatre mètres, dressées au-dessus des têtes de la famille, les forçant à reculer de plus en plus loin.

— Adieu, Max, s'écria Alphonse avant de se tourner pour enlacer Céline, puis tous ses enfants et ceux de sa famille, et de les reconduire ensuite vers le vin, les agneaux rôtis et la foule des amis, dans la lumière du brasier.

Stéphane et Raoul étaient à la découpe, ils sectionnaient habilement têtes et pattes à la lumière des lampes à pétrole et du feu de joie au loin, puis tranchaient la viande en portions généreuses. Alphonse, une énorme louche à la main, servait le couscous en puisant dans un fait-tout gigantesque, et Bruno avait été embauché pour aider Xavier à déboucher l'impressionnante collection de bouteilles apportée par les invités. À la table voisine,

Pamela assaisonnait d'immenses salades avec de l'huile d'olive et le vinaigre de vin fabriqué sur place. Fabiola posait un bandage sur le genou éraflé d'un petit garçon en pleurs qui avait trébuché dans les pattes d'un chevreau, et Jacqueline dansait toujours.

Lorsque tout le monde fut servi, et que Bruno, Pamela et tous ceux qui aidaient au service voulurent passer à table, les rares chaises étaient toutes prises. Bruno se cala une bouteille de vin sous chaque bras, prit son assiette dans une main et une pile de verres en plastique dans l'autre, et s'en alla rejoindre Dominique et Stéphane assis dans l'herbe. Pamela posa son assiette sur un grand saladier, une miche du pain d'Alphonse sous le bras et un rouleau d'essuie-tout sous l'autre. Alphonse avait baissé le son, et l'Album Blanc des Beatles n'était plus qu'un fond sonore.

— C'est fabuleux de manger comme ça, mais je me sens revenue au Moyen Âge, remarqua Pamela en renonçant à sa minable fourchette en plastique pour manger avec ses doigts.

Bruno lui donna son couteau, tout en sachant que cela ne lui servirait pas à grand-chose. Il connaissait bien ce genre de fêtes, et plongea la main dans l'une des nombreuses poches de son pantalon pour en retirer une poignée de petits sachets contenant une serviette rafraîchissante.

— J'en achète une boîte au début de l'été et n'oublie jamais d'en emporter en pique-nique, dit-il. Le Moyen Âge aurait peut-être été différent s'ils avaient eu ça. Mais je vois ce que tu veux dire, cette impression de remonter le temps dans une occasion comme celle-ci, de sentir que nos ancêtres ont dû vivre ainsi. C'est peut-être pour cette raison que ça nous plaît.

Il balaya du regard l'étonnante propriété d'Alphonse et vit Fabiola et Jacqueline serrées sur un banc avec l'équipe de rugby, en train de rire et de bavarder. Le maire était à table avec Alphonse et Céline, et quelques-uns des fondateurs de la communauté.

— Tu ressembles à une mère poule, dit Pamela en souriant. Ne t'inquiète pas, tous tes poussins sont en bonnes mains et ils s'amusent bien. Le gardien de St-Denis peut se détendre, pour une fois.

— J'étais juste un peu soucieux de Fabiola, mais elle a l'air de faire connaissance et de bien s'intégrer.

— C'est une jolie fille, malgré sa cicatrice, et comme elle n'y prête pas grande attention, les gens ne sont pas gênés et, au bout d'un moment, on l'oublie tout à fait. Pareil quand on est rousse. Je détestais ma couleur de cheveux quand j'étais jeune, j'avais l'impression que les gens me regardaient tout le temps, mais on finit par se rendre compte que ce n'est pas vrai, et si ça arrive, ça n'a pas d'importance.

— Ah bon ? s'étonna Bruno. Je croyais que tu avais toujours été de ce magnifique blond vénitien.

— Le côté cuivré était plus éclatant quand j'étais petite. Poil de carotte, on m'appelait, et parfois la Rouquine. J'avais un oncle qui me faisait croire qu'il allumait sa cigarette dans mes cheveux.

— Moi, on m'appelait « la naine » et « courte sur pattes », entre autres petits noms gentils, parce que je n'ai pas vraiment grandi avant d'avoir quinze ans, dit Dominique. Sauf Max. Il ne m'a jamais appelée comme ça, et il ne permettait jamais aux autres de le faire, quand il était là.

— Je me suis fait du souci pour toi, tu sais, quand tu es partie au lycée, dit Stéphane. Je trouvais que vous vous fréquentiez beaucoup trop sérieusement pour des jeunes de votre âge, Max et toi.

— Mon pauvre vieux Papa, dit-elle avec un sourire, en posant affectueusement la main sur son genou. Il n'a jamais été question de ça, entre nous deux. Il était bien plus comme un frère.

— Alors tu n'as pas été fâchée de voir Max sortir avec Jacqueline ? demanda Bruno.

— Ce n'est pas ce que tu penses. Mais je n'étais pas contente pour autant. Elle s'est montrée passablement cruelle avec lui les premiers temps, en flirtant avec cet autre type, l'Américain. Max se confiait à moi et je n'aimais pas ce qu'il m'en disait, au début.

— Elle a l'air d'avoir surmonté le choc, remarqua Pamela à voix basse, en faisant un geste en direction du dôme où Jacqueline attablée, riait. Pourtant elle a été secouée, je crois. Elle s'est plongée dans son travail. Je lui ai apporté un café tout à l'heure, elle dormait à l'étage, mais la table était couverte de papiers, avec ses ouvrages d'œnologie et de gros dossiers sur les vignobles et les sociétés. Il y avait plein de choses sur le groupe Bondino, celui du jeune Américain. Sachant qu'elle veut travailler dans la viticulture, je suis surprise qu'elle l'ait laissé tomber.

Bruno lança un regard vif à Pamela.

— Quand tu dis qu'elle a plein de choses sur le groupe Bondino, tu entends quoi, au juste ?

— Eh bien, je n'ai pas regardé de très près, mais des rapports annuels, des dossiers de presse, plein de photos éparses de la famille. Il y avait aussi deux très gros dossiers, en plus de celui qui était ouvert. Elle a sûrement trouvé tout ça sur Internet, en faisant des recherches quand elle a commencé à sortir avec lui.

— As-tu déjà fait ce genre de choses, te renseigner sur quelqu'un que tu fréquentais ?

— C'était avant Internet et l'ère de Google, répondit-elle en souriant. Mais oui, tu poses des questions à tes amis, tu essayes de découvrir des choses sur quelqu'un qui pourrait devenir important pour toi. C'est humain.

— Ce dont tu parles me semble beaucoup plus que ça. Photos de famille, gros dossiers.

— Oui, cela m'a étonnée. J'ai plutôt pensé à un projet de recherche spécifique. De vraies photos, pas simplement des portraits mais des groupes de personnes, comme des photos de famille, dont certaines très anciennes qui avaient l'air de dater des années trente et quarante. C'est vrai qu'aujourd'hui, on peut tirer de vraies photos à partir d'images d'ordinateur.

Bruno hocha la tête. Il trouvait plus qu'étrange que Jacqueline se donne tant de travail pour un type qu'elle avait fréquenté brièvement avant de le laisser tomber. Mais il était riche. C'était peut-être pour cela. En dépit de sa liaison avec Max, elle pensait à Bondino et à son argent. À moins qu'elle n'espérât faire carrière dans le groupe. Cela tombait sous le sens. Toutes ces photos laissaient cependant entrevoir autre chose, une motivation plus personnelle que la simple recherche de renseignements sur un futur employeur. Par-delà ses façons de manipulatrice, il y avait autre chose encore qui le troublait chez Jacqueline. Il faudrait qu'il la questionne une fois de plus, et peut-être qu'il examine ces dossiers.

Dominique ramassait les assiettes en carton usagées pour les mettre dans un grand sac-poubelle noir. Stéphane aida Pamela à se remettre debout et l'emmena vers la piste de danse où l'on en était maintenant aux Beach Boys. La sélection musicale d'Alphonse s'arrêtait de toute évidence aux années de son installation dans la région pour fonder la communauté. Dominique tendit la main à Bruno et ils partirent rejoindre les danseurs, où Alphonse et Céline tenaient de nouveau la vedette.

— Max aurait adoré, dit Dominique. C'est vraiment son genre de fête.

La musique céda la place à Françoise Hardy, *Tous les Garçons et les Filles*, et quand Alphonse s'interposa pour danser avec Dominique, Bruno trouva Pamela et la prit dans ses bras.

— Ah, je préfère ce genre de musique-là, dit-elle. Je n'ai jamais vraiment aimé les trucs genre jerk.

— Attends un peu, répondit-il. Je connais les goûts d'Alphonse. On va passer au Charles Trenet des années quarante, puis aux slows de Juliette Gréco et d'Yves Montand.

— Encore mieux, dit-elle en tournoyant sur elle-même sans lui lâcher la main, dans une pirouette élégante qui la ramena dans ses bras. À la lueur du feu, sa peau délicate et son teint clair lui donnaient l'air incroyablement jeune et Bruno sentit ses muscles déliés de cavalière jouer souplement sous le contact léger de ses mains.

— Je ne t'ai jamais imaginé en danseur, toi et tous ces sports énergiques, rugby et tennis, remarqua-t-elle.

— Tu oublies la chasse, répondit-il. La patience, le silence des bois, la longue et lente traque.

— Oh non, Bruno. Je ne pourrais jamais oublier la chasse.

Elle souriait et se serra contre lui, la joue tout près de la sienne. Il inclina très légèrement la tête pour blottir sa joue contre la sienne, et la sentit frémir imperceptiblement sous ses doigts. Yves Montand chantait *Les feuilles mortes*. Il entendit Pamela fredonner les paroles en anglais. « The autumn leaves of red and gold… » Elle avait une jolie voix, profonde et douce.

— Tu as fait exprès de m'embrasser l'autre soir, après ton dîner ? demanda-t-elle, presque dans un souffle.

— Je ne l'ai pas fait exprès, répondit-il très vite, presque malgré lui. (Il voulait dire la vérité.) Mais après, oui, c'était très fort. Je ne sais pas d'où ça sortait.

— Oui, je sais. J'ai ressenti la même chose, moi aussi. Et j'ai trouvé dommage que ça s'arrête.

Il pencha la tête pour lui embrasser le cou, et sentit ses mains se crisper dans son dos.

— Je m'en suis voulu d'être si timoré pendant tout le trajet du retour. Et après, Bondino a pris le dessus.

— Ah oui, Bondino et Jacqueline. Et ce pauvre Max. Quel gâchis cette fille a causé. (Elle s'interrompit et ils se balancèrent ensemble sur la musique, insouciants des autres danseurs.) Tu crois que l'on devient plus raisonnable en amour en prenant de l'âge ?

— Plus raisonnable, non. L'amour ne perd rien de sa puissance. Il est sans doute un peu plus calme, plus subtil, mais plus fort. Nous gagnons en prudence, peut-être. Comme toi et moi, nous sommes plus prudents.

— Ah, tu vois ça comme ça ? murmura-t-elle. (Il sentit ses lèvres lui caresser la joue et ses doigts jouer délicatement avec les boucles de sa nuque.) Ou bien c'est juste qu'on y pense et qu'on en parle davantage ?

— J'y pense beaucoup trop, dit-il avant de l'embrasser.

Cette fois, ils ne se détournèrent ni l'un ni l'autre, tandis que les lueurs du feu s'éteignaient doucement et que les étoiles scintillaient avec plus d'éclat dans le ciel.

39

Entre les papiers administratifs et les appels téléphoniques, Bruno avait passé toute la matinée à organiser les funérailles de Cresseil. Ce vétéran de la Résistance, qui avait rejoint l'armée française en 1945 pour repousser l'ennemi jusqu'en Allemagne, méritait les honneurs militaires. Au moment où l'horloge de la mairie sonnait trois heures moins le quart, Bruno descendit au sous-sol. Il en remonta les drapeaux et les panneaux « Route barrée » requis pour la petite parade, prévue entre l'église et le monument aux morts, avant de conduire le vieil homme à sa dernière demeure dans le cimetière municipal, à côté de son Annette.

Lorsque Bruno se glissa par la petite porte latérale, l'église était déjà pratiquement pleine. Dehors, Raoul, qui travaillait à mi-temps comme porteur de cercueil quand il ne vendait pas ses vins sur le marché, fumait une dernière cigarette avec les autres hommes en noir des pompes funèbres. Le cercueil reposait sur des tréteaux, devant l'autel ; à côté, un tabouret surmonté d'un coussin dans lequel étaient piquées les médailles militaires et de la Résistance que Bruno avait rapportées de chez le défunt. Le maire et Xavier, accompagnés de leurs épouses, étaient assis au premier rang avec le Baron ; derrière eux, un groupe d'inconnus, sûrement les cousins. Bruno adressa un signe de tête à Alphonse.

L'orgue jouait une musique lugubre, dont Bruno lut sur le programme qu'il s'agissait d'un prélude de Bach. Il chercha Pamela des yeux dans l'assistance. Après leur étreinte, elle l'avait quitté la veille avec un long baiser et un regard plein de promesse, avant de repartir avec Fabiola et Jacqueline. Il se sentit tout content de l'avoir repérée, le visage à demi voilé par le châle noir qui lui couvrait la tête. Jacqueline était assise à côté d'elle, tête nue. En les observant, la différence entre cette jolie femme mûre et la beauté plus banale de la fille lui sauta aux yeux. Comme si elle l'avait senti, Pamela se retourna et croisa son regard. Elle lui sourit en levant discrètement un sourcil, semblant l'interroger sur l'avenir de leur relation. En la saluant à son tour, il se sentit soulagé de voir qu'elle n'éprouvait aucun regret à propos de leur histoire d'amour naissante. Tout comme lui, d'ailleurs.

Le père Sentout, resplendissant dans ses habits sacerdotaux, sortit de la sacristie pour serrer la main du maire et des cousins avant de se placer derrière le cercueil pour commencer son office. Bruno s'échappa pour s'assurer que Jean-Pierre, Bachelot et Marie-Louise, tous trois presque aussi vieux que l'homme qu'on enterrait, se tenaient prêts avec leurs drapeaux. La petite garde d'honneur des gendarmes attendait en rang, à côté de la fanfare de l'école, pour défiler jusqu'au monument aux morts, non loin de là.

Il s'approchait de la porte à double battant de l'église lorsqu'elle s'ouvrit ; JJ apparut.

— Je t'ai vu sortir, dit-il en remettant à Bruno un document tiré sur ordinateur. C'est la réponse que tu attendais du Québec.

Bruno lui avait envoyé un message la veille au soir, en lui demandant de se renseigner sur Jacqueline auprès de la police québécoise, pour savoir si elle était connue de leurs services.

— Ils n'ont apparemment rien sur elle, reprit JJ. Ce qui veut dire qu'elle est moins dans la merde que moi. Le préfet est furieux, et il y a un avocat avec de grands airs qui menace de m'intenter un procès pour arrestation arbitraire.

— Toujours pas d'attestation de décès suspect du médecin légiste ? demanda Bruno.

Il résista à l'envie de rappeler à JJ qu'il l'avait prévenu.

— Non. Donc impossible de nommer un juge d'instruction et je ne peux pas détenir Bondino plus longtemps. J'ai ses empreintes digitales, et je pense que l'ADN va confirmer que les cheveux retrouvés sous les ongles du défunt sont bien les siens. Mais tant qu'on n'a pas le rapport du médecin légiste, on n'a pas de crime. Donc il est libre, et moi je suis mal. Je suis même tellement mal que j'ai dû venir ici présenter mes excuses à ton capitaine Duroc parce que j'ai utilisé sa gendarmerie à mauvais escient. Le préfet a insisté. Mais je ne suis toujours pas sûr d'avoir tort.

— Cette réponse du Québec est arrivée très vite. Je ne m'attendais à rien avant deux ou trois jours.

— J'ai appelé notre ami le brigadier, en pensant qu'il pourrait l'obtenir plus rapidement. J'ai reçu ça quelques heures plus tard.

La musique redoubla d'intensité et les portes s'ouvrirent. Précédés du père Sentout et d'un enfant de chœur portant une grande croix, Raoul et les autres porteurs apparurent avec le cercueil. Les drapeaux, hissés pour le saluer, prirent la tête de la procession jusqu'au monument aux morts, de l'autre côté du pont. Le maire sortit en portant le coussin piqué de médailles, et les gendarmes se rangèrent derrière lui. Le Baron les suivit, avec les cousins de Tulle. Croisant le regard de Bruno, il lui fit discrètement signe que c'était gagné. Il avait dû réussir à racheter leur part d'héritage. La fanfare commença à jouer le *Chant des partisans*, l'hymne de la Résistance, entraînant le reste de la foule derrière les drapeaux en marche de la France, de St-Denis et à la croix de Lorraine, symbole de la France libre pendant la dernière guerre.

Rollo, le directeur du collège, avait veillé à ce que chaque pensionnaire de la maison de retraite fût accompagné par un jeune qui l'aiderait tout au long de la procession. Les vieux se dévisageaient les uns les autres en quittant l'église d'un pas mal assuré. Bruno se demanda si ces regards furtifs ne trahissaient pas leur soulagement de voir que leur heure n'avait pas encore sonné, en même temps qu'ils cherchaient à deviner lequel d'entre eux allait être le prochain.

Bruno avait déposé la couronne mortuaire de la municipalité devant la statue d'un soldat français de la

Grande Guerre, surmonté d'un aigle en cuivre étincelant. Il y avait une deuxième couronne, offerte par les Compagnons de la Résistance, et une troisième, celle des Anciens combattants. Bruno se sentit soudain fier que sa ville, et la nation tout entière, tiennent encore en si haute considération la mort de vieux combattants, qu'elles rendent ainsi hommage aux anciennes vertus de patriotisme et de courage, et exigent toujours des jeunes qu'ils se souviennent du prix de leur liberté. Une société capable de faire naître, entre deux inconnus, une affection aussi profonde que celle qui avait uni le jeune Max et le vieux Cresseil, était une société remarquable. Bruno se sentit la gorge serrée en pensant que l'ultime vision de Cresseil fut sans doute celle du cadavre du garçon qu'il en était venu à aimer comme un fils.

Les drapeaux se baissèrent pour le salut, le maire déposa sa couronne, suivi de Bachelot le cordonnier, gaulliste de la première heure, avec celle des Combattants, et enfin de Jean-Pierre, son ennemi de toujours, vétéran des Francs-Tireurs et Partisans communistes, qui déposa la couronne des Anciens combattants. C'était le genre de compromis qui permettait à la politique française de marcher, et la seule chose qui rendait cela possible, c'était la grande tolérance de Marie-Louise. Messagère pour la Résistance, elle avait été arrêtée par la Gestapo à quatorze ans et envoyée à Buchenwald ; aux yeux de Bruno, elle avait davantage souffert pour la France que Jean-Pierre et Bachelot réunis. Mais Marie-Louise ne se plaignait jamais, elle était toujours prête à aider tout le monde, et considérait les jeunes de St-Denis comme les petits-enfants qu'elle n'avait jamais eus. Impassible, elle regardait les deux vieillards se redresser et saluer avant de reprendre leur place. Quand les premières notes de la *Marseillaise* retentirent, des larmes roulèrent le long de ses joues.

L'hymne national terminé, les porteurs chargèrent le cercueil dans le corbillard pour le petit trajet jusqu'au cimetière. Bruno ramassa les drapeaux et les rapporta au sous-sol de la mairie. Puis il monta à son bureau pour prendre le document que JJ lui avait remis. Justement, ça lui faisait penser. Il décrocha le téléphone, vérifia le numéro sur la carte de visite rangée dans son tiroir, et appela le brigadier à Paris.

Un aide de camp répondit. Quand Bruno lui donna son nom, il fut surpris d'entendre :

— Vous êtes sur la liste de personnes autorisées. Je vous le passe tout de suite.

L'instant d'après, le brigadier prenait la communication.

— Notre ami JJ a des ennuis, annonça Bruno d'emblée.

— Je sais. L'ambassadeur américain est passé voir le ministre et il a déposé plainte. Je m'en occupe. Ne vous inquiétez pas, le ministre comprend bien qu'il ne serait pas judicieux de dissuader notre police de faire preuve d'un maximum de zèle. Et j'ai cru comprendre que, grâce à vous, ce jeune Américain n'a même pas passé la nuit en prison. Ils n'ont pas trop de quoi se plaindre. Avez-vous reçu le message du Québec à votre intention ?

— Oui, mon brigadier. Je l'ai sous les yeux.

– Très bien. Ravi de pouvoir aider. Et n'oubliez pas, il y a un poste qui vous attend ici si vous le souhaitez. Ah, vous avez un message d'un autre ami à vous dans les services du ministère, l'inspecteur en chef Perrault. Vous saviez qu'elle était en mission au Luxembourg, je crois ? Elle vous fait dire qu'elle sera heureuse de vous revoir à l'occasion du week-end de rugby international contre l'Écosse. J'ai quatre billets, pour vous et JJ, Perrault et moi. Après, je vous emmène tous dîner à la Tour d'Argent.

La communication avec Paris était terminée, mais si le brigadier affirmait qu'il n'y aurait pas de problème pour JJ, Bruno était prêt à le croire. Pour Isabelle, c'était une autre paire de manches. Il éprouvait encore un frisson d'exaltation à l'idée de la revoir, tout en craignant une relation sans grand avenir. Qui sait si cette invitation du brigadier n'était pas une façon de le tenter pour qu'il quitte St-Denis et monte à Paris rejoindre son équipe ? À moins qu'Isabelle et le brigadier n'aient arrangé cela ensemble, sans comprendre les liens qui le retenaient en Périgord. Il ne pourrait jamais enfermer Gitan dans un petit appartement parisien. Bruno soupira, puis se ressaisit pour ramener péniblement ses pensées au présent.

Il pensa alors à la relation naissante qui se développait avec Pamela, et qui pouvait également renforcer son attachement au Périgord. Il ne savait pas du tout où leur – il chercha un mot pour décrire plus qu'un flirt et moins qu'une aventure – liaison les mènerait. C'était l'inconnu, la perspective de possibilités diverses et de directions nouvelles qui rendait la chose si exaltante. Peu importe alors où cela les conduirait, il anticipait le voyage avec joie. Pas pour aujourd'hui, cependant, se reprit-il. Pas quand il avait du travail à faire.

Il se pencha de nouveau sur le mail du Québec. Rien de connu contre Jacqueline Duplessis, donc pas de casier judiciaire, et probablement aucun soupçon pesant sur elle non plus, d'après les contacts du brigadier. Une vie irréprochable. Bruno parcourut d'un œil distrait les renseignements essentiels qu'il avait noté dans son calepin, date de naissance, adresse, noms des parents, nom de jeune fille de la mère... Et là il s'arrêta. Le nom de famille de sa mère ne figurait pas sur le passeport. Il reprit le mail du Québec : le nom de jeune fille de la mère était Sophia Maria Bondino ; de nationalité américaine.

D'un seul coup, tout ce que Bruno pensait savoir bascula et prit une autre tournure. Il ressortit alors son dossier sur l'histoire des Bondino, leurs dissensions familiales, et se mit à lire attentivement en prenant quelques notes. Il consulta sa montre. Jacqueline avait encore au moins trois heures de travail à la cave. Il appela Nathalie pour lui demander de vérifier dans leurs dossiers quand Jacqueline avait sollicité un emploi chez eux pour la première fois. Puis il appela Pamela pour s'assurer qu'elle était bien rentrée, et là son téléphone sonna. Il décrocha, pensant que Nathalie le rappelait, mais se figea en entendant une autre voix, bien plus familière.

— Je t'appelle de la cabine téléphonique d'une station-service, je suis sur la route du retour, dit Isabelle. Je ne veux pas laisser trace de cet appel sur mon portable, parce que je ne suis pas censée te dire ce que je vais te dire, mais ça pourrait sortir JJ du pétrin.

— Vas-y.

— Nous avons réussi à avoir les documents bancaires sur Agricolae, c'est pour cela que je suis partie là-bas. Ne cherche pas à savoir comment. Mais on a trouvé un gros versement de Bondino, cent vingt mille euros, par virement bancaire de leur banque aux États-Unis, le sept juillet. Il faut que JJ le sache, et toi, renseigne-toi pour savoir si c'est Agricolae qui était visée avec cet incendie, parce que ça signifie que la cible aurait pu être Bondino.

— Mais l'incendie criminel est une affaire classée, répondit Bruno.

Une moitié de son cerveau était concentrée sur la conversation et l'enquête, mais ailleurs les émotions bouillonnaient au son de la voix d'Isabelle.

— Je sais. Et JJ pense que ton incendiaire a été assassiné par Bondino. Cette transaction entre Bondino et Agricolae pourrait être le lien dont JJ a besoin pour en apporter la preuve. Je t'ai posté une copie du virement bancaire, comme ça il n'y a pas de trace sur l'ordinateur.

— Merci, je vais l'en informer, répondit Bruno en se demandant pourquoi Isabelle l'avait appelé, lui, plutôt que JJ. Pourquoi ne l'as-tu pas contacté directement ?

— Pas très judicieux, vu la place que j'occupe et les problèmes qu'il a en ce moment.

— Le brigadier vient juste de me dire qu'il était tiré d'affaire.

— Contente de l'apprendre. N'empêche, c'est plus sûr de passer par toi. (Elle s'interrompit.) En plus, j'avais envie d'entendre ta voix.

Bruno ferma les yeux.

— Moi aussi, j'aime bien entendre la tienne. Je pensais avoir de tes nouvelles avant.

— J'avais beaucoup de travail, et je réfléchissais. Et je suis parvenue à une conclusion.

— Vas-y.

Bruno se concentrait intensément, s'efforçant de déceler un sens, si infime fût-il, au ton de sa voix, aux silences entre ses paroles.

— Si je te revois, ce sera à Paris. C'est là que je vais faire ma vie.

Les mots jaillirent d'un seul coup.

— Je n'ai pas envie de travailler à Paris. Je n'y suis pas à ma place.

— Même pas pour une visite ?

Et prolonger d'autant la souffrance ? Bruno secoua la tête en silence.

— On verra. Tu n'as pas besoin de passer toute ta vie là-bas, à la campagne, ajouta-t-elle. (Un nouveau silence.) Tu me manques.

Et elle raccrocha.

Bruno prit une profonde inspiration, il savait que son cœur s'emballait et se disait qu'il avait bien fait de ne pas répondre à l'invitation d'Isabelle. Il avait réagi sagement, raisonnablement, mais une part de lui avait envie de jeter la sagesse par-dessus les moulins pour sauter dans le prochain train pour Paris et prendre Isabelle et tous les risques à bras-le-corps.

Le téléphone interrompit ses pensées. Nathalie rappelait avec l'information : ils avaient reçu la demande de Jacqueline le 30 mai. C'était six semaines avant le virement de Bondino à Agricolae. Mais après qu'elle eut rencontré l'Américain dans le bureau du professeur et compris qu'il allait séjourner dans cette région de France. Qu'est-ce qui avait poussé Jacqueline à venir travailler à St-Denis ? Bruno attrapa son képi et ses clés de voiture, dévala l'escalier de la mairie, s'arrêtant uniquement pour poser une question à l'hôtel St-Denis et téléphoner à JJ pour lui demander de le retrouver le plus vite possible chez Pamela.

40

Pamela était en train de faire ses comptes sur la table de la cuisine quand il arriva. Une pile de factures et de papiers divers posés devant elle, les lunettes perchées sur le bout de son nez. Elle leva des yeux étonnés en entendant frapper à la porte, qui s'ouvrit, puis sourit de le voir et s'avança pour poser les mains sur ses joues et l'embrasser sur la bouche. Il répondit avec enthousiasme, la serra tout contre lui, puis recula la tête.

— J'aimerais continuer à t'embrasser longtemps, mais malheureusement, je suis en service, dit-il. Tu sais ces photos de famille et ces dossiers que tu as remarqués chez Jacqueline ? J'ai besoin de les voir avant qu'elle rentre, il va me falloir ta clé, s'il te plaît. C'est officiel – JJ va arriver.

— Mais enfin… ? (Elle ôta vivement ses lunettes et arrangea sa coiffure, ce que Bruno trouva superflu.) C'est légal ? Vous n'avez pas de mandat ou quoi que ce soit ?

— Je suis ici dans le cadre de mes fonctions. Tu es la propriétaire. Jacqueline a-t-elle signé un bail ?

— Pas encore.

— Alors c'est légal. Viens, nous n'avons pas beaucoup de temps.

Elle prit une des clés accrochées au mur à une rangée de crochets, et le précéda.

— Tu peux me dire de quoi il s'agit ?

— Je viens de découvrir que la mère de Jacqueline s'appelait Bondino, avant son mariage. Elle doit avoir un lien de parenté avec l'Américain, un lointain cousinage, je pense. Un gros conflit familial a éclaté au sujet du droit de propriété du vignoble, un conflit très âpre. C'est pour cela que j'ai besoin de voir ces documents. Et comme la plupart vont être en anglais, tu vas devoir m'aider.

L'ordinateur portable de Jacqueline était sur la table, ses ouvrages d'œnologie en rang derrière. Bruno trouva les dossiers dans un gros porte-documents glissé sous la table ; ils ne portaient pas d'étiquettes mais étaient remplis de papiers sur la famille et le groupe Bondino. Le premier contenait des photographies, avec le nom de chaque personne inscrit au crayon noir au dos. Plusieurs représentaient l'homme que Bruno savait être, par les magazines, Bondino père, le PDG de la société. Quelques-unes le montraient dans la pleine vigueur de sa jeunesse. Sur l'un de ces clichés, il tenait une toute petite fille dans le creux de son bras. Au dos, une simple inscription : « FXB, Maman, 1957 ». Ce devait être Francis X. Bondino, le père de Fernando. Maman était sans doute la mère de Jacqueline.

— Ce dossier ne concerne que la société Bondino, les business plans, les comptes, les prévisions de chiffre d'affaires pour l'exercice en cours et l'an prochain, annonça Pamela, soudain redoutablement efficace. Je me demande comment elle a pu mettre la main sur tout ça ? Tout est marqué « Confidentiel », mais ça m'a l'air passablement ennuyeux.

— Fais voir.

Le document, imprimé en tout petits caractères, était plein de colonnes et de diagrammes sans aucune signification pour lui. Il revint à la première page qui commençait par une brève liste de noms. Elle était datée du 20 août de l'année en cours. C'était le mois dernier. Comment avait-elle pu obtenir cela ?

— Qu'est-ce que ça dit ? demanda-t-il en montrant la phrase en haut de la liste.

— « Diffusion restreinte », avec les noms de FXB et FXB junior, suivis de deux autres groupes d'initiales correspondant au directeur financier et au directeur des ventes. À mon avis, ça veut dire qu'il n'y a que quatre personnes censées avoir ce document, alors comment Jacqueline a-t-elle pu se le procurer ?

— Je ne sais pas, mais comme elle était déjà en France à cette date-là, elle a dû l'obtenir ici, peut-être par Bondino.

— Peux-tu imaginer une raison qui l'aurait amené à remettre un truc aussi confidentiel que ça à Jacqueline ? demanda Bruno après un silence.

— Peut-être qu'elle l'a pris, tout simplement, répondit Pamela. Ou peut-être que c'était ce qu'elle cherchait, regarde à la page suivante. Ça parle de nous ici, à St-Denis.

— Quoi ? s'écria Bruno en se penchant par-dessus son épaule. Qu'est-ce qui est écrit sur St-Denis ?

— C'est un rapport de notre propre Centre de recherches sur les vignes résistantes à la sécheresse, avec la photocopie d'un virement bancaire effectué par Bondino à une société du nom d'Agricolae, d'un montant de cent vingt mille euros, pour financer des recherches ici, à St-Denis. Il y a un autre virement bancaire, de deux cent mille euros, à une société parisienne au nom de Dupuy. Les virements sont datés de juillet de cette année.

— Pas étonnant que Bondino ait vu rouge quand les cultures ont brûlé. Les recherches qu'il finançait étaient parties en fumée.

— Comment Jacqueline a-t-elle réussi à mettre la main là-dessus ? Ça ressemble à de l'espionnage industriel. Tu crois qu'elle a parlé à Max de Bondino et du Centre de recherches ?

— Très bonne question. Qu'y a-t-il dans ce dossier-là ?

Il contenait les détails d'un procès, Bondino vs Bondino, ouvert en 1957 en Californie. Pamela feuilleta les documents juridiques, déclarations sous serment, attestations, notifications, pour finalement tomber sur une coupure de presse du *San Francisco Examiner*, datée du 11 mars 1958. En une, on lisait « Le testament de Bondino validé » ; Pamela commença à traduire au fil de sa lecture.

— Ça commence comme ça : « Le fils aîné de Silvio Bondino, magnat du vin de la vallée de la Napa, a perdu sa part d'héritage sur un patrimoine de plusieurs millions de dollars après que le tribunal fédéral a confirmé la recevabilité du testament contesté. » Je continue ?

— Non, je connais l'histoire. C'est à cause de ce testament que le conflit a éclaté. Il remplaçait un testament antérieur qui divisait le patrimoine en parts égales entre les deux frères, et le nouveau est arrivé comme une surprise, expliqua Bruno en fouillant dans d'autres photographies, dont certaines étaient si anciennes qu'elles étaient davantage en nuances de sépia qu'en noir et blanc. D'autres avaient des bords dentelés, comme les anciennes cartes postales. Il en sortit une, un portrait fané.

— Voilà le fondateur de la fortune familiale, Silvio lui-même, dans sa jeunesse. C'était un bébé quand ses parents sont arrivés d'Italie pour s'installer en Californie, à la fin du dix-neuvième siècle.

— Un très bel homme.

— Pas facile non plus. Il a continué de faire tourner l'affaire familiale durant la Prohibition, quand l'alcool était interdit, et plus tard durant la Grande Dépression. Il avait deux fils. Le plus jeune est aujourd'hui à la tête de l'une des plus grosses exploitations viticoles du monde, dont il a hérité, et l'aîné a été dépouillé de tout aux termes d'un testament qu'il a toujours dénoncé comme faux.

— Voilà une autre coupure de presse : « Le fils déshérité de Bondino tué dans un accident de voiture. Pas de soupçon d'acte criminel. » Quelqu'un n'était pas d'accord là-dessus, remarqua Pamela. Il y a deux notes d'honoraires jointes à cette coupure, l'une d'un avocat et l'autre d'un détective privé qui a enquêté sur l'accident. La note de l'avocat se monte à trois mille deux cents dollars, j'imagine que ça devait représenter une belle somme en 1958. Et voilà le rapport du détective.

La conclusion en est : « Nous regrettons de vous informer que nos recherches n'ont pas abouti. »

— La veuve du défunt a engagé des poursuites au privé en affirmant que son mari avait été assassiné. Cela n'a rien donné et elle s'est retrouvée à court d'argent, expliqua Bruno. J'ai lu ça tout à l'heure. Mais regarde cette photo, c'est la même petite fille, en date de 1957, mais ici elle est avec une femme et, au dos, c'est écrit *Maman et grand-mère*. Et si tu regardes cette photo de famille prise à Noël 1956, avec la famille au grand complet, y compris Silvio, la femme désignée comme *grand-mère* est dans les bras de *grand-père*. Maintenant, arrête-toi sur le visage du grand-père et compare-le avec ce portrait. C'est bien le même homme, le grand-père de Jacqueline était le frère aîné, celui qui aurait dû hériter sans ce fameux testament. Tu peux en avoir confirmation grâce à sa photo sur ta coupure de presse. Grand-mère était sa veuve, la femme qui n'a pas obtenu gain de cause. Et Jacqueline est la petite-fille du fils aîné déshérité, mort dans un accident de voiture suspect. Regarde si tu trouves comment s'appelaient *grand-mère* et *Maman*.

— Ici même, sur la note d'honoraires du détective privé, Mrs Marcia Bondino, quatre cent quarante-neuf Sunset Drive, Sausalito. Les routes américaines sont vraiment interminables. Ce doit être elle, la grand-mère. Regarde, il y a une copie carbone d'une lettre de Marcia à Francis, datée du 4 avril 1958. C'est après le verdict du tribunal, elle demande de l'argent « pour assurer l'éducation de ta nièce Sophia ». Voilà qui est la petite-fille de la photo ; une fois adulte, elle s'est mariée à un Canadien d'origine française, un dénommé Duplessis, et a donné naissance à Jacqueline.

— Autrement dit, Jacqueline est l'arrière-petite-nièce de notre Francis X Bondino, le grand patron au visage de vieux sage, l'homme au grand sourire sur toutes les brochures de la société. Et son fils serait donc le cousin de Jacqueline, doublé de son amant.

— Son amant ? s'écria Pamela, interloquée. Tu ne m'avais pas dit ça. C'était quand elle sortait avec Max, ou avant ?

— Peut-être même pendant. Je ne suis pas sûr. Mais je pense qu'elle a sciemment planifié la rencontre avec le jeune Bondino. Elle savait exactement qui il était et ce qu'il venait faire à St-Denis. Elle savait qu'elle couchait avec son cousin, elle n'ignorait rien de la rupture familiale. Par contre, je ne crois pas que Fernando ait su à qui il avait affaire, et encore moins qu'ils étaient apparentés. Les ponts étaient totalement rompus entre les deux branches de la famille.

— Tout cela me paraît bien sordide.

— Ça l'est, en effet. Qu'y a-t-il dans cet autre dossier ?

— Encore des coupures de presse, mais plus récentes, et toutes sur le groupe Bondino, téléchargées sur Internet. En voici une du magazine *Business Week* du mois de mars, sur les problèmes de production dus à la sécheresse en Australie. Et là, c'est une interview de Bondino dans un magazine d'œnologie du mois de mai, avec un paragraphe coché en marge. Il parle « d'explorer les nouvelles opportunités en Europe, où l'industrie n'a pas encore pu tirer avantage d'une consolidation ». Il mentionne la France, l'Italie et l'Europe de l'Est. Ici, elle a marqué un autre passage, sur « un modèle commercial non viable dans la région de Bordeaux, avec un trop grand nombre de petits viticulteurs qui produisent trop de vins de qualité variable et manquant de régularité ». L'article mentionne que Fernando Bondino est diplômé de l'école de management de Stanford.

— Donc, en mai, elle savait déjà que Bondino projetait de venir en Europe, remarqua Bruno. Et elle a écrit fin mai à Hubert pour solliciter un emploi, en sachant que Fernando serait ici aussi. Qu'avait-elle derrière la tête ?

— Ce dossier-là m'a l'air intéressant. Il s'agit de l'histoire de la viticulture dans les vallées de la Dordogne et de la Vézère, l'auteur est professeur dans une université californienne, titulaire de la chaire d'œnologie Bondino, semble-t-il. Jacqueline a souligné le paragraphe de conclusion : « L'histoire suggère par conséquent que ces deux vallées représentent les dernières opportunités, encore insuffisamment exploitées, d'une production viticole européenne de qualité, grâce à l'excellence du sol et du climat et au faible prix des terrains. » Bondino décide donc de venir à St-Denis, juste après la publication de cet article par son professeur. Il est daté d'avril, cette année.

Bruno regarda par la fenêtre en entendant le gravier crisser dans la cour sous les pneus de JJ. Le détective ouvrit la portière et resta assis au volant, le portable collé à l'oreille.

41

JJ déboula dans la pièce, l'air très content de lui.

— Il est coincé. Je ne m'étais pas trompé, claironna-t-il. L'ADN a parlé. Les cheveux sous les ongles de Max. Ce sont ceux de Bondino, plus de doute possible.

— Mais ils auraient pu provenir de leur bagarre ce même soir, objecta Bruno.

— Tu ne te souviens pas ? Il a déclaré que Max n'a pas porté la main sur lui. On l'a enregistré pendant son interrogatoire. Il dit qu'il a frappé Max sur le nez mais que celui-ci ne l'a pas touché une seule fois durant la bagarre. Alors comment peut-il expliquer la présence de ses propres cheveux ?

— Je n'en sais rien, répondit Bruno. Mais si je t'ai fait venir ici, c'est à cause de cette Canadienne, elle cache rudement bien son jeu. Jette un œil sur ces photos de famille et ces dossiers – c'est la cousine de Bondino, elle le sait mais lui pas, en revanche. Et tout porte à croire qu'elle l'a suivi jusqu'ici. Cela dit, JJ, je te présente Pamela – vous faites enfin connaissance !

Les deux échangèrent une poignée de main, avec un sourire.

— Pamela va tout t'expliquer pendant que je continue mes recherches, Jacqueline pourrait être de retour dans une heure.

Bruno trouva la poubelle dans la cuisine. Elle était vide, mais il remarqua un grand panier d'osier, rempli de vieux journaux, près de la cheminée. Il fouilla parmi les exemplaires du dessus du bout de son stylo, mais il n'y avait apparemment que de vieilles éditions de *Sud-Ouest*. Quand il se redressa, l'un des journaux remonta avec lui, fiché sur la pointe de son stylo. Il le secoua pour le faire tomber, mais sans succès. En y regardant de plus près, il vit que le journal restait collé par deux morceaux de ruban adhésif. Il voulut les éliminer, et découvrit cinq autres petits bouts d'adhésif, d'une dizaine de centimètres de long, tous collés sur le papier.

— Ça, c'est bizarre, dit-il.

Pamela leva les yeux dans sa direction. Il lui montra les morceaux d'adhésif.

— Emballage cadeau, dit-elle sans hésitation. C'est comme ça que je fais. Si j'ai un paquet à faire, je prépare plusieurs bouts d'adhésif d'avance pour n'avoir plus qu'à les prendre quand j'en ai besoin.

— Aucune trace de papier d'emballage, pas le moindre petit morceau, répondit Bruno. À ma connaissance, son seul cadeau c'est cette bouteille de vin qu'elle m'a apportée, et le paquet avait été fait chez Hubert.

— Peut-être qu'elle s'entraînait, remarqua Pamela. Si la poubelle de la cuisine est vide, elle pourrait avoir jeté des trucs dans le grand conteneur, dehors. J'irai voir dès que j'aurai fini d'expliquer ces documents à JJ.

Bruno monta à l'étage pour trouver deux chambres et une petite salle de bains remplie des habituels produits de toilette de ces dames, savons, shampoings et démêlants, dentifrice, peignes et brosses à cheveux. Il examina attentivement ces derniers, mais n'y trouva que les longs cheveux blonds de la jeune femme. Rien d'autre d'intéressant. Jacqueline dormait dans une des chambres et utilisait l'autre comme dressing, pour ranger ses vêtements et chaussures dans l'armoire. Une chose retint l'attention de Bruno, un vieux polo de rugby suspendu tristement à un clou. Sûrement oublié là par Max. La commode était vide. Dans la pièce voisine, il y avait une chemise de nuit légère sur le lit et un peignoir accroché derrière la porte. Près de la fenêtre, une petite coiffeuse croulait sous les produits de maquillage. Il ouvrit les tiroirs, vit les sous-vêtements et les collants. Puis il repéra quelque chose, tout au fond, et tira un sac en plastique roulé sur lui-même, avec une brosse à cheveux à l'intérieur.

— JJ, tu peux monter un instant ? lança-t-il.

Quand le grand commissaire entra dans la chambre, Bruno indiqua sans rien dire le sac en plastique au fond du tiroir.

— Regarde bien cette brosse, tu verras des petits cheveux bruns qui ne sont pas ceux de Jacqueline. J'ai comme une idée que ce sont ceux de Bondino. Elle a prétendu qu'il avait passé une seule nuit avec elle dans l'hôtel où elle était descendue, mais j'ai vérifié avec la patronne juste avant de venir, et elle m'a assuré qu'ils avaient passé plusieurs nuits ensemble. Chaque fois que Max n'était pas avec elle, Bondino l'était. Il a pu lui emprunter sa brosse à cheveux. À moins que cette brosse ne soit à lui. Il est tout à fait possible que Bondino n'ait jamais touché à Max, comme il l'a affirmé, peu importe ce que suggère l'expertise d'ADN. Quelqu'un a mis ces cheveux sous les ongles de Max pour accuser Bondino. Je crois que tu ferais bien de demander à tes techniciens de faire un tour ici.

— C'est tiré par les cheveux, Bruno. J'imagine que tu te fondes sur ce conflit familial et la documentation que Pamela m'a montrée, dit JJ en examinant les articles sur la coiffeuse. Qu'est-ce que c'est que ça ? Une lime à ongles ?

Le truc idéal pour glisser les cheveux de Bondino sous les ongles de Max, pensa Bruno en voyant JJ pointer le doigt sur un mince étui en plastique.

— Tu as des gants en latex dans ta voiture ?

— Dans le vide-poche. Va te servir, répondit JJ en tapotant un numéro sur son portable pour appeler les techniciens de l'identité judiciaire.

Dehors, dans la cour, Pamela fouillait dans un grand sac en plastique jaune qu'elle avait sorti de la poubelle.

— Pas de papier cadeau, mais encore d'autres bouts d'adhésif, lança-t-elle.

Bruno fit signe qu'il avait entendu, attrapa deux paires de gants et monta l'escalier au pas de course pour en donner une paire à JJ. Ce dernier souffla dedans pour décoller les parois de latex, glissa ses mains à l'intérieur puis ramassa ce qui n'était pas une lime à ongles, mais une longue bande de plastique flexible qu'il tira doucement de l'étui.

— Une bande en plastique sous étui plastique. C'est quoi ce truc ? demanda-t-il en l'observant sous tous les angles à la lumière de la fenêtre.

Bruno alluma la lampe de bureau et ils reprirent leur examen.

— Attends un peu, dit Bruno avant de dévaler l'escalier une fois de plus pour remonter avec quelques-uns des morceaux d'adhésif que Pamela avait récupérés, afin de les exposer à la lumière.

— On trouve toujours des empreintes sur du ruban adhésif, déclara JJ.

— Oui, mais à qui appartiennent-elles ? demanda Bruno.

Il partit dans la salle de bains pour revenir avec du talc, puis, tapotant délicatement le fond de la boîte, il en déposa un léger voile sur un des flacons d'eau de toilette de la coiffeuse.

— Admettons que les empreintes sur ce flacon soient celles de Jacqueline, reprit-il en soufflant pour éliminer le talc.

Les sillons d'un pouce apparurent sur le verre. Il plaça un des bouts d'adhésif tout contre.

— C'est la même empreinte, non ?

— Oui, on le dirait bien, répondit JJ, dubitatif. Alors, tu veux démontrer quoi ?

— Regarde.

Bruno déroula soigneusement le sac en plastique, saupoudra un peu de talc sur le manche de la brosse à cheveux puis souffla dessus.

— Cette empreinte-là doit appartenir à Bondino, et je sais pourquoi elle en avait besoin. Il a un ordinateur portable sécurisé avec une espèce de capteur, et seule son empreinte digitale peut le déverrouiller. C'est pour cela qu'elle voulait le gars dans son lit et endormi dans sa chambre. Pour avoir accès à son ordinateur. Une partie des dossiers qu'elle a en bas sont des business plans confidentiels et des bilans comptables de la société. C'est peut-être ce qu'elle cherchait. Mais si elle a été capable de contrefaire ses empreintes pour se servir de son ordinateur, que pouvait-elle faire d'autre avec ?

— Tu penses qu'elle aurait pu les transférer sur le verre que nous avons trouvé chez Cresseil ? demanda JJ.

— C'est à cela qu'étaient destinés les morceaux de ruban adhésif. Elle a dû relever les empreintes sur la brosse pour les transférer ensuite sur le verre. Tes techniciens vont devoir le vérifier quand ils seront là. Si c'est effectivement le cas, ils trouveront des traces d'adhésif sur le verre.

— Hello ! lança Pamela en bas des marches, par-dessus le bruit d'une voiture qui venait d'arriver. Fabiola est là. Il n'y a rien d'autre dans la poubelle, pas de papier cadeau. Vous êtes tous les deux là-haut ?

Bruno répondit et entendit Pamela monter l'escalier.

— Ces morceaux d'adhésif, dit-il quand elle entra dans la chambre. Je pense qu'ils ont servi à relever des empreintes digitales sur une chose pour les transférer sur une autre.

— Ah bon ? dit-elle, sans s'étonner le moins du monde. Je crois me souvenir d'une histoire de ce genre dans l'un des procès sur les attentats de l'IRA en Angleterre, tu sais, à l'époque des troubles en Irlande du Nord. Alors, à qui sont ces empreintes que vous avez trouvées ?

— Nous n'en sommes pas sûrs, répondit Bruno tandis que JJ recommençait à pianoter sur son portable. Viens, descendons dire bonjour à Fabiola. J'ai besoin de savoir ce que dit le rapport du médecin légiste.

Fabiola sortit non sans mal de la voiture chargée à bloc. Côté passager, il y avait une valise par terre, un carton sur le siège avec un grand sac en plastique bourré d'affaires posé dessus, lequel s'écroula sur le siège conducteur sitôt Fabiola descendue. Les sièges arrière avaient été rabattus et l'espace rempli à ras bord de valises, de sacs en plastique et de cartons.

— Voilà ma vie, dit-elle dans un sourire. Tout ce que je possède est dans cette voiture.

— Je vais vous aider à décharger, proposa Bruno en entendant le pas pesant de JJ sur les marches en bois de l'escalier. Mais d'abord, nous avons besoin de connaître les conclusions du légiste. JJ, tu devrais écouter.

— L'attestation a été déposée, annonça Fabiola au moment où JJ se joignait à eux. Décès accidentel par asphyxie, avec une mise en garde en annexe précisant que le coup à la tête a été infligé a posteriori. Par conséquent, il n'y a pas meurtre.

JJ poussa un énorme soupir et ses épaules s'affaissèrent.

— Putain, putain, putain…

— Il semblerait que nous ayons un nouveau délit, par contre, falsification de preuve dans le but d'incriminer un innocent, dit Bruno.

— Sans compter tout le temps qu'elle a fait perdre à la police et qu'elle m'a mis dans la merde, ajouta JJ. Mais comment s'est-elle trouvée sur le lieu du décès pour placer cette preuve bidon ?

— Vous parlez des cheveux que j'ai retrouvés sous les ongles du défunt ? Ils n'avaient rien de bidon, je vous assure, dit Fabiola. C'étaient de vrais cheveux, avec des follicules. Pas comme ceux qu'on peut ramasser chez le coiffeur. Vous vous souvenez, Bruno ? Je les ai examinés à la loupe.

— Comme ceux-là ? demanda JJ en montrant le petit sachet transparent qui renfermait la brosse à cheveux.

Fabiola l'observa attentivement, puis demanda une loupe. JJ alla en chercher une dans sa voiture, et elle examina de nouveau la brosse avant de sortir son portable.

— J'appelle mon collègue de Bergerac. Il y a un truc que nous pouvons vérifier.

— Jean-Claude ? C'est moi, écoute. Cette autopsie sur le garçon asphyxié, tu sais, celui avec la blessure à la tête qui nous a causé tant de retard, tu pourrais vérifier un truc pour moi ? Oui ? C'est à propos des ongles. Tu te souviens, les cheveux qu'on a trouvés dessous, avec des follicules. Est-ce qu'il y avait aussi des bouts de chair avec, ou juste des cheveux ? Il est possible qu'ils aient été placés délibérément sur le cadavre. OK, j'attends que tu me rappelles. Merci.

Fabiola se retourna vers eux.

— Il va me rappeler. En tout cas, je ne crois pas me souvenir d'autre chose, à part les cheveux, aucune trace de peau comme on en trouve généralement lorsque les cheveux ont été arrachés au cours d'une bagarre. (Elle eut l'air navrée.) Je suis désolée, c'est de ma faute, poursuivit-elle. Cette possibilité ne m'a pas effleurée, du coup je n'ai pas cherché plus loin. C'est une erreur que je ne commettrai plus.

— S'il n'y a pas de chair sous les ongles, est-ce que ce serait la preuve manifeste que les cheveux ont été placés là ? lui demanda Bruno.

— Non, mais c'est une indication très nette, répondit-elle.

— Nous avons tous besoin d'un verre, je pense, dit Pamela. Aidez Fabiola à décharger la voiture, moi j'apporte les verres. Ricard pour tout le monde ? (Ils approuvèrent.) Le gîte de Fabiola est ouvert. J'ai mis une bonbonne de gaz neuve dans la cuisine, du lait et des œufs dans le réfrigérateur. Ce sont les œufs du poulailler de Bruno, au fait. Entrez et posez vos affaires où vous voulez.

À eux trois, tout fut réglé en un rien de temps. Les valises de Fabiola montées à l'étage, les cartons de livres déposés à côté des étagères du salon, les sacs de commissions sur le comptoir de la cuisine et la sacoche de médecin près de la porte.

— Regardez, dit Fabiola quand ils eurent terminé, en leur montrant un vase de fleurs sur la table. Pamela est tellement gentille, elle m'accueille avec des fleurs. Il faut que j'aille la remercier. (Elle se dirigea vers le réfrigérateur et ouvrit la porte.) Et regardez-moi ça, du beurre et du jus d'orange, avec du café et des fruits ici, sur le comptoir. Elle est trop bonne.

— Ça c'est bien vrai, dit Bruno avec un sourire. Mais n'oubliez pas que c'est aussi une Périgourdine.

Avant que vous ayez eu le temps de vous retourner, vos nouveaux voisins vont venir vous voir avec des bocaux de pâté, de rillettes, des conserves et du vin de noix. Surtout n'achetez pas d'œufs. Je vous en apporterai d'autres de chez moi. C'est comme ça qu'on fait par ici.

Bruno et JJ s'en retournèrent tranquillement dans la cour pendant que Fabiola partait remercier sa nouvelle propriétaire. Puis ils s'installèrent tous les quatre autour de la table de Pamela, qui les attendait avec le plateau d'apéritif. Ils trinquèrent pour souhaiter officiellement la bienvenue à Fabiola, et JJ jeta un coup d'œil à sa montre.

— Elle va arriver d'un moment à l'autre, dit Bruno.

— Mes gars aussi, répondit JJ. Tu te rends compte, il va falloir que je retourne voir ton capitaine Duroc pour lui demander de me prêter une cellule, une fois de plus.

— Tu ne l'embarques pas directement sur Périgueux pour l'interroger ? demanda Bruno.

— Pas de crime, donc pas de juge d'instruction, et nous aurons besoin du rapport d'expertise sur les cheveux et les empreintes digitales avant de pouvoir la mettre en accusation. Alors non, je ne l'emmène pas à Périgueux avant d'avoir tous mes petits soldats alignés pour la parade. J'ai déjà l'ambassadeur américain qui a déposé plainte à Paris. Je n'ai pas envie que son homologue canadien prenne la suite.

Le téléphone de Fabiola sonna.

— Oui ? Jean-Claude ? Rien que des cheveux et des échardes de bois. Aucun bout de chair. OK, merci. Tu peux faire en sorte que le rapport soit modifié dans ce sens ? Bon. À bientôt, et merci encore. Vous avez entendu, dit-elle en levant les yeux vers eux.

— Oui, confirma JJ en regardant Bruno. Sacrée manipulatrice, cette poupée. Mais pourquoi voudrait-elle faire accuser Bondino de meurtre ? Il y a de l'argent à la clé, pour elle ?

— C'est la vieille querelle familiale. Je ne crois pas que ce soit une question d'argent, à moins qu'elle cherche à épouser Bondino, mais alors comment pourrait-elle l'empêcher de découvrir qu'ils sont cousins ? Il faudrait qu'elle se fasse passer pour une orpheline, et qu'elle convainque ses parents de marcher dans cette histoire. Non, ce n'est pas l'appât du gain qui la motive. C'est cette querelle.

— Elle a quand même couché avec Bondino, remarqua Pamela. Juste pour trouver un moyen de l'abattre.

— Posons-lui la question, dit Bruno en levant les yeux.

Une silhouette à bicyclette apparut au bout du chemin, pédalant à vive allure, cheveux blonds flottant au vent. Pamela se leva, mit les verres sur un plateau et emporta le tout à la cuisine.

— Allez viens, Fabiola, je ne pense pas que nous devrions rester là, je vais t'aider à sortir tes affaires.

Quand elles furent parties, JJ traversa la cour, ouvrit la portière de sa voiture, sortit une paire de menottes de la boîte à gants puis alla rejoindre Bruno. Les deux hommes attendirent que Jacqueline s'arrête devant eux. Elle descendit de vélo et présenta sa joue à Bruno pour un baiser. Bruno ne réagit pas et attrapa le guidon dans une main.

— Bonsoir, Jacqueline. Le commissaire Jalipeau, que voici, a des questions à vous poser. Quant à moi, j'ai besoin de revoir votre passeport.

Soudain méfiante, lançant tour à tour des regards sur Bruno et JJ, qui gardait un visage fermé, Jacqueline sortit son sac à main du panier d'osier fixé sur le porte-bagages, fouilla dedans pour en tirer son passeport bleu marine et le remit à Bruno. Celui-ci vérifia rapidement la photo puis, sans la quitter des yeux, fourra le document dans sa poche de chemise et la boutonna.

— Nous savons exactement ce qui est arrivé, déclara JJ. Nous savons comment vous avez transféré les empreintes digitales de Bondino sur le verre que vous avez laissé à la ferme. Nous savons où vous avez récupéré les cheveux que vous avez glissés sous les ongles de Max. Nous savons comment vous avez violé l'accès de l'ordinateur de Bondino pour récupérer ses dossiers. Nous savons comment vous avez voulu incriminer Bondino pour le faire accuser de meurtre. Nous savons tout cela et nous en avons les preuves. Les meilleurs techniciens de ma brigade ne vont pas tarder, ils vont passer votre maison et tous vos vêtements au peigne fin, et quand nous vous aurons arrêtée et placée en cellule, une collègue vous soumettra à une fouille au corps très minutieuse.

JJ fit un pas vers elle, l'attrapa fermement par le bras et ouvrit les menottes.

— Avez-vous quelque chose à dire ?

Elle tourna un regard désemparé vers Bruno.

— Répondez à la question, lui dit-il. Avez-vous quelque chose à dire ?

— Je ne sais pas, dit-elle d'un air hésitant, les yeux rivés sur les menottes de JJ.

— Bon, reprenons là où vous avez commencé à mentir, quand je vous ai interrogée la dernière fois à ce sujet, dit Bruno. Vous m'avez dit que vous aviez passé une nuit avec Bondino, dans votre chambre d'hôtel, quand vous aviez trop bu. Ce n'est pas vrai. Vous l'avez reçu au moins trois fois à l'hôtel, la patronne me l'a dit. Et pourtant, il s'agissait de votre cousin, perdu de vue à cause d'une âpre querelle familiale. Vous l'avez séduit, et vous l'avez fait boire pour pouvoir avoir accès à son ordinateur pendant qu'il cuvait son vin.

Jacqueline ferma les yeux et secoua la tête mais garda le silence.

— Nous en avons la preuve, par les dossiers téléchargés sur votre ordinateur, poursuivit Bruno. Mais passons au mensonge suivant. Vous m'avez dit que vous aviez quitté le bar avec Max après la bagarre, que vous aviez fait l'amour au bord de la rivière puis qu'il vous avait laissée pour aller fouler les raisins tout seul. Ce n'était pas vrai, n'est-ce pas ?

— Non, dit-elle en secouant la tête. Je l'ai accompagné et nous avons foulé ensemble.

— Et c'est là que vous avez fait l'amour, chez Cresseil ?

Elle hocha la tête, en se mordillant la lèvre.

— Êtes-vous allés dans la maison, en haut, dans la chambre ?

— Non, répondit-elle tout bas. Le vieil homme avait le sommeil léger. Et le chien…

— Dehors, alors ? Vous disiez la vérité, là-dessus ?

— Oui, enfin non, répondit-elle précipitamment, en roulant de grands yeux, une note de panique dans la voix. Nous étions dans la cuve, nous foulions les raisins. Nous avons fait l'amour dans la cuve.

— Et alors, que s'est-il passé ? demanda Bruno doucement. Pourquoi Max s'est-il asphyxié et vous pas ?

— Nous étions en train de nous embrasser..., dit-elle avant de s'interrompre en fermant les yeux.

Bruno et JJ se contentèrent de la regarder en attendant qu'elle reprenne la parole. Quand elle rouvrit les yeux, elle semblait fixer le néant.

— J'avais la tête tournée vers l'extérieur et je tenais le bord à deux mains. Max se tenait derrière moi, il était... il était très fougueux. Il s'est effondré sur moi d'un seul coup, un poids mort. J'étais coincée, je ne pouvais pas bouger.

Elle éclata en larmes, et les laissa couler sur ses joues.

— Je ne pouvais pas bouger et il ne réagissait pas. J'ai cru qu'il s'était endormi, ou qu'il avait perdu connaissance. Je ne comprenais pas ce qui se passait et j'avais beau avoir la tête au-dessus de la cuve, j'avais des étourdissements, comme si j'allais m'évanouir. J'ai réussi à me dégager en le repoussant, mais sa tête est venue heurter le bord avec un grand bruit sourd et j'ai paniqué. Je suis sortie de la cuve en hurlant, je crois bien, car le vieux est sorti de la maison, et quand il m'a vue à la porte de la grange, il m'a poussée pour entrer. Je l'ai vu monter sur l'escabeau, puis il s'est écroulé et a roulé jusqu'en bas des marches. Il est tombé comme ça et il est resté étendu par terre.

— Alors pourquoi vous n'avez pas appelé les secours, les pompiers, l'ambulance ? demanda Bruno.

— Je ne sais pas, répondit-elle en hochant la tête. C'était ce foutu chien, il glapissait. Il pouvait à peine bouger, avec son arrière-train paralysé, mais il se traînait vers le vieux sans arrêter de glapir et de hurler à la mort et il se tournait vers moi en me montrant ses crocs. Je n'arrivais pas à réfléchir. Je n'arrivais pas à le faire taire. Je ne savais plus quoi faire.

— Alors vous l'avez tué.

— Je l'ai frappé sur la tête avec une grosse pierre pour l'assommer, mais la pierre était si lourde...

— Votre amant était mort. Le vieil homme était mort. Le chien était mort, dit Bruno d'une voix morne. Vous êtes venue ici, à St-Denis, résolue à faire capoter le projet Bondino. La mort de Max vous en donnait l'occasion rêvée. Vous avez commencé à calculer avec beaucoup de sang-froid comment la situation pouvait se retourner contre votre cousin, pour le faire accuser de meurtre et prendre ainsi votre revanche sur sa famille.

— Vous ne savez pas ce qu'ils nous ont fait, rétorqua-t-elle, avec des yeux qui lançaient des éclairs. Ils ont organisé l'assassinat de mon grand-père, ils ont dépouillé ma mère de ce qui lui appartenait. Ils ont bâti leur fortune sur une escroquerie. Ce sont eux, les assassins, pas moi. Je n'ai tué personne.

Elle défiait Bruno du regard.

— Et vous savez quoi, poursuivit-elle. Ils vont détruire cette ville qui vous tient tant à cœur. Ils vont prendre vos terres et votre eau pour fabriquer leur saloperie de production standardisée, comme d'habitude.

Ils vont tous vous bouffer, comme ils bouffent toujours tout.

Bruno se contenta de sourire en secouant lentement la tête. Dans le silence s'éleva le bruit lointain d'une voiture qui se rapprochait. JJ poussa un grand soupir, leva les yeux vers le chemin et dit : « Voilà mes gars. » Puis il baissa son regard sur Jacqueline et fit claquer les menottes sur ses poignets avec un bruit sec.

42

Les feuilles formaient un épais tapis sur le sol en lisière de forêt, une frange de bruns et jaunes émaillé de rouge, elles recouvraient petit à petit la surface calcinée du champ. Un peu plus loin, les ruines du vaste hangar s'écroulaient lentement sous les assauts de la pluie et du vent. Bruno se sentit frissonner au souvenir de la détonation qui avait accompagné l'explosion du jerricane, et de la vision d'Albert tombant à genoux au milieu des flammes. Il avait toujours peur du feu. Entre ses jambes, la jument grise fut parcourue d'un tremblement, sensible peut-être au frisson du cavalier, ou à son changement d'humeur. Pamela l'avait prévenu, c'était chose possible avec les chevaux. Il se pencha vers elle pour flatter son encolure.

— C'est bon, Victoria. Juste un souvenir, dit-il.

La jument était calme, immobile, elle laissait Gitan flairer le sol entre ses pattes. Les chevaux s'étaient habitués au chien de Bruno, mais lui n'était pas encore tout à fait à l'aise sur une monture qu'il sentait nettement plus grande et plus puissante qu'elle ne lui paraissait à l'écurie, et qui faisait porter son regard si loin au-dessus du champ.

— C'est ici que tout a commencé, remarqua Pamela en stoppant Bess à côté de lui. Il y a un proverbe anglais qui dit, ciel rouge au matin, la pluie est dans les chemins. Tu te souviens de cette immense lueur ?

— Je n'ai pas oublié. Et je me souviens aussi du chapeau que tu portais pour la cérémonie d'adoption. Cresseil m'a dit que tu lui rappelais sa jolie Annette. Il avait raison. Tu lui ressembles un peu. J'ai vu quelques-unes de ses vieilles photos, dit-il en la regardant. Tu es plus belle.

Elle lui sourit.

— N'essaye pas de m'embrasser. Tu te rappelles ce qui est arrivé la dernière fois que tu as voulu te pencher comme ça ?

Bess avait attendu le moment idéal pour faire un pas de côté, et Bruno avait glissé lentement mais inexorablement de sa monture. Pamela avait tenté de le rattraper par le bras, mais avait seulement réussi à le faire tourner, et il avait atterri sur les fesses.

— Bess est jalouse de moi, je crois, dit-il dans un sourire.

Pamela secoua la tête.

— Tu dois savoir que les chevaux ont le sens de l'humour. Tu te sens prêt pour un petit galop ?

— Un peu plus tard, peut-être. J'ai l'intérieur des cuisses très irrité, j'ai l'impression d'avoir grillé tous les poils de mes jambes.

— Tu serres encore trop fort avec les cuisses. Quand tu auras pris confiance, tu pourras te détendre et ça ira bien. (Pamela s'interrompit avant de reprendre, sur un autre ton :) J'imagine que tu sais ce qu'il y avait dans le journal, au sujet de Jacqueline ?

Il hocha la tête. Elle avait été extradée au Québec en vertu d'un traité qui permettait aux citoyens français et canadiens d'effectuer leur peine dans leur pays d'origine.

— Neuf mois de prison, la condamnation n'était pas très lourde, poursuivit Pamela.

— Le tribunal a estimé que le délit n'était pas très grave. Obstruction de justice, faux témoignage, déclaration mensongère, défaut de signaler un décès. Ils auraient pu prononcer un jugement plus sévère, mais elle s'est très bien comportée au procès. Sa description de la scène dans la cuve était tout à la fois romantique, érotique mais aussi cauchemardesque. Une belle jeune femme, à qui un tragique accident a fait perdre la raison. Elle n'avait probablement pas besoin du bon avocat que ses parents lui avaient trouvé.

— Alors l'été prochain, elle aura retrouvé la liberté, remarqua Pamela. Je ne trouve pas ça normal.

— C'est là qu'elle sera punie pour de bon, dit Bruno. Elle ne pourra plus jamais travailler dans le vin, sauf peut-être sur le domaine de ses parents. Il n'y aura pas de grande carrière, pas de grandes dégustations, pas de Château Jacqueline. Sa réputation sera faite, après tout le battage autour de cette affaire. Et elle devra vivre en sachant qu'elle a été vaincue, que Bondino a échappé au piège qu'elle lui a tendu. La querelle est finie. Il a gagné.

— Tu as un sens très personnel de la justice, Bruno. Allez viens, un petit galop…

— Attends, murmura-t-il, en pointant le doigt. Regarde là-bas, à l'orée du bois.

Aux pieds du cheval, Gitan marquait l'arrêt, une patte à demi levée, tête haute pour flairer une odeur, si subtile soit-elle, queue à l'horizontale. Pamela plissa les yeux sans rien voir, puis soudain il y eut un bruissement d'ailes au loin, dans la haie, et une petite forme sombre traversa le ciel gris de novembre comme une flèche, d'un vol saccadé.

— Bécasse, annonça Bruno. Bientôt l'ouverture de la saison.

— Je me régale d'avance de ton dîner. J'espère que tu rapporteras assez d'oiseaux.

— Avec un vin pareil, ce qu'on a dans l'assiette n'a pas trop d'importance. Ce serait bien d'avoir encore des bécasses, avec du chevreuil pour suivre. Bien aussi d'avoir les mêmes invités, exception faite de Jacqueline.

— Fabiola sera de meilleure compagnie. Quel vin, alors, avec le chevreuil ?

— On a l'embarras du choix, répondit Bruno en riant.

Il avait encore peine à croire qu'il était propriétaire de cette caisse de vins extraordinaires, même s'il était descendu dans la cave, chez Hubert, pour voir les douze bouteilles de Château Pétrus. Il y en avait trois de chacun des millésimes 1982, 1985 et 1990, et une de chacun des grands crus de 1947, 1961 et 1975. C'était le cadeau de Bondino, Hubert avait mis un mois à le faire venir de diverses caves. Il était accompagné d'une simple carte, avec ces mots : « Merci, Bruno – Fernando. »

— Le 82 avec la bécasse, parce que c'est comme ça que j'ai rencontré Dupuy, et le 61 avec le chevreuil, parce qu'Hubert affirme que c'est le meilleur de tous. Après, je ne sais pas.

— Ça représente beaucoup d'argent.

Bruno hocha la tête. Il avait compris qu'il s'agissait d'une somme ahurissante quand Hubert lui avait dit que ces vins valaient plus que ce que Bruno avait investi dans la nouvelle société, Vignerons de St-Denis-sur-Vézère.

— Peut-être que je vendrai le reste pour acheter d'autres parts dans la société, répondit-il.

Il savait qu'il ne le ferait pas. Il y avait des choses plus précieuses que l'argent. D'ailleurs, il devait garder un des grands millésimes pour l'année prochaine, quand Bondino reviendrait, comme il l'avait promis. Un autre dîner, une autre bouteille, un autre amour, qui sait. Plein de gratitude, il regarda Pamela, une femme qui avait l'air heureuse de lui donner son temps sans compter.

— Va pour un petit galop, dit-il en pressant les talons contre les flancs de Victoria.

Il se mit au trot en passant devant le hangar en ruine, puis piqua vers la trouée qui plongeait vers la vallée et la maison de Pamela.

Remerciements

Ceci est une œuvre de fiction, tous les événements et personnages qui y figurent sont issus de l'imagination de l'auteur. Cependant, à l'instar du premier de la série des Bruno, ce roman n'aurait jamais pu exister sans la gentillesse et la générosité des habitants du Périgord, ni sans le fabuleux mode de vie que les Périgourdins et leurs ancêtres ont élaboré au cours des millénaires. De nombreux habitants de cette région sont devenus des amis très chers, et certains méritent une mention spéciale. Le Baron et Raymond, Pierrot et René, ainsi que le personnel de l'exceptionnelle cave de Julien de Savignac, ont tous fait des merveilles pour ma connaissance du vin et de son commerce. Ils m'ont aussi beaucoup appris sur les difficultés à surmonter pour trouver du travail et investir dans les petites villes de la France rurale, et sur les choix redoutables qui en découlent. Michael Mills et Gabrielle Merchez, écologistes convaincus, ont tous deux rempli un mandat de conseiller municipal et m'ont beaucoup appris sur la politique locale de l'environnement et le fonctionnement des petites communes. Je dois souligner que les nombreux partisans des Verts que je connais sont tous bien trop raisonnables pour devenir des incendiaires. Ma femme Julia et nos filles, Kate et Fanny, ont été mes très précieuses premières lectrices. Quant à notre basset hound, il n'arrête pas de nous présenter de nouveaux amis. Comme toujours, Jane et Caroline Wood, admirablement secondées par Jonathan Segal, ont toute ma reconnaissance pour les dernières touches apportées à ce roman.

CET OUVRAGE A ÉTÉ COMPOSÉ PAR NORD COMPO
POUR LE COMPTE DES ÉDITIONS J.-C. LATTÈS
ET ACHEVÉ D'IMPRIMER EN FRANCE
PAR CPI BUSSIÈRE
À SAINT-AMAND-MONTROND (CHER)
EN MAI 2013

N° d'édition : 01. — N° d'impression : 2002951.
Dépôt légal : mai 2013.